권력과 영광

권력과 영광
The Power and the Glory

그레이엄 그린 장편소설 김연수 옮김

THE POWER AND THE GLORY
by GRAHAM GREENE

Copyright (C) Verdant SA, 1940
All rights reserved
Korean Translation Copyright (C) 2006 by The Open Books Co.
Korean translation rights arranged with David Higham Associates Limited,
through EYA (Eric Yang Agency)

이 책은 실로 꿰매어 제본하는 정통적인 사철 방식으로 만들어졌습니다.
사철 방식으로 제본된 책은 오랫동안 보관해도 손상되지 않습니다.

거바스에게

제1부

11

제2부

97

제3부

255

제4부

337

역자 해설
인간이라는 심연, 그 유혹을 견디지 못한
사제의 기이한 순교담

357

그레이엄 그린 연보

373

포위는 좁혀졌다: 사냥개와 죽음의
현명한 힘은 시시각각 쫓아왔다.[1]

드라이든

1 영국의 시인 존 드라이든John Dryden이 가톨릭으로 개종한 뒤 쓴 우화시 「암사슴과 표범The Hind and the Panther」 중 일부.

제1부

제1장: 항구

에테르[2] 실린더를 찾기 위해 텐치 씨는 뜨겁게 내리쬐는 멕시코의 햇볕과 모든 것을 표백하는 먼지 속으로 들어갔다. 지붕 위에서는 독수리 몇 마리가 관심 없는 척 야비하게 내려다보고 있었다. 그는 아직 죽은 고기 신세는 아니었다. 텐치 씨의 가슴속에서 반항하고픈 생각이 희미하게 피어올랐다. 그는 쪼개진 손톱 끝으로 길바닥 한쪽을 비틀어 뜯어내 독수리들 쪽으로 살짝 던졌다. 한 마리가 몸을 일으켜 날개를 펄럭이며 동네를 가로질렀다. 작은 광장을 지나, 전직 대통령과 전직 장군과 전직 인간들의 반신상들을 지나, 광천수를 파는 가게 두 곳을 지나, 강과 바다를 향해서. 거기로 날아간들 먹이를 찾을 수는 없을 것이다. 그쪽에서는 상어들이 죽은 고기를 찾고 있을 테니. 텐치 씨는 광장을 가로질러 걸었다.

그는 총을 지닌 채 자그만 그늘을 찾아 들어가 벽에 등을 기대고 앉아 있는 남자에게 〈부에노스 디아스〉[3]라고 말했다.

---

2 *ether*. 치과에서 마취제로 쓰는 약품이다. 의사들 중에는 에테르에 중독되는 경우가 있는데, 이 장에 등장하는 텐치 씨가 바로 그런 경우다.

하지만 영국 같진 않았다. 남자는 아무런 대꾸도 하지 않은 채 외국인과는 절대로 아무런 볼일이 없다는 듯, 앞어금니에 해다 박은 금니 두 쪽에 텐치 씨는 아무런 책임도 없다는 듯, 심술궂은 눈으로 텐치 씨를 바라볼 뿐이었다. 텐치 씨는 땀을 흘리며 한때 성당이었던 국고(國庫) 건물을 지나 선창 쪽으로 향했다. 광장을 반쯤 걸어갔을 무렵, 그는 갑자기 자신이 왜 밖으로 나왔는지 그 이유를 잊어버렸다. 광천수 한 잔 마시려고? 금주법이 존재하는 이 주(州)에서 마실 수 있는 것이라고는 그게 다였다. 맥주는 예외지만 정부가 독점하는 바람에 특별한 경우가 아니라면 너무 비쌌다. 토할 것처럼 메스꺼운 느낌이 텐치 씨의 복부에서 치밀었다. 광천수를 마시려고 나왔을 리야 없었다. 당연히 에테르 실린더 때문이다. 그 배가 들어왔으니 말이다. 점심 식사 후 침대에 누워 있는데 그 의기양양한 뱃고동 소리가 들렸다. 그는 이발소와 의사 둘이 운영하는 치과를 지나 강둑을 향해 나 있는 창고와 세관 사이를 빠져나왔다.

강은 바나나 농원들 사이를 지나 바다를 향해 무겁게 흘러갔다. 선창에 밧줄로 묶인 제너럴 오브레곤호에서 사람들이 맥주를 하역했다. 선창에는 벌써 1백 개가 넘는 상자가 쌓여 있었다. 텐치 씨는 세관 건물 그늘 속에 서서 생각했다. 내가 여기 왜 왔지? 더위 때문에 기억이 모두 증발한 모양이었다. 할 수 있는 건 가래를 긁어모아 태양을 향해 내뱉는 일이 고작이었다. 그는 상자 위에 앉아서 기다렸다. 할 일이 없었다. 5시 전까지는 찾아올 사람도 없었다.

---

3 스페인어권에서 사용하는 인사.

제너럴 오브레곤호는 전장이 30미터 정도였다. 몇 미터 정도 부서진 난간, 구명보트 한 정, 썩은 밧줄에 매달린 종, 선수에 달린 석유등. 아직 대서양에서 2~3년은 더 비바람을 견딜 수 있을 것 같았다. 멕시코 만의 북풍을 피할 수만 있다면 말이다. 그놈의 북풍을 만나면 그날이 그 배의 제삿날인 셈이다. 하지만 그게 무슨 상관인가, 배표를 끊으면 승객들은 자동적으로 보험에 가입되는데. 두 다리가 묶인 칠면조들 사이에 여섯 명의 승객이 난간에 기대고 서서 항구를, 창고를, 치과와 이발소가 있는, 햇볕에 바짝 굽힌 텅 빈 거리를 빤히 바라보았다.

텐치 씨는 바로 뒤에서 권총집이 삐걱대는 소리를 듣고 고개를 돌렸다. 세관원이 성난 눈초리로 그를 바라보고 있었다. 그는 웅얼웅얼 무슨 말을 했는데 텐치 씨는 알아들을 수가 없었다. 〈무슨 말인지〉라고 텐치 씨가 말했다.

「내 이빨.」 세관원이 우물거렸다.

「아.」 텐치 씨가 말했다. 「그렇군, 당신 이빨.」 세관원에게는 이가 하나도 없었다. 그래서 또박또박 말하지 못했던 것이다. 텐치 씨가 그의 이빨을 다 빼버렸다. 구역질 때문에 그의 몸이 떨렸다. 뭔가 속이 안 좋았다. 기생충이랄까, 이질이랄까…… 「틀니는 거의 다 만들었어요. 오늘 밤이면 돼요.」 텐치 씨는 호들갑스럽게 약속했다. 말하자면 그건 불가능한 일이었다. 하지만 다들 오늘 할 일을 내일로 미루면서 살아가는 것 아닌가. 그 남자는 마음이 놓인 모양이었다. 또 까먹겠지. 어쨌든 그 사람이 할 수 있는 일은 없지 않은가. 선금도 다 냈는데 말이다. 그게 텐치 씨에게는 세상에서 가장 중요했다. 무더위, 까먹기, 오늘 할 일을 내일로, 그럼에도 가능하면 현찰 박치기, 또 뭐가 있더라? 그는 천천히 흐르는 강물을 바라봤다. 하구에서 상어 지느러미가 잠망경처럼 움직였다. 몇 해가 지나는 동안 좌초한 서너 척의 배가 지금은 강둑을 지지하는 모양새로 기울어져 그 연통들은 마치 바나나 숲과 습지대 너머의 먼 목표물을 겨냥하는 대포처럼 보였다.

텐치 씨는 생각했다. 에테르 실린더. 잊어버릴 뻔했다. 그는 입을 벌리고 찌무룩한 기분으로 목테수마 맥주 박스의 숫자를 헤아리기 시작했다. 1백40상자. 12 곱하기 1백40. 그의 입안에 침이 잔뜩 고였다. 12 곱하기 4는 48. 그는 영어로 소리쳤다.「*My God, a pretty one*(와, 꽤 상당한걸).」1천2백, 1천6백80. 그는 침을 뱉고는 제너럴 오브레곤의 뱃머리에 있는 한 여자를 멍청하게 바라보았다. 보기 좋게 마른 몸매였다. 일반적으로 여기 여자들은 뚱뚱한 데다 눈이 갈색인 건 당연했고 무엇보다도 금니의 광채를 피할 길이 없었는데, 신선하고 젊은 느낌이라니…… 1병에 1페소짜리로 1천6백80개.

누군가 영어로 중얼거렸다.「뭐라고 했죠?」

텐치 씨는 몸을 돌렸다.「영국 사람?」그는 놀라서 물었다가 사흘 동안 기른 턱수염에 뒤덮인 둥글고 야윈 얼굴을 보고는 질문을 바꿨다.「방금 영어였소?」

〈맞소〉라고 그 남자가 말했다. 그는 간단한 영어로 말했다. 그는 그늘 속에 어색하게 서 있었다. 누더기 같은 짙은 색 양복을 입고 작은 서류 가방을 든 자그마한 남자였다. 팔에는 소설 한 권을 끼고 있었다. 컬러로 조잡하게 인쇄한 외설적인 장면 따위가 눈에 확 들어왔다. 그가 말했다.「실례합니다만, 방금 막 저한테 뭔 얘기를 하신 것 같은데.」두 눈이 앞으로 툭 튀어나온 사람이었다. 마치 혼자서 생일을 축하하고 온 사람처럼, 들떠 있긴 했지만 어딘지 불안한 인상이었다.

텐치 씨는 입안에 고인 침을 뱉었다. 「내가 뭐라고 했죠?」 그는 하나도 기억할 수 없었다.

「〈와, 꽤 예쁜걸〉이라고 했습니다.」[4]

「내가 무슨 뜻으로 그 말을 한 거지?」 그는 가차 없이 내리쬐는 하늘을 올려다봤다. 독수리 한 마리가 감시자처럼 거기 떠 있었다. 「뭘까? 아, 저 여자 때문이었나 보군. 이 근처에는 뭐 달리 예쁜 걸 볼 리가 없으니 말이오. 1년에 한두 번 볼 만한 게 있을까 말까지.」

「매우 어린 여자군요.」

「아, 무슨 마음이 있는 건 아닙니다.」 텐치 씨가 피곤하다는 듯 말했다. 「남자니까 눈이 가는 거지. 15년 동안이나 혼자 살았거든요.」

「여기서?」

「뭐 이 근처에서.」

그들은 입을 다물었고 시간은 흘렀다. 세관 건물의 그림자가 강 쪽으로 몇 센티미터 더 이동했다. 독수리도 시계의 검은 바늘처럼 조금 움직였다.

「저 배를 타고 왔소?」 텐치 씨가 물었다.

「아뇨.」

「저 배를 타고 가나?」

그 자그마한 남자는 자꾸만 질문을 피하려는 듯하더니 어떤 설명이 필요한 것처럼 대답했다. 「나는 그냥 보고 있었습니다. 곧 저 배는 떠날 것 같은데요?」

---

4 *pretty*에는 〈양이 많다〉는 뜻도 있고, 〈예쁘다〉는 뜻도 있다.

「베라크루스로.」 텐치 씨가 말했다. 「몇 시간 있다가.」

「중간에 어디도 들르지 않고?」

「어디를 들를 수 있겠소?」 그가 물었다. 「뭘 타고 여기 오셨소?」

낯선 사내는 애매하게 대답했다. 「카누.」

「농원에도 갔겠군, 그렇죠?」

「아니.」

「영어를 들으니 좋군요.」 텐치 씨가 말했다. 「그럼 합중국에서 영어를 배웠겠습니다.」

그 남자는 맞는다고 했다. 수다스러운 사람은 아니었다.

「아, 지금 거기에 갈 수 있다면, 내가 뭔들 못 바칠까.」 텐치 씨가 기대감을 담은 낮은 목소리로 말했다. 「그 서류 가방 속에 혹시, 마실 걸 가지고 계신 건 아니겠지요? 거기서 돌아오는 사람들 중에는, 저도 한둘 아는 사람이 있습니다만, 의학적 목적으로 조금 가져오던데.」

「약만 있습니다.」 그 남자가 말했다.

「의사십니까?」

충혈된 두 눈동자가 음흉하게 텐치 씨를 힐끔거렸다. 「그 뭡니까, 그러니까 돌팔이?」

「특허받은 의약품인가? 서로서로 도우며 삽시다.」 텐치 씨가 말했다.

「당신은 항해합니까?」

「아니오. 뭘 가지러 온 건데……. 아, 어쨌든 그건 중요하지 않아요.」 그는 아랫배에 손을 올리고 말했다. 「혹시 약 중에 그런 약 없습니까? 그러니까, 뭐랄까……. 아, 젠장, 뭔지 모르겠네. 이 제기랄 놈의 땅. 당신이라고 그걸 해결할 수는 없겠지. 아무도 못 해.」

「당신 고향에 가고 싶소?」

「고향?」 텐치 씨가 말했다. 「여기가 내 고향이오. 멕시코시티에서 지금 페소가 얼마나 되는지 알아요? 1달러에 4페소입니다. 4페소. 하느님 맙소사, 오라 프로 노비스.」[5]

「가톨릭 신자입니까?」

「아니, 아닙니다. 그냥 하는 말이지. 그런 건 믿지 않아요.」 그는 딴소리를 했다. 「아무튼 너무 더워요.」

「나도 앉을 만한 곳을 찾아야 할 것 같습니다.」

「나 있는 데로 갑시다.」 텐치 씨가 말했다. 「남는 해먹이 있으니까. 저 배가 떠나려면 아직 몇 시간 남았어요. 떠나는 걸 구경하고 싶다면 말이오.」

낯선 사내가 말했다. 「나는 누굴 만나려고 했습니다. 이름은 로페즈입니다.」

「아, 몇 주 전에 총살당했지.」 텐치 씨가 말했다.

「죽었습니까?」

「알다시피 이곳 돌아가는 사정이 그러니까. 그 사람 친구요?」

「아니, 아닙니다.」 남자가 황급히 부인했다. 「친구의 친구입니다.」

「아무튼 돌아가는 사정이 그래요.」 그는 빈틈없는 햇살 속으로 가래를 모아 뱉었다. 「그 사람이 뭘 도왔다고 하던데……. 그, 불순분자들을……. 그러니까 도망갈 수 있게 말이죠. 지금은 경찰서장이 그 사람 여자애를 데리고 살지.」

---

5 〈저희를 위해서 빌어 주소서〉라는 의미의 라틴어.

「그 사람 여자애? 그 사람 딸 말입니까?」

「결혼도 안 한 사람인걸요. 그 사람하고 살던 여자애 말입니다.」 텐치 씨는 낯선 사내의 얼굴에 깃든 표정을 보고는 잠깐 놀랐다. 그는 다시 말했다. 「돌아가는 사정이 그렇다니까요.」 그는 제너럴 오브레곤호를 바라봤다. 「예쁜 여자애죠. 물론 2년만 지나면 다른 여자들과 마찬가지 신세가 되겠지만. 뚱뚱하고 멍청하고. 아, 하느님, 한잔하고 싶나이다. 오라 프로 노비스.」

「브랜디가 조금 있습니다.」 낯선 사내가 말했다.

텐치 씨는 눈을 치켜뜨며 그를 쳐다봤다. 「어디에?」

볼이 쏙 들어간 그 남자가 엉덩이에 손을 갖다 댔다. 어딘지 이상할 정도로 신경질적이긴 했지만 들떠 있었던 이유가 바로 거기에 있었다고 가리키는 것 같았다. 텐치 씨는 그의 손목을 잡았다. 「조심해요.」 그가 말했다. 「여기서는 안 돼요.」 그는 카펫처럼 깔린 그늘을 내려다봤다. 보초병이 라이플을 옆에 놓고 빈 나무 상자 위에 앉아 졸고 있었다. 「나 있는 곳으로 갑시다.」 텐치 씨가 말했다.

「나는 그저……」 작은 사내는 내키지 않는다는 듯 말했다. 「배가 떠나는 걸 보려고 했습니다.」

「아, 아직 몇 시간 더 지나야 합니다.」 텐치 씨가 다시 확인해 주었다.

「몇 시간? 확실합니까? 햇볕 때문에 무척 덥습니다.」

「집으로 가는 게 좋겠습니다.」

집. 그건 사방에 벽이 있고, 그 안에서 사람이 잠자는 곳을 지칭할 때 쓰는 단어였다. 집 같은 건 한 번도 존재한 적이 없었다.[6] 그들은 습기 때문에 초록색으로 변해 가는 죽은 장군과 야자나무 아래 탄산수 가판이 있는, 이글이글 타오르는 듯한 작은 광장을 가로질렀다. 집이란 한 뭉치의 그림엽서 속에 든 한 장의 그림엽서와 같았다. 그 그림엽서를 섞으면 출생지인 런던 지하철 지구의 노팅엄도, 사우스엔드의 막간극도 나왔다. 텐치 씨의 아버지 역시 의사였다. 생애 첫 기억은 휴지통에 버려진 치형(齒型)을 본 일이었다. 도싯에서 발굴된 네안데르탈인인가 자바 원인인가의 것과 비슷한 모양에 점토로 만들어 까칠까칠한, 이도 없는 벌린 입. 그에게는 줄곧 최고의 놀잇감이었다. 사람들은 메카노세트[7]로 그를 유혹해 보려고 했지만, 운명은 이미 그를 강타했다. 어린 시절에는 문이 열리고 그 문으로 미래가 들어오는 한순간이 존재한다. 뜨겁고 습기 찬 강의 하구와 독수리도 그 휴지통에 숨어 있었고, 그는 그냥 끄집어냈을 뿐이다. 어린 시절, 주위의 찬장이며 서가 등 모든 곳에는 공포와 몰락이 숨어 있었지만, 우리는 그걸 볼 수 없었다. 그 점을 우리는 감사해야 한다.

포장된 곳은 없었다. 우기 동안 마을(이라 할 것도 없지만)은 진창 속으로 미끄러져 들어갔다. 지금 발아래 땅바닥은 돌처럼 단단했다. 두 남자는 말없이 이발소와 치과 앞을 걸어갔다. 지붕 위의 독수리들은 가금류처럼 만족스러운 표정이었다. 독수리들은 먼지투성이 긴 날개 밑을 뒤지며 기생충을 찾고 있었다. 앞 베란다에 해먹이 걸린, 단층의 작은 오두막 앞에 서서 텐치 씨는 〈여기입니다만〉이라고 말했다. 2백

---

[6] 앞에서 고향 얘기를 할 때도 〈home〉이라는 단어를 썼기 때문에 텐치 씨는 이런 상념에 젖은 것이다.
[7] 구멍이 뚫린 여러 형태의 작은 쇳조각들을 나사와 너트 등으로 조립해서 이런저런 모형들을 만들 수 있게 한 장난감 세트.

미터 정도 이어지다가 습지대를 향해 사라지는, 그 좁은 거리에 있는 다른 오두막들보다 약간 큰 정도였다. 그는 쭈뼛쭈뼛 말했다. 「한번 둘러보시겠습니까? 자랑하려는 건 아니지만, 그래도 여기에서 치과 의사라면 제가 제일입니다. 나쁜 곳은 아닙니다. 사는 곳으로서는 말입니다.」 자랑하는 목소리가, 야트막하게 뿌리내린 식물처럼 살짝 떨렸다.

집으로 들어와 문을 잠근 뒤, 그는 원목 식탁 양옆으로 흔들의자 두 개가 놓인 식당을 지나 안쪽으로 들어갔다. 석유 램프, 낡은 미국 신문 몇 부, 찬장뿐이었다. 그가 말했다. 「잔을 가져올게요. 하지만 그 전에 보여 줄 게 있습니다. 당신은 배운 사람이니까……」 치과 진료실은 초라한 꼴의 칠면조 몇 마리가 신경질적으로 허세를 부리며 움직이는 마당 쪽을 향해 있었다. 페달로 작동하는 드릴, 붉은 플러시 천이 반짝거리는 의사용 의자, 먼지투성이 장비들이 뒤섞여 있는 유리 찬장. 컵에는 핀셋이 들어 있었고, 알코올램프는 한쪽 구석에 처박혀 있었으며, 솜으로 만든 입벌리개는 선반 위에 쭉 늘어져 있었다.

「참 훌륭합니다.」 낯선 사내가 평가했다.

「그리 나쁜 건 아니지 않습니까? 더욱이 이런 동네에서 말입니다. 어려움이 얼마나 많은지 모를 겁니다. 저기 있는 저 드릴은……」 그는 씁쓸하게 말을 이었다. 「일본제입니다. 겨우 한 달 썼는데, 벌써 닳아 버렸죠. 하지만 돈 때문에 미국제 드릴은 구하기가 어렵습니다.」

「저 창문……」 낯선 남자가 말했다. 「아주 아름답습니다.」

스테인드글라스가 한 장 끼워져 있었다. 성모 마리아가 모기 철망 사이로 마당에 있는 칠면조들을 바라보고 있었다.

「성당을 박살 낼 때 구했습니다. 명색이 치과 의사 방인데 스테인드글라스 하나 없다는 게 영 좋지 않았거든요. 그래서야 문화적이랄 수 없잖습니까. 예전 집에서는, 그러니까 영국 말입니다만, 대개 〈웃고 있는 기사〉나, 그 이유는 잘 모르겠습니다만, 튜더 왕조의 장미 문양 같은 거였죠. 하지만 여기서야 고르고 자시고 할 수 없지요.」

그는 다른 문을 열고 말했다. 「기공실입니다.」 제일 먼저 눈에 들어온 것은 모기장이 쳐진 침대였다. 텐치 씨는 〈보다시피 공간이 협소합니다〉라고 말했다. 목공 작업대 한쪽 끝에 주둥이가 넓은 물병과 대야, 비누 그릇이 놓여 있었다. 다른 쪽에는 세공용 취관(吹管), 모래함, 집게, 작은 노(爐) 등이 있었다. 「모래에다가 치형을 뜹니다. 이런 곳에서 달리 무슨 방법이 있겠습니까?」 그는 아래턱의 형틀이 든 용기를 집었다. 「정확하게 만들 수는 없습니다. 물론 불평들이 많지요.」 그는 용기를 내려놓고 작업대 위에 있는 다른 물건을 턱 끝으로 가리켰다. 겉모습은 섬유 조직의 장기처럼 보이는 것으로 작은 고무주머니가 두 개 달려 있었다. 「선천성 열구(裂溝)입니다.」 그가 말했다. 「처음 시도해 본 겁니다. 〈킹즐리 치형〉이라고 합니다. 할 수 있을지 저도 의심스럽습니다. 그래도 뒤처지지 않으려면 노력해야만 하니까요.」 그는 입을 벌린 채 멍한 표정으로 되돌아와 있었다. 좁은 방 안의 열기는 압도적이었다. 잘 알지도 못하는 시대의 화석과 도구들로 가득 찬 동굴 속에서 길을 잃은 사람처럼 그는 거기 서 있었다. 낯선 사내가 말했다. 「어디 앉을 만한 곳은…….」

텐치 씨는 멍한 표정으로 그를 바라봤다.

「여기선 브랜디를 따도 됩니다만.」

「아, 예, 브랜디.」

텐치 씨는 작업대 아래 찬장에서 잔을 두 개 꺼낸 뒤 거기 묻은 모래를 닦아 냈다. 그다음 두 사람은 앞쪽 방으로 가서 흔들의자에 앉았다. 텐치 씨는 술을 따랐다.

「물은?」 낯선 사내가 물었다.

「이곳 물은 마음을 놓을 수가 없습니다.」 텐치 씨가 말했다. 「물 때문에 이 모양이 된 거요.」 그는 아랫배에 손을 올리고 브랜디를 쭉 들이켰다. 「당신 별로 좋아 보이지 않는군요.」 그는 한참 바라봤다. 「당신 치아들 말이오.」 어금니 하나는 빠졌고, 앞니들은 치석과 충치로 누랬다. 「이빨에 신경 좀 써야겠어요.」

「무슨 소용입니까?」 낯선 사내가 말했다. 그는 경계를 늦추지 않은 채, 브랜디가 조금 든 잔을 들고 있었다. 그게 마치 도피처를 주긴 했으나 믿어서는 안 되는 짐승이라도 되는 양. 말하자면 건강이 안 좋거나 혹은 마음이 불안해서 꽤 오래 시달려 온 시시한 인간처럼, 그는 멍하니 만사에 관심이 없었다. 작은 서류 가방이 떨어지지 않도록 무릎 위에 잘 올리고 흔들의자 가장자리에 앉아서는 애정과 죄의식이 교차하는 심정으로 군침만 삼켰다.

「쭉 마셔요.」 텐치 씨가 술을 권했다(그건 그의 브랜디가 아니었다). 「그게 소용 있을 거요.」 남자의 어두운 양복과 웅크린 어깨는 불편하게도 관을 떠올리게 했다. 죽음은 이미 충치가 생긴 그의 입안에 있었다. 텐치 씨는 자기 잔에 한 잔 더 따랐다. 그가 말했다. 「점점 외로워집니다. 영어로 말하니 좋군요. 외국인한테 하는 것이라도 말이죠. 혹시 우리 아이들 사진 좀 보겠습니까?」 그는 지갑에서 색이 바랜 사진을 꺼내 건넸다. 꼬마 아이 둘이 뒤뜰에서 물뿌리개의 손잡이를 서로 잡으려고 실랑이를 벌이고 있었다. 「물론, 16년 전 일입니다.」

「이제는 청년들입니다.」

「한 애는 죽었어요.」

「아, 그렇군요.」 상대편이 점잖게 받아쳤다. 「기독교 국가에서.」 그는 브랜디를 한 모금 마시더니 텐치 씨를 향해 멍청하게 웃었다.

「그렇겠지요.」 텐치 씨는 대답하면서도 좀 놀랐다. 그는 가래를 뱉은 뒤 말했다. 「제게는, 물론 그런 건 별로 중요하지 않습니다만.」 그는 입을 다물었다. 생각들이 하나둘 머릿속에서 빠져나갔다. 입을 조금 벌린 채 창백하고 공허한 눈빛으로 허공을 바라보다가 아랫배의 통증으로 다시 정신을 차린 그는 자기 잔에 브랜디를 더 따랐다. 「가만있자, 우리가 무슨 이야기를 하고 있었더라? 아이들…… 아, 맞아, 아이들. 남자의 기억이란 우스워요. 알겠지만, 아이들보다 그 물뿌리개가 더 잘 기억나니 말이오. 3실링 11펜스 3파딩짜리로 초록색이었지. 어디서 샀는지 그 가게까지 데려갈 수 있습니다. 하지만 아이들은……」 그는 술잔을 든 채 과거를 떠올렸다. 「울어 댔다는 것 빼고는 별로 기억나는 게 없어요.」

「소식[8]은 듣습니까?」

「아, 편지 연락이 끊긴 뒤에 이리로 오게 됐죠. 편지가 무슨 소용입니까? 한 푼도 못 보내 주는데. 아내가 재혼했다고 해도 놀라지도 않을 것 같습니다. 그 심술궂은 여편네야, 나

---

8 *news*. 낯선 사내는 〈뉴스〉라고 묻는데, 텐치 씨는 〈소식〉으로 알아듣는다.

따위는 안중에도 없었으니까.」

낯선 사내는 낮은 목소리로 말했다.「끔찍합니다.」

텐치 씨는 다시 놀랍다는 듯이 그의 표정을 살폈다. 그는 갈 듯 머물 듯, 검은색 물음표처럼 의자에 앉아 있었다. 사흘 동안 깎지 않은 잿빛 턱수염 때문에 추레해 보였고 또 약해 보였다. 시키는 일이라면 다 할 수 있는 인간처럼. 그가 말했다.「이 세상 말입니다. 돌아가는 일들 말이에요.」

「브랜디를 더 드시죠.」

그는 홀짝홀짝 마셨다. 둘도 없는 도락을 즐기는 것 같았다. 그가 말했다.「당신은 예전의 여기를 기억합니까, 붉은 셔츠단[9]이 생기기 전을?」

「그렇습니다만.」

「그때는 얼마나 행복했습니까.」

「그랬나요? 미처 몰랐습니다.」

「그때는 어쨌거나 있었습니다. 하느님이.」

「이빨은 아무런 차이가 없습니다만.」텐치 씨가 말했다. 그는 낯선 사내의 브랜디를 자기 잔에 조금 더 덜어 냈다.「항상 끔찍한 곳이었습니다. 외롭다. 나의 하느님.[10] 고향에 머무는 사람들이야 낭만적이라고 말하겠지요. 나는 한 5년만

---

9 1930년대 멕시코 타바스코 주의 반가톨릭 주지사 토머스 가리도 카나발이 재임 기간 중에 조직한 준 군사 조직이다. 15세에서 30세 사이의 남성들로 구성되며 붉은 셔츠, 검은 바지, 붉은색과 검정색이 혼합된 군모를 쓰고 주지사의 명령을 수행했다. 소설의 배경이 소설 속에는 적시되어 있지 않지만, 이런 점으로 추정해서 1930년대 중반 멕시코 타바스코 주라고 본다.

10 텐치 씨가 영어를 잘 모르는 상대에게 딱딱 끊어서 말하는 장면이다. ⟨*My God*⟩은 감탄사일 뿐, ⟨나의 하느님⟩이라고 번역되지 않는 게 맞지만, 앞에서 상대가 말한 ⟨신*God*⟩을 받아서 사용한 측면이 있다.

여기 있다가 떠날 생각이었습니다. 일이 많았거든요. 금니들 말입니다. 하지만 페소의 값어치가 점점 떨어졌습니다. 이제는 빠져나갈 수 없게 됐습니다. 언제 나갈지 모릅니다.」 그가 말했다. 「일을 그만둘 겁니다. 고향으로 가야죠. 신사처럼 살아야죠. 이곳……」 그는 세간이 없는 기본적인 방을 가리켰다. 「이 모든 건 다 잊어버릴 겁니다. 아, 이제 머지않았습니다. 나는 낙천가입니다.」 텐치 씨가 말했다.

낯선 사내가 갑자기 물었다. 「그녀[11]는 베라크루스까지 가는 데 얼마나 걸릴까요?」

「누구?」

「그 배.」

텐치 씨가 음울하게 말했다. 「지금부터 40시간 뒤에는 거기 도착할 수 있습니다. 딜리젠시아. 좋은 호텔입니다. 댄스 클럽들도 좋고, 즐거운 동네죠.」

「참 가까운 곳처럼 들립니다.」 낯선 사내가 말했다. 「그럼 배삯은, 얼마나 합니까?」

「로페즈에게 물어보시죠.」 텐치 씨가 말했다. 「그 사람이 표를 파니까.」

「하지만 로페즈는……」

「아, 그렇지. 깜빡했습니다. 총살당했습니다.」

누군가 문을 두드렸다. 낯선 사내는 서류 가방을 의자 밑으로 슬그머니 밀어 넣었고, 텐치 씨는 조심스럽게 창가로 다가갔다. 「돌다리도 두드려 봐야 합니다.」 그가 말했다. 「치과 의사가 이름을 날리면 적들이 많이 생기는 법이죠.」

11 원문은 〈her〉이다. 이는 배를 받는 대명사인데, 낯선 남자는 영어를 잘하는 편이 아니기 때문에 사람을 말하는 것으로 오해받기도 한다.

뭐라고 간청하는 목소리가 희미하게 들렸다. 〈친구군요〉라고 말하면서 텐치 씨는 문을 열었다. 즉시 백열하는 막대 같은 햇살이 들어왔다.

한 아이가 문간에 서서 의사를 찾았다. 우둔해 보이는 갈색 눈동자를 지닌 아이로 큰 모자를 쓰고 있었다. 아이 뒤에서는 노새 두 마리가 뜨겁게 달아오른 길바닥을 구르며 휘파람 소리 같은 걸 냈다. 텐치 씨는 자신은 의사가 아니라고 말했다. 그는 치과 의사였다. 둘러보다가 그는 낯선 사내가 기도하는 듯, 간청하는 듯한 눈빛으로 흔들의자 위에 웅크리고 앉아 있는 모습을 보았다……. 아이는 마을에 새 의사가 들어와 있다고 했다. 원래 있던 의사는 열병에 걸려 조금도 움직일 수 없다고 했다. 아이의 엄마는 아팠다.

텐치 씨의 머릿속에서 희미하나마 어떤 기억이 꿈틀댔다. 뭔가 발견했다는 듯 그가 말했다. 「아, 당신 의사랬죠?」

「아닙니다. 아닙니다. 나는 그 배를 타야 합니다.」

「아까는 그렇게 말한 게 아니라──」

「마음을 바꿨습니다.」

「아, 그래요? 하지만 떠나려면 아직 몇 시간 남아 있습니다.」 텐치 씨가 말했다. 「제시간에 떠난 적은 한 번도 없어요.」 그는 아이에게 얼마나 가야 하는지 물었다. 아이는 6리 그 정도라고 대답했다.

「너무 멀다. 가거라. 다른 사람 찾아봐.」 그는 낯선 사내에게 말했다. 「모든 게 이런 식입니다. 당신이 마을에 있다는 걸 모르는 사람이 없어요.」

「나는 전혀 도울 수 없습니다.」 낯선 사내가 눈치를 보며 말했다. 그는 겸손한 태도로 텐치 씨의 의견을 묻는 듯 보였다.

「가거라.」 텐치 씨가 명령조로 말했다. 아이는 움직이지 않았다. 가없는 인내심을 담은 시선으로 바라보며 맹렬한 햇살 아래 서 있었다. 아이는 엄마가 죽어 가고 있다고 말했다. 그 갈색 눈동자에는 아무런 감정도 드러나지 않았다. 사실이란 얘기였다. 아이는 태어나고, 부모는 죽고, 아이가 늙으면, 그 아이는 혼자 죽는다.

「죽어 가고 있다면, 의사가 가봐야 소용이 없어.」 텐치 씨가 말했다.

하지만 낯선 사내는 도저히 피할 수 없는 일에 어쩔 수 없이 소집된 것처럼 자리에서 일어났다. 그는 슬픈 목소리로 말했다. 「항상 일이 벌어집니다. 이런 식으로요.」

「배를 놓치지 않고 타는 게 당신이 할 일이오.」

「놓칠 겁니다.」 그가 말했다. 「놓칠 작정이란 뜻입니다.」 약간 화가 났는지 그가 떨었다. 「내 브랜디를 주십시오.」 그는 어떤 감정도 보이지 않는 아이, 뜨겁게 달궈진 거리, 소화 불량 때문에 생긴 반점들처럼 하늘에서 움직이는 독수리를 바라보면서 브랜디를 길게 들이켰다.

「하지만 이미 죽어 가고 있다면……」 텐치 씨가 말했다.

「나는 이 사람들을 알아요. 죽어 간다지만, 그 전에 내가 먼저 죽을 겁니다.」

「당신은 아무 도움도 되지 않을 거요.」

아이는 아무런 관심도 없다는 듯이 그들을 바라봤다. 거기 집 안에서 외국어로 이뤄지는 언쟁은 추상적인 것이었다. 아이는 끼어들지 않았다. 의사가 같이 갈 때까지 그렇게 기다릴 것이었다.

「당신은 아무것도 모릅니다.」 낯선 사내가 쏘아붙였다.

「그건 모든 사람들이 항상 하는 얘깁니다. 당신은 아무 도움도 되지 않을 거라는 말.」 브랜디가 효과를 발휘했다. 그는 어처구니없을 정도로 신랄했다. 「온 세상 사람들이 그렇게 말하는 소리를 난 들을 수 있습니다.」

「어쨌거나······.」 텐치 씨가 말했다. 「배는 또 있을 겁니다. 2주 안에 말입니다. 3주가 될 수도 있죠. 당신은 운이 좋은 겁니다. 빠져나갈 수 있습니다. 자본을 여기 투자한 건 아니니까.」 그는 자신의 자본을 생각했다. 일본제 드릴, 치과 의자, 알코올램프와 치료용 집게와 금 충전재를 녹이기 위한 작은 화로. 그게 그 나라에 남은 그의 밑천이었다.

「바모스.」[12] 남자가 아이에게 말했다. 그는 몸을 돌리고 텐치 씨에게 볕을 피해 쉴 수 있게 해줘서 고맙다고 말했다. 난쟁이의 위엄 같은 게 느껴졌다. 텐치 씨는 그런 종류의 위엄을 잘 알고 있었다. 작은 고통도 두려워하는 주제에 무게를 잡으며 의자를 지키는 사람들의 위엄. 노새를 타고 가는 걸 별로 안 좋아할 게 틀림없었다. 그는 구닥다리 냄새를 풍기며 말했다. 「당신을 위해 기도하겠습니다.」

「댁도요.」 텐치 씨가 말했다. 남자는 노새 위로 올랐고, 눈부신 광채를 맞으며 아이는 늪을, 내륙을 향해 앞장서 아주 천천히 움직이기 시작했다. 남자가 그날 아침 제너럴 오브레곤호를 보겠다며 나온 방향이었다. 그러니까 그는 왔던 길을 되돌아가고 있는 셈이었다. 브랜디의 취기 때문에 그는 안장 위에서 흔들거렸다. 거리의 끝으로 가면서 점점 작아지더니 그는 서서히 사라졌다. 무척 실망하는 듯한 뒷모습이었다.

12 *Vamos*. 〈가자〉라는 의미의 스페인어.

다시 방으로 돌아가 문을 걸어 잠그며(무슨 일이 일어날지 알 수 없는 일이니까) 〈그 낯선 사내와 얘기한 것은 좋았어〉라고 텐치 씨는 생각했다. 거기 고독이 그와 마주 섰다. 공허가. 하지만 그는 거울에 비친 자기 얼굴만큼이나 그 두 가지 모두에 익숙했다. 그는 흔들의자에 앉아 아래위로 의자를 굴리며 무거운 실내에 희미하게나마 바람을 일으켰다. 낯선 사내가 바닥에 조금 흘린 브랜디의 흔적을 향해 개미 떼가 가느다란 열을 지어 방을 가로지르고 있었다. 개미 떼는 브랜디 주위에 새카맣게 모였다가 다시 질서 정연하게 줄 맞춰 맞은편 벽을 향해 움직이더니 사라졌다. 강에서는 제너럴 오브레곤호가 기적을 두 번 울렸으나, 그는 그 이유를 몰랐다.

낯선 사내는 책을 두고 떠났다. 책은 흔들의자 밑에 놓여 있었다. 에드워드 왕조 풍의 드레스를 입은 여자가 끝이 뾰족하고 잘 닦인 한 남자의 갈색 구두를 껴안고 카펫 위에 웅크리고 있었다. 가느다란 콧수염에 왁스를 바른 남자는 넌더리가 난다는 듯 서 있었다. 제목은 〈영원의 순교자 La eterna mártir〉였다. 이윽고 텐치 씨가 책을 집었다. 책을 펼쳤다가 그는 움찔했다. 안에 인쇄된 것은 표지와 다른 내용 같았다. 라틴어였다. 텐치 씨에게 상념이 밀려왔다. 그는 책을 덮은 뒤, 기공실로 들고 갔다. 책을 불태울 수는 없겠지만 확신, 그러니까 무엇에 관한 내용인지 확신할 수 없는 상황에서는 감춰 두는 편이 좋을 것 같았다. 그는 금 충전재를 녹이기 위한 용도의 작은 화로에 책을 넣었다. 그러고는 입을 벌린 채 작업대 옆에 섰다. 그는 자기가 왜 선창까지 갔었는지 기억해 냈다. 제너럴 오브레곤호 편으로 오기로 했던 에테르 실린더 때문이었다. 강에서 기적 소리가 다시 들렸고, 텐치 씨는 모자도 쓰지 않고 땡볕 속으로 달려갔다. 아침이 지나야만 배가 떠날 것이라고 말하긴 했지만, 시간표 따위야 아랑곳하지 않는 이 사람들을 절대로 믿어서는 안 된다. 이를 증명하기라도 하듯, 그가 세관과 창고 사이의 둑에 도착했을 때 제너럴 오브레곤호는 이미 느릿느릿 흘러가는 강물 위로 10피트 정도 전진해 바다를 향하고 있었다. 그는 배를 향해 소리를 질러 댔지만, 아무런 소용이 없었다. 부두 어디에도 실린더의 흔적은 보이지 않았다. 그는 다시 한 번 소리를 질러 본 뒤, 더 이상 마음을 쓰지 않기로 했다. 어쨌든 그렇게 중요한 건 아니었다. 극한의 자포자기 상태에 있는 그에게 그 정도 고통이 더해진다고 해서 달라질 건 없었다.

제너럴 오브레곤호의 선상으로 산들바람이 불어오기 시작했다. 양쪽에서 바나나 농원과 툭 튀어나온 바위 위에 세운 무선 안테나들, 항구가 미끄러지듯 뒤로 갔다. 돌아보면 과연 거기에 그런 것들이 분명히 존재했었다고 말하기 어려우리라. 광대한 대서양이 펼쳐졌다. 거대한 회색 물기둥 같은 파도가 뱃머리를 들어 올렸고, 발이 묶인 칠면조가 갑판 위에서 뒤뚱거렸다. 머리칼 속에 이쑤시개를 끼워 넣은 선장은 작은 갑판실에 서 있었다. 잔잔하고 고른 물결이 밀려올 때마다 뭍은 뒤로 물러섰고, 눈부실 정도로 낮게 내려앉은 별들을 데리고 갑자기 어둠이 찾아왔다. 뱃머리에 석유램프가 하나 켜지자, 포구에서 텐치 씨가 눈여겨봤던 여자가 조용하게 노래를 부르기 시작했다. 참된 사랑의 피로 물든 장미에 관한, 애처롭고 감상적이면서도 듣기 좋은 노래였다. 광막한 자유의 느낌이 있었다. 무덤 속의 미라만큼이나 깊은 어둠 속에 누워 있는 듯한 열대 저지대 해안을 감싼 만(灣)의 뻥 뚫린 듯한 느낌. 나는 행복해. 이유 같은 건 따져 보지도 않으며 젊은 여자는 혼자 중얼거렸다. 나는 행복해.

멀리 어둠 안쪽에서는 노새들이 발을 구르며 걸었다. 브랜디의 취기는 벌써 날아간 지 오래였고, 우기가 찾아오면 완전히 불통이 될 늪지대를 지나는 남자의 머릿속엔 제너럴 오브레곤호의 기적 소리가 떠나지 않았다. 그는 그게 무슨 뜻인지 알고 있었다. 배는 시간표에 맞춰 출발했다. 그는 버려졌다. 그는 앞장선 아이와 병든 여인에게 자신도 모를 적의를 느꼈다. 그는 자신이 해야 할 그 일들을 할 자격이 없는 사람이었다. 습한 냄새가 사방에서 올라왔다. 지구가 우주 공간 속으로 떨어져 나올 때의 화염에도 그 습기만은 사라지지 않을 것 같은 곳이었다. 그래 봐야 이 끔찍한 지역의 안개와 구름만 겨우 빨아들였을 뿐이리라. 쭉쭉 미끄러지는 노새 위에서 아래위로 흔들거리며 그는 브랜디로 굳어 버린 혀를 놀려 기도했다. 「곧 체포되기를 바라옵니다……. 체포되기를 바라옵니다.」 그는 탈출하려 했지만 자신을 따르는 사람들의 노예가 되어 바람이 잠잠해지지 않을 때면 몸조차 눕히지 못했던 서아프리카 한 부족의 추장과 같은 신세가 되었다.

제2장: 주도(州都)

 기동대는 경찰서로 돌아가고 있었다. 그들은 소총을 아무렇게나 둘러메고 힘없이 걸었다. 단추가 있어야 할 곳에는 솜이 삐져나왔고, 각반은 발목까지 내려가 있었다. 거멓고 숨기는 게 많은 인디언의 눈동자를 지닌 키 작은 남자들. 언덕 꼭대기 작은 광장은 세 개씩 묶어서 머리 위로 드리운 전선에 연결한 알전구들로 환했다. 국고 건물, 주지사 관저, 치과 병원, 감옥…… 3백 년 전에 지은, 주랑(柱廊) 딸린 낮고 하얀 건물들과 파괴된 성당의 뒷벽의 가파른 길을 지나가고 있었다. 어느 쪽으로 가든 결국에는 물과 강이 나왔다. 분홍빛 집들의 고전적 외관은 칠이 벗겨져 그 안의 흙벽을 드러냈고, 흙벽은 천천히 원래의 진흙 상태로 돌아가고 있었다. 광장 도처에서 저녁 행진이 계속됐다. 여자들은 이쪽으로, 남자들은 다른 쪽으로, 붉은 셔츠를 입은 청년들은 탄산수 가게 주위를 떠들썩하게 맴돌았다.
 경위는 쓸쓸한 듯 싫은 기색을 풍기며 부하들 앞에서 걸었다. 싫지만 어쩔 수 없이 부하들과 한 배를 타야 한다는 듯이. 턱의 상처는 도피의 유물일 것이다. 그의 각반과 권총집은 반짝거렸고 단추는 모두 제자리에 붙어 있었다. 무용수처럼 마른 얼굴에 뾰족하게 굽은 코가 툭 튀어 나와 있었다. 그 후줄근한 도시에서 그의 깔끔함은 엄청난 야망을 보여 주는 것 같았다. 시큼한 냄새가 강에서 광장으로 밀려들었고, 지붕 위의 독수리들은 텁수룩한 검은 날개로 텐트를 만들어 그 안에서 잠자고 있었다. 이따금 작은 얼뜨기 대가리를 내밀어 빼꼼히 아래를 내려다보며 발톱을 옮길 뿐이었다. 정확히 9시 30분이 되자, 광장의 불들이 모두 꺼졌다.

경찰 한 명이 서투른 자세로 받들어총을 했고, 기동대는 막사로 행진했다. 그들은 명령을 기다리지도 않고 장교 숙소 옆에 소총을 걸어 놓은 뒤 비틀비틀 안뜰을 가로질러 해먹과 엑스쿠사도[13]로 향했다. 몇몇은 발을 흔들어 군화를 벗고 쓰러졌다. 흙벽의 회반죽은 벗겨지고 있었다. 앞서 지낸 경찰들이 휘갈긴 낙서가 하얀 벽에 남아 있었다. 벤치에는 농부 몇 명이 무릎 사이에 두 손을 끼운 채 앉아 기다리고 있었다. 그들에게 신경 쓰는 사람은 아무도 없었다. 세면장에서는 두 남자가 서로 치고받으며 싸우고 있었다.

「헤페[14]는 어디 있지?」 경위가 물었다. 확실히 아는 사람은 아무도 없었지만 다들 짐작하는 바와 같이 마을 어딘가에서 당구를 치고 있을 터였다. 경위는 살짝 짜증을 내며 서장 책상에 앉았다. 그의 뒤쪽 하얀 벽에는 하트 두 개가 서로 연결된 그림이 연필로 그려져 있었다. 「좋아.」 그가 말했다. 「뭘 기다리는 건가? 죄수들을 데려와.」 죄수들은 모자를 손에 쥔 채 고개를 숙이고 차례차례 들어왔다. 「아무개, 만취에 풍기

13 〈변소〉를 뜻하는 스페인어.
14 〈지도자〉라는 의미의 스페인어. 여기서는 경찰서장을 가리킨다.

문란.」「벌금 5페소.」「하지만 나리, 저는 돈이 없습니다.」 「그럼 변기 및 감방 청소.」「아무개, 선거 포스터 훼손.」「벌금 5페소.」「아무개, 셔츠 안에 종교 메달 착용.」「벌금 5페소.」 할 일은 끝났다. 중요한 건 하나도 없었다. 열린 문으로 모기들이 윙윙거리며 들어왔다.

바깥에서 보초가 받들어총을 하는 소리가 들렸다. 경찰서장이 기운차게 들어왔다. 살찐 분홍빛 얼굴에 챙 넓은 모자, 하얀 플란넬 옷에 탄약띠를 두르고 허벅지에 절렁대는 큰 권총을 찬 풍채 좋은 사내였다. 그는 입에 손수건을 문 채 괴로워하고 있었다.「또 치통이 시작됐어.」그가 말했다.「치통 말이야.」

「보고드릴 일 없습니다.」경위가 경멸을 감추지 못한 투로 말했다.

「오늘도 주지사한테 시달렸어.」서장이 투덜댔다.

「술 때문입니까?」

「아니, 사제 문제로.」

「일주일 전에 마지막 놈을 총살했는데요.」

「그 인간은 그렇게 생각하지 않아.」

「골치 아픈 건…….」중위가 말했다.「우리에게 사진이 없다는 점입니다.」그는 벽에 붙은, 은행 강도 및 살인죄 혐의로 미국에서 수배된 제임스 캘버의 사진에 시선을 보냈다. 두 방향에서 찍은 거칠고 울퉁불퉁한 얼굴. 수배 포스터가 중앙아메리카의 모든 경찰서에 배부된 자. 좁은 이마에 광신도를 연상시키는 외골수적인 눈동자. 경위는 유감스럽다는 듯 그걸 쳐다봤다. 그가 남쪽으로 도망칠 가능성은 거의 없었다. 후아레스나 피에드라스네그라스, 혹은 노갈레스 같은 국경 근처의 술집에서 발견될 것이 분명했다.

「주지사는 우리가 사진을 가지고 있다고 하던데.」 서장이 투덜댔다. 「아이고, 이빨이야. 아이고.」 그는 뒷주머니에서 뭔가를 꺼내려고 했지만 권총집에 가로막혔다. 경위는 초조한 듯 잘 닦은 군화로 바닥을 톡톡 쳤다. 「여기……」 서장이 말했다. 많은 사람들이 탁자 주위에 앉아 있었다. 하얀 모슬린을 걸친 어린 소녀들, 묶지 않은 머리에 불안한 표정을 한 중년 여인들, 뭔가를 갈망하는 듯하면서도 겁먹은 시선으로 바라보는 뒤쪽의 남자 몇 명. 그 모든 얼굴들은 작은 점들로 구성되어 있었다. 몇 년 전, 첫 영성체 파티[15]를 찍은 신문 사진이었다. 여자들 사이에 성직자용 옷깃을 단 젊은 남자가 앉아 있었다. 누가 보더라도 그가 친절과 존경으로 질식할 듯한 분위기 속에서 이날을 위해 준비한, 소소하나 맛있는 요리들을 대접받고 있다는 걸 알 수 있었다. 눈이 툭 튀어나오고 살이 찐 그가 순진한 여성들의 농담에 즐거워하며 거기 앉아 있었다. 「찍은 지 십 수년 된 사진이지.」

「다른 사람들과 잘 구분이 가질 않습니다.」 경위가 말했다. 흐릿하고 망점이 큰 사진이었으나 그래도 나이에 비해 지나치게 발달하여 힘이 넘쳐 보이는, 잘 면도된 그 턱은 알아볼 수 있었다. 세상의 좋은 것들이 그에게는 너무 일찍 찾아온 것이다. 동시대인들의 존경, 안락한 생활. 판에 박힌 종교적 언사와 매사에 긴장을 풀어 주는 농담, 언제라도 다른 사람들의 존경을 받아들일 준비가 된 자세……. 행복한 사내다. 개와 개 사이에서나 생겨날 만한 원초적인 적의로 경위의 속

---

15 세례를 받은 후 처음으로 영성체를 한 사람을 위한 축하식.

이 뒤틀렸다. 「우리는 이자를 여섯 번이나 총살했습니다.」 경위가 말했다.

「주지사가 말한 정보에 따르면…… 지난주에 베라크루스로 도망치려고 했다더군.」

「이자가 우리한테까지 올 때까지 붉은 셔츠단은 대체 뭘 하고 있었단 말입니까?」

「아, 물론 놓친 거지. 그나마 그놈이 배를 못 탔으니 다행이야.」

「그럼 어떻게 됐죠?」

「녀석의 노새를 발견했어. 주지사는 이번 달 안에 반드시 그 녀석을 잡아야 한다고 말하더군. 우기가 닥쳐오기 전에 말이야.」

「교구는 어디였습니까?」

「콘셉시온과 인근 마을들. 하지만 몇 년 전에 거길 떴어.」

「다른 정보는 없습니까?」

「그자는 그링고[16] 행세를 하며 빠져나갈 수 있어. 미국의 신학교에서 6년 정도 있었지. 그 밖의 것은 나도 모르네. 고향은 카르멘이고, 상점 주인의 아들이라는 것 정도야. 그런 것이야 도움이 안 되겠지만.」

「제 눈에는 다 비슷해 보입니다.」 경위가 말했다. 그 하얀 모슬린 드레스를 바라보는 동안, 공포라고도 부를 수 있는 뭔가가 그의 마음을 흔들었다. 그는 소년 시절 교회에 갈 때마다 맡았던 향을, 양초들과 레이스 무늬와 자부심을, 희생의 의미를 모르는 남자들이 제단의 층계 위에서 지어내던 끝없

---

[16] 중남미 지역에서 외국인, 특히 영미인들을 경멸적으로 일컫는 말.

는 요구들을 떠올렸다. 조금이라도 더 많은 힘을 쥐어짜 내려는 농원에서 장시간 노동한 탓에 지쳐 버린 늙은 농부들이 십자가의 형태로 두 팔을 펼친 성상 앞에서 무릎을 꿇었다. 그러면 사제는 농부들에게는 위안이라 할 만한 별것 아닌 죄악으로 그들을 욕하고 헌금 자루를 돌려 그들의 센타보[17]를 거둬들였다. 성적인 즐거움을 포기하는 것 외에는 그 대가로 아무런 희생도 하지 않은 채. 그건 쉬운 일, 정말 쉬운 일이라고 경위는 생각했다. 그 자신이 여성의 필요성을 느끼지 못하고 있었던 것이다. 그는 말했다. 「우리가 체포하겠습니다. 시간 문제일 뿐입니다.」

「아이고, 이빨이야.」 서장이 다시 끙끙댔다. 「이것 때문에 오늘 하루를 망쳤어. 오늘은 제일 잘한 브레이크[18]가 25점이었어.」

「다른 치과를 가보시죠.」

「다 똑같아.」

경위는 사진을 집어서 핀으로 벽에 꽂았다. 은행 강도에 살인죄를 저지른 제임스 캘버가 흉악한 옆모습으로 첫 영성체 파티를 노려보고 있었다. 〈어쨌든 이자는 남자군요〉라고, 수긍하듯 경위가 말했다.

「누구?」

「이 그링고 녀석 말입니다.」

서장은 말했다. 「휴스턴에서 무슨 짓을 했는지 들었겠지. 1만 달러를 들고 튀었어. G맨[19] 두 명을 쏘고.」

17 멕시코의 화폐 단위. 1백 센타보는 1페소이다.
18 당구의 연속 득점을 뜻한다.
19 〈Government Men〉를 줄인 은어로 FBI 요원을 뜻한다.

「G맨?」

「그런 인간들을 처리하는 건, 어떤 의미에서는 명예로운 일이지.」 그는 손바닥으로 세차게 모기를 내리쳤다.

「이런 사람은…….」 경위가 말했다. 「실제적인 위험은 아닙니다. 그래 봐야 두세 명이 죽는 거죠. 결국 우리는 모두 죽습니다. 돈이라는 것도 누군가가 써야만 하는 것이고요. 오히려 저들 중 하나라도 잡아야지 좋은 일을 했다고 할 수 있는 것이죠.」 회반죽을 바른 작은 방에 광을 낸 군화를 신고 서서 독설을 내뱉는 그의 견해에는 당당함이 있었다. 그의 야망에 사심 같은 건 없었다. 첫 영성체 파티에 초대받은, 그 영양 상태가 양호하고 존경을 듬뿍 받던 사제를 체포하려는 그의 욕망에는 일종의 고결함이 있었다.

서장이 끙끙대며 말했다. 「몇 년 동안 계속 활동한 사람이라면 분명 지독하게 교활할 거야.」

「누구라도 그렇게 할 수 있습니다.」 경위가 말했다. 「실제로 우린 아직 그자들 때문에 골머리를 썩인 건 아닙니다. 우리 손아귀에서 빠져나간 게 아니라면 말입니다. 그러니까, 저는 이자를 한 달 안에 잡아 올 수 있습니다. 그러자면…….」

「그러자면 뭐?」

「제게 권한[20]이 있어야만 합니다.」

「한번 얘기해 보는 건 어렵지 않지.」 서장이 말했다. 「어떻게 할 건데?」

「이곳은 작은 주입니다. 북쪽은 산악 지대고 남쪽은 바다죠. 가가호호 수색하듯 전체를 수색할 수 있습니다.」

---

20 원문에는 제목에 등장하는 〈*power*〉로 표현되어 있다.

「아, 별로 어렵지 않은 일처럼 들리는군.」 손수건을 입에 대며 서장이 아픈 듯 웅얼거렸다.

경위가 갑자기 말했다. 「앞으로 어떻게 할 것인지 말씀드리겠습니다. 주 내에 있는 마을마다 인질을 정해서 한 명씩 데려다 놓겠습니다. 만약 그 사내가 마을에 나타났을 때 신고하지 않으면 그 인질은 총살당할 것입니다. 그다음에는 또 다른 한 명을 데려오겠습니다.」

「많이들 죽겠구먼, 당연히.」

「그럴 만한 값어치가 있지 않겠습니까?」 경위가 다그쳤다. 「그자들을 영원히 격리해야 한다면 말이죠.」

「누가 뭐라나.」 서장이 말했다. 「자네 말도 일리가 있네.」

경위는 덧문이 내려진 마을을 지나 집으로 걸어갔다. 그의 전 생애가 이 땅에 뿌리내리고 있었다. 옛날 학교가 있던 자리에는 이제 노동자·농민 연맹이 들어섰다. 그도 그 유쾌하지 못한 기억을 없애는 작업을 도왔다. 마을 전체가 바뀌었다. 달빛이 드리운 어둠 속에 철제 그네가 교수대처럼 매달린, 언덕 위 공동묘지 근처 시멘트 놀이터는 옛날 대성당 자리였다. 새로 태어나는 아이들에게는 새로운 기억들이 생길 것이다. 옛날과 같은 건 하나도 없을 것이다. 정신을 모아 자세히 살피며 걸어가는 그의 태도에는 사제 같은 분위기가 있었다. 과거의 오류들로 다시 돌아가 그것들을 논박하려는 신학생의 태도가.

그는 숙소에 도착했다. 집들은 모두 회반죽을 바른 단층 건물로 작고 둥근 파티오[21]에는 우물과 꽃들이 있었다. 길거리 쪽 창에는 창살을 쳤다. 경위의 방 안에는 쿠션과 이불과 밀짚

자리를 깔아 놓은, 낡은 포장 상자들로 만든 침대가 있었다. 벽에는 대통령의 사진과 달력이 걸려 있었고 타일이 깔린 바닥에는 탁자와 흔들의자가 놓여 있었다. 촛불을 밝혀 놓은 그 방은 감방이나 수도사의 방처럼, 아늑함과는 거리가 멀었다.

경위는 침대에 앉아서 군화를 벗기 시작했다. 기도 시간이었다. 검은색 벌레들이 벽으로 가서 부딪히는 소리가 폭죽 터지듯이 들렸다. 날개를 다친 채 타일 위를 기어다니는 벌레들이 열 마리도 넘었다. 이 주에 사는 사람들 가운데 아직도 사랑이 넘치고 자비로운 신을 믿는 사람들이 있다고 생각하니 갑자기 그는 화가 치밀었다. 세상에는 신을 직접 경험했다고 하는 신비주의자들이 있다. 그렇다면 그도 신비주의자였다. 그가 경험한 것은 무(無)였다. 차갑게 죽어 가는 세계의 존재와 목적 없이 짐승에서 진화해 온 인간에 대한 완전한 확신. 그는 알고 있었다.

그는 셔츠와 반바지를 입고 침대에 누워 촛불을 껐다. 열기가 적군처럼 방 안에 서 있었다. 하지만 그는 자신의 감각에 맞서 차가운 텅 빈 에테르의 우주 공간을 믿었다. 어딘가에서 라디오 소리가 들렸다. 멕시코시티에서 전하는, 혹은 런던이나 뉴욕에서 전하는 음악 소리가 이 궁벽하고 방치된 지역까지 흘러들었다. 그에게 그것은 나약함으로 느껴졌다. 여기는 그의 땅이다. 할 수만 있다면 그는 한 비참한 어린아이의 눈에 비치던 이 땅의 예전 모습을 떠올리게 하는 모든 것들이 완전히 사라질 때까지 강철로 된 벽을 두르고 싶었다. 그는 모든 것을 파괴하고 그 어떤 기억도 없이 홀로 존재

---

21 스페인 특유의 건축 요소로 일종의 안뜰이다.

하고 싶었다. 인생은 5년 전에 시작됐다.

 벌레들이 천장에서 폭음을 내는 동안 경위는 두 눈을 뜬 채 등을 대고 누웠다. 그는 붉은 셔츠단이 언덕 위 공동묘지의 벽에 세워 놓고 총살한, 붕어눈에 약간 살이 찐 또 다른 사제를 떠올렸다. 그는 몬시뇰[22]이었고, 그 호칭이 자신을 지켜 주리라고 생각했다. 하위의 신부들에 대해 경멸감을 지닌 그는 마지막 순간까지도 자신의 지위가 얼마나 높은지 설명했다. 그리고 죽기 직전에야 겨우 기도를 기억했다. 그는 무릎을 꿇었고, 회개할 수 있는 짧은 시간이 허락되었다. 경위는 그걸 모두 지켜봤다. 그와는 직접적인 관계가 없는 일이었다. 모두 다섯 명의 사제가 처형됐다. 두세 명은 도망갔는데 주교는 멕시코시티에 무사히 도착했고, 한 명은 모든 사제들은 결혼하라는 주지사의 법령에 순응했다. 그는 이제 강 근처에서 자신의 하녀와 살고 있다. 이렇게 그들 신앙의 약함을 보여 주는 생생한 증거를 남겨 두는 것이야말로 최고의 해결책이었다. 기나긴 세월 동안 사제들이 실행해 온 사기술을 보여 주는 셈이다. 진정 그들이 천국이나 지옥을 믿었다면, 이 조그만 고통에 그 무한한 보상을 버리고 마음을 바꾸지는 않았을 테니……. 습하고 어두운 밤, 딱딱한 침대에 누운 경위는 그 육신의 연약함에 조금의 동정도 느끼지 못했다.

 아카데미아 코메르시알[23]의 뒷방에서 한 여인이 아이들에게 책을 읽어 주고 있었다. 여섯 살과 열 살짜리 꼬마 여자애

---

22 가톨릭교회의 경칭. 재치권을 행사할 교구를 갖지 않은 교황청 고위 성직자나 주교품을 받지 않은 덕망 높은 성직자가 보통 이 칭호를 받는다.
23 *Academia Commercial*. 상업 전문학교.

들은 각각 침대의 끝에 앉아 있었고, 열네 살인 소년은 꽤나 지친다는 표정으로 벽에 기대어 있었다.

「어린 시절부터……」 엄마가 말했다. 「소년 후안은 겸손과 신앙심으로 유명했습니다. 다른 소년들은 거칠고 복수심에 불탔죠. 하지만 어린 후안은 우리 주님의 가르침을 잘 따라 다른 쪽 뺨을 내밀 정도였습니다. 어느 날, 아버지는 후안이 거짓말을 한다고 생각해 그를 때렸습니다. 나중에 후안이 거짓말을 하지 않았다는 사실을 알게 된 아버지가 사과하자 후안은 이렇게 말했습니다. 〈아버지, 그건 하늘에 계신 우리 아버지께서 원하시는 만큼 매질할 수 있는 것과 마찬가지입니다…….〉」

소년은 참지 못하고 회반죽벽에다가 얼굴을 문질렀고 부드러운 목소리는 단조롭게 계속됐다. 구슬 같은 진지한 눈으로, 두 꼬마 여자애들은 아름다운 신앙 이야기에 넋이 빠졌다.

「어린 후안에게도 다른 아이들처럼 웃으며 놀고 싶은 마음이 없었다고 생각해서는 안 됩니다. 그럼에도 신나게 노는 친구들에게 가는 대신, 어린 후안은 종종 성인의 이야기가 담긴 그림책을 들고 아버지의 외양간으로 들어가곤 했습니다.」

소년은 맨발로 벌레 한 마리를 누르며 결국 모든 것은 종말에 이른다는 어두운 생각을 했다. 언젠가는 그들도 책의 마지막 부분에 이를 테고, 책 속의 어린 후안은 벽에 기댄 채 〈비바 엘 크리스토 레이〉[24]라고 말하며 죽을 것이다. 하지만 그때, 다른 책도 있다는 생각이 들었다. 매달 멕시코시티에서 새로운 책들이 몰래 들어왔다. 세관원들이 조사하는 곳이 어딘지 알 수만 있다면 좋을 텐데.

24 〈우리 주 그리스도 만세〉라는 뜻.

「아닙니다. 어린 후안은 그야말로 멕시코 소년이었습니다. 다른 아이들보다 더 사려 깊긴 했지만 연극을 할 때는 제일 먼저 앞에 나서곤 했습니다. 언젠가 후안의 학급 어린이들이 주교님 앞에서 초기 기독교인들의 박해를 다룬 연극을 할 기회가 생겼는데, 그때 누구보다도 즐거워한 사람은 바로 네로 역할을 맡은 후안이었습니다. 연기를 통해 후안은 남들을 충분히 웃길 수 있는 사람이라는 걸 보여 줬습니다. 네로보다 더 사악한 지배자는 이런 사람의 삶을 잘라 버렸습니다. 나중에 예수회 신부가 된 후안의 동급생 미구엘 세라 신부는 이렇게 기록했습니다.〈거기에 있었던 사람들이라면 누구라도 그날을 잊지 못할 것입니다……〉」

여자아이 하나가 몰래 입술에 침을 묻혔다. 그게 인생이었다.

「막이 오르자, 어머니가 가진 것 중에서 제일 좋은 실내복 차림에 얼굴에는 숯으로 수염을 그리고 비스킷 깡통으로 왕관을 만들어 쓴 후안이 등장했습니다. 후안이 자기들끼리 만든 조그만 무대 앞쪽으로 걸어 나와 대사를 읊기 시작하자 인자하신 노주교님도 미소 짓지 않을 수 없었습니다…….」

소년은 회반죽벽에 대고 하품을 참았다. 그는 지친 목소리로 물었다.「그가 정말 성인(聖人)인가요?」

「교황님의 뜻이라면, 언젠가는 그렇게 될 거야.」

「그 사람들은 다 그런가요?」

「어떤 사람들?」

「순교자들이요.」

「그래, 모두 그런 분들이야.」

「파드레 호세[25]도요?」

「그 사람 얘기는 하지도 마라. 감히 입에 담지도 마. 그 사람은 비겁해. 하느님을 배반한 사람이야.」 엄마가 말했다.

「다른 누구보다도 진정한 순교자라고 하던데요.」

「그 사람하고 말하지 말라고 몇 번이나 말했잖아. 애야, 내 말 좀 들어라······.」

「그럼 다른 사람은요? 우릴 만나러 왔던 사람은요?」

「그 사람도 정확하게는 후안 같은 사람이라고 말할 수 없어.」

「비겁한 사람인가요?」

「아니, 아니야. 비겁하진 않아.」

제일 작은 여자애가 갑자기 말했다. 「그 사람, 괴상했어.」

어머니는 계속 책을 읽었다. 「몇 해가 지나고 나면 어린 후안의 생명 역시 순교자들의 숫자에 더해질 것이라는 전조 같은 것이었을까요? 알 수 없는 일입니다만, 미구엘 세라 신부는 그날 밤 후안이 평소보다 훨씬 더 오랫동안 무릎을 꿇고 앉아 있는 바람에 다른 학생들이 후안을 놀리면서······.」

시종일관 온화한 목소리가 부드럽고도 정성스럽게 계속 이어졌다. 계집애들은 부모를 놀라게 할 만한 몇몇 신앙심 가득한 문장들을 마음속에 새겨 넣으며 열심히 귀를 기울였고, 소년은 회반죽벽에 대고 하품을 했다. 모든 것에는 끝이 있다.

이제 어머니는 남편을 찾아갔다. 그녀는 말했다. 「아들 녀석 때문에 너무 걱정이에요.」

「계집애들은 왜 아니겠어? 그렇게 치면 걱정 아닌 게 없지.」

---

25 다른 경우에는 〈Father〉를 쓰지만 호세의 경우에는 줄곧 스페인어 〈Padre〉가 사용되므로 〈파드레 호세〉로 번역한다. 신부라고 부르긴 하지만 경멸의 느낌이 있다.

「걔네들은 벌써 꼬마 성도들이에요. 하지만 아들 녀석은 그 따위 질문만, 그 위스키 사제에 대한 질문만 늘어놓아요. 우리 집에 그 사람을 들여놓지 말았어야 했는데.」

「우리 집에 안 왔다면 체포됐겠지. 그랬다면 당신의 그 순교자 틈에 낄 수도 있었을 테고. 그럼 그 사람에 대한 책도 나오고 당신이 애들에게 읽어 줬을지도 모르지.」

「그런 사람을? 아서요.」

「어쨌거나 그 사람은 나름대로 애쓰고 있어. 나는 이런 책에 써놓은 것들을 믿지 않아. 우린 결국 인간일 뿐이야.」 남편이 말했다.

「내가 오늘 무슨 말을 들었는지 알아요? 어떤 불쌍한 여자가 세례를 받겠답시고 그 사람한테 아들을 데려갔대요. 페드로란 이름을 세례명으로 얻고 싶었는데, 그 사람은 술에 취해서 전혀 거들떠보지도 않다가 브리기타라고 세례명을 지어 줬대요. 브리기타라니!」

「장차 성인이 될 이름인걸.」

「당신 때문에 이 속을 썩인 게 벌써 몇 년인데, 이제는 아들 녀석이 파드레 호세하고 얘길 하질 않나.」 어머니가 말했다.

「작은 동네잖아. 아닌 척해 봐야 아무 소용 없어. 우리는 여기 고립되어 살고 있는 거야. 교회라면 파드레 호세와 위스키 사제가 전부야. 내가 아는 건 그 둘뿐이야. 만약 그런 교회가 싫다면 우리가 떠나는 수밖에.」

그는 그녀가 말하기를 기다렸다. 그는 아내보다 많이 배웠다. 타자기를 칠 줄도 알고 부기의 기초도 알았다. 멕시코시티에도 한 번 가본 적이 있었다. 지도도 읽을 수 있었다. 자신들이 세상에서 얼마나 고립되어 있는지도 그는 알고 있었다.

강을 따라 10시간을 내려가야만 항구에 닿았고, 거기서 또 42시간 동안 배를 타고 만을 건너야 베라크루스에 도착할 수 있었는데, 그게 외부 세계로 나가는 유일한 길이었다. 북쪽은 소택지로 강물이 점점 줄어들다가 다른 주와의 경계선 사이에 있는 산맥에 이르러 완전히 사라진다. 반대쪽으로는 노새나 다니는 산길과 가끔씩 비행기가 다니는 신뢰할 수 없는 하늘길이 있을 뿐, 도로는 없었다. 인디언 마을과 가축지기의 오두막뿐이었다. 거기서 2백 마일 너머는 태평양이었다.

그녀가 말했다. 「죽는 편이 낫겠네.」

「아, 물론이지. 두말하면 잔소리야. 하지만 죽지 못해 다 사는 거 아니겠어?」

작고 메마른 파티오에 놓인 포장 상자 위에 노인이 앉아 있었다. 엄청 살이 찌고 호흡이 가쁜 사람이었다. 열기 속에서 고된 일을 한 사람처럼 숨을 헐떡였다. 한때 그 노인은 말하자면 천문학자였고, 그래서 지금 밤하늘을 올려다보며 별자리들을 찾아보려는 중이었다. 맨발이었는데, 어딘지 모르게 행동거지에서 성직자 같은 느낌을 지울 수 없었다. 사제로 지낸 40년 세월의 흔적이 고스란히 남아 있는 것이다. 마을에는 완벽한 침묵이 내려앉았다. 사람들은 다 잠들었다.

휘황찬란한 세계들이 좋은 징조처럼 우주 공간에 놓여 있었다. 이 세계가 우주의 전부는 아니다. 어딘가에는 그리스도가 죽지 않은 세계도 있을 것이다. 다른 어딘가에서 이 세계를 바라볼 관찰자에게도 이 세계가 저처럼 휘황하게 반짝일 거라고 그는 생각하지 않았다. 이 세계는 불이 나 버려진 배처럼 우주 공간 속으로 무겁게 말려들고 있는 것이리라.

죄악이 지구 전체를 담요처럼 뒤덮고 있었다.

그의 한 칸짜리 방에서 여자가 〈호세, 호세〉 하고 불렀다. 그 소리에 그는 갤리선의 노예처럼 몸을 웅크렸다. 그의 시선이 하늘을 떠났고, 별자리들은 위쪽으로 뿔뿔이 흩어졌다. 벌레들이 파티오 위를 기어다녔다. 「호세, 호세.」 그는 죽은 사람들이 부러웠다. 그렇게 빨리 끝나다니. 공동묘지까지 끌려간 그들은 벽에 세워져 총살됐다. 2분 만에 생명은 절멸했다. 그런 걸 사람들은 순교라고 불렀다. 이쪽에서는 삶이 계속 이어졌다. 그는 이제 겨우 예순둘이었다. 아흔까지는 살 수 있으리라. 28년. 자신의 출생과 자신의 첫 교구 사이의, 그 가늠하기 어려울 정도로 기나긴 세월. 소년 시절과 청년 시절과 신학교 시절이 모두 그 안에 들어 있다.

「호세, 침대로 와요.」 그는 몸서리를 쳤다. 그는 자신이 어릿광대라는 걸 알고 있었다. 노인이 되어서 결혼한다는 것도 괴상한 일인데, 하물며 늙은 사제가……. 그는 바깥에 혼자 서서 지옥에라도 떨어질 수 있을까 생각했다. 그는 침대 시트 속에서 조롱받고 천시당하는 늙고 뚱뚱한 발기 불능자일 뿐이었다. 하지만 그때 자신에게는 그 누구도 빼앗아 갈 수 없는 능력이 하나 있다는 사실이 떠올랐다. 그것으로 인해 그는 천벌을 달게 받아야 하는 처지였다. 여전히 그에게는 성체를 하느님의 피와 살로 바꿀 수 있는 힘이 있었다. 그는 신성 모독자였다. 어디를 가든, 무엇을 하든 그는 신의 이름을 더럽혔다. 몇몇 미친 가톨릭 배교자가 주지사의 정책을 등에 업고 성당에 침입해(당시만 해도 몇 군데에 성당이 있었다) 성체를 강탈한 적이 있었다. 그는 성체에 침을 뱉은 뒤 발로 짓이겼다. 사람들은 그를 잡아 성목요일에 종루에서 가져온 유다 인형에게 하듯 목을 매달았다. 그가 그렇게 나쁜 인간은 아니었다고 파드레 호세는 생각했다. 그는 그저 정치인이었기에 용서받을 수 있다. 하지만 파드레 호세는 그보다 더 나쁜 경우였다. 그는 아이들을 타락시키기 위해 걸어 놓은 음란한 그림과 같았다.

 포장 상자 위로 바람이 불어오자 그는 트림을 했다.「호세, 뭐해요? 침대로 와요.」할 일이라고는 하나도 없었다. 매일의 성무(聖務)도, 미사도, 고해 성사도 없었다. 이제는 더 기도해 봐야 소용이 없었다. 기도를 하면 그에 맞게 행동해야만 하는데, 그에게는 뭔가 행할 의사가 없었다. 누구도 그의 고해에 귀를 기울이지 않은 상태로 2년이 흘렀다. 그 2년 동안 그는 끊이지 않는 대죄의 상태로 살았다. 앉아서 먹는 일, 그것도 너무 많이 먹는 일밖에는 할 일이 없었다. 여자는 상품으로 받은 수퇘지라도 된다는 듯 그를 먹이고 살을 찌우고 보호했다.「호세.」그는 오늘밤까지 도합 738번째로 그 거친 하녀, 그러니까 그의 처와 얼굴을 마주해야만 한다는 생각에 신경질적으로 딸꾹질을 했다. 멀대 같은 턱주가리에 몽당 땋은 잿빛 머리에는 우스꽝스러운 보닛을 쓰고 모기장 안에 앙상한 그림자 꼴로 수치심도 잊은 채 거기, 방의 반을 차지하는 큰 침대에 그녀는 누워 있을 터였다. 그녀는 자신이 모든 걸 잘 관리해야 하는 지위에 있다고 생각했다. 정부의 연금 수령인이자 유일하게 결혼한 사제의 처 역할. 그녀는 그걸 자랑스러워했다.「호세.」「따, 딸꾹질이 자꾸 나네, 여보.」그렇게 말하면서 그는 상자에서 몸을 일으켰다. 어딘가에서 누군가 웃음을 터뜨렸다.

 도살장의 존재를 알게 된 돼지처럼 그는 작고 붉은 눈동자를 위로 쳐들었다. 〈호세〉라는, 높은 톤의 아이 목소리가 들렸다. 그는 예의 그 영문을 모르겠다는 듯한 시선으로 파티오를 둘러봤다. 창살이 달린 반대편 창문에서 세 아이가 심각하고 근엄하게 그를 지켜보고 있었다. 그는 등을 돌리고 무거운 몸을 움직여 아주 천천히 문을 향해 한두 걸음 걸었다. 〈호세〉라고 누군가 또다시 날카로운 목소리로 속삭였다. 「호세.」 어깨 너머로 뒤를 돌아봤다가 그는 짓궂은 표정으로 웃고 있는 얼굴들을 봤다. 그의 조그만 분홍빛 눈동자는 아무런 분노도 드러내지 않았다. 그에게는 분노할 권리가 없었다. 그는 입술을 움직여 지치고 망연한, 그리고 허물어지는 듯한 미소를 지었다. 그 힘없는 모습에서 자신들이 원하던 충분한 권리를 얻어 냈다는 듯 아이들은 이제 모습을 감추지도 않고 소리치기 시작했다. 「호세, 호세, 침대로 와요, 호세.」 부끄러움을 모르는 그 작은 목소리들이 파티오를 채웠다. 그는 쑥스럽다는 듯 웃으며 거의 드러나지 않게 몸을 움직여 조용히 해달라는 의미의 동작을 취했다. 이제 어디에서도 그를 존중하는 사람들은 찾아볼 수 없었다. 그의 집에서도, 마을에서도, 완전히 버려진 이 행성에서도.

제3장: 강

 펠로우스 대위는 카누의 뱃머리에서 작은 모터가 윙윙거리는 동안 혼자 큰 소리로 노래를 불렀다. 햇볕에 그을은 큰 얼굴은 마치 산악 지대를 그린 지도 같았다. 갈색을 서로 잇대어 붙여 놓은 듯한 표면에 두 개의 작고 푸른 호수가 있었으니 그게 바로 그의 두 눈이었다. 가는 동안 그는 노래를 만들어 불렀는데, 그 목소리는 음조가 맞지 않았다. 「집으로 간다네, 집으로. 내 입맛에 딱 맞는 음식이 있는 집으로. 당최 도시의 음식은, 나는야 싫다네.」 배가 강의 본류에서 지류로 접어들었다. 강가 모래사장에 악어 몇 마리가 누워 있었다. 「너희 뾰족 주둥아리도 나는야 싫다네, 오 병아리. 너희 뾰족 주둥아리도 나는야 싫다네, 오 병아리.」 그는 행복했다.

 바나나 농원이 양쪽 강가에 바짝 붙어 있었다. 그의 목소리가 매정한 햇살 아래로 울려 퍼졌다. 어디를 둘러봐도 모터가 윙윙거리는 소리뿐이었다. 그는 완벽하게 혼자였다. 소년 같은 즐거움의 크나큰 물결을 타고 있었다. 신나는 마음으로 남자의 일들을 하면서. 그는 누구에 대해서도 책임감을 느끼지 않았다. 여기보다 더 행복하다고 생각했던 유일한 다른 나라가 있다면 그것은 참호들로 파괴된 풍경이 펼쳐졌던 전쟁 시기의 프랑스였다. 구불구불한 지류는 주 안쪽, 식물들이 웃자란 습지대로 점점 더 깊이 들어가고 있었고, 하늘에는 독수리 한 마리가 몸을 펼치고 날고 있었다. 펠로우스 대위는 함석 통을 열고 그 안에 든 샌드위치를 먹었다. 집 밖에서 먹는 음식보다 맛있는 음식은 없었다. 그가 지나가자 원숭이 한 마리가 갑자기 수다스럽게 꺅꺅거렸고, 펠로우스 대위는 자연과 하나가 됐다는 사실에 행복했다. 피상적으로나마 만물과 연결된 듯한 일체감이 정맥을 타고 흘렀다. 모든 곳이 그에게는 집이었다. 교활한 악마 놈, 그는 생각했다. 교활한 악마 놈. 그는 다시 노래를 부르기 시작했다. 워낙 제멋대로라 오히려 정감이 가는 그의 기억 속으로 누군가 다른 사람이 지은 노랫말이 또 들어왔다. 「내 사랑하는 삶을 주오, 내가 강에 담그는 빵, 별들이 반짝이는 탁 트인 하늘 아래, 바다에서 멀리 떨어진 사냥꾼의 집.」 농원이 점차 사라지면서 그 뒤로 멀리 떨어진 봉우리들이 허공을 낮게 가르는 무겁고 검은 선을 그리며 모습을 드러냈다. 방갈로 몇 채가 진창 위에 솟아 있었다. 집에 왔다. 구름 하나가 그의 행복에 하찮은 금을 그어 놓았다.

그는 생각했다. 결국 인간은 환영받기를 원한다.

그는 자신의 방갈로로 걸어갔다. 강둑에 늘어선 다른 방갈로들과 달리 그 방갈로는 기와지붕을 얹었고 깃발이 없는 깃대가 있었으며, 문에는 〈중앙아메리카 바나나 회사〉라는 명패가 부착되어 있었다. 베란다에 해먹 두 개가 설치되어 있었지만 주위에는 아무도 없었다. 펠로우스 대위는 어딜 가야 아내를 찾을 수 있는지 알고 있었다. 그는 떠들썩하게 문을 열고 들어가 소리쳤다.「아빠가 돌아오셨다.」모기장 사이로 겁먹은 여윈 얼굴이 그를 내다봤다. 그의 장화가 방 안의 평화를 깔아뭉갰다. 펠로우스 부인은 하얀색 모슬린 모기장 안으로 물러섰다. 그가 말했다.「나를 보니 반갑지 않아, 트릭스?」그녀는 재빨리 공포에 휩싸인 반가움의 형체를 얼굴에 그렸다. 칠판에다 하는 장난과 비슷했다. 분필을 한 번도 칠판에서 떼지 않고 선 하나로만 개를 그리는 방법은? 답은, 물론, 소시지다.

「집에 오니 기쁘군.」펠로우스 대위가 말했다. 그는 정말로 그렇게 생각했다. 그건 그가 가진 하나의 확고부동한 신념이었다. 사랑과 즐거움과 슬픔과 증오의 감정을 정확히 느끼는 것. 그는 행동을 시작하는 순간에는 언제나 훌륭한 사람이었다.

「사무실 일은 잘됐나요?」

「잘됐지.」펠로우스가 말했다.「다 잘됐어.」

「어제 열이 조금 있었어요.」

「그래? 돌봐 줘야겠군. 이젠 괜찮을 거요.」그는 웅얼거렸다.「내가 집에 왔으니까.」그녀가 모기장 안에서 떨고 있는 동안 박수를 치고 크게 웃으며, 그는 흥겹다는 듯 열에서 화제를 돌렸다.「코랄은 어디 있지?」

「경찰이랑 있어요.」펠로우스 부인이 말했다.

「나를 마중 나왔으면 했건만.」그는 하릴없이 구두 골로 가득한 작은 안쪽 방을 걸어다니다가 갑자기 생각났다는 듯 물었다.「경찰? 무슨 경찰?」

「어젯밤에 찾아와서 코랄이 베란다에서 자게 했어요. 찾는 사람이 있다더군요.」

「무슨 엄청난 일이라도 생겼나? 이런 곳에서.」

「그냥 순경이 아니에요. 높은 사람이에요. 코랄 얘기로는, 부하들은 마을에서 대기 중이래요.」

「내 생각에는 당신 정신 바짝 차려야 해.」 그가 말했다. 「내 말은, 그러니까 이 친구들, 이 친구들을 믿어서는 안 된다는 거지. 코랄도 아직 애일 뿐이고.」 그는 그렇게 생각하는 것도 아니면서 덧붙였다.

「열이 났다고 했잖아요.」 펠로우스 부인이 끙끙댔다. 「몸이 너무 아파요.」

「괜찮을 거야. 햇볕만 쬐면 돼. 내 말 들어. 내가 집에 왔잖아.」

「머리가 아파서 죽는 줄 알았어요. 책도 못 읽고 바느질도 못 하고. 그때 그 사람이……」

공포는 항상 그녀의 어깨 바로 뒤에 있었다. 뒤돌아보지 않으려다가 그녀는 쇠약해졌다. 두려움에 옷을 입혀야만 겨우 볼 수 있었다. 열병, 쥐, 실업이라는 형태로. 직접 보는 것은 그녀에게 금기였다. 그 이상한 곳에 매년 조금씩 다가오는 죽음. 누구도 찾지 않는 묘지, 살아 있는 거대한 무덤 속에 그녀가 머무는 동안 사람들은 모두 짐을 꾸리고 떠났다.

「가서 그 남자를 좀 만나야겠어.」 그가 말했다. 그는 침대에 앉아 팔로 그녀의 어깨를 감쌌다. 두 사람은 공유하는 게 있었다. 자신감의 결여 같은 것. 딴생각을 하면서 그가 말했다.

「사장의 데이고우[26] 비서는 떠났어.」

「어디로요?」

---

26 이탈리아, 스페인, 포르투갈 등 남부 유럽 사람을 경멸적으로 일컫는 말. 여기서는 스페인 사람을 뜻한다.

「서부로.」그는 그녀의 팔이 뻣뻣해지는 걸 느꼈다. 그녀는 그에게서 떨어져 벽 쪽으로 몸을 웅크렸다. 그가 금기를 건드린 것이다. 유대는 끊어졌다. 그는 이유를 몰랐다.「두통인가?」

「그 사람을 만나는 게 좋지 않을까요?」

「아, 그래그래. 갈 거야.」하지만 그는 움직이지 않았다. 대신 딸아이가 그를 찾아왔다.

딸은 문간에 서서 책임감 가득한 표정으로 두 사람을 바라봤다. 딸의 심각한 눈빛 앞에서, 그들은 신뢰할 수 없는 소년과 휙 불면 공포로 가득한 한 줌 공기로 흩어질 유령이 되었다. 딸은 아주 어렸다. 열세 살 정도. 그 나이에는 많은 것들을 겁내지 않는다. 늙고 죽는 것도, 결국 모습을 드러낼 그 모든 것들도, 뱀의 이빨, 열병, 쥐, 악취도. 삶은 아직 그녀를 낚아채지 않았다. 그녀는 무엇에도 끄떡하지 않겠다는 듯한 태도를 보였다. 하지만 그녀는 이미, 이를테면 가장 작은 상태로 졸아들어 있었다. 모든 것이 가장 가는 윤곽선 위에 존재했다. 뼈대만 남기는 것, 그게 태양이 아이에게 한 일이었다. 뼈만 남은 손목에 두른 금팔찌는 주먹질 한 번에 찢어질 법한 캔버스 천으로 된 문에 달려 있는 맹꽁이자물쇠 같았다. 딸이 말했다.「아버지가 집에 왔다고 경찰한테 말했어요.」

「아, 그래그래.」펠로우스 대위가 말했다.「이 늙은 아비에게 입 맞춰 주지 않으련?」

딸은 엄숙한 표정으로 방을 가로질러 가 그의 이마에 형식적으로 입을 맞췄다. 아무런 뜻 없이 하는 입맞춤이라는 걸 그는 느낄 수 있었다. 딸은 생각할 일이 너무나 많았다.「엄마가 저녁 식사를 못 하실지도 모른다고 주방에다 얘기했어요.」

「노력을 좀 해보는 게 좋을 것 같소, 여보.」 펠로우스 대위가 말했다.

「왜요?」 코랄이 물었다.

「아, 그게…….」

코랄이 말했다. 「아버지랑 단둘이 얘기하고 싶어요.」 펠로우스 부인이 모기장 안에서 몸을 돌렸다. 상식이란 그녀로서는 한 번도 가져 본 일이 없는 끔찍한 자질이었다. 〈죽은 사람은 듣지 못한다〉라는 말이나 〈그녀는 이제 알지 못한다〉, 혹은 〈조화(造花)가 더 실용적이다〉 같은 게 상식이라면 말이다.

「무슨 소린지 모르겠구나.」 펠로우스 대위가 말했다. 「왜 네 엄마는 들어서는 안 되는 거냐?」

「엄만 듣고 싶지 않을 거예요. 들어 봐야 겁만 날 뿐이니까.」

코랄은 모든 것에 대해 답을 알고 있었다. 그는 이제껏 그 사실에 익숙해 있었다. 딸은 언제나 심사숙고한 후 얘기했으며 늘 준비돼 있었다. 하지만 때로 그 애가 준비한 대답을 듣고 있노라면 그는 좀 무모하다는 생각이 들기도 했다……. 그런 대답은 그녀가 아는 유일한 삶에서 나온 것이었다. 강둑의 흙을 먹고 사는 기생충 때문에 배가 불룩한 마을 사람들을 제외하면 습지와 독수리들뿐, 아이들이라고는 찾아볼 수 없는 곳. 아이는 부모를 단단히 결합시킨다고 하는데, 분명 그는 이 아이에게 자신을 의지해야 한다는 데 엄청난 거부감을 느끼고 있었다. 아이의 대답이 그를 어디로 이끌지 알 수 없었다. 그는 은밀하게 모기장 너머 아내의 손을 찾았다. 두 사람은 어른이었다. 이 아이는 이 집의 이방인이었다. 그는 난폭하게 말했다. 「네가 우리를 겁주는구나.」

「그렇지 않아요.」 딸이 조심스럽게 말했다. 「아직은 겁내실 게 없어요.」

그는 아내의 손을 누르며 힘없이 말했다. 「자, 여보, 우리 딸이 뭔가 결심을 한 것 같은데…….」

「우선 경찰을 만나셔야 돼요. 보냈으면 좋겠어요. 그 사람, 안 좋아요.」

「네 생각이 그렇다면 물론 떠나야겠지.」 공허하고 자신감 없는 웃음을 지으며 그가 말했다.

「그렇게 말했어요. 어젯밤에는 너무 늦게 찾아오는 바람에 해먹을 내줄 수 없다는 말을 못 했어요. 하지만 이제는 보내야 해요.」

「말을 잘 듣지 않더냐?」

「아버지하고 얘기하고 싶다고 하던데요.」

「아무것도 모르는 사람이군.」 펠로우스 대위가 말했다. 「아는 게 없어.」 비꼬는 건 그의 유일한 방어책이었지만, 아무도 이해하지 못했다. 그는 알파벳이나 간단한 연산이나 역사상의 연도처럼 분명한 것 말고는 무엇도 이해시킬 수 없었다. 그는 아내의 손을 놓고 마지못해 오후의 태양 아래로 몸을 이끌었다. 경관은 베란다 앞에 올리브색 형상으로 미동도 없이 서 있었다. 펠로우스 대위가 다가가는데도 맞이하려는 움직임조차 없었다.

「아, 경위시군요?」 펠로우스 대위가 기운차게 말했다. 자기보다는 이 경찰이 코랄과 공통점이 더 많겠다는 생각이 언뜻 들었다.

「사람을 찾고 있습니다.」 경위가 말했다. 「이 지역에서 목격되었다는 첩보가 있었습니다.」

「여기에는 있을 리가 없어요.」

「따님도 같은 말을 하더군요.」

「걘 모르는 게 없으니까.」

「수배 중인 중죄인입니다.」

「살인인가요?」

「아니, 반역죄요.」

「아, 반역죄.」 모든 흥미가 사라지는 것을 느끼며 펠로우스 대위가 말했다. 세상에 반역죄는 너무나 많았다. 부대에서 일어나는 절도죄처럼.

「그 사람은 사제입니다. 만약 그런 자가 보이면 즉시 보고할 것이라고 믿겠습니다.」 경위는 잠시 말을 끊었다. 「당신은 우리 법률의 보호 아래 살아가는 외국인입니다. 우리가 지켜준 만큼 그에 합당한 행동을 하리라고 기대합니다. 당신, 가톨릭 신자는 아니지요?」

「아니오.」

「그럼 보고하리라 믿어도 되겠죠?」 경위가 말했다.

「그러리다.」

경위는 마치 위협하는 작고 검은 물음표처럼 태양 아래 서 있었다. 외국인에게는 그늘을 빌리지도 않겠다는 듯한 태도였다. 하지만 그는 이미 해먹을 사용했다. 그건 징발로 여기는 게 분명하다고 펠로우스 대위는 생각했다. 「탄산수 한 잔 드시겠소?」

「아니, 됐습니다.」

「흠……」 펠로우스 대위가 말했다. 「뭐 대접할 만한 게 없습니다. 술을 마시는 것도 반역죄니까.」

그들의 모습을 더 이상 참을 수 없다는 듯 경위는 갑자기 구두 뒤축을 이용해 몸을 돌리더니 마을로 이어지는 길을 따라 성큼성큼 걷기 시작했다. 각반과 권총집이 햇살에 반짝였다. 어느 정도 가던 경위가 걸음을 멈추고 침을 뱉는 모습을 그들은 보았다. 그는 무례한 태도를 보이지 않았고, 그들이 더 이상 자신을 보지 않으리라는 생각이 들 때까지 기다렸다가 편안함과 안전함과 신앙의 자유와 자기만족 등을 추구하는, 자신과는 전혀 다른 삶의 방식에 대한 증오와 경멸을 뱉어 버린 것이었다.

「저자와 맞서는 일은 없었으면 좋겠는데.」 펠로우스 대위가 말했다.

「물론 우리를 믿지 않겠죠.」

「저 사람들은 아무도 믿지 않아.」

「뭔가…….」 코랄이 말했다. 「수상쩍은 냄새가 나요.」

「어떤 경우에든 그런 사람들이지.」

「그거 아세요? 집을 수색한다기에 제가 못 하게 했어요.」

「왜 그랬지?」 펠로우스 대위가 물었다. 흐릿한 그의 마음은 옆길로 빠졌다. 「그런데 어떻게 못 하게 한 거니?」

「개들을 풀겠다고 말했어요. 그리고 장관에게 탄원하겠다고도 했고요. 그 사람에게는 그럴 권리가─」

「아, 권리.」 펠로우스 대위가 말했다. 「권리라면 언제나 깔아뭉갤 권리가 있는 자들이지. 둘러보게 했어도 아무 상관 없었을 텐데.」

「제가 보증했어요.」 딸은 경위만큼이나 고지식했다. 작고, 검고, 바나나 숲에 어울리지 않는 위화감이 있었다. 그녀의 솔직함은 그 누구도 고려하지 않았다. 그녀 안에 타협, 불안, 수치심으로 가득 찬 미래는 없었다. 하지만 이제 언제라도 말 한 마디, 몸짓 하나, 지극히 사소한 행동조차 그녀에게는 참깨[27]가 될 수 있다. 그 참깨가 열리는 것은 무엇일까? 펠로우스 대위는 두려움을 느꼈다. 무절제한 사랑은 그에게서 권위를 빼앗아 갈 것이라는 걸 그는 알고 있었다. 사랑하는 것을 통제할 수는 없다. 그저 부서진 교각과 망가진 도로가 기다리고 있는 끔찍한 70년 후 세월로 질주하는 모습을 지켜봐야 할 뿐이다. 그는 두 눈을 감고 노래를 흥얼거렸다. 그는 행복한 사람이었다.

코랄이 말했다. 「저런 사람이 금방 알아차리게 할 수는 없는 일이니까요. 그러니까, 거짓말 말이에요.」

「거짓말? 하느님 맙소사.」 펠로우스 대위가 말했다. 「그런 사람은 없다고 하지 않았니?」

「물론 여기 있지요.」 코랄이 말했다.

「어디에?」

「큰 창고에요.」 딸이 차분히 설명했다. 「저 사람들이 잡지 못하게 해야 돼요.」

「네 엄마도 이 사실을 알고 있니?」

엄청나게 솔직한 태도로 딸은 말했다. 「아, 아니에요. 엄마는 믿을 수 없어요.」 딸은 두 사람에게서 독립했다. 두 사람은 과거에 속했다. 앞으로 40년 안에 두 사람은 작년의 개처럼 죽을 게 분명하다. 「내가 가서 보는 게 낫겠다.」 그는 말했다.

그는 천천히 걸었다. 불행한 인간과는 비교할 수 없을 정도로 빠르고 완전하게 행복이 빠져나갔다. 불행한 인간은 항상 준비하고 있을 터이니. 앞장서서 걸어가는 딸의 두 갈래

---

27 『천일야화』에 나오는 주문 〈열려라, 참깨〉의 참깨를 뜻한다.

로 땋은 숱 적은 머리가 햇살에 하얗게 반짝였고, 그 순간 그는 난생 처음으로 지금 딸아이가 멕시코 계집애들이 첫 남자를 맞이할 나이라는 생각이 들었다. 무슨 일이 일어난 것일까? 감히 한 번도 대면할 생각을 못 해봤던 문제들에서 그는 꽁무니를 뺐다. 침실 창을 지나갈 때, 그는 모기장 안에 여윈 형상 하나가 홀로 웅크리고 있는 광경을 봤다. 그는 다른 사람에 대해서는 생각하지 않고 강에서 그저 남자의 일을 하며 느꼈던 행복을 떠올렸다. 자기 연민과 아련한 그리움이 스쳤다. 결혼하지 않았더라면……. 그는 무자비하고 생경한 뒷모습을 마주하고 있는 아이처럼 절규했다. 「정치 문제에 끼어들면 안 되는 거야.」

「이건 정치가 아니에요.」 딸이 조용히 말했다. 「정치에 대해서는 나도 알아요. 엄마와 나는 선거법 개정 법안도 공부했어요.」

딸은 주머니에서 열쇠를 꺼내더니 강 하류의 항구로 보내기 전 바나나를 쌓아 두는 큰 창고의 문을 열었다. 빛 속에 있다가 들어간 탓인지 내부는 아주 깜깜했다. 한쪽 구석에서 소리가 들렸다. 펠로우스 대위는 손전등을 꺼내 들고 찢어진 검은 옷 차림의 사람을 비췄다. 몸집이 자그마한 사내가 눈을 깜빡였다. 면도를 해야 할 것 같았다.

「*Quién es usted*(당신은 누구요)?」 펠로우스 대위가 말했다.

「영어 할 줄 압니다.」 그는 반드시 타야만 하는 기차를 기다리고 있었던 사람처럼 작은 서류 가방을 자기 쪽으로 끌어당겼다.

「여기에 볼일이 없을 텐데요.」

「없습니다.」 사내가 말했다. 「없죠.」

「우리는 아무 상관 안 할 거요.」 펠로우스 대위가 말했다. 「우리는 외국인이니까.」

사내가 대답했다. 「물론입니다. 난 떠날 겁니다.」 그는 중대 본부에서 장교의 결정을 기다리는 사람처럼 고개를 약간 숙이고 일어섰다. 펠로우스 대위의 마음이 조금 누그러졌다. 「어두워질 때까지 기다리는 게 좋겠소. 붙잡히고 싶지는 않을 테니까.」

「그렇습니다.」

「배고프오?」

「조금. 하지만 괜찮습니다.」 그는 다소 쌀쌀맞게 사양의 말을 했다. 「하지만 뭔가 주시려거든······.」

「주시려거든?」

「브랜디를 조금.」

「당신 때문에 위법 행위를 저지르는 건 지금까지 한 짓만으로도 충분하오.」 펠로우스 대위가 말했다. 바나나들 사이의 어둠 속에서 머리를 조아리는 그 남자에 비하면 자신의 몸집이 두 배 이상은 큰 것 같다고 생각하면서 그는 창고에서 걸어 나왔다. 코랄이 자물쇠로 문을 잠그고 따라왔다. 「무슨 놈의 종교가 그래?」 펠로우스 대위가 말했다. 「브랜디나 간청하고, 수치도 모르고.」

「하지만 아버지도 가끔 드시잖아요.」

「얘야······.」 펠로우스 대위가 말했다. 「너도 나이가 들면 알게 될 거다. 식후에 브랜디를 조금 마시는 것과, 뭐랄까, 브랜디 없이 못 사는 것과는 천지 차이라는 걸.」

「맥주를 좀 가져다줄까요?」

「뭘 갖다 준다고 하더라도 넌 절대 안 돼.」

「하인들은 못 미더워요.」

그는 무기력하게 화를 냈다. 「네가 우리를 어떤 구렁텅이로 끌고 들어왔는지 알아야 해.」 그는 발을 쿵쿵거리며 집 안 자기 침실로 들어가 딱히 목적도 없이 구두 골 사이를 서성거렸다. 펠로우스 부인은 결혼식에 대한 꿈을 꾸면서 잠을 설쳤다. 큰 소리로 〈내가 탈 기차다, 그 기차 좀 신경 써〉라고 외치기도 했다.

「뭐야?」 그가 성마르게 물었다. 「그게 무슨 소리야?」

어둠은 휘장처럼 내렸다. 태양이 거기 있는가 싶더니 다음 순간 사라졌다. 또 다른 밤이 찾아오자 펠로우스 부인은 깨어났다.

「뭐라고 했어요, 여보?」

「뭐라고 한 사람은 당신이오.」 그가 말했다. 「기차가 뭐 어쩌고저쩌고.」

「꿈을 꿨나 봐요.」

「여기에 철로가 놓이려면 세월이 한참 흘러야 할 거야.」 비관적이나마 괜찮다는 듯 그가 말했다. 그는 창에서 멀찌감치 떨어져 침대로 가서 앉았다. 눈에 보이지 않으면 마음에서도 사라지는 법이지. 귀뚜라미들이 울기 시작했고 모기장 너머에서 개똥벌레들이 공처럼 굴러다녔다. 그는 무겁고 원기 넘치면서도 안정을 갈구하는 손을 뻗어 시트 아래에 있는 아내의 몸에다 올리고서 말했다. 「그렇게 나쁜 삶은 아니야, 트릭시. 지금 그렇지? 나쁜 삶 아니지?」 하지만 그는 아내의 몸이 뻣뻣해지는 걸 느낄 수 있었다. 〈삶〉이라는 단어는 금기였다. 그건 죽음을 상기시킨다. 그녀는 그에게서 얼굴을 돌려 벽을 향하고는 다시 절망스럽게 돌아누웠다. 〈벽을 향한다〉는 문장도 금기였다. 공포의 경계선이 그 모든 관계들과 모든 죽은 것들의 세계에 이르는 동안, 그녀는 겁에 질린 채 누워 있었다. 그건 전염병과 비슷했다. 보고 있노라면 그 역시 병균을 옮긴다는 사실을 깨달을 수밖에 없었다....... 〈시트〉라는 단어도 마찬가지였다. 그녀는 시트를 걷어 내면서 〈더워 죽겠어, 더워 죽겠어〉라고 말했다. 대체로 행복한 남자와 항상 불행한 여자가 침대에 누워 불신에 찬 눈으로 두터워지는 밤을 바라봤다. 그들은 세상 모든 것에서 외따로 떨어진 동료였다. 서로의 마음속에서나 의미가 있었다. 두 사람은 목적지에 대해서는 아무것도 모르는 채 광막한 공간을 달려가는 마차에 탄 아이들과 같았다. 그는 전쟁 시기의 노래를 최대한 흥겹게 흥얼대기 시작했다. 바깥마당에서 들리는, 창고 쪽으로 걸어가는 발소리를 그들은 알아채지 못했다.

코랄은 닭 다리와 토르티야를 바닥에 내려놓고 창고의 자물쇠를 열었다. 겨드랑이에는 목테수마 맥주 한 병을 끼고 있었다. 어둠 속에서 아까와 같은 소음이 들렸다. 겁에 질린 남자가 내는 소리였다. 그녀는 조용히 하라는 뜻으로 〈저예요〉라고 말했지만, 손전등을 켜지는 않았다. 「여기 맥주 한 병이 있고요, 먹을 것도 있어요.」
「고맙습니다, 고맙습니다.」
「경찰은 남쪽으로 철수했어요. 북쪽으로 가시는 게 좋겠어요.」
그는 아무런 말이 없었다.
그녀는 아이 특유의 호기심으로 냉정하게 물었다. 「경찰한테 잡히면 어떻게 되나요?」

「총살되겠죠.」

「진짜 겁나시겠네요.」 홍미를 가지고 그녀가 말했다.

그는 창고 안을 가로질러 문과 창백한 별빛이 있는 쪽을 향했다. 그는 〈진짜 무섭습니다〉라고 말하다가 바나나 다발에 발이 걸려 비틀거렸다.

「왜 도망가지 않으셨나요?」

「도망가려고 했었죠. 한 달 전에. 배가 떠나려는데 누군가 나를 찾았어요.」

「꼭 만나야 했나 보군요.」

「안 만나도 되는 여자였습니다.」 그가 씁쓸하게 말했다. 세계가 별들 가운데서 돌고 있었으므로 이제 그녀는 그의 얼굴을 볼 수 있었다. 그녀의 아버지라면 신용할 수 없는 얼굴이라고 했을 것이다. 그가 말했다. 「제가 얼마나 하찮은 인간인지 알겠지요? 이런 식으로 말하니 말입니다.」

「뭐가 하찮다는 거죠?」

그는 작은 서류 가방을 꽉 쥐면서 말했다. 「오늘이 몇 월입니까? 아직도 2월입니까?」

「아니에요, 3월 7일이에요.」

「지금이 몇 월인지 아는 사람을 만날 수가 없었습니다. 그러니까 우기까지는 아직 한 달, 그러니까 6주가 남아 있는 셈이군요.」 그가 말을 이었다. 「우기가 시작되면 저는 좀 마음을 놓을 수 있습니다. 알다시피 그때는 경찰이 돌아다니지 못합니다.」

「우기가 제일 좋다는 뜻인가요?」 그녀가 물었다. 그녀는 무엇이든 배우려는 욕망이 강했다. 선거법 개정 법안과 센락[28]과 프랑스어 단어들이 그녀의 머릿속에 귀중한 발굴품처럼 들어 있었다. 그녀는 모든 질문에 대한 해답을 원했고, 게걸스럽게 그 해답을 빨아들였다.

「아, 아닙니다. 우기라고 해봐야 이런 식으로 다시 6개월을 살아가야 한다는 뜻입니다.」그는 닭 다리를 찢었다. 그녀는 그의 입 냄새를 맡을 수 있었다. 열기 속에 뭔가를 너무 오래 놔둔 것처럼 불쾌한 냄새가 났다. 그가 말했다. 「차라리 잡히는 게 낫습니다.」

「하지만 자수를 할 순 없겠죠.」그녀가 논리적으로 말했다.

그에게는 그녀의 질문만큼이나 솔직하고 이해하기 쉬운 대답이 있었다. 그는 말했다. 「고통이 있습니다. 그런 식으로 고통을 선택한다는 것, 그건 불가능합니다. 그리고 붙잡히지 않는 게 내 소명입니다. 알겠지만, 주교님은 이제 이곳에 계시지 않습니다.」그는 갑자기 젠체하고 싶은 마음이 들었다. 「여기는 내 교구입니다.」그는 토르티야를 발견하고 걸신들린 듯 먹기 시작했다.

그녀는 진지하게 말했다. 「그게 문제네요.」그가 병째 들이켜는 소리가 들렸다. 그는 말했다. 「옛날 행복했던 시절을 애써 떠올리려고 합니다.」개똥벌레가 손전등처럼 그의 얼굴을 밝혔다가 다시 사라졌다. 부랑자의 얼굴. 그런 얼굴이 행복했었다면 무엇 때문이었을까? 그는 말했다. 「멕시코시티에서는 지금 성체 강복식을 하고 있을 겁니다. 주교님은 거기에 계십니다……. 그분은 도대체 무슨 생각을 하고 계실까요……? 거기 사람들, 내가 살아 있는 줄도 모르고 있을 겁니다.」

「당연히 배교할 수도 있는 거죠.」그녀가 말했다.

---

28 Senlac. 1066년 해럴드 2세가 노르만군을 맞아 벌인 헤이스팅스 전투에서 군대를 배치시킨 언덕.

「무슨 뜻이죠?」

「신앙을 부인하는 것 말이에요.」 유럽사를 공부할 때 익혔던 단어를 사용해서 그녀가 설명했다.

「불가능합니다. 방법이 없습니다. 나는 사제입니다. 그건 내 권한[29] 밖의 일입니다」

아이는 열심히 귀를 기울였다. 「모반(母斑)처럼 말이군요.」 그녀는 그가 병을 필사적으로 빨아 대는 소리를 들을 수 있었다. 「찾아보면 아버지의 브랜디를 가져올 수도 있을 것 같은데요.」

「아, 아닙니다. 도둑질은 안 됩니다.」

그는 맥주병을 깨끗이 비웠다. 유리병을 빨아 대는 소리가 어둠 속에서 길게 이어졌다. 마지막 한 방울까지 모두 사라졌다. 그가 말했다. 「이제 가야겠습니다. 지금 당장.」

「언제라도 다시 오셔도 괜찮아요.」

「아버지가 별로 좋아하지 않을 겁니다.」

「아버지한테는 말할 필요 없어요.」 아이가 말했다. 「제가 돌봐 드리면 되니까. 이 문 맞은편이 제 방이에요. 그냥 창문을 두드리기만 하면 되는 거죠. 아마도…….」 그녀가 진지하게 말했다. 「서로 암호 같은 게 있으면 좋겠지요. 다른 사람이 두드릴 수도 있으니까.」

그는 겁에 질린 목소리로 말했다. 「설마 남자가?」

「그래요, 아마도 법망을 피해 도망친 다른 사람.」

「설마.」 당황한 목소리로 그가 물었다. 「그러기야 하겠습니까?」

---

29 *power*.

그녀가 대수롭지 않다는 듯 말했다. 「그런 일들이 일어난답니다.」

「예전에도?」

「그런 건 아니지만, 또 이런 일이 일어날 것 같은데요. 그러니 준비해 둬야죠. 세 번 두드리세요. 두 번은 길게, 한 번은 짧게.」

그가 갑자기 아이처럼 낄낄거렸다. 「길게 두드린다는 건 어떻게 두드리는 겁니까?」

「이렇게.」

「아, 크게 두드리라는 소리?」

「이게 길게 두드리는 소리에요. 모스 부호에 따르면.」

절망스럽게도 그로서는 도무지 이해할 수 없는 말이었다. 그는 말했다. 「매우 착합니다. 나를 위해 기도해 줄 수 있습니까?」

「아.」 그녀가 말했다. 「저는 그런 거 안 믿어요.」

「기도를?」

「있잖아요, 저는 신을 안 믿어요. 열 살 때 신앙을 잃었어요.」

「아, 그렇군.」 그가 말했다. 「그럼 내가 아가씨를 위해 기도하겠습니다.」

「좋으실 대로 하세요.」 선심 쓰듯 그녀가 말했다. 「다음에 또 오시면 모스 부호를 가르쳐 드릴게요. 유용할 거예요.」

「어떻게?」

「만약 농원에 숨어 있다면 제가 거울 빛을 반사시켜서 적들의 동태를 알려 줄 수 있지요.」

그는 진지하게 들었다. 「그럼 그자들이 아가씨를 볼 텐데.」

「그럴듯한 핑곗거리를 만들 거예요.」 그녀는 이의를 제거

하면서 한 발 한 발 논리적으로 나아갔다.

「잘 계십시오, 꼬마 아가씨.」 그가 말했다.

그는 문간에서 우물쭈물 망설였다. 「아마도 기도에는 큰 관심이 없어 보이는데. 아마 별로 좋아하지 않겠지만……. 놀이처럼 하는 기도가 있습니다.」

「저는 놀이 좋아해요.」

「카드로 할 수 있습니다. 카드 있습니까?」

「아뇨.」

그는 한숨을 내쉬었다. 「그렇다면 소용이 없습니다.」 그러더니 낄낄거렸다. 그의 숨결에서 맥주 냄새가 났다. 「내가 그냥 기도해 주는 수밖에 없겠습니다.」

그녀는 말했다. 「겁은 하나도 안 나는 모양이네요.」

「겁쟁이들은……」 그가 말했다. 「술을 좀 마시고 나면 천하장사가 되니까. 브랜디 조금이면, 있죠, 나는 악마한테도 도전할 수 있습니다.」 그가 문간에서 비틀거렸다.

「잘 가세요.」 그녀가 말했다. 「꼭 빠져나가시길 빌어요.」 들릴락 말락 한 한숨 소리가 어둠 속에서 터졌다. 그녀는 조용히 말했다. 「당신을 죽인다면 내가 그 사람들을 용서하지 않겠어요. 절대로.」 두 번 생각할 것도 없이, 그녀는 어떤 책임이든 떠안을 준비가 되어 있었다. 설령 그것이 복수의 책임이라 하더라도. 그런 게 그녀의 삶이었다.

개간지에 진흙과 지푸라기를 섞어 만든 오두막 여섯 채가 서 있었다. 그중 두 채는 다 부서진 채였다. 돼지 몇 마리가 이리저리 쏘다니고 있었고, 한 노파가 오두막마다 불씨를 들고 다니며 마루 가운데 불을 붙여 오두막 안에 모기 쫓는 연기를 채웠다. 여자들은 두 채의 오두막에, 돼지들은 다른 오두막에 살고 있었다. 부서지지 않은 나머지 한 채의 오두막에는 옥수수가 보관되어 있었고, 노인과 소년과 쥐 일가족이 있었다. 노인은 개간지에 서서 여기저기 옮겨 다니는 불꽃을 바라봤다. 평생 같은 시간에 반복되는 의식처럼 불꽃은 어둠 속에서 펄럭였다. 하얀 머리칼에 까칠하게 자란 하얀 수염, 지난해의 나뭇잎 같은 연약한 갈색 손들로 인해 그에게서는 한없이 영속적인 느낌이 풍겨 났다. 극빈의 끄트머리를 붙잡고 살아가는 생활도 그를 변화시키지는 못했다. 몇 년 사이 그는 부쩍 늙었다.

개간지로 낯선 사람이 들어왔다. 까맣고 끝이 뾰족한, 시내에서 신었을 신발을 신고 있었다. 윗부분만 남아 있었으므로 사실상 그는 맨발로 걷고 있는 셈이었다. 거미줄이 쳐진 교회의 깃발처럼 그 신발은 상징적이었다. 셔츠와 검은색 찢어진 바지 차림에 정기권 소지자처럼 서류 가방을 들고 있었다. 그 역시 영속의 상태에 근접해 보였지만, 시대의 상흔이 따라다니고 있었다. 망가진 신발은 과거와 다른 현재를, 얼굴에 그어진 주름들은 미래의 희망과 공포를 암시했다. 깜부기불을 든 노파가 오두막 사이에서 걸음을 멈추고 그를 바라봤다. 그는 죄가 까발려진 사람처럼 어깨를 웅크리고 시선은 바닥에 둔 채 개간지로 들어왔다. 노인이 그에게 다가갔다. 그러고는 낯선 사람의 손을 잡고 입을 맞췄다.

「해먹에서 하룻밤 신세 질 수 있겠습니까?」

「아, 신부님, 해먹이라면 시내로 가셔야죠. 여기에서는 길에서 잘 수 있기만 해도 다행입니다.」

「괜찮습니다, 몸만 눕힐 수 있다면. 실례지만 술 조금 있습니까?」

「커피뿐입니다요, 신부님. 다른 건 없어요.」

「먹을 거라도.」

「먹을 것도 없어요.」

「그렇군요.」

오두막에서 소년이 나와 그들을 쳐다봤다. 모든 사람들이 쳐다봤다. 마치 투우 경기 같았다. 짐승은 지쳤는데, 사람들은 더 움직이라는 듯 기다리고 있었다. 잔인한 사람들이기 때문이 아니었다. 자기들보다 더 비참한 사람이라는 진기한 구경거리를 지켜보고 있는 것뿐이었다. 그는 절뚝절뚝 오두막을 향해 걸어갔다. 그 안으로 들어가니 무릎 위로는 온통 어둠이었다. 마루의 불길도 천천히 타 없어졌다. 내부의 반은 이미 옥수수로 채워져 있었고, 생쥐들이 마른 옥수수 잎 사이에서 버스럭댔다. 진흙으로 만든 침대에는 밀짚 깔개가 깔려 있었고, 포장 상자 두 개로 탁자를 만들어 놓았다. 낯선 사람은 누웠고 노인은 문을 닫았다.

「안전한가요?」

「아이가 지키고 있습니다. 걔도 다 압니다.」

「제가 올 거라는 걸 알고 있었습니까?」

「아니에요, 신부님. 하지만 한 5년 전쯤 사제를 본 일은 있지요. 언젠가 다시 만나는 일이 있을 거라고 생각은 했어요.」

그는 불안하게 선잠을 잤고, 노인은 바닥에 웅크리고 앉아 입으로 불에 바람을 불었다. 누군가 문을 두들기자, 사제는 놀란 듯 몸을 일으켰다. 「괜찮아요. 커피를 가져온 겁니다, 신부님.」 노인이 말했다. 노인은 그에게 커피를 건넸다. 주석 잔에 담긴, 회색 옥수수 커피에서는 아직도 김이 피어오르고 있었다. 사제는 너무나 지쳐서 그걸 마실 힘도 없었다. 그는 꼼짝도 하지 않고 모로 누웠다. 옥수수 위에서 생쥐 한 마리가 그를 쳐다봤다.

「어제 군인들이 다녀갔습니다.」 노인이 말했다. 그는 불에 바람을 불어넣고 있었다. 연기가 피어오르더니 오두막을 채웠다. 사제는 기침을 하기 시작했고 생쥐는 손그림자처럼 재빠르게 옥수수 더미 속으로 움직였다.

「신부님, 저 아이는 아직 세례를 받지 못했습니다. 마지막으로 여길 찾은 신부님은 2페소를 원하더군요. 저한테는 1페소밖에 없었지요. 이제는 그나마 50센타보뿐입니다.」

「내일…….」 사제가 힘없이 말했다.

「미사를 하시겠다고요, 신부님? 아침에요?」

「그래요, 그래요.」

「그럼 신부님, 고해 성사는요? 저희 고해를 들어 주시렵니까?」

「예, 하지만 일단 좀 자고요.」 그는 등을 대고 누워서 연기를 피해 두 눈을 꼭 감았다.

「신부님, 우리한테는 신부님께 드릴 돈이 없습니다. 다른 사제, 파드레 호세는——」

「그럼 옷가지라도 주세요.」 뒷말을 기다리지 못하고 그가 말했다.

「옷이라고는 입고 있는 이것뿐인걸요.」

「서로 바꿔 입읍시다.」

노인은 불길에 비치는 찢어진 검은 옷을 곁눈으로 미심쩍다는 듯 힐끔거리며 노래를 흥얼거렸다. 노인이 말했다. 「그래야 한다면 그러지요, 신부님.」 그러고는 얼마간 조용히 불에 바람을 불었다. 사제가 다시 눈을 감았다.
「5년이 지나고 보니 고해할 일이 한두 가지가 아닙니다.」
사제가 잽싸게 일어나 앉았다.「방금, 뭐였죠?」
「꿈을 꾸신 겁니다, 신부님. 군인들이 오는지 안 오는지 아이가 잘 지켜보고 있을 겁니다. 저는 그냥 말씀을—」
「5분간만 자게 내버려 둘 수 없겠습니까?」그는 다시 누웠다. 어딘가, 여자들이 머무는 오두막 중 한 곳에서 누군가 노래를 부르고 있었다.〈들에 일하러 나갔다가 장미 한 송이를 찾았다네.〉

노인이 조용히 말했다.「군인들이 들이닥치면 불행한 일이 일어날 텐데, 시간은 없고……. 이 불쌍한 영혼들에게 그건 짐이란 말이죠, 신부님…….」사제는 벽에 어깨를 기대고 앉으며 화난 목소리로 말했다.「알겠어요. 시작합시다. 고해하세요.」옥수수 더미 속에서 생쥐들이 소란스러웠다.「하세요. 시간이 아깝잖아요. 빨리. 언제 마지막으로…….」노인은 불 옆에 무릎을 꿇고 앉았고, 개간지 건너편에서는 한 여자가〈들에 일하러 내려갔더니 그 장미 시들었다네〉라며 노래를 불렀다.

「5년이 흘렀어요.」노인은 말을 멈추고 불에 바람을 불었다.「잘 기억나지도 않습니다, 신부님.」
「청정에 반하는 죄를 저질렀습니까?」

사제는 벽에 기대서 다리를 끌어당겼고, 사람들의 목소리에 익숙해진 생쥐들은 옥수수 더미 속에서 움직이기 시작했다. 노인은 불에 바람을 불면서 어렵게 자신의 죄를 끄집어냈다.「선행으로 통회(痛悔)하십시오.」사제가 말했다.「그런데 묵주는 있습니까? 있으면 묵주 기도〈환희의 신비〉를 외십시오.」 감기는 눈을 어찌하지 못하고, 죄를 사한다는 말도 더듬더듬 다 하지 못하다가…… 사제는 다시금 번쩍 정신을 차렸다.

「여인네들을 오라고 해도 되겠습니까?」 노인이 물었다. 「벌써 5년이 넘었는데 여태―」

「오라고 하세요, 오라고 하세요.」 사제는 화난 목소리로 소리를 질렀다. 「난 당신들의 종이니까.」 한 손으로 두 눈을 가리더니 그는 흐느끼기 시작했다. 노인이 문을 열었다. 총총히 별이 박혀 은은한 빛을 발하는 거대한 반구 아래 밤은 그리 캄캄하지 않았다. 노인은 여자들의 오두막으로 가서 문을 두드렸다. 「어서 나와.」 그가 말했다. 「고해를 해야지. 신부님께는 그러는 게 예의야.」 여자들은 너무 지쳤다고, 그러니 아침에 하면 안 되겠느냐고 징징거렸다. 「신부님을 모욕할 셈들이야?」 그가 말했다. 「그분이 왜 오신 것 같아? 정말 귀하신 분이야. 그런 분이 지금 저기 안에서 우리의 죄 때문에 울고 계시단 말이다.」 노인은 여자들을 끌어냈다. 여자들은 한 사람씩 개간지를 지나 오두막으로 걸어갔다. 노인은 군인들이 오는지 개울을 지키고 선 소년과 교대하기 위해 산길을 따라 강가로 내려갔다.

제4장: 방관자들

 지난 몇 년 동안 한 번도 편지를 쓰지 않았던 텐치 씨였다. 그런 사람이 펜촉을 빨며 작업대에 앉았다. 자신이 아는 마지막 주소지인 사우스엔드로 이 갈피 잃은 편지를 쓰리라 마음먹은 까닭은 그 자신도 알 수 없었다. 더 이상 거기에 살지 않을 수도 있었다. 어떻게 시작할까 고민하는 게 마치 아는 사람이라고는 아무도 없는 파티에 가서 서먹한 분위기를 깨 보려고 애쓰는 것과 비슷했다. 일단 겉봉부터 썼다. 웨스트클리프, 애비뉴 가 3번지, 마스다이크 부인 댁 헨리 텐치 부인 앞. 그녀 어머니의 집이었다. 위압적이고 오지랖 넓던 장모는 텐치 씨에게 사우스엔드에 자리를 잡아 보라고 권한 바 있었는데, 덕분에 그는 치명적인 한 시기를 그곳에서 보내게 되었다. 그는 〈전교(轉交)〉라고 썼다. 텐치 씨가 썼다는 걸 알아차린다면 편지를 전해 주지 않겠지만, 지금까지 그의 필체를 기억할 가능성은 희박했다.

 그는 잉크가 묻은 펜촉을 빨았다. 뭐라고 쓰지? 분명한 목적이 있어서가 아니라 누군가에게 자신이 아직도 살아 있다는 사실을 알리고 싶다는 막연한 생각에서 쓰는 편지라 더 어려웠다. 재혼이라도 했다면 낭패라는 생각도 들었으나, 어차피 그럴 것 같으면 보자마자 편지를 찢어 버릴 여자였다. 그는 어린아이가 쓴 것처럼 시원스레 꾹꾹 눌러 〈실비아에게〉라고 쓰면서 작업대 위 화로에서 나는 소리에 귀를 기울였다. 합금을 만드는 중이었다. 완제품 재료를 살 수 있는 재료상이 이곳엔 없었다. 그나마 있는 재료상들에서는 치과용으로 14금을 사용하는 걸 별로 달가워하지 않았기 때문에 좋은 재료를 구할 수 없었다.

문제는, 여기선 아무 일도 일어나지 않는다는 점이었다. 텐치 씨의 삶은 마스다이크 부인마저 인정할 정도로 건실하고 훌륭하고 규칙적이었다.

그는 도가니를 들여다봤다. 금이 녹아 비금속과 섞이기 시작하는 순간이었으므로 그는 합금에 공기가 들어가지 않도록 식물성 숯을 한 숟가락 뿌린 뒤 다시 펜을 잡고 앉아 편지를 멍하니 바라봤다. 아내의 얼굴은 잘 기억나지 않았고, 그저 그녀가 쓰고 다니던 모자들만 생각났다. 이렇게 오랜 세월이 흐른 뒤 그에게서 소식을 받으면 놀랄 게 분명하다. 두 사람은 아들애가 죽은 다음 서로 한 통씩 편지를 주고받았을 뿐이었다. 그 뒤로 정말 무의미한 시간이 흘러갔다. 순식간에 흘려보낸 그 세월 동안 그는 습관 하나 바뀐 게 없었다. 벌써 6년 전에 떠나려고 했지만 혁명과 함께 페소의 가치가 떨어졌고, 남쪽으로 내려오지 않을 수 없었다. 이제 꽤 돈을 모았는데, 어딘가에서 다른 혁명이 벌어졌는지 한 달 전에 또 페소 가치가 하락했다. 그러니 기다리는 수밖에…….
펜촉 끝이 그의 이빨 사이로 들어가고 기억은 덥고 좁은 방 안에서 녹아 버렸다. 도대체 왜 이런 걸 쓰고 있지? 왜 편지를 쓰리라 마음먹었는지 텐치 씨 자신도 의아스러웠다. 그때 누군가 바깥문을 두들겨 그는 작업대 위에 편지를 두고 일어섰다. 큼직하고도 굵고도 절망적으로 쓰인 〈실비아에게〉라는 글자가 그를 바라봤다. 강가에서 뱃고동 소리가 울렸다. 베라크루스에서 오는 제너럴 오브레곤호였다. 어떤 기억이 꿈틀거렸다. 살아 있는 듯한 무언가가 고통스럽게 앞쪽 작은 방 흔들의자 사이에서 움직이다가 사라졌다. 〈그날 오후, 참 흥미진진했는데. 그 사람은 어떻게 됐을까 궁금하군.〉 텐치 씨는 고통에 익숙했다. 고통은 그의 직업이었다. 누군가 다시 문을 두들기고 〈콘 아미스타드〉[30](그 말을 믿는다는 건 바보짓이었다)라는 목소리가 들릴 때까지 조심스럽게 기다렸다가 그는 빗장을 풀고 문을 열어 환자를 맞았다.

파드레 호세는 〈*silencio*(정숙)〉이라는 검은 글자가 붙은 크고 예스러운 출입구를 따라 사람들이 〈주님의 화원〉이라 부르는 곳으로 걸어갔다. 옆집의 건축 양식에 대해서는 아무런 관심도 없는 사람들이 사는 주택지 같았다. 유골을 땅에 묻는 대신 거대한 석조 구조물에 넣는 지상 매장 묘소들의 높이와 형태가 다양했다. 날개에 이끼가 낀 천사가 지붕 위에 서 있는 곳도 있었고, 유리창 안으로 녹슨 철제 꽃들이 놓인 선반이 보이는 곳도 있었다. 마치 꽃병을 깨끗하게 치우는 걸 깜빡하고 이사를 떠난 집의 부엌을 들여다보는 것 같았다. 이곳엔 친근한 느낌이 있었다. 그래서 마음대로 다니며 무엇이나 볼 수 있었다. 생명이 있는 것이라고는 하나도

---

30 *Con amistad*. 〈우정으로〉라는 뜻.

남아 있지 않았다.

파드레 호세는 몸피가 컸기 때문에 느릿느릿 무덤들 사이를 걸었다. 그곳에서 그는 혼자일 수 있었다. 주위에 아이들은 없었다. 희미하게 향수(鄕愁)의 느낌이 일었는데 아무런 느낌도 없는 것보다는 나았다. 그가 아는 사람들 몇몇도 거기에 묻혀 있었다. 충혈된 작은 눈으로 그는 이리저리 두리번거렸다. 로페즈가(50여 년 전 주도의 유일한 호텔을 경영했던 상인 집안)의 거대한 회색 석조 무덤 근처에 이르렀을 때 파드레 호세는 인기척을 느꼈다. 담장 바로 옆, 그러니까 묘역 가장자리에서 두 사람이 급히 무덤을 파고 있었고 옆에는 여자와 노인이 멍하니 서 있었다. 그들의 발치에는 아이용 관이 놓여 있었다. 스펀지처럼 물렁한 흙이라 땅을 파는 데는 그리 오랜 시간이 걸리지 않았다. 물이 조금 고여 있었다. 여유 있는 사람들이 지상 매장 묘소를 선호하는 데는 이유가 있었다.

그들은 일순 작업을 멈추고 파드레 호세를 쳐다봤다. 그는 못 볼 것이라도 본 사람처럼 로페즈가의 무덤 쪽으로 옆걸음질을 쳤다. 뜨겁고 밝은 하늘 어디에도 슬픔의 징조는 보이지 않았다. 묘석 위에 독수리 한 마리가 앉아 있었다. 누군가 그를 불렀다. 「신부님.」

파드레 호세는 마치 자기는 이미 사라졌다고, 그 자리에서 사라져 버리기라도 했다는 듯 애원조로 손을 들었다.

노인이 다시 불렀다. 「파드레 호세.」 그들은 모두 애절하게 그를 바라봤다. 못 봤으면 몰라도 일단 그를 본 이상 포기할 수는 없는 노릇이어서 다들 간절한 마음이었다. 그는 슬금슬금 빠져나갈 생각이었다. 「파드레 호세.」 노인이 다시 불렀다.「기도 좀…….」다들 대답을 기다리며 그를 향해 미소 지었다. 사람 죽는 일에는 어느 정도 단련이 된 사람들이라 해도 묘지들 사이에서 예기치 않게 불쑥 나타난 지복의 희망을 외면할 수는 없었다. 가족 중 한 명이라도 정식으로 기도를 받고 땅에 묻힌다면 그들로서는 두고두고 자랑할 만한 일이 된다.

「할 수 없소.」파드레 호세가 말했다.

「어제가 죽은 제 딸의 영명 축일이었습니다.」다른 사람들과는 경우가 다르지 않냐는 듯 애 엄마가 말했다.「겨우 다섯 살이었어요.」아무리 낯선 사람이라 해도 자식 자랑을 할 때는 사진을 보여 주는 일도 마다하지 않았던 수다스러운 여자였는데, 이제 보여 줄 건 관 하나뿐이었다.

「미안합니다.」

노인은 파드레 호세 쪽으로 가기 위해 발치에 있던 관을 한쪽으로 밀었다. 작고 가볍게 밀리는 게 안에 유골만 들어 있는 것 같았다.「장례 미사를 다 해주십사 부탁하는 게 아니잖습니까? 기도만 해주십시오. 아이는 죄 없이 죽었습니다.」노인이 말했다. 자갈투성이 작은 이 마을에서 듣는 그 말은 참 기이하고도 예스럽고도 시골스러운, 한마디로 이런 곳에서나 먹힐 로페즈가의 묘석처럼 시대에 뒤떨어진 것으로 느껴졌다.

「법에 어긋나는 일이오.」

「딸애 이름은…….」아랑곳하지 않고 애 엄마는 계속 말했다.「아니타입니다. 걔를 가졌을 때, 저는 병이 났었어요.」이 불행으로 이어진 아이의 허약함이 자신의 탓이라도 되는 양 그녀가 설명했다.

「법이라…….」

노인이 손가락으로 코를 만졌다.「저희를 믿어 주십시오. 간단한 기도면 족합니다. 난 할아비고, 이 사람은 어미예요. 저긴 아비고, 저긴 삼촌입니다. 이만하면 믿어도 되지 않겠습니까.」

하지만 문제는 그게 누구라도 믿어서는 안 된다는 점이었다. 집에 돌아가자마자 저들 가운데 한 사람은 분명히 자랑삼아 떠들어 댈 게 분명했다. 파드레 호세는 살찐 손가락으로 깍지를 낀 채 머리를 흔들며 로페즈가의 묘석에 부딪힐 때까지 뒤로 물러서기만 했다. 존경받는 신부 대접을 받자 두려운 가운데서도 알 수 없는 자부심이 일기 시작했다. 파드레 호세가 말했다.「자녀들이여, 내가 할 수만 있다면야…….」

갑자기 예기치 못한 고통이 묘지에 찾아왔다. 그들은 아이를 잃는 일에는 둔감했지만, 세상 사람들이 모두 알고 있는 것, 그러니까 희망이 사라지는 일은 잘 버텨 내지 못했다. 애엄마는 눈물 없이 마른 울음을 토해 내기 시작했다. 꼭 덫에 걸려 빠져나가기 위해 기를 쓰는 짐승의 울음 같았다. 노인은 무릎을 꿇고 앉아서 두 손을 내밀었다.「파드레 호세…….」노인이 말했다.「여긴 우리밖에 없잖습니까…….」노인은 기적을 기다리는 사람처럼 그를 바라봤다. 파드레 호세는 어떤 위험이 닥치더라도 무덤에 기도를 올리고 싶다는 강한 욕망을 느꼈다. 자신의 의무를 다하고자 하는 억제할 수 없는 유혹을 느끼고 그는 허공에 십자가를 그었다. 그때, 마약처럼 공포가 되살아났다. 거기 부두로 가면 경멸과 안락한 삶이 그를 기다리고 있다. 그는 그 자리를 피하고 싶었다. 파드레 호세는 모든 걸 다 포기한 채 무릎을 꿇고 앉아 그들에게 애원했다.「날 내버려 두시오.」 파드레 호세가 말했다. 「난 그럴 자격이 없소. 모르시오? 겁쟁이란 말이오.」 무덤 한가운데 두 노인이 무릎을 꿇은 채 서로 마주 보고 있었고, 그 옆에는 모든 일의 구실인 것처럼 작은 관이 놓여 있었다. 말도 안 되는 상황이었다. 파드레 호세 역시 그게 말도 안 된다는 걸 알고 있었다. 그는 평생 스스로를 관찰하면서 살아온 사람이었고, 지금 자신이 온갖 굴욕을 견디며 추한 얼굴로 늙어 가는 뚱보라는 사실을 잘 알고 있었다. 천사들의 매혹적인 합창 소리는 조용히 사라지고 파티오에서 아이들이 놀려 대던 목소리가 들리는 것 같았다. 〈침대로 와요, 호세. 침대로 와요.〉 그 어느 때보다 더 날카롭고 높고 귀를 긁어 대는 소리였다. 그는 자신이 용서받지 못할 죄, 절망의 손아귀에 붙들렸다는 걸 알았다.

「마침내 복된 날이 찾아왔습니다.」 엄마가 큰 소리로 책을 읽었다. 「후안의 수도 기간이 끝났습니다. 아, 엄마와 누이들에게는 너무나 즐거운 날이었습니다. 그러나 약한 인간으로 태어났기에 마냥 기쁘지만은 않았습니다. 아들이자 오빠를 영영 잃는다는 사실을 어찌 슬퍼하지 않을 수 있었을까요. 아, 바로 그날, 하늘나라에서 자신들을 위해 기도해 줄 성인 한 분을 얻었다는 사실을 그들이 알았으면 좋으련만.」

침대에서 작은 딸이 물었다. 「우리한테는 원래 성인들이 있지요?」

「물론이지.」

「그런데 왜 또 다른 성인을 원하는 거죠?」

엄마는 그냥 계속 읽었다. 「이튿날, 모든 가족은 아들이자 오빠의 손으로 성체를 받았습니다. 그리고 그게 마지막 인사가 되리라는 것도 모르는 채 그리스도의 새 병사와 작별 인사를 나누고 모렐로스의 집으로 돌아갔습니다. 그때 이미 먹구름은 하늘을 뒤덮고 있었습니다. 카에스 대통령이 차풀테펙의 궁전에서 반(反)가톨릭 법안을 심의하고 있었던 것입니다. 그 악마는 가련한 멕시코를 공격할 만반의 준비를 갖췄습니다.」

「이제부터 총싸움이 시작되는 건가요?」 벽에 등을 기대고 앉은 아들이 초조한 듯 몸을 움직이며 물었다. 엄마는 아랑곳 않고 계속 읽었다. 「고해 신부를 제외한 다른 사람들은 아무도 모르게, 후안은 가장 견결한 금욕 생활로서 앞으로 닥칠 죄 많은 나날들을 대비했습니다. 후안과 언제나 즐겁게 대화하곤 했으므로 동료 수사들은 그 사실을 전혀 눈치채지 못했습니다. 그러다가 수도회 창시자의 축일이 되어 후안은─」

「그다음은 나도 알아요.」 아들이 말했다. 「연극을 했어요.」

여자애들은 놀랐다는 듯 눈을 동그랗게 떴다.

「왜 아니겠니, 루이스.」 엄마는 금서를 손가락으로 누르면서 말했다. 아들은 부루퉁한 얼굴로 엄마를 쳐다봤다. 「왜 아니겠어.」 엄마가 한 번 더 말했다. 잠시 멈췄다가 그녀는 다시 읽기 시작했다. 어린 딸들은 공포와 경외의 눈빛으로 오빠를 쳐다봤다. 「그는……」 엄마가 이야기를 이어 갔다. 「단막극을 공연할 수 있도록 허락을 얻었는데, 그 연극은─」

「알아요, 알아요.」 아들이 말했다. 「카타콤에 대한 연극이잖아요.」

엄마는 입술에 힘을 주고 계속 읽었다. 「초기 기독교인들의 박해에 대한 것이었습니다. 아마도 소년 시절에 어진 노주교님 앞에서 네로 역할을 했던 게 생각났던 모양입니다.

하지만 이번에 후안은 로마의 생선 장수라는 웃긴 인물을 맡겠다고—」

「난 한 글자도 믿지 않아요.」 아들이 화난 듯 뚱한 목소리로 말했다. 「단 한 글자도.」

「이 녀석이 버르장머리 없이!」

「바보도 그런 바보가 없어요.」

딸들은 갈색 눈을 크게 뜨고 경건한 자세로 얌전하게 앉아 있었다.

「네 아버지한테 가서 얘기해라.」

「뭐든지 다 할 거예요, 이것, 이것만 아니면…….」 아들이 말했다.

「아버지한테 가서 똑같이 얘기해.」

「이건—」

「썩 나가거라.」

아들은 문을 닫고 나갔다. 아버지는 거실 창살에 박힌 창으로 바깥을 내다보며 서 있었다. 석유등 불꽃에 부딪혀 돌바닥에 떨어진 딱정벌레들이 부러진 날개로 기어다녔다. 아들이 말했다. 「엄마가 아빠한테 가서 그대로 말하래요. 엄마가 읽어 주는 책에 나오는 이야기를 안 믿는다고 했거든요.」

「무슨 책 말이냐?」

「성당 책이요.」

아버지가 안타깝다는 듯 말했다. 「아, 그거.」 거리에는 아무도 오가지 않았고, 아무 일도 일어나지 않았다. 9시 30분이 지난 터라 불은 다 꺼졌다. 아버지가 말했다. 「그 정도는 봐줘라. 너도 알다시피 이제 모든 게 다 끝나지 않았니. 그 책, 그건 우리의 어린 시절 같은 거야.」

「바보 같은 얘기뿐이에요.」

「너는 여기 성당이 있던 시절을 기억 못 해서 그러는 거야. 난 착실한 신자는 아니었지만 성당은 곧 음악, 밝은 빛, 햇볕을 피해 앉아 쉴 수 있는 곳을 의미했지. 그리고 네 엄마한테 성당은 늘 할 일이 많은 곳이었어. 대신에 극장 같은 것이라도 생겼다면 그렇게 버림받은 느낌 같은 건 들지 않았을 텐데.」

「하지만 후안은 말이에요……」 아들이 말했다. 「너무 바보 같아요.」

「후안은 억울하게 죽은 사람이야.」

「빌라, 오브레곤, 마데로, 그 사람들도 마찬가지예요.」

「그런 얘기는 어디서 들었니?」

「어제 연극을 했어요. 전 마데로 역이었어요. 탈옥죄라며 광장에서 총에 맞아 죽었죠.[31] 깊은 밤 어딘가에서 북소리가 들렸다. 시큼한 강 냄새가 방에 가득했다. 거기서는 도시의 매연만큼이나 익숙한 냄새였다. 「동전을 던져서 역할을 정했어요. 나는 마데로였고요. 페드로는 우에르타 역을 했어요. 강을 따라 베라크루스로 도망갔고 마누엘이 뒤쫓는 역을 했지요. 걔는 카란사 역이었거든요.」 아버지는 셔츠에 붙은 딱정벌레를 손으로 쳐내며 거리를 내다봤다. 행군하는 소리가 가까워지고 있었다. 「네 엄마가 화가 많이 났겠구나.」 아버지가 말했다.

「아버진 아닌가요?」 아들이 말했다.

「화를 내봐야 무슨 소용이 있겠냐? 네 잘못이 아니다. 우

---

[31] 예전에 라틴 아메리카에서는 죄수가 도망칠 경우 현장에서 사살할 수 있는 권한을 간수들에게 주었는데, 원래 취지와 달리 골치 아픈 죄수를 풀어 주는 척하면서 사살하는 일로 악용됐다.

린 버림받았어.」

 군인들은 집 앞을 지나쳐 예전에 대성당이 있던 자리인 언덕 위 막사로 돌아가고 있었다. 규칙적으로 북소리가 울리는데도 군인들은 발을 맞추지 못했다. 그들은 영양 상태도 좋아 보이지 않았고, 전쟁 경험도 많지 않았다. 군인들은 맥이 풀린 동작으로 어두운 거리를 걸어갔다. 아들은 뭐가 그리 신 나는지 부러운 눈빛으로 멀어지는 그들을 바라봤다.

 펠로우스 부인은 앞뒤로 흔들흔들 의자를 흔들었다.「그리하여 팔머스톤 경은 만약 그리스 정부가 돈 파시피코에 대해 합당한 조처를 취하지 않는다면……」 그녀가 말했다.「두통 때문에 머리가 지끈거려서 안 되겠네. 오늘은 여기까지만 읽어야겠구나.」

「그래요, 저도 머리가 좀 아파요.」

「넌 빨리 나을 게다. 이 책들 좀 치워 주겠니?」 그 추레한 소책자들은 패터노스터 가[32]에 위치한 프라이빗 튜토리얼사(社)라는 회사에서 우편으로 보낸 것들이었다. 교육 과정은 『고통 없는 독서법』에서 시작해 점차적으로 선거법 개정 법안, 팔머스톤 경, 빅토르 위고의 시 등으로 이어졌다. 6개월에 한 번씩 시험지가 배달되면 펠로우스 부인은 공들여 답안을 생각한 뒤에 점수를 매겼다. 그것들을 다시 패터노스터 가의 회사로 보내면, 몇 주 뒤 회사에서는 그 점수를 기록했다. 자파타에서 총살형이 집행됐을 때, 부인은 딱 한 번 그 일을 잊었다. 그러자 회사에서는 〈친애하는 학부모님, 안타깝군요

---

32 제2차 세계 대전 당시 독일군에게 폭격 당하기 전가지 서적상들이 모여 있던 런던의 거리.

……〉로 시작하는 인쇄된 편지를 보냈었다. 가장 큰 문제는, 이미 학습 능력은 몇 해나 앞서 있는데(보내 주는 책 말고는 읽을 게 별로 없었다) 시험 문제는 몇 해 뒤처져 있다는 점이었다. 이따금 회사에서는 액자에 넣기 좋게 돋을새김한 증명서를 보내기도 했다. 거기에는 코랄 펠로우스 양이 3급을 통과해 2급 과정으로 들어가게 됐다는 문구와 함께 프라이빗 튜토리얼 대표 이사 헨리 베클리 박사의 서명이 고무도장으로 찍혀 있었다. 때로는 마찬가지로 푸른 잉크로 찍은 서명과 함께 타자기로 입력한, 좀 더 개인적인 내용을 담은 편지가 오기도 했다. 그 편지에는 〈친애하는 학생, 이번 주에 학생이 집중해야만 할 것은……〉이라는 내용이 담겨 있었다. 편지는 항상 6주 정도 늦게 배달됐다.

「얘야.」 펠로우스 부인이 말했다. 「주방에 가서 점심 준비를 하라고 말하거라. 너만 먹으면 된다. 난 입맛이 없고 아빤 농장에 가셨으니까.」

「엄마는……」 아이가 말했다. 「하느님이 있다는 걸 믿어요?」

그 질문에 펠로우스 부인은 깜짝 놀랐다. 부인은 화가 난 듯 의자를 흔들면서 말했다. 「당연하지.」

「그러니까 처녀 수태나 뭐 그런 것들 말이에요.」

「얘가, 도대체 그런 걸 왜 묻는 거냐? 다른 사람한테 그런 얘기를 한 적이 있니?」

「아니에요.」 코랄이 말했다. 「그냥 생각나서요.」 코랄은 대답을 더 기다리지 않았다. 대답 같은 건 없다는 걸 잘 알고 있었으니까. 결정을 내리는 건 언제나 자신의 일이었다. 헨리 베클리 박사도 처음 교육을 시작할 때 그 점을 강조했다. 그때는 콩나무 위의 거인 이야기처럼 아무런 어려움 없이 그 이야기를 받아들였지만, 열 살이 되고 보니 두 이야기 모두 완전히 거짓말 같았다. 이제 그녀는 대수학을 배우기 시작했다.

「혹시 아빠가 그런 말을……」

「아, 아니에요.」

코랄은 햇빛 가리개를 쓰고 주방으로 가기 위해 오전 10시의 뜨거운 열기 속으로 들어갔다. 몸은 전보다 더 약해 보였지만 마음은 더 꿋꿋했다. 주방에 말한 뒤, 코랄은 창고로 가 벽에 못으로 고정시킨 악어가죽을 살펴보고는 마구간으로 가서 노새들이 잘 있는지 확인했다. 그녀는 뜨거운 마당 저편에 놓인 도자기처럼 조심스레 자기 할 일을 해나갔다. 어떤 질문이 던져져도 그녀는 대답할 수 있을 것 같았다. 코랄이 다가오자, 독수리들이 느릿느릿 날아갔다.

코랄은 어머니가 기다리는 집으로 돌아왔다. 그녀가 말했다.「오늘이 목요일이에요.」

「그러냐?」

「아버지가 부두로 바나나를 보내셨나요?」

「난 모르겠다.」

코랄은 부지런히 마당으로 나가 종을 울렸다. 인디언 하나가 왔다. 아니었다. 바나나는 아직 창고에 있었다. 어떤 분부도 없었다. 「당장 가서 바나나를 가져와.」 코랄이 말했다. 「서둘러, 배 들어올 때가 다 됐어.」 그녀는 아버지의 장부를 가져와 나르는 바나나 다발의 숫자를 기입했다. 몇 펜스밖에 안 나가는 한 다발에 1백 개 이상의 바나나가 붙어 있었다. 창고에 있는 바나나를 모두 비워 내는 데는 2시간이 넘게 걸렸다. 누군가는 해야 할 일이었다. 전에도 한 번 아버지는 날짜를 잊은 적이 있었다. 30분쯤 지나자 코랄도 피곤해지기 시작했다. 오전에는 그렇게 지친 적이 없었는데. 벽에 몸을 기댔더니 어깨뼈 쪽이 불타는 것 같았다. 일하러 거기 나와 있는 것인데도 화가 나지는 않았다. 그녀에게 〈놀이〉라는 말은 아무런 의미도 없었다. 태어날 때부터 어른의 생활이었다고나 할까. 초기에 헨리 베클리가 보내 준 책 중에는 다과회를 벌이는 인형을 그린 그림책이 있었다. 그런 의식을 한 번도 배워 보지 못한 그녀에게 그 책이 이해될 리 없었다. 코랄로서는 그런 걸 따라해야 할 필요성도 느끼지 못했다. 456다발, 457다발. 샤워라도 하는 것처럼 일꾼들의 몸에서 땀이 쏟아져 내렸다. 코랄은 갑자기 복통을 느꼈다. 한 다발 지나가는 걸 놓쳤기 때문에 다시 주섬주섬 숫자를 되뇌었다. 여러 해 동안 짊어지고 다닌 짐짝처럼 무거운 책임감을 처음으로 느꼈다. 525다발. 그런 복통은 처음이었지만(횟배앓이는 아니었다) 코랄은 두렵지 않았다. 그런 고통쯤이야 벌써 예상하고 있었다는 듯, 고통을 겪는 그 정도만큼 몸은 자랐다는 듯. 연약함을 상실할 만큼 마음이 자란 것처럼. 그렇다고 그녀에게서 아이다움이 고갈됐다고 말할 수는 없다. 다만 스스로 어리다는 걸 코랄은 알지 못할 뿐이었다.

「그게 마지막이야?」 코랄이 물었다.

「그렇습니다, 세뇨리타.」

「확실해?」

「그렇습니다, 세뇨리타.」

하지만 눈으로 확인해야만 했다. 억지로 일한다는 생각은 한 번도 해본 적이 없었다. 코랄이 하지 않았다면 누구도 하지 않을 것이었다. 하지만 그날만은 누워서 잠을 좀 청하고 싶었다. 바나나를 실어 나르지 못한다면 그건 아버지의 책임이었다. 열이 나는 게 아닌가 하는 생각도 들었고, 뜨거운 바닥에서도 발이 차갑게 느껴졌다. 〈뭐, 괜찮겠지〉라고 생각하며 꾹 참고 창고로 들어가서 전등을 찾아 불을 켰다. 물론 헛간은 텅 비어 있었지만 코랄은 대강 일하는 법이 없었다. 그녀는 전등으로 앞을 비추며 뒤쪽 벽으로 걸어갔다. 빈 병 하나가 굴러다녔다. 거기에 불빛을 비췄다. 목테수마 맥주병. 이번엔 뒤쪽 벽을 비췄다. 바닥 가까운 벽에 누군가 분필로 그려 놓은 것이 있어 가까이 다가갔다. 둥근 전등 불빛 속에 보이는 건 수많은 작은 십자가들이었다. 그것을 그린 사람은 아마도 두려움을 이기기 위해 바나나 더미 속에 누운 채 그런 그림을 그렸을 것이다. 십자가밖에 떠오르지 않았던 모양이다. 아이는 여성의 고통[33] 속에 서서 십자가들을 바라봤다. 호기심을 자극하는 어떤 공포가 그녀의 아침을 에워싸고 있었다. 그날 일어난 모든 걸 기억해야만 한다는 듯이.

경위는 술집에서 당구를 치고 있던 서장을 찾아냈다. 서장은 그렇게 하면 치통을 좀 덜까 싶어서 손수건으로 얼굴을 친친 감고 있었다. 좌우로 흔들리는 문을 열고 들어갔을 때, 그는 어려운 공을 앞에 놓고 당구봉에 초크를 칠하고 있었다. 뒤쪽 선반에는 탄산수 병과 〈시드랄〉이라는 노란색 무알코올 음료만 진열되어 있었다. 경위는 불손한 태도로 문간에 섰다. 경멸할 만한 상황이었다. 경위는 그 주에서만은 외국인들이 조소할 만한 폐단을 모두 없애 버리고 싶었다. 그가 말했다. 「얘기 좀 하시겠습니까?」 헤페는 갑작스러운 치통에

---

33 초경을 의미한다.

움찔하면서도 전에 없이 민첩하게 문 쪽으로 걸어왔다. 경위는 방 맞은편 줄에 펜 고리로 매기는 점수판을 확인했다. 헤페가 지고 있었다. 「잠깐만.」 헤페가 양해를 구했다. 「입을 벌리면 안 돼.」 그가 경위에게 설명했다. 그들이 문을 밀고 나오자 한 사람이 슬그머니 당구봉을 들어 서장의 고리를 다시 원위치시켰다.

그들은 나란히 거리를 걸었다. 뚱보와 홀쭉이. 일요일이었고 가게들은 정오에 모두 문을 닫았다. 그게 유일하게 남은 유물이랄까. 어디에서도 교회 종소리는 들리지 않았다. 경위가 물었다. 「주지사님은 만나 보셨습니까?」

「자네 마음대로 하게.」 헤페가 말했다. 「자네 마음대로.」

「우리에게 맡기신 겁니까?」

「조건이 있지.」 그가 낯을 찌푸렸다.

「뭡니까?」

「자네한테 책임을 물을 거야. 못 잡으면. 우기 전까지.」

「다른 책임을 묻지만 않으시다면야…….」 경위가 언짢다는 듯 말했다.

「자네가 원하던 대로 된 거야.」

「기쁘군요.」 경위는 온 신경을 쏟았던 모든 세상이 이제 자기 발밑에 있는 듯한 기분이었다. 그들은 노동자·농민 연맹의 새 건물 앞을 지나갔다. 건물 창을 통해 크고 대담하고 멋지게 그린 벽화가 보였다. 한 그림에서는 신부가 고해실에 앉은 여인의 몸을 애무하고 있었고, 다른 그림에서는 영성체용 포도주를 퍼마시고 있었다. 경위가 말했다. 「이젠 저런 그림들도 필요 없는 것으로 만들어야 합니다.」 그는 외국인의 시각에서 그림들을 바라봤다. 야만스러웠다.

「이곳에 전에 교회가 있었다는 걸 아무도 모르게 되는 날이 올 테니까요.」

헤페는 아무런 말이 없었다. 별것도 아닌 일을 가지고 무슨 난리냐고 생각하고 있다는 걸 경위는 알고 있었다. 경위가 재빨리 말했다.「그럼, 명령을 내려 주십시오.」

「명령?」

「제 상관이시잖습니까.」

헤페는 말이 없었다. 그는 신중하게, 하지만 기민한 시선으로 경위를 살폈다.「알다시피 난 자네를 신뢰하네. 최선을 다해 주게나.」

「서면으로 지시를 내려 주시겠습니까?」

「아, 아니야, 그럴 것까지야. 우리끼린데 뭐.」

길을 걸어가는 내내 두 사람은 손해를 보지 않으려 서로 눈치를 살폈다.

「주지사님께서는 서면으로 지시를 하달하셨을 거 아닙니까?」경위가 물었다.

「없네. 우리끼린데 뭐 그런 게 필요하냐고 하셨네.」

그 문제에 신경을 쏟은 건 자신이었으므로 경위는 한발 물러섰다. 그는 자신의 장래에 대해서는 관심이 없었다. 경위가 말했다.「저는 마을마다 인질을 만들 작정입니다.」

「그럼 그자도 마을에는 못 들어오겠군.」

「주민들이 그의 행방을 모른다고 생각하십니까?」경위가 격하게 말했다.「마을 사람들과는 계속 접촉을 시도할 겁니다. 안 그럴 이유가 없죠.」

「좋을 대로 하시게.」헤페가 말했다.

「필요하다면 얼마든지 사살하겠습니다.」

서장은 우스꽝스러울 정도로 밝은 목소리로 말했다. 「피 좀 흐른다고 큰일 나겠는가? 어디부터 시작할 텐가?」

「일단은 그의 교구인 콘셉시온부터입니다. 그다음은 그자의 고향이 되겠죠.」

「어째서?」

「거기라면 안전하다고 생각할 테니까요.」 닫힌 가게들을 지나치며 경위는 잠시 생각에 잠겼다. 「몇 놈쯤 죽어도 그만한 값어치가 있는 일이긴 한데, 어떻게 생각하십니까? 만약 멕시코시티에서 놈들이 난리를 치더라도 그분께서는 저를 지지해 주시겠죠?」

「그런 일이야 일어날 리가 없지 않겠나.」 헤페가 말했다. 「하지만 그게……」 이가 아파 그는 말을 멈췄다.

「그게 제가 원하는 일이죠.」 경위가 서장이 하려던 말을 이었다.

경위는 경찰서로 혼자 걸어갔고, 서장은 당구를 치러 돌아갔다. 거리에는 사람들이 없었다. 너무 뜨거웠다. 제대로 된 사진만 있었더라도, 그는 생각했다. 그는 자신의 적이 어떻게 생겼는지 알고 싶었다. 한 무리의 아이들이 광장을 차지하고 벤치를 이용해서 뭔가 복잡한 놀이를 하고 있었다. 그때 빈 탄산수 병 하나가 날아와 경위의 발밑에서 깨졌다. 경위는 권총이 든 가죽집에 손을 댔다가 다시 뗐다. 사색이 된 소년의 얼굴이 경위의 눈에 들어왔다.

「이거, 네가 던졌냐?」

소년은 침울한 갈색 눈동자로 경위를 바라봤다.

「뭘 하려고 그런 거지?」

「폭탄 놀이요.」

「나한테 던진 거냐?」
「아뇨.」
「그럼 누구한테?」
「그링고요.」
 경위는 미소를 지으려 했지만, 입술 모양이 어쭙잖았다.「잘했어. 하지만 잘 겨눠야 한다.」경위는 깨진 병을 길가로 걷어차면서 어떤 말을 해야 자신이 그 아이들과 같은 편이라는 걸 보여 줄 수 있을까 생각했다.「그링고란 부자 양키들을 말하는 것 아니겠니…….」그렇게 말하던 경위는 소년의 표정이 너무 진지해서 좀 놀랐다. 대가로 뭔가를 원하는 낯빛이었다. 항상 서글프고 불만족스러웠던 그는 그 마음을 알 수 있었다.「이리 와 봐라.」그가 소년을 불렀다. 소년이 다가가자 친구들은 약간 긴장한 채 멀찍감치 반원 모양으로 서서 두 사람을 지켜봤다.「너, 이름이 뭐냐?」
「루이스.」
「그래…….」적당한 단어를 찾아 가며 경위가 말했다.「넌 일단 표적을 정확하게 겨누는 법부터 배워야 할 것 같다.」
 소년이 열정적으로 말했다.「저도 그러고 싶다고요.」그 시선은 권총집에 가 있었다.
「내 권총 한번 볼 테냐?」경위가 물었다. 그는 가죽집에서 묵직한 자동 소총을 꺼냈다. 소년이 조심스레 다가갔다. 경위가 말했다.「이건 안전장치다. 이걸 위로 올리고, 이렇게. 그다음에 쏘면 된다.」
「총알도 있나요?」루이스가 물었다.
「항상 들어 있지.」
 소년의 혀끝이 입술 사이로 툭 삐져나왔다. 루이스는 침을 삼켰다. 음식 냄새를 맡을 때처럼 입안에 침이 고였다. 아이들은 이제 바짝 다가와 서 있었다. 겁 모르는 어떤 녀석은 손을 뻗어 가죽집을 만지기도 했다. 아이들은 경위를 빙 둘러쌌다. 권총을 다시 차며 경위는 자신 없는 행복감에 휩싸였다.

「그거, 이름이 뭔가요?」 루이스가 물었다.

「콜트 38구경.」

「총알은 몇 개나 들어가요?」

「여섯 개.」

「그걸로 사람 죽여 본 적 있나요?」

「아직은 없어.」 경위가 말했다.

아이들은 숨을 죽이고 경위의 말에 귀를 기울였다. 경위는 권총집에 한 손을 올리고 끈질기게 자신을 쳐다보는 갈색 눈동자들을 바라봤다. 그는 이 아이들을 위해서 싸우고 있었다. 어린 시절 자신을 비참하게 만들었던 그 모든 가난과 미신과 부패가 완전히 사라진 세상을 아이들에게 주고 싶었다. 그 아이들에게 필요한 건 오로지 진실뿐이었다. 텅 빈 우주와 식어 가는 세계, 어떤 식의 삶을 선택하더라도 행복해질 권리. 그들을 위해서라면 경위는 얼마든지 사람들을 죽일 수 있었다. 교회가 제일 먼저겠지만, 그다음은 외국인들, 그다음은 정치인들의 순서다. 경찰서장도 언젠가는 갈 날이 올 것이었다. 경위는 그 아이들과 백지 상태에서 다시 시작하고 싶었다.

「아…….」 루이스가 말했다. 「해보고 싶다……. 해보고 싶다…….」 하고 싶은 게 너무나 많아서 말로 다 표현할 수도 없다는 듯이. 경위는 다정하게 대한다고 팔을 뻗었지만 어떻게 해야 할지 전혀 알 수 없었다. 그가 귀를 꼬집자 소년은 아프다며 몸을 뺐다. 아이들이 새들처럼 그의 주변에서 흩어졌다. 그는 애정은 꼭꼭 숨겨 둔 채 작고 말쑥한, 증오의 화신 같은 모습으로 광장을 가로질러 경찰서까지 혼자 걸어갔다. 경찰서 벽에는 옆얼굴을 한 은행 강도가 첫 영성체 모임 사진을 끈질기게 바라보고 있었다. 여자아이들이나 아줌마들과 구분하기 위해서 누군가 사제의 머리에 동그라미를 쳐 놓았다. 그게 꼭 후광처럼 보여서 그는 그 웃는 얼굴을 보고 있기가 힘들었다. 경위는 화가 치밀어 파티오에 대고 소리쳤다. 「아무도 없는 거야?」 그는 책상에 앉았다. 개머리판들이 바닥에 끌리는 소리가 들렸다.

제2부

제1장

 사제를 태운 노새가 갑자기 주저앉았다. 이상할 것도 없었다. 거의 12시간 가깝게 숲 속을 헤매고 다녔으니. 처음에는 서쪽으로 가다가 군인들이 있다는 소식을 듣고 동쪽으로 방향을 틀었다. 그랬더니 거기에는 붉은 셔츠단이 활동 중이라고 해서 이번에는 북쪽을 향해 힘겹게 습지를 지나 캄캄한 마호가니 숲으로 들어갔다. 이제는 둘 다 지칠 대로 지쳤고 노새는 앉아서 일어날 생각을 하지 않았다. 사제는 노새의 등에서 구르듯 내려오며 웃음을 터뜨리기 시작했다. 행복이 느껴졌다. 인생이 어떻게 흘러가든 유쾌한 순간들은 존재한다는 사실을 깨닫는 건 묘한 경험이었다. 비교할 만한 더 안 좋은 순간들은 얼마든지 있다. 목숨이 경각에 달리고 비참한 지경에 놓인다고 해도 추는 좌우로 움직이며 균형을 잡는다.
 그는 조심스럽게 삼림 지대에서 뻥 뚫린 늪지대로 나왔다. 주 전체가 그런 식으로, 강과 습지와 숲으로 이뤄져 있었다. 그는 하오의 햇살을 받으며 무릎을 꿇고 앉아 땅에 고인 흙탕물로 얼굴을 씻었다. 유약 바른 도자기 같은 그 흙탕물 표면에 둥근 얼굴과 삐쭉삐쭉 튀어나온 수염, 야윈 이목구비가 비쳤다. 하도 낯선 얼굴이라 웃음이 나왔다. 영락없는 자기 자신임을 아는 사람이 지을 법한, 겸연쩍게 얼버무리는 가짜 웃음이었다. 정말 오래된 일이지만, 예전에 어떤 표정을 연습하느라 꽤 많은 시간을 거울 앞에서 보낸 적이 있었기 때문에 그는 배우들처럼 자기 얼굴에 대해서 잘 알고 있었다. 그때 연습했던 건 겸손의 표정이었다. 원래의 얼굴에서는 그 표정이 제대로 안 나왔다. 그의 얼굴은 익살꾼의 표정에 적합했다. 여자들에게 싱거운 농담을 던지기에는 무난하지만, 제단에는 좀 어울리지 않는. 그는 그걸 고쳐 보려고 꽤 노력했다. 그런데 드디어, 드디어 성공하게 된 거야, 이젠 나를 알아보지 못할 거야, 하고 그는 생각했다. 공포와 고독, 그 모든 것들로부터 일시적으로나마 벗어나게 되리라는 사실을 암시하는 행복한 마음이 브랜디의 맛처럼 다시 찾아왔다. 그 행복에는 이유가 있었다. 군인들이 있는 곳을 피해서 가다 보니 그는 자신이 가장 가고 싶었던 곳으로 향하고 있었던 것이다. 지난 6년 동안 그곳만은 피해 왔지만, 거기로 간다고 해도 이제는 그의 잘못이 아니다. 차라리 의무일지언정 죄를 짓는 일이 될 순 없었다. 그는 노새가 있는 곳으로 돌아가 발로 툭툭 찼다.「일어나라, 이놈아. 일어나.」다 해진 농민복을 입은 이 작고 비쩍 마른 남자는 지금 몇 년 만에 처음으로 다른 평범한 사람들과 마찬가지로 귀향하고 있었다.

거기서 남쪽으로 방향을 틀어 그 마을을 피할 수 있다 하더라도 그건 한 번 더 포기하는 것일 뿐이다. 지난 몇 년 동안 그는 비슷한 포기를 여러 번 경험했다. 제일 먼저 축일과 단식일과 금욕일을 지키지 않았다. 그다음에는 성무 일과서를 더 자주 작성해야만 하는 번거로움을 중단하다가 여러 번 탈출을 꾀하던 항구에 다 놔두고 왔다. 그다음에는 제대석(祭臺石)[34]을 없애 버렸다. 그건 너무 위험해 들고 다닐 수 없었다. 제대석이 없으니 이젠 미사를 올릴 수도 없게 됐다. 직무가 정지될 게 뻔했지만, 민간인의 유일한 형벌이 사형인 이런 주에서 교회의 여러 처벌은 현실적으로 느껴지지 않았다. 그의 일상생활은 이제 금이 간 댐과 같아 그 틈으로 스며 나온 망각이 이것저것 모두를 씻어 내리고 있었다. 5년 전 그는 용서받지 못할 죄, 즉 절망에 무너진 바 있었다. 이제 그 절망의 현장으로 다시 돌아가고 있는데도 이상하게 마음이 가벼웠다. 그건 절망마저도 잊었기 때문이었다. 그는 타락한 사제였고, 그도 그 사실을 알았다. 사람들은 그와 같은 사람을 〈위스키 사제〉라고 불렀지만, 모든 태만은 시야와 기억에서 곧 사라지고 만다. 그 태만들이 은밀한 곳에 쌓이다가 언젠가는 은총을 모두 막아 버릴 것이라고 그는 생각했다. 그날이 올 때까지는 계속 그렇게 살 수밖에 없었다. 두려움과 피로의 주술에 사로잡힌 채, 수치스러울 정도로 가벼운 마음으로.

노새는 물을 튀기며 탁 트인 땅을 지나 다시 숲으로 들어갔다. 이젠 더 이상 절망하지 않는대도 그가 지옥에 떨어지지 않을 거라고는 할 수 없다. 그건 신비로운 시간이 지난 후 지옥에 떨어져 마땅한 죄인이 신의 육신을 사람들의 입에 넣어 준다는, 악마의 종이나 저지를 만한 기이한 일을 저지르게 된다는 걸 뜻할 뿐이었다. 그의 머릿속은 단순해진 신화들로 가득했다. 갑옷을 입은 미카엘이 용을 죽였다. 천사들은 아름다운 머리칼을 나부끼며 혜성처럼 하늘에서 내려왔다. 그것은

---

34 미사가 봉헌되는 성찬 식탁. 본문에서는 이동이 가능한 작고 네모진 돌판을 일컫는 듯하다.

한 신부가 말한 것처럼 신이 인간에게 계획했던 것, 지상의 삶, 그 거대한 생이라는 특권을 질투했기 때문이었다.

경작을 한 흔적이 보였다. 작물을 심기 위해 개간한 땅에 나무 그루터기와 잿더미가 보였다. 그는 노새를 때리던 손놀림을 멈췄다. 호기심과 두려움이 교차했다……. 오두막에서 나온 여자가 지친 노새 위에 앉아 느릿느릿 길을 올라오는 그를 바라봤다. 먼지 날리는 광장 주위, 스물네 채도 되지 않는 오두막이 전부인 이 작은 마을은 판에 박힌 시골 마을의 모습이었다. 그 판에 박힌 모습이 그의 마음에 와 닿았다. 거기선 안전하다고 그는 생각했다. 환영받으리라고, 거기에는 그를 경찰에 넘기지 않으리라 믿을 수 있는 사람이 적어도 한 명은 있으리라고 그는 확신했다. 마을에 거의 도착했을 무렵, 노새가 다시 주저앉았다. 이번에는 몸을 굴려 내렸다. 그러고는 일어서는데, 나쁜 사람을 보듯이 그 여자가 그를 바라보고 있었다.「아, 마리아.」그가 말했다.「잘 지냈나?」

「아.」그녀가 외쳤다.「신부님이셨어요?」

그는 그녀를 똑바로 쳐다보지 않았다. 그의 시선은 뭔가를 감춘 채 상대를 경계하고 있었다.「날 몰라본 거야?」그가 물었다.

「많이 달라지셨네요.」경멸하는 듯한 시선으로 그녀는 아래위를 훑어봤다.「언제부터 이렇게 입고 다니신 거죠?」그녀가 물었다.

「일주일 됐어.」

「신부님 옷은 어쩌시고요?」

「이 옷과 바꿨지.」

「왜요? 그 옷들이 더 좋을 텐데.」

「누더기가 다 됐거든. 눈에도 금방 띄고.」

「제가 금방 손질해서 숨겨 놓으면 됐을 텐데요. 아까워요. 그렇게 입으시니 속인 같네요.」

마리아가 아내처럼 그에게 잔소리를 하는 동안, 그는 땅을 바라보며 미소를 지었다. 성모의 자녀회며 조합들이 사제관에 모이고 교구의 소문들이 오가던 옛날 그 시절과 다를 바 없었다. 물론 다른 게 있긴 있었지만……. 마리아에게서 눈을 돌린 채 그는 여전히 어색한 미소를 지으며 조용하게 물었다. 「브리기타는 어떻게 지내지?」 그 이름만으로도 그의 가슴은 뛰었다. 죄가 엄청난 결과를 낳았을지도 모를 일이다. 고향을 떠난 지 벌써 6년째였다.

「사는 게 다들 똑같지요. 달라질 게 뭐가 있겠어요?」

그는 안심했지만, 그렇다고 죄의 사슬이 끊어질 리는 없었다. 과거의 일과 관련해서는 그 어떤 것이라도 즐거운 감정을 느낄 권리가 그에게는 없었다. 그는 기계적인 목소리로 〈그거 잘 됐군〉이라고 말했지만, 가슴은 그 은밀한 사랑으로 고동쳤다. 「너무 지쳤어. 경찰들이 자파타 근처에 있어……」

「몬테크리스토 쪽으로 가시지 그러셨어요?」

그가 불안한 표정으로 잽싸게 고개를 들었다. 기대했던 환영이 아니었다. 멀찌감치 거리를 두고 몇몇 사람들이 오두막 사이에 모여 그를 바라봤다. 거기에는 나무판이 죄다 썩어 버린 작은 가설무대와 탄산수를 파는 단칸 가게도 있었다. 사람들은 저녁 바람을 쐬러 의자를 들고 나왔다. 그에게 다가와 손에 입을 맞추며 축복을 구하는 사람은 아무도 없었다. 절망과 사랑만 알던 자가 천상에서 죄를 짓고 인간세상이라는 투쟁의 공간으로 내려와 많은 것들, 심지어 고향에서도 환영받지 못하는 수가 있다는 사실까지도 배우는 것과 같았다. 「거기엔 붉은 셔츠단이 있어.」 그가 말했다.

「음, 신부님.」 그녀가 말했다. 「차마 신부님에게 등을 돌릴 순 없네요. 따라오세요.」 그는 힘없이 그녀를 따라나서다가 농민복 바짓단을 밟아 넘어질 뻔했다. 얼굴에서 행복한 표정은 완전히 사라졌고, 남은 건 난파선의 생존자가 지을 법한 미소뿐이었다. 거기에는 남자가 일고여덟 명, 여자가 두 명, 아이들 여섯 명이 있었다. 거지처럼 그들 사이로 그는 들어갔다. 마지막으로 왔었던 때를 기억하지 않을 수 없었다……. 그 흥분, 땅속에서 꺼낸 술 호리병들……. 그의 죄는 여전히 생생했지만, 그때 그는 환영받았다. 그때는 마치 그들이 있는 악덕의 감옥으로 그들과 하나가 되기 위해 돌아온 것 같았다. 금의환향한 이민자처럼.

「신부님이에요.」 그녀가 말했다. 사람들이 자기를 못 알아봤던 것일 뿐인지도 모른다고 그는 생각하며 인사를 기다렸다. 그들은 차례로 다가와 그의 손등에 입을 맞추더니 다시 물러서서 그를 바라봤다. 「만나게 되어서 반갑소…….」 그가 말했다. 그는 〈자녀들이여〉라고 덧붙이려 했는데, 처음 보는 사람들을 자녀라고 부를 수 있는 권리는 자녀가 없는 사람만이 가진 것이 아닌가 하는 생각이 들었다. 이번에는 진짜 자녀들이 부모의 성화에 못 이겨 차례로 나와 그의 손에 입을 맞추었다. 이 아이들은 너무 어려 그 옛날 검은 옷에 성직자용 옷깃을 단 사제들의 손이 얼마나 매끈하고 거만하며 젠체했는지를 알지 못했다. 자기 부모들과 다를 바 없는 농부한테 그런 짓을 해야만 한다는 사실에 당황하는 아이들의 모습이 뚜렷이 보였다. 그는 아이들을 똑바로 마주하진 않았지만 줄곧 세밀하게 관찰하고 있었다. 여자애가 둘, 그중 하나는 마르고 핏기가 없었는데, 다섯 살이나 여섯 살, 아니면 일곱 살 정도? 알 수 없었다. 다른 하나는 굶주림으로 얼굴선이 날카로웠고, 그 외모가 나이에 비해 너무나 악독스러웠다. 아이의 눈동자인데도 젊은 여자가 바라보는 것 같았다. 그는 아이들이 다시 흩어지는 모습을 말없이 지켜봤다. 아이들은 교회에 대해 아무것도 모르니.

남자 하나가 말했다. 「신부님, 오래 머무실 겁니까?」

그가 말했다. 「내 생각에는, 아마도…… 머물 수 있는 기간이…… 한 이삼일 정도.」

다른 남자가 말했다. 「북쪽으로 조금 더 가면 푸에블리토가 나옵니다.」

「우린 이미 12시간이나 걸어왔소. 나나 노새나.」

여자가 갑자기 그를 대신해서 화난 목소리로 말했다. 「당연히 오늘밤은 여기서 지내야죠. 그 정도는 하실 수 있는 거잖아요.」

그가 말했다. 「아침에 여러분들을 위해 미사를 올리겠소.」 뇌물이라도 주는 것처럼 그렇게 말했지만, 그들의 소극적이고 내키지 않는 표정으로 봐서는 그 뇌물을 훔쳐 온 돈처럼 여기는 것 같았다.

누군가가 말했다. 「괜찮으시다면 그러세요, 신부님. 아주 이른 새벽이나…… 늦은 밤도 좋겠고요.」

「다들 왜 그러시오?」 그가 물었다. 「왜들 그렇게 겁을 내시는 거요?」

「못 들으셨나 본데……」

「못 듣다니?」

「경찰에서 이제 인질을 잡아가고 있답니다. 신부님이 계실 만한 모든 마을에서 말입니다. 만약 제대로 불지 않으면…… 총살당하는 사람이 생기는 거지요……. 그런 다음 또 다른 인질을 데려가고요. 콘셉시온에서는 진짜 그랬답니다.」

「콘셉시온에서?」 그의 한쪽 눈꺼풀이 아래위로 빠르게 떨렸다. 부르르, 부르르. 그가 물었다. 「누구를?」 그들은 멍청한 표정으로 그를 바라봤다. 그는 분노에 가득 찬 목소리로 말했다. 「그들이 누굴 살해했다는 말이오?」

「페드로 몬테스입니다.」

그는 개가 짖는 듯한 탄식을 짧게 내뱉었다. 어처구니없는 슬픔의 속기(速記) 같은 것이랄까. 애늙은이 계집아이가 웃었다. 「왜 나를 잡지 않는 거지? 멍청한 녀석들. 왜 나를 잡지 않는 거냐고?」 그가 말했다. 계집아이가 다시 웃었다. 웃음소리는 들리지만 그 얼굴은 보이지 않는다는 듯 그가 초점 없이 아이를 쳐다봤다. 행복은 숨 쉴 틈도 없이 그냥 죽어 버렸다. 그는 사산한 아이를 재빨리 묻어 버리고 다 잊었다는 듯 모든 걸 다시 시작하는 여인네와 같았다. 다음 애는 살아남겠지.

「그런데 신부님.」 한 남자가 말했다. 「어째서…….」

그는 재판관 앞에 선 죄인 같은 기분이었다. 그가 말했다. 「내가 주도에 있는 파드레 호세처럼…… 그랬으면 좋겠습니까……? 그 사람 얘긴 들었겠지요……?」

그들은 어물어물 대답했다. 「그건 물론 아니지요, 신부님.」

그가 말했다. 「지금 내가 무슨 소리를 하는 건지……. 나에게도 당신들에게도 좋을 게 하나도 없는 얘기를.」 그는 권위를 보이며 재빨리 말을 이었다. 「이제 자야겠소……. 동트기 1시간 전에 깨워 주시오……. 30분 정도 고해 성사를 듣고…… 그 다음에 미사를 올린 뒤 나는 가겠소.」

하지만 어디로? 이젠 그 주의 어느 마을로 가더라도 그는 환영받지 못할 위험인물 취급을 받을 것이었다.

여자가 말했다. 「이쪽으로 오세요, 신부님.」

여자는 그를 자그마한 방으로 안내했다. 방 안 가구는 모두 나무 상자를 이용해서 만든 것이었다. 의자가 하나, 널빤지를 잇대어 붙이고 그 위에 밀짚 깔개를 덮은 침대가 하나, 천을 깔고 그 위에 석유등을 올려놓은 작은 상자가 하나. 그가 말했다. 「나 때문에 여기 사는 사람이 쫓겨나면 안 되는데.」

「제 방이에요.」

그가 의심스럽다는 듯이 그녀를 바라봤다. 「당신은 어디서 자려고?」 그는 이런저런 요구들이 두려웠다. 그는 그녀를 훔쳐봤다. 이런 게 결혼일까? 얼버무리고 의심하고 마음을 놓지 못하는 게? 사람들이 찾아와 열정이라는 말을 써가며 고해하던 게 모두 이런 것이었나? 딱딱한 침대와 분주한 여자, 그리고 과거에 대해서는 입을 다물고.

「신부님 가시면요.」

숲 뒤에서 햇살이 비쳐 들면서 나무 그림자가 문 쪽으로 길게 누웠다. 그는 침대에 누웠고, 그녀는 보이지 않는 곳 어딘가에서 일하느라 바빴다. 그녀가 바닥을 긁는 소리가 들렸다. 그는 잠들 수 없었다. 도망가는 게 그의 의무가 된 것일까? 몇 번인가 도망가려고 했었지만, 그는 번번이 가로막혔다……. 그런데 이제 그들이 가라고 등을 떠민다. 어떤 여자가 아프다거나 어떤 남자가 죽어 가니 가지 말라고 하는 사람은 하나도 없었다. 이제 그는 화근이 되어 버렸다.

「마리아.」그가 말했다.「마리아, 뭐하고 있는 거야?」
「신부님 드리려고 브랜디를 챙겨 뒀거든요.」

그는 생각했다. 이제 여길 떠나면 다른 사제를 만나야겠다. 가서 고해해야겠다. 뉘우치고 용서를 받아야겠다. 그러면 내게도 영원한 삶이 다시 시작되리라. 교회에서도 모든 사람이 가장 먼저 할 일은 자신의 영혼을 구하는 일이라고 가르쳤다. 지옥과 천국 같은 단순한 생각이 그의 머릿속에서 움직였다. 책도 없고 학식 있는 사람도 만나지 못하는 생활이 이어지자, 그의 머릿속에서 여러 기억들이 벗겨지고 신앙의 신비에 대한 최소한의 윤곽만이 남게 된 것이다.

「여기 있어요.」여자가 말했다. 그녀는 술이 들어 있는 작은 약병을 들고 왔다.

그가 떠나면 그들은 안전할 것이고, 그의 나쁜 본보기에서도 자유로울 것이다. 그는 아이들이 기억할 수 있는 유일한 사제. 아이들은 그를 통해서 신앙이라는 것이 무엇인지 알게 될 것이다. 하지만 그들이 신의 말씀을 받아들이게 되는 것 역시 그를 통해서다. 이제 그가 떠나고 나면, 바다와 산 사이의 이 모든 공간에서 신의 존재는 완전히 사라지는 것과 같다. 그들에게 경멸받는다 하더라도, 자신 때문에 그들이 살해된다 하더라도 거기 머무는 게 그의 의무가 아니겠는가? 그의 나쁜 본보기를 따라 그들이 타락한다고 하더라도 말이다. 이 문제가 끼칠 영향력이 너무나 크다는 사실에 그는 전율했다. 그는 두 손으로 얼굴을 가렸다. 그런 문제를 상의할 만한 사람은 이 넓고 평평한 소택지 어디에도 없었다.

그가 부끄러운 듯이 말했다.「브리기타……. 그 애는…… 잘 있겠지?」

「방금 보셨잖아요.」

「내가?」 그 애를 못 알아봤다는 걸 믿을 수가 없었다. 그건 자신의 대죄를 가볍게 여기는 짓이었다. 그 같은 일을 저질러 놓고서 알아보지도 못하다니…….

「예, 아까 있었어요.」 마리아가 문간으로 가서 소리쳤다. 「브리기타, 브리기타.」 사제는 모로 누워 공포와 애욕의 바깥 풍경에서 그 애가 들어오는 모습을 바라봤다. 그를 비웃었던 악독한 얼굴의 그 계집애였다.

「신부님께 가서 인사드려.」 마리아가 말했다. 「어서.」

그는 술병을 감추려고 했지만, 감출 곳이 없었다……. 그는 두 손바닥 안에 병을 감추고 아이를 바라봤다. 인간적인 애정이 일어 스스로도 좀 놀라면서.

「교리 문답을 알아요.」 마리아가 말했다. 「그런데도 말을 안 해요…….」

아이는 예리하고도 경멸에 찬 시선으로 그를 바라보며 서 있었다. 그 아이를 가질 때, 그들은 조금의 애정도 들이지 않았다. 공포와 절망과 브랜디 반병과 고독감이 그를 몰아 그 무시무시한 짓을 행하게 한 것이었다. 그 결과물이 바로 이 두렵고도 창피스러운데도 어찌할 수 없는 사랑이었다. 그는 아이를 똑바로 보지 못하고, 힐끔힐끔 몰래 훔쳐보면서 물었다. 「왜 안 하니? 왜 말을 안 하는 거니?」 모든 것에서 그 아이를 구해 내고 싶다는 억눌린 욕망으로 그의 가슴 속 심장은 마치 낡은 소형 기관차 엔진처럼 고르지 못하게 뛰었다.

「왜 해야 하나요?」

「하느님이 원하시니까.」

「그걸 어떻게 아세요?」

그는 책임감이라는 막중한 짐을 자각했다. 그건 사랑과 구분하기 힘든 감정이었다. 이런 게 아마 부모의 마음인 모양이라고 그는 생각했다. 보통 사람들은 손으로 성호를 긋고 고통을 덜어 달라고 기도하면서 이런 식의 인생을 살아가는 것이다. 이게 바로 육체의 하찮은 움직임만 희생할 뿐, 어떤 대가도 치르지 않고 고통을 면하는 길이다. 물론 오랜 세월 동안 그는 많은 영혼들에 책임감을 느껴 왔지만, 이것과는 경우가 달랐다……. 이보다는 가벼웠다. 신이 정상참작을 하리라는 건 믿을 수 있지만, 천연두와 기아와 인간들은 믿을 수 없다……. 「얘야.」 브랜디 병을 쥔 손에 힘을 주면서 그가 말했다……. 마지막으로 다녀갔을 때 그 애에게 영세를 내렸다. 그때는 주름살 많은 늙은 얼굴을 가진 누더기 인형 같았다. 오래 살 수 있을 것 같지 않았다……. 그때는 후회뿐이었다. 아무도 비난하지 않을 땐 부끄러움을 느끼기도 힘든 법이다. 그들 대부분에게 사제라고는 그가 처음이자 마지막이었다. 그는 그들에게 사제를 대표하는 사람이었다. 여자들에게도.

「그링고 아닌가요?」

「그링고라니?」

여자가 말했다. 「조그만 게 겁도 없이. 경찰이 한 남자를 쫓고 있는데, 그 얘기를 하는 거예요.」 자신이 아닌 다른 남자를 경찰이 수배하고 있다니 이상하게만 느껴졌다.

「그 사람은 무슨 짓을 했기에?」

「양키예요. 북부에서 사람들을 죽였대요.」

「그런데 여긴 왜 온 거야?」

「킨타나로오에 있는 치셀리 농원으로 간다나 봐요.」 멕시코의 범죄자들 대부분은 거기로 모여들었다. 거기 가면 아무 간섭 없이 농원에 취직해서 돈을 모을 수 있다.

「그렇고 아니에요?」 아이가 또 물었다.

「사람을 죽일 사람처럼 보이니?」

「몰라요.」

만약 그가 그 주를 떠난다면, 그건 또한 그 아이를 내버려 두고 떠나는 셈이었다. 그는 비굴한 태도로 여자에게 말했다. 「여기서 며칠 묵으면 안 될까?」

「너무 위험해요, 신부님.」

그는 위협하는 듯한 아이의 두 눈에서 눈을 뗄 수 없었다. 다시 한 번, 나이와 어울리지 않게 성숙한 여인이 저 먼 곳을 바라보고 자신만의 계획을 세우면서 거기 서 있는 것 같아 보였다. 그의 대죄가 자신을 뒤돌아보는 모습을 아무런 뉘우침도 없이 마주 보는 기분이었다. 그는 그 여인이 아니라 아이의 마음에 좀 닿고 싶었다. 그가 말했다. 「애야, 무슨 놀이를 하면서 지내는지 말해 봐라……」 아이는 킬킬거렸다. 그는 바로 고개를 돌리고 천장을 올려다봤다. 거기에 거미 한 마리가 움직이고 있었다. 그는 속담 하나를 생각해 냈다. 아버지가 즐겨 말하던 그 속담은 어린 시절의 기억 깊은 곳에 숨어 있었다. 〈냄새라면 빵 냄새, 맛이라면 소금 맛, 사랑이라면 아이의 사랑이지.〉 무서워하는 게 많았고 가난을 범죄처럼 미워했다는 걸 제외하면 행복한 어린 시절이었다. 사제가 되면 부자가 되고 자랑스러울 것이라고 그는 믿어 의심치 않았다. 그야말로 천직을 가지는 셈이었다. 그는 처음 팽이가 생긴 날부터 브랜디를 쥐고 누운 그 침대에 이를 때까지 한 인간의 삶이 여행한 엄청난 거리를 생각했다. 그러나 신에게 그건 순간에 불과하다. 아이의 조소와 첫 대죄를 짓던 날 역시 눈 깜빡할 정도밖에 떨어져 있지 않다. 그는 완력을 동원해서라도 그 무언가로부터 아이를 끌어당기겠다는 듯 손을 뻗었다. 하지만 그는 무력했다. 아이의 타락을 완성시키기 위해 기다리는 남자나 여자는 아직 태어나지 않았을 수도 있다. 그렇다면 존재하지 않는 것으로부터 그 아이를 지킬 수 있는 방법은 무엇일까?

아이는 그의 손이 닿지 않는 곳으로 도망치고는 혀를 내밀었다. 여자가 말했다.「요 영악한 년 같으니라고.」여자는 손을 치켜들었다.

〈안 돼〉라고 사제가 말했다.「안 돼.」그는 몸을 일으켜 앉았다.「때려선 안 돼…….」

「제가 엄마예요.」

「우리에겐 그럴 권리가 없어.」그러더니 그는 아이를 향해 말했다.「카드 마술을 한두 가지 보여 주고 싶은데 트럼프가 없구나. 네 친구들에게도 가르쳐 줄 수 있을 텐데…….」그는 강론이나 할 줄 알았지, 아이들과는 무슨 이야기를 해야 하는지 잘 몰랐다. 아이는 불쾌한 듯 그를 노려보았다. 그가 물었다.「탁탁 두들겨서 통신을 하는 방법을 아니? 길게, 짧게, 길게…….」

「무슨 소릴 하는 거예요, 신부님!」여자가 외쳤다.

「애들 놀이야. 난 잘 알지.」그는 아이에게 〈친구가 있니?〉라고 물었다.

아이는 알 만하다는 듯 다시 갑자기 웃음을 터뜨렸다. 일곱 살짜리 몸이 난쟁이 같았다. 꼭 그 추악한 성숙을 숨기려는 것인 양.

「나가거라.」 여자가 말했다. 「썩 나가. 안 그러면 본때를 보여 줄 테니…….」

아이는 마지막으로 뻔뻔하고도 악의에 찬 몸짓을 보이더니 가버렸다. 그에게는 그게 마지막일지도 몰랐다. 사랑하는 사람이라고 해서 반드시 향을 피워 올린 임종 자리에서 여유를 가지고 작별을 고해야 하는 것은 아니니까. 그는 말했다. 「본때를 보여 주긴, 무슨 본때를 보여 준단 말이야…….」 그는 자신이 죽고 난 뒤에도 그 애는 계속 살아가리라는 사실에 대해서 생각했다. 폐결핵이 옮겨지듯 그의 약한 마음을 닮아 한 해 두 해 점점 타락해 가는 그 애의 모습을 지켜보는 게 바로 지옥일 듯싶었다……. 그는 침대에 등을 대고 누워 약해지는 불빛에서 고개를 돌렸다. 잠든 것 같았지만, 사실은 말똥말똥 깨어 있었다. 여자는 집안일을 하느라 바빴다. 해가 지자 모기들이 나와 선원들의 단검처럼 표적물을 향해 어긋남 없이 달려들었다.

「모기장을 쳐드릴까요, 신부님?」

「됐어, 괜찮아.」 지난 10년 동안 그는 수없이 열병을 앓았다. 그러다가 더 이상 개의치 않게 됐다. 열병이 다녀가도 별 차이는 없었다. 그것은 그가 처한 환경의 일부일 뿐이었다.

이윽고 여자는 오두막을 나섰는데, 바깥에서 그녀가 이러쿵저러쿵 얘기하는 소리가 그의 귀에도 들렸다. 그 발랄한 목소리에 그는 좀 놀라기도 하고 안심하기도 했다. 7년 전 어느 날, 단 5분 동안 두 사람은 연인 사이였다. 그의 세례명을 한 번도 불러 보지 못한 여자와의 관계에도 연인이라는 이름을 붙일 수 있다면 말이다. 그녀에게는 사고였을 뿐이다. 건강한 신체라면 곧 낫고 말 딱지 같은 것. 그녀는 사제의 여자가 돼봤다는 걸 자랑스러워하기까지 했다. 마치 온 세계가 종말을 고한 듯, 그만이 고통을 짊어지고 다녔다.

 밖은 어두웠다. 동이 트려는 낌새는 없었다. 스무 명 남짓한 사람들이 가장 큰 오두막 바닥에 앉아 그의 강론을 들었다. 그는 그들의 얼굴을 전혀 구분할 수 없었다. 나무 상자 위에 켜둔 촛불들은 쉬지 않고 연기를 피워 올렸다. 문이 닫혀 있어 공기의 흐름은 느껴지지 않았다. 그는 해진 농민복 바지와 찢어진 셔츠를 입고 그들과 촛불 사이에 서서 천국에 대해 말하고 있었다. 사람들은 웅성대며 조금도 가만히 있지 않고 몸을 움직였다. 미사를 빨리 끝내 줬으면 하는 눈치라는 걸 그도 알 수 있었다. 사람들은 그를 무척 일찍 깨웠다. 경찰이 온다는 소문이 있었기에…….
 그가 말했다. 「한 신부가 우리에게 말하기를, 기쁨은 언제나 고통 위에 서 있다고 했습니다. 고통은 기쁨의 일부입니다. 우리는 굶주림 뒤에야 마침내 우리가 얼마나 음식을 누리고 있는지 알 수 있습니다. 또 목마른 뒤에야ㅡ」 그는 갑자기 말을 멈추고 그림자 속을 바라봤지만, 그가 예상한 잔인한 비웃음 같은 건 들리지 않았다. 그는 다시 입을 열었다. 「자신을 이겨 내야 우리는 큰 기쁨을 얻습니다. 북부의 부자들이 칵테일이라는 음료를 마시기 위해 짠 음식을 먹는다는 걸, 그래서 갈증을 만든다는 말을 한 번쯤은 들어 봤을 겁니다. 또한 결혼 전에는 기나긴 약혼 기간이 존재합니다…….」 다시 그가 말을 멈췄다. 혓바닥 뒤에 추를 매단 것처럼 자신이 무가치하게 느껴졌다. 밤의 열기 속으로 양초가 흘러내리며 초 냄새를 훅 풍겼다. 딱딱한 바닥에 앉은 사람들이 어둠 속에서 자세를 바꿨다. 오랫동안 씻지 않은 사람들의 체취와 초 냄새가 경쟁하고 있었다. 그는 권위를 담은 목소리로 단호하게 잘라 말했다. 「천국이 이곳에 임했다고 말하는 까닭이 여기에 있습니다. 고통이 기쁨의 일부이듯이 이곳은 천국의 일부입니다.」 그는 말했다. 「고통을 달라고 기도하고 기도하고 또 기도하십시오. 고통에 지치지 마십시오. 우리를 감시하는 경찰에 세금을 가져가는 군인들, 가난해서 돈을 내놓지 못한다는 이유로 헤페는 늘 때리지요, 거기에다가 천연두며 돌림병이며 기아 같은 것……. 이 모든 것들이 천국의 일부입니다. 천국에 들어가기 위한 준비 절차죠. 누가 알겠습니까마는, 그런 것들이 없다면 천국에 가서도 즐거움을 모를 것입니다. 천국도 완전한 곳이 못 되는 셈이죠. 그럼 천국, 천국이란 무엇입니까?」 이제는 완전히 다른 삶이라고 해도 좋을 시절, 즉 신학교 시절의 절제되고 조용한 삶에서나 쓸 수 있는 문학적 용어, 그러니까 〈황금의 예루살렘〉 같은 진귀한 보석들에 관한 말들이 그의 혀끝에서 혼란스럽게 튀어나왔다. 그 사람들은 황금을 본 적도 없는데.

그는 더듬거리며 계속 말했다. 「천국은 헤페도, 악법도, 세금도, 군인도, 굶주림도 없는 곳입니다. 여러분의 자녀가 일찍 죽는 일도 없습니다.」 오두막의 문이 열리더니 한 남자가 슬그머니 들어왔다. 촛불의 불빛이 미치지 않는 어둠 속에서 뭔가 속삭이는 소리가 들렸다. 「그곳에서는 두려워하지 않아도 됩니다. 불안하지도 않습니다. 붉은 셔츠단도 없습니다. 나이 들지도 않습니다. 흉년도 없습니다. 천국에 없는 걸 말하는 건 정말 쉽군요. 거기 있는 걸 말하라면, 하느님이죠. 이건 설명하기가 좀 어렵습니다. 말로는 우리가 감각적으로 알고 있는 것만을 설명할 수 있을 뿐이지요. 〈빛〉이라고 말하면, 우리는 그저 태양만을 생각합니다. 〈사랑〉이라고 말하면……」 집중하기가 쉽지 않았다. 경찰은 그리 멀리 있지 않았다. 사내가 새로운 소식을 가져온 모양이었다. 「그건 아마도 어린아이가……」 문이 다시 열렸다. 바깥이 새날을 맞아 회색 석판 빛으로 밝아 오고 있는 게 보였다. 누군가 급박한 목소리로 낮게 말했다. 「신부님.」

「예?」

「경찰이 오고 있습니다. 1마일밖에 안 남았어요. 숲을 가로질러 오고 있습니다.」

늘 겪는 일이었다. 제자리를 찾지 못하는 말들, 다급한 끝맺음, 자신과 신앙 사이에 고통이 찾아오리라는 예감. 그는 고집스럽게 말을 이었다. 「무엇보다도 이 점을 기억해야만 합니다. 천국은 이곳에 있습니다.」 경찰들은 말을 타고 오는 것일까, 걸어서 오는 것일까? 만약에 걸어서 온다면 20분 안에 미사를 마치고 도망쳐야 할 것이다. 「바로 여기, 지금 이 순간, 여러분의 두려움과 나의 두려움도 천국의 한 부분입니다. 천국에서는 영원히 두려움이 없을 것입니다.」 그는 그들에게서 돌아서서는 매우 빠른 속도로 사도 신경을 음송하기 시작했다. 한번은 성찬 기도를 하려는데 육체적인 공포가 밀려온 적이 있었다. 대죄를 저지르고 처음으로 하느님의 살과 피를 입안에 받아들일 때였다. 하지만 죽으라는 법은 없었다. 오래지 않아 그건 그리 대수롭지 않은 일이 되었다. 그가 지옥에 떨어지든 말든, 다른 사람들을 구원할 수 있는 한…….

그는 나무 상자에 입을 맞추고 강복하려고 돌아섰다. 흐릿한 불빛 탓에 두 남자가 십자가의 형상으로 두 팔을 뻗고 무룷을 꿇고 있는 모습이 겨우 눈에 들어왔다. 봉헌이 끝날 때까지 그들은 그 자세를 유지할 모양이었다. 안 그래도 고되고 힘든 생활에서 한 번 더 고행을 쥐어짜는 셈이었다. 신자들이 스스로 고통을 자처하는 걸 보니 그에게 겸허한 마음이 들었다. 그의 고통은 자처한 게 아니었다.「오, 주여, 주님의 아름다운 집을 사랑했나이다······.」 초에서 연기가 났고, 사람들은 무릎을 꿇은 채로 몸을 꼼지락댔다. 불안이 돌아오기 전, 불가사의한 행복감이 다시 그의 안에서 일었다. 천국의 주민들을 들여다봐도 좋다는 허락을 받은 듯한 느낌이었다. 천국에는 그처럼 겁에 질리고 순종적이며 굶주림으로 얼굴이 마른 자들이 있어야만 할 것이다. 짧은 순간이나마 어떤 위선도 없이 그들에게 고난에 대해 말한 것에 대해 그는 커다란 만족을 느꼈다. 맵시 있게 차려입고 잘 먹고 다니는 사제가 가난을 찬양하기란 어려운 법이다. 그는 살아 있는 자들을 위해 기도했다. 수많은 사도와 순교자들의 이름이 발소리처럼 길게 이어졌다. 고르넬리오, 키프리아누스, 라우렌티우스, 크리소고노 등등. 곧 경찰들은 그의 노새가 주저앉았던, 그리하여 웅덩이의 물로 얼굴을 씻었던 늪지대에 도착할 것이다. 서둘러 말하느라 라틴어 단어들이 그의 입에서 꼬였다. 주위에서 초조해한다는 걸 느낄 수 있었다. 그는 성체 축성을 시작했다(밀떡은 이미 오래전에 떨어졌기 때문에 마리아의 화덕에서 구운 빵 조각으로 대신했다). 초조하던 기운이 일순간 사라졌다. 모든 게 여느 때와 같았지만 그것만은 달랐다.「고난을 당하기 전날, 주님께서는 존귀한 손으로 빵을 들어 말씀하시길······.」 바깥 숲 속 산길에서 누가 움직이고 있든, 이곳에서는 아무런 움직임이 없었다.「*Hoc est enim Corpus Meum*(너희를 위하여 내어 줄 내 몸이다).」 내쉬는 한숨들을 그는 들을 수 있었다. 6년 만에 처음으로 신이 이곳에 온 것이다. 성체를 높이 쳐들었을 때, 그는 굶주린 개들처럼 그들이 고개를 치켜드는 장면을 상상할 수 있었다. 이제 그는 성혈 축성을 시작했다. 이가 빠진 잔, 그건 또 다른 포기의 흔적이었다. 이태 동안 그는 성작(聖爵)을 들고 다녔다. 그러다가 한번은 가방을 수색한 경찰관에게 그것을 들켰다. 그 경찰관이 전에 가톨릭 신자가 아니었더라면 그는 아마 목숨을 잃었을 것이다. 그 경찰관 역시 몰랐다고 핑계를 댄다는 사실을 간파당했다면 목숨이 위태로웠을 것이다. 콘셉시온에서든 어디에서든, 스스로 죽을 만한 은총도 없는 한 그렇게 돌아다니는 일 자체가 신에게 어떤 사람이 순교자인지 알려 주는 일이 될 뿐이었다.

침묵 속에 봉헌 의식이 행해졌다. 종소리는 없었다. 그는 기도도 하지 않고 지친 몸으로 나무 상자 옆에 무릎을 꿇었다. 누군가 문을 열더니 다급한 목소리로 나지막이 말했다. 「왔어요.」 그렇다면 걸어서 온 건 아니겠구나, 하고 그는 막연하게 짐작했다. 동틀 무렵의 절대적인 고요 속에서 말 우는 소리가 들렸다. 4분의 1마일도 떨어지지 않은 거리임이 틀림없었다.

그는 일어났다. 마리아가 그의 팔꿈치 옆에 섰다. 그녀가 말했다.「그 천을, 신부님, 그 천을 주세요.」 그는 서둘러 성체를 입안에 넣고 성혈을 마셨다. 신을 모독할 수는 없었다. 천을 나무 상자에서 벗겨 냈다. 심지에서 냄새가 나지 않도록 그녀가 손가락으로 촛불을 눌러 껐다……. 방 안은 이미 텅 비었고 집주인만이 입구에서 밖을 살피며 기다리다가 그의 손등에 입을 맞췄다. 문 밖으로 흐릿하나마 풍경이 보였고, 마을의 닭 한 마리가 울었다.

마리아가 말했다. 「빨리 우리 오두막으로 가세요.」

「나는 떠나는 게 좋겠어.」 그에게는 아무 계획도 없었다. 「여기서 잡히고 싶지 않아.」

「이미 포위당했어요.」

마침내 이렇게 끝장나는 것인가? 그는 궁금했다. 분명히 두려움 같은 게 자신을 엄습하리라는 것은 알았지만, 아직은 무섭지 않았다. 그는 여자의 뒤를 쫓아 마을 반대편에 있는 그녀의 오두막까지 허둥지둥 걸으면서 기계적으로 통회 기도를 되뇌었다. 두려움이 언제 찾아올지 궁금했다. 경찰관이 가방을 열었을 때, 그는 겁에 질렸었다. 하지만 그건 몇 년 전의 일이다. 바나나 창고에 숨어서 아이가 경찰과 티격태격하는 소리를 들을 때도 겁이 났었다. 그건 겨우 몇 주 전이었다. 의심의 여지 없이 곧 두려움이 찾아올 것이었다. 경찰이 온다는 조짐 같은 건 없었다. 밤새도록 앉았던 나뭇가지에서 뛰어내린 닭들과 칠면조들이 어슬렁거리는 평범한 회색빛 아침이었다. 다시 수탉이 울었다. 경찰들이 그렇게 용의주도하게 뒤쫓았다면 그가 거기에 있다는 사실을 알고 있으리라는 건 의심의 여지가 없었다. 이제는 진짜 끝이었다.

마리아가 그를 잡아끌었다. 「들어와요. 어서, 침대로.」 아마도 그녀에게 좋은 생각이 있는 모양이었다. 위기의 순간에 여자들은 놀라울 정도로 침착해진다. 앞선 계획들이 완전히 실패로 돌아가면 거기서 교훈을 찾아내 새로운 계획을 끄집어낸다. 하지만 이제 무슨 소용이 있겠는가? 그녀가 말했다. 「숨 좀 쉬어 보세요. 어이쿠, 누구라도 알겠네…… . 술 냄새…… .

술이라니, 도대체 뭘 했냐고 물으면 어떻게 하나?」 그녀는 다시 안으로 들어가더니 미명의 평화와 고요 속에서 법석을 떨어 댔다. 갑자기 1백 야드 정도 떨어진 숲에서 한 경찰이 말을 타고 나왔다. 몸을 돌려 손을 흔들 때 권총집이 삐걱대며 돌아가는 소리까지 들릴 정도로 사위는 고요했다.

 작은 개간지로 경찰들이 모여들었다. 지휘관만 말을 탔을 뿐, 나머지는 빠른 속도로 행군한 것 같았다. 세워총 자세로 그들은 오두막 마을로 다가왔다. 그렇게까지 할 필요가 있을까 싶기도 하고 좀 우습다는 생각이 들기도 하는 위력 시위였다. 어떤 사람은 각반을 질질 끌고 있었다. 아마 숲에서 걸을 때 뭔가에 걸린 것 같았다. 그러다가 각반을 밟고 넘어졌는데, 탄띠가 개머리판에 부딪히면서 큰 소리가 났다. 말을 탄 경위는 주위를 둘러본 뒤, 매섭고 성난 표정으로 고요한 오두막들을 바라봤다.

 여자가 그를 오두막 안으로 끌어당겼다. 그녀가 말했다. 「이걸 씹으세요. 어서, 시간이 없어서……」 그는 다가오는 경찰들을 등지고 어두운 방으로 들어갔다. 그녀의 손에는 작은 양파가 들려 있었다. 「씹으세요.」 그녀가 말했다. 그는 양파를 씹다가 눈물을 흘렸다. 「매워요?」 그녀가 물었다. 그는 오두막들을 향해서 조심스럽게 걸어오는 말발굽 소리를 들을 수 있었다.

 「지독하네.」 그가 킬킬대며 말했다.

 「저 주세요.」 그녀는 옷 속 어딘가에 그걸 감췄다. 어디로 감췄는지는 여자들만이 알 것이었다. 그가 물었다. 「내 가방은 어디 있지?」

 「가방은 걱정 마시고요, 침대로 올라가세요.」

하지만 그가 움직이기도 전에 말이 문간을 막아섰다. 새빨간 선이 그어진 승마화를 신은 한쪽 발이 그들의 눈에 들어왔다. 마구의 금속 장식이 반짝거렸다. 장갑을 낀 한쪽 손은 안장 머리에 올라가 있었다. 마리아가 손을 그의 팔에 올렸다. 그녀로서는 가장 과감한 애정의 손동작이었다. 그들에게 애정은 금기였으므로. 목소리가 들렸다. 「다들 밖으로 나와.」 말이 발을 한 번 구르자 작은 먼지 기둥이 솟았다. 「다 나오라고 했어.」 어딘가에서 총이 발사됐다. 사제가 오두막을 나섰다.

 동은 완전히 터 올랐다. 눈부신 햇살이 하늘로 뻗어 나갔다. 한 남자가 총구를 위로 한 채 총을 들고 있었다. 총구에서는 여전히 회색 연기가 피어나고 있었다. 이렇게 고통이 시작되는 것인가?

 오두막에서 마을 사람들이 마지못해 나오고 있었다. 먼저 아이들이 나왔다. 아이들은 호기심만 가득할 뿐, 겁을 내지도 않았다. 남녀 어른들은 이미 당국의 처분만 기다리는 사람의 꼴이 돼 있었다. 당국은 잘못된 판단을 내리지 않았다. 사제를 바라보는 사람은 아무도 없었다. 그들은 땅을 보면서 기다렸다. 아이들만이 거기에서 가장 중요한 것이라도 되는 양 말을 바라봤다.

 경위가 말했다. 「오두막을 수색해.」 시간이 매우 천천히 지나갔다. 총구에서 흘러나오는 연기마저도 이상하리만치 오랫동안 남아 있는 것 같았다. 돼지들이 꿀꿀대며 오두막에서 기어 나왔고, 칠면조 수놈 한 마리가 악귀처럼 으스대며 원의 한가운데로 걸어갔다. 먼지투성이 깃털을 떨어 대며, 부리 아래로 핑크빛 긴 막을 흔들며. 부하 하나가 경위에게 다가와 엉성하게 경례를 올렸다. 그가 말했다. 「안에는 아무도 없습니다.」

「수상한 건 하나도 없나?」

「예, 그렇습니다.」

「한 번 더 수색해.」

다시 한 번 고장 난 시계처럼 시간이 멈췄다. 경위는 담뱃갑을 꺼내 잠시 주저하다가 다시 넣었다. 경찰이 다가와 보고했다. 「아무것도 없습니다.」

경위는 고함을 쳤다. 「차렷. 일동 주목.」 뒤에서 경찰들이 미는 바람에 마을 사람들은 경위 앞으로 모여들었다. 아이들은 그냥 내버려 뒀다. 사제는 경위의 말 가까이 서 있는 자신의 딸을 봤다. 손을 뻗으면 경위의 승마화 위쪽에 겨우 닿을 정도였다. 아이는 손을 뻗어 가죽 부분을 만졌다. 경위가 말했다. 「두 사람이 수배 중이다. 하나는 그링고, 그러니까 양키로 살인을 저질렀다. 그놈이 여기 없다는 건 확실히 알겠다. 그놈에게는 현상금 5백 페소가 걸려 있다. 다들 눈을 잘 뜨고 다니길 바란다.」 그는 말을 멈추고 그들을 훑어봤다. 사제는 경위의 시선이 자신에게 와 머무는 걸 느낄 수 있었다. 그는 다른 사람들처럼 땅바닥을 바라봤다.

「다른 한 놈은……」 경위가 말했다. 「사제다.」 그는 목소리를 높였다. 「두말하지 않아도 무슨 소리인지 다들 잘 알 것이다. 그놈은 공화국의 반역자다. 그놈을 숨겨 주는 자들 역시 반역자다.」 그 말에도 사람들이 미동도 하지 않자 그는 화가 나는 모양이었다. 그는 말했다. 「사제들이 지껄이는 말을 아직까지 곧이곧대로 믿는 자는 바보 멍청이라고 하지 않을 수 없다. 그것들이 원하는 건 오직 돈뿐이다. 신이라는 게 너희들에게 무엇을 해줬단 말이냐? 주린 배라도 한 번 채워 준

적이 있었나? 아이가 굶어 죽을 때 밥 한 끼라도 주었나? 밥 대신 그자들은 천국을 이야기한다. 너희가 죽고 나면 모든 게 다 잘될 것이라고 그자들은 말한다. 내가 진실을 말해 주겠다. 그자들이 죽고 나면 모든 게 다 잘될 것이다. 그러니 협조하길 바란다.」 아이는 그의 승마화에 손을 댔다. 경위는 음울한 애정으로 아이를 바라봤다. 그는 확신에 찬 목소리로 말했다. 「이 아이가 우리에게는 로마에 있는 교황보다도 소중하다.」 경찰들은 소총에 몸을 지탱하고 있었다. 그중 한 명이 하품을 했다. 칠면조 수놈은 〈쉿, 쉿〉 소리를 내며 오두막으로 향했다. 경위가 말했다. 「그 사제를 본 적이 있는 사람은 큰 소리로 말하라. 현상금은 7백 페소로······.」 아무도 말하지 않았다.

경위는 고삐를 낚아채 말머리를 사람들 쪽으로 돌렸다. 그가 말했다. 「그자가 이 지역에 있다는 걸 우린 알고 있다. 콘셉시온에서 무슨 일이 일어났는지 다들 모르는 모양이군.」 한 여자가 울기 시작했다. 「한 명씩 차례대로 나와서 내게 이름을 밝혀라. 아니, 여자들은 필요 없고 남자들만.」

그들은 뚱한 표정으로 줄을 섰고, 경위가 〈이름은? 무슨 일을 하지? 결혼했는가? 아내는 누구야? 사제 얘기를 들어 본 적은 없는가?〉 같은 질문을 던졌다. 사제와 말 머리 사이에 이제 남은 사람은 한 명뿐이었다. 그는 큰 확신 없이 조용히 통회 기도를 되뇌었다. 「······제가 죄를 지어 참으로 사랑받으셔야 할 주님의 마음을······ 아프게 했사오니······.」 이제 그는 경위 앞에 혼자 서게 됐다. 「악을 저지르고 선을 소홀히 한 모든 잘못을 진심으로······.」 곧 큰일을 각오해야만 하는 사람에게 있어 그 기도는 일종의 요식 행위였다. 마치 유언장을 작성하기는 하지만, 죽고 나면 그 유언장에 아무런 가치가 없는 것과 마찬가지로.

「이름은?」

콘셉시온에서 죽었다는 그 남자의 이름이 갑자기 떠올랐다. 그는 〈몬테스입니다〉라고 말했다.

「사제를 본 일이 있나?」

「없습니다.」

「무슨 일을 하나?」

「땅이 조금 있습죠.」

「결혼했는가?」

「예.」

「아내는 누구인가?」

마리아가 불쑥 끼어들었다.「제 남편입니다. 왜 그렇게 꼬치꼬치 캐묻는 거죠? 그이가 사제처럼 보이기라도 하나요?」

경위는 안장 머리에서 뭔가를 검토하고 있었다. 오래된 사진 같았다.「손을 좀 보지.」그가 말했다.

사제는 손을 치켜들었다. 노동자의 것처럼 투박한 손이었다. 갑자기 경위가 안장 아래로 몸을 기울이더니 그의 숨 냄새를 맡았다. 완전한 침묵이 마을 사람들을 감쌌다. 위험천만한 침묵이었다. 경위가 그 침묵에 깃든 공포를 눈치챌 수도 있기에……. 경위는 수염투성이의 해쓱한 그 얼굴을 노려본 뒤에 다시 사진을 바라봤다.「좋아.」그가 말했다.「다음.」그 말에 사제가 한쪽으로 비켜섰다.「잠깐.」경위가 브리기타의 머리를 한 번 쓰다듬더니 뻣뻣한 검은 머리칼을 잡아당겼다. 그가 말했다.「잘 보거라. 넌 마을 사람들 얼굴을 다 알겠지?」

「예.」아이가 말했다.

「그럼 이 아저씨 아니? 이 아저씨 이름이 뭐니?」

「몰라요.」 아이가 대답했다. 경위는 숨을 죽였다. 「이름을 모른단 말이지.」 그가 말했다. 「그럼 이 아저씨 처음 보니?」

마리아가 외쳤다. 「걔는 제 이름도 모르는 앱니다. 아빠가 누군지를 물어보셔야지.」

「아빠는 누구니?」

아이는 경위를 노려보다가 천천히 시선을 돌려 사제를 바라봤다……. 〈모든 잘못을 진심으로 뉘우치나이다.〉 그는 운이 좋기를 기원하며 손가락을 십자로 꼬면서 속으로 되뇌었다. 아이가 말했다. 「저 사람이에요, 저기.」

「좋아.」 경위가 말했다. 「다음.」 심문은 계속됐다. 이름은? 직업은? 결혼은? 그러는 동안 태양은 숲 너머 높이 떠올랐다. 사제는 손깍지를 끼고 서 있었다. 다시 죽음이 유예됐다. 그는 경위의 앞으로 뛰어나가 〈내가 바로 네놈이 찾는 그 사람이다〉라고 말하고 싶은 어마어마한 욕망을 느꼈다. 곧바로 총살될까? 그러면 평화가 찾아오리라는 그릇된 망상이 그를 유혹했다. 하늘 높은 곳에서는 독수리 한 마리가 내려다보고 있었다. 그 정도 높이에서 바라보면 사람들은 이제 막 싸움을 벌이려는 육식 동물들처럼 보일 터였다. 그놈은 죽은 고기를 바라고 작은 점처럼 보일 만큼 높이 떠서 기다리는 것이었다. 죽음은 고통의 종말이 아니었다. 거기에 평안이 있으리라 믿는 것도 일종의 이단 행위였다.

마지막 남자까지 모두 그들이 쫓는 사람이 아니라는 증거를 보였다.

경위가 말했다. 「협조할 사람이 한 명도 없나?」

그들은 썩은 가설무대 앞에 아무런 말 없이 서 있었다. 그가 말했다. 「콘셉시온에서 어떤 일이 일어났는지는 말 안 해도 다 알 것이다. 주민 한 명을 인질로 잡았었지……. 나중에 마을에 사제가 왔다는 걸 알고는 그 인질을 가까운 나무에 세워 총살시켰다. 내가 그 사실을 어떻게 알았겠어? 반드시 누군가 마음을 고쳐먹는 사람이 생기기 때문이지. 콘셉시온에서는 인질의 아내를 사랑한 남자가 그 남편을 보내 버리고 싶어 했던 거였어. 이유 따위야 내가 알 바 아니야. 내가 아는 건 결국 콘셉시온에서 미사주를 발견했다는 점이지……. 이 마을이라고 그런 사람이 없으라는 법이 있겠나? 땅을 빼앗으려는 사람, 그게 아니라면 소를 빼앗으려는 사람이라도. 지금 말하는 게 좋을 거야. 왜냐하면 여기서도 인질을 하나 세울 작정이거든.」 그가 말을 멈췄다. 이윽고 다시 말했다. 「아니, 말할 필요도 없어. 만약 여기에 그놈이 있다면 그냥 눈짓만 해도 돼. 놈을 지적한 사람이 누구인지는 아무도 모를 거다. 그놈 자신도 모를 테니 저주 같은 건 받을 수도 없지. 자…… 이게 마지막 기회야.」

　사제는 땅바닥을 쳐다봤다. 자기를 지적하려는 사람을 힘들게 하고 싶지 않았던 것이다.

　「좋아.」 경위가 말했다. 「그럼 이제 인질을 잡겠다. 이건 당신들이 자초한 결과야.」

　경위는 안장에 앉아 그들을 바라봤다. 경찰 한 명이 가설무대에 총을 기대 놓은 채 각반을 고쳐 메고 있었다. 마을 사람들은 가만히 땅바닥만 바라봤다. 다들 그와 눈이 마주칠까 겁을 냈다. 경위가 갑자기 침묵을 깼다. 「왜 나를 믿지 못하지? 당신들을 죽이고 싶은 마음은 조금도 없다. 내게는 당신들이 그 사제보다 몇 배는 더 소중하다. 믿지 못하겠는가? 나는 당신들에게 주고 싶을 뿐이다.」 그는 손으로 뭔가를 만들어 보였지만, 아무도 보지 않아서 무의미한 손짓이 되어 버렸다. 「전부 다.」 그는 감정 없는 목소리로 말했다. 「너, 거기 너. 인질이 돼줘야겠다.」

한 여자가 소리쳤다. 「우리 아들이야. 미구엘, 우리 아들은 안 돼.」

그가 무심하게 말했다. 「여기 있는 남자 중에 남편이나 아들이 아닌 사람은 아무도 없다. 나도 잘 알아.」

사제는 깍지를 낀 채 조용히 서 있었다. 손에 힘을 얼마나 줬던지 손가락 관절 부근에 핏기가 하나도 없었다……. 주위에서 서서히 자신을 향한 미움이 시작되는 것을 그는 느낄 수 있었다. 그는 누구의 남편도, 아들도 아니었기 때문이다. 그는 말했다. 「경위님…….」

「뭐냐?」

「저는 너무 늙어서 농사일도 할 수 없습니다. 저를 데려가십시오.」

돼지 떼가 한 오두막의 모서리를 돌아 달려오고 있었지만, 누구 하나 쳐다보는 사람이 없었다. 각반을 다 멘 경찰이 일어섰다. 숲 위쪽 높은 곳에서 내려온 햇살은 탄산수 가게의 병들에 가서 반짝였다.

경위가 말했다. 「나는 인질을 잡는 거지, 게으름뱅이 구호 사업을 하는 게 아니다. 농사일을 할 수 없는 몸이라면 인질 노릇도 할 수 없다.」 그는 명령을 내렸다. 「인질의 팔을 묶은 뒤 끌고 가.」

오래지 않아 경찰들은 모두 떠났다. 떠나면서 그들은 닭 두세 마리와 칠면조 한 마리와 미구엘이라는 남자를 데려갔다. 사제가 큰 소리로 말했다. 「나는 할 바를 다했소.」 그는 말을 이었다. 「그건 당신들이 해야 할 일이었소. 나를 버리는 일 말이오. 내게 뭘 더 바라지 마시오. 나는 잡히지 말아야 하는 몸이니.」

한 남자가 말했다. 「다 괜찮습니다, 신부님. 그보다 신경 써 주실 일은…… 우리 마을에 미사주를 남기지 마시라는 겁니다…… 콘셉시온에서처럼 말입니다.」

다른 남자가 말했다. 「여기 계속 계시면 안 되겠습니다, 신부님. 결국에는 잡힐 겁니다. 다음번에는 그 얼굴을 기억할 겁니다. 북쪽으로, 산간 지방으로 가시는 게 좋을 것 같습니다. 거기서 주 경계선을 넘으세요.」

「경계를 넘어가면 그 주에서는 괜찮을 겁니다.」 한 여자가 말했다. 「거기에는 아직 성당이 남아 있어요. 물론 성당에 가는 사람은 아무도 없지만, 어쨌거나 거기에는 성당이 있어요. 게다가 마을에는 사제들도 있다고 들었어요. 사촌이 산맥을 넘어서 라스카사스에 다녀왔는데, 거기서 미사에 참석했다고 합니다. 집이긴 하지만 제대로 된 제대도 있었고 예전처럼 사제들이 옷도 차려입고 있었대요. 거기 가면 다 잘 될 겁니다, 신부님.」

사제는 마리아를 따라 오두막으로 갔다. 브랜디 병이 테이블 위에 놓여 있었다. 그는 손가락으로 병을 만져 봤다. 얼마 남아 있지 않았다. 그가 말했다. 「가방은? 마리아, 가방은 어디 있지?」

「이제 너무 위험하니까 그 가방은 들고 다니지 마세요.」 마리아가 말했다.

「그럼 미사주를 어떻게 가지고 다니겠어?」

「미사주 같은 건 없어요.」

「무슨 소리지?」

그녀가 말했다.「이제는 신부님이나 다른 사람들을 위험에 빠뜨릴 수 없어요. 그래서 그 병을 깨뜨려 버렸어요. 천벌을 받는대도 어쩔 수 없어요……」

그가 슬픈 목소리로 나지막이 말했다.「다 헛된 생각이오. 그건 그냥 술일 뿐이야. 성스러운 물건도 아니야. 여기에서는 구하기가 어려워서 그럴 뿐이지. 그래서 콘셉시온에서는 좀 감춰 둔 거였고. 하지만 그자들이 찾아냈던 모양이군.」

「아마 이제 가시면 영영 모든 걸 다 가지고 가셔야만 할 거예요. 신부님은 더 이상 누구에게도 도움이 안 돼요.」그녀가 매섭게 말했다.「아시겠어요, 신부님? 이젠 아무도 신부님을 반기지 않아요.」

「아, 그래.」그가 말했다.「알고말고. 하지만 그건 당신이 바라는 것도 아니고, 나 역시도 그보다는……」

그녀가 냉혹하게 말했다.「저도 알 건 다 알아요. 학교에도 다녔어요. 여기 있는 무지렁이들과는 달라요. 당신이 타락한 사제라는 것쯤은 저도 알아요. 우리가 함께 있을 때, 그때 한 일이 당신이 저지른 일의 전부가 아니지요. 저도 들은 바가 있으니 얘기하는 거예요. 하느님께서 신부님이 여기 있다가 죽는 걸 원하실 것 같아요? 신부님은 위스키 신부인데?」아까 그 경위 앞에 서 있을 때처럼 사제는 그녀 앞에 서서 꾹 참고 듣고 있었다. 그는 그녀가 그런 것까지 다 생각하고 있을 줄은 전혀 몰랐다. 그녀가 말했다.「죽는다고 치죠. 신부님은 순교자가 되겠죠. 그렇지 않나요? 신부님이 순교자가 된다면 도대체 어떤 순교자가 될 것 같나요? 사람들의 조롱거리가 되는 일은 이제 그만하세요.」

 그런 생각은 한 번도 해본 적이 없었다. 누군가가 자신을 순교자로 생각하리라는 생각 같은 건. 그는 말했다.「어렵군, 정말 어려워. 나도 생각을 해보지. 나 역시 교회가 조롱당하는 건 원하지 않으니까…….」

「다른 생각 말고 주 경계를 넘을 생각이나 하세요…….」

「그게…….」

 그녀가 말했다.「그 일이 있고 나서 저는 무척 자랑스러웠어요. 좋은 날이 올 것이라고 생각했었죠. 아무나 사제의 애인이 될 수는 없으니까. 게다가 아이도 있고……. 신부님이 그 아이를 위해 많은 일을 하실 거라고 생각했어요. 그런데 알고 보니 신부님은 도둑 같은 사람이었어요. 내 좋은 것들을 다 훔쳐 갔지요…….」

 그가 넋 나간 사람처럼 말했다.「세상에는 좋은 도둑들도 많은걸.」

「참 잘하셨군요. 그러니 어서 이 브랜디나 가지고 떠나세요.」

「하나 더 있어.」그가 말했다.「내 가방에……. 그 안에 있던 것인데…….」

「쓰레기장에 가서 직접 찾아보시든가요. 다시는 손대고 싶지 않아요.」

「그리고 그 애 말이야.」그가 말했다.「마리아, 당신은 좋은 여자잖아. 그러니까 노력해서 그 아이를 잘 키워 주면 좋겠어. 천주교인으로 말이야.」

「절대로 좋아질 수가 없는 애예요. 신부님도 보셨잖아요.」

「아직 나이가 어린데. 나쁘다고만 볼 순 없잖아.」그가 그녀를 달랬다.

「태어나기를 그렇게 태어났으니 제 갈 길을 가겠죠.」

그가 말했다.「다음 미사 때 그 아이를 위해서 기도하겠소.」

그녀는 그 말을 들으려 하지도 않았다.「걔는 완전히 글러 먹었어요.」그는 신앙이 죽어 침대와 문간 사이로 빠져나가고 있다는 걸 눈치 챌 수 있었다. 이제 모두에게 미사는 길을 건너가는 검은 고양이만큼의 의미도 없었다. 그는 흩뿌린 소금이라든가 교차한 손가락 같은 것 때문에 사람들의 목숨을 위협할 수도 있었다. 그가 말을 꺼냈다.「노새는……」

「지금 여물을 먹이고 있어요.」

그녀가 덧붙였다.「북쪽으로 가세요. 남쪽으로 가면 더 이상 기회가 없을 거예요.」

「내 생각에는 카르멘이……」

「거기도 지키고 있을 거예요.」

「아, 그럼……」그가 슬픈 목소리로 말했다.「아마도 언젠가…… 좋은 날이 찾아온다면……」그는 성호를 긋고 그녀를 축복했다. 하지만 그녀는 어서 그가 영영 떠나 버리기만을 기다리며 서 있었다.

「그럼, 잘 있어, 마리아.」

「잘 가세요.」

그는 등을 수그린 채 광장을 가로질러 걸었다. 그는 자신이 떠나는 것을 바라보면서 이제 다 됐다고 안심하지 않는 사람이 한 명도 없다는 걸 느낄 수 있었다. 이제 그는 무언가 찜찜한 미신적인 이유로 경찰에 신고하지 못하는 골칫덩어리에 불과했다. 그 알지도 못하는 그링고였다면 그 사람들도 당장에 잡아서 경찰에 넘겼을 텐데. 그게 그는 부러울 지경이었다. 어쨌든 그자는 감사의 짐을 지고 돌아다닐 필요도 없을 테니까.

　노새들 발굽으로 짓이겨지고 울퉁불퉁 나무뿌리가 튀어나온 내리막길을 따라 쭉 내려가 강으로 갔다. 수심은 2피트 정도였는데, 빈 깡통과 깨진 병들이 버려져 있었다. 나무에는 안내판이 붙어 있었다. 〈쓰레기를 버리지 마시오.〉 그 아래로 마을의 쓰레기란 쓰레기는 다 모여 있었고 점점 밀려서 강으로 들어가고 있었다. 비가 내리기 시작하면 강은 쓰레기를 다 씻어 낼 것이다. 다 쓴 주석 그릇과 썩어 가는 야채들 사이로 발을 옮기며 그는 가방에 손을 뻗었다. 그는 한숨을 내쉬었다. 그건 꽤 좋은 가방이었다. 고요했던 지난날의 또 다른 유물⋯⋯. 조금만 지나면 다른 삶이 있었다는 사실조차 기억하기 어려운 시절이 올 것이다. 자물쇠는 뜯겨 나갔다. 그는 가방의 안감을 만져 봤다.

　문서가 거기 있었다. 주저하며, 그는 가방을 던져 버렸다. 소중하고도 존경받던 청춘 시절이 한꺼번에 깡통들 사이에 떨어졌다. 그 가방은 그의 사제 서품 5주년을 맞이해서 콘셉시온의 교구민들이 선물한 것이었다⋯⋯. 나무 뒤에서 누군가가 움직였다. 그는 쓰레기 더미에서 발을 내디뎠다. 복사뼈 주위로 파리들이 달라붙었다. 그는 문서를 주먹으로 꽉 쥐어서 감추고 나무둥치를 돌아 훔쳐보는 사람이 누구인지 살펴봤다⋯⋯. 뿌리 위에 그 아이가 앉아서 뒤꿈치로 나무껍질을 차고 있었다. 아이가 두 눈을 꼭 감았다. 그가 말했다. 「애야, 혹시 무슨 문제라도 있는 거냐⋯⋯?」 눈이 재빨리 다시 떠졌다. 충혈된, 화가 난 눈이었는데 이해하지 못할 자부심 같은 것도 엿보였다.

　아이가 말했다. 「당신⋯⋯ 당신⋯⋯.」

「나?」

「당신이 문제야.」

아이가 자신을 경계하는 짐승이라도 되는 양, 그는 최대한 조심하면서 아이에게 다가갔다. 애정으로 그의 마음이 약해졌다. 그가 말했다.「애야, 왜 내가……」

아이가 화난 목소리로 말했다.「다들 날 놀린단 말이야.」

「나 때문에?」

아이가 말했다.「다른 아버지들은 다들…… 다들 일한단 말이야.」

「나도 일해.」

「당신은 사제잖아, 맞지?」

「맞아.」

「페드로가 당신은 남자도 아니랬어. 여자들을 좋게 해줄 수 없다고 했어.」아이가 말했다.「도대체 무슨 말인지 하나도 모르겠어.」

「걔도 뭘 알고 있다는 생각은 들지 않는구나.」

「걔는 알아.」그 애가 말했다.「벌써 열 살이야. 나도 알아낼 거야. 당신은 이제 떠나는 거지, 맞지?」

「그래.」

엄청나게 많고 다양한 표정의 저장품들 중에서 웃음을 재빠르게 뽑아내는 아이를 보노라니 벌써 다 자란 것 같아 그는 다시 한 번 소스라치게 놀랐다. 아이가 고혹적으로 말했다.「말해 봐요.」아이는 쓰레기 더미 옆의 나무둥치에 앉았는데, 모든 것을 포기한 듯한 느낌이 풍겼다. 과일의 썩은 점처럼 아이의 마음에는 이미 세속이 들어차 있었다. 아이에게는 보호 장치가 없었다. 자신을 지킬 만한 강짐도, 매력도 없었다. 상실을 확신하는 그의 마음이 뒤흔들렸다. 그가 말했다.「얘야, 조심해야 한다…….」

「뭘 조심해? 왜 떠나는 거지?」

그가 조금 더 가까이 갔다. 딸에게 입 맞추는 건 괜찮겠지. 하지만 아이는 뒤로 물러섰다.「어디다 대고.」 나이 든 목소리로 귀가 찢어지게 외치더니 아이는 낄낄거렸다. 아이들은 태어날 때 이미 그게 어떤 것이든 사랑에 대해서 알고 있는 법이라고 그는 생각했다. 엄마의 젖을 빨 때, 아이들은 사랑을 받아들인다. 하지만 어떤 부모와 친구를 만나느냐에 따라서 아이들이 알게 되는 사랑은 달라진다. 아이들은 구원의 사랑을 알 수도 있고, 저주받을 사랑을 알 수도 있다. 그는 호박(琥珀) 속의 파리처럼 자기 삶 속에 꼭 붙들린 그 애를 보았다. 때리려고 치켜드는 마리아의 손, 어스름 속에서 애어른처럼 떠들어 대는 페드로, 숲을 뒤지는 경찰들. 폭력은 도처에 있었다. 그는 조용히 기도했다.「아, 하느님, 통회하지 않겠사오니 어떤 식으로든 죄 중의 상태로 저를 죽여 주시고, 다만 이 애를 구하소서.」

그는 영혼들을 구제하는 일을 해야 하는 사람이었다. 한때 그 일은 정말 간단했다. 축복의 기도를 내리고, 조합을 만들고, 창살이 달린 창 안에서 할머니들과 커피를 마시고, 검은 장갑을 끼고 작은 향으로 새로 지은 집을 축성하는 일……. 그건 돈을 모으는 일만큼이나 쉬웠는데 이제는 신비로운 일처럼 느껴졌다. 그는 자신이 그 일에는 어울리지 않는다는 걸 절망적으로 감지했다.

그는 무릎을 꿇고 앉아, 낄낄대며 도망가려고 하는 아이를 자기 쪽으로 끌어당겼다.「사랑한다, 애야. 난 네 아버지고 너를 사랑한단다. 넌 알고 있어야 해.」 그가 아이의 손목을 꽉 잡자, 일순간 아이는 몸부림을 치지 않고 그를 바라봤다. 그가 말했다. 「나는 목숨도 내놓을 수 있다. 아무짝에도 쓸모없는 것이긴 하지만. 내 영혼까지도……. 사랑한다, 얘야. 그걸 알아야 해. 넌 너무나 소중한 존재라는 걸.」 그는 전부터 알고 있었던 사실이지만, 다른 사람들, 국가니 공화국이니 하는 것들에만 관심이 있는 정치 지도자들의 신앙과 그의 신앙의 다른 점이 바로 여기에 있었다. 이 아이가 그에게는 대륙 하나보다도 소중했다. 그는 말했다. 「너는 너무나 필요한 사람이기 때문에 스스로를 잘 돌봐야만 한단다. 수도에 있는 대통령은 총을 든 사람들이 지켜 주지. 하지만 내 딸, 너에게는 하늘나라의 천사들이 있단다.」 아이는 어둡고 흐릿한 눈동자로 그를 바라봤다. 자신이 너무 늦게 왔다는 사실을 그는 감지할 수 있었다. 그가 말했다. 「잘 있거라, 얘야.」 그는 어설프게 아이에게 입 맞추었다. 어리석고 정신 나간 늙은이. 이제 막 아이를 놓아 주고 터덜터덜 광장 쪽으로 돌아가다가 그는 꾸부정한 등 뒤에서 사악한 이 세상 전체가 그 애를 파멸시키기 위해 몰려드는 것을 느낄 수 있었다. 노새는 안장을 얹은 채 탄산수 가게 옆에 서 있었다. 한 남자가 말했다. 「북쪽으로 가시는 게 좋을 겁니다, 신부님.」 그러더니 그는 서서 손을 흔들었다. 인간적인 애정은 애당초 가지지 않는 게 좋다. 그렇지 않으면 모두가 자신의 아들딸인 것처럼 모두를 사랑해야만 할 테니까. 지켜 주고 싶다는 그 열정은 전 세계에 퍼져야 한다. 하지만 그에게는 나무에 묶인 짐승처럼 그 열정이 구속되고 고통받는 듯 느껴졌다. 그는 노새의 머리를 남쪽으로 돌렸다.

그는 경찰이 지나간 길을 따라 이동하고 있었다. 천천히 걸어가면서 앞서 가는 사람들을 따라잡지 않는 한, 그건 꽤 안전한 길인 셈이다. 원하는 게 있다면 술이었다. 술이 없으면 할 수 있는 일이 없었다. 북쪽으로 가서 산악 지대를 넘어 안전한 주로 들어가는 게 더 좋았을 수도 있었다. 거기에서는 최악의 경우를 당해 봐야 벌금을 물게 될 텐데, 그는 돈이 없으니 감옥에서 며칠 지내다가 나올 것이다. 하지만 아직 최종적인 굴복은 준비되어 있지 않았다. 더 오래 버티기 위해서 자잘한 굴복은 치러야만 할 대가였다. 이제 그는 딸을 구하겠다는 생각을 하고 있었다. 한 달을 더 살 수 있을지, 한 해를 더 살 수 있을지 알 수 없었지만...... 노새의 등에 올라타 터덜터덜 가면서 그는 굳건한 맹세로 신을 매수하고자 애쓰고 있었다...... 갑자기 노새가 발굽을 땅에 대더니 죽은 듯 멈춰 섰다. 작은 초록 뱀 한 마리가 길에서 몸을 곧추세우더니 성냥불처럼 쉭쉭거리며 풀숲으로 사라졌다. 노새는 다시 걷기 시작했다.

마을이 가까워지면 그는 노새를 세워 두고 혼자 걸어서 마을에 접근해 경찰이 다녀갔는지 살폈다. 만약 다녀간 것 같으면 그 누구에게도 〈부에노스 디아스〉 같은 인사조차 건네지 않고 잽싸게 노새를 탄 채 마을을 통과한 뒤, 숲에서 경위의 말발굽 흔적을 찾았다. 무슨 일이든 이제 그는 제대로 정리할 수 없었다. 그저 마을에서 최대한 떨어진 곳에서 밤을 보낼 수 있게 되기만을 바랄 뿐이었다. 한 손에는 공저럼 구겨 버린 문서를 여전히 들고 다녔다. 누군가 안장 옆 마체테[35]와 초

---

[35] 날이 넓고 무거운 칼.

를 넣은 작은 가방 사이에 50개를 다발로 묶은 바나나를, 그는 가면서 하나씩 먹었다. 갈색으로 농익어서 물컹물컹했고 비누 맛이 났다. 먹고 나면 입가에 수염처럼 얼룩이 묻었다.

6시간 동안 이동한 끝에 그는 라 칸델라리아에 도착했다. 그 마을은 양철 지붕 집들로 이뤄진 길고 초라한 곳으로 그리할바 강 지류 옆에 있었다. 그는 경계를 늦추지 않고 먼지 날리는 거리로 들어섰다. 오후가 시작될 무렵이었다. 독수리들은 햇볕에 작은 대가리를 감춘 채 지붕에 앉아 있었고, 몇몇 남자들은 집 앞 좁은 그늘에 설치한 해먹에 누워 있었다. 무더운 날이라 노새는 아주 천천히 지친 발을 옮겼다. 사제는 안장 앞쪽에 몸을 기댔다.

노새는 한 해먹 옆으로 다가가 걸음을 멈췄다. 한 남자가 해먹 위에 비스듬하게 누워 한쪽 발로 땅을 차면서 흔들흔들 바람을 일으키고 있었다. 사제가 말했다. 「부에나스 타르데스.」[36] 남자는 눈을 뜨고 그를 바라봤다.

「카르멘까지 거리가 얼마나 됩니까?」

「3리그[37]요.」

「강을 건너려고 하는데 배가 있을까요?」

「있긴 한데.」

「어디에?」

남자는 힘없이 팔을 흔들었다. 여기에 없는 것만은 틀림없으니 다른 곳에 가보라는 듯이. 남자의 입에는 양쪽 끝에 노랗게 튀어나온 송곳니 두 개밖에 남아 있지 않았다. 꼭 오래전에 멸종한 동물의 것으로 추정되는, 진흙 같은 데 묻혀 있

---

36 스페인어권에서 사용하는 오후 인사.
37 약 12킬로미터.

다가 발견된 엄니 같았다.

「경찰들이 다녀간 것 같은데, 여기서 뭘 한 거죠?」 사제가 물었다. 파리 떼가 구름처럼 몰려와 노새의 목에 내려앉았다. 그가 작대기로 찌르자 파리 떼는 날아갔지만 노새 몸에는 핏자국이 남아 있었다. 그 회색 피부로 다시 파리 떼는 내려앉았다. 노새는 머리를 아래로 늘어뜨린 채 무감각하게 햇볕을 받고 서 있었다.

「누군가를 찾습디다.」 그 남자가 말했다.

「나도 듣긴 들었는데.」 사제가 말했다. 「현상금도 있다던데. 그링고라고 했던가.」

남자가 해먹을 앞뒤로 흔들었다. 그는 말했다. 「죽어서 부자가 되느니 가난뱅이로 사는 게 낫지 않겠소?」

「카르멘으로 가면 경찰들을 따라잡을 수 있을까요?」

「카르멘 쪽으로 안 갈 거외다.」

「안 간다고?」

「도시 쪽으로 갑디다.」

사제는 노새에 올라탔다. 20야드쯤 가다가 그는 다시 탄산수 가게 옆에 멈춰 서서 가게 아이에게 물었다. 「강 건널 배는 어디 있느냐?」

「배 없어요.」

「배가 없어?」

「웬 놈이 훔쳐 갔어요.」

「시드릴 하나 다오.」 그는 누린 거품이 이는 그 화회주를 마셨다. 먹고 나니 더 갈증이 났다. 그가 말했다. 「그럼 강은 어떻게 건너가지?」

「강은 뭐하러 건너시게요?」

「카르멘으로 가야 하니까. 경찰들은 어떻게 건너간 거지?」
「헤엄쳤어요.」
「물라, 물라.」[38] 사제가 노새를 다그치며 외쳤다. 노새는 마을마다 반드시 하나씩 있는 가설무대와 하얀 가운을 입고 화환을 흔드는 모양의 화려한 여자 조각상을 지나쳤다. 동상 받침대의 한 부분이 부서진 채 길에 떨어져 있었다. 노새는 조각을 피해 갔다. 사제는 뒤를 돌아봤다. 길거리 저 멀리 메스티조[39]가 해먹에서 몸을 일으켜 그를 바라보고 있었다. 노새는 길을 벗어나 강으로 이어진 내리막길로 향했고, 사제는 한 번 더 뒤를 돌아봤다. 그 혼혈인은 여전히 해먹에 앉아 있긴 했지만, 두 발이 땅에 닿아 있었다. 이젠 습관이 된 불안이 일어 사제는 노새를 때렸다. 「물라, 물라.」 하지만 노새는 제 걸음 속도를 유지하며 둑에서 미끄러지듯 강가로 내려갔다.

강가에 오자 노새는 물에 들어가지 않으려 했다. 사제는 작대기 한쪽을 이빨로 뜯어내 날카롭게 만든 뒤, 노새의 옆구리를 찔렀다. 노새는 마지못해 떼기 힘든 발을 움직여 강으로 들어갔다. 등자에 강물이 와 닿는가 싶더니 무릎까지 잠겼다. 노새는 악어처럼 눈과 콧구멍만 내놓은 채 몸을 쭉 펴고 헤엄치기 시작했다. 강가에서 누군가 소리를 쳤다.

사제는 돌아봤다. 그 메스티조가 강가에 서서 그다지 크지 않은 소리로 뭔가 말하고 있었다. 무슨 내용인지는 들리지 않았다. 다른 사람들 몰래 사제에게 전해야만 하는 무슨 비밀이라도 있는 사람 같았다. 그는 사제에게 다시 돌아오라는 듯 팔을 흔들었지만, 노새는 휘청거리며 강 바깥으로 나가

38 *mula*. 〈노새〉라는 뜻.
39 스페인인과 아메리카 원주민의 피가 섞인 라틴 아메리카 사람.

맞은편 강둑으로 올라가고 있었고 사제는 그를 신경 쓰지 않았다. 하지만 머릿속에는 왠지 모를 불안감이 자리 잡았다. 그는 다시 돌아보지 않은 채 노새를 재촉해 초록빛으로 흐릿한 바나나 숲으로 들어갔다. 그 여러 해 동안 언제 가더라도 마음이 편해지는 곳이 그에게는 두 곳 있었으니, 한 곳은 이제 더 이상 갈 수 없는 그의 옛 교구인 콘셉시온이었고 다른 한 곳은 자신이 태어난 곳이자 부모가 묻힌 카르멘이었다. 한 군데 더 꼽을 수도 있겠지만, 거기로 가는 일은 이제 다시 없을 것이었다……. 그는 노새의 머리를 카르멘 쪽으로 돌렸다. 그들은 다시 숲으로 들어갔다. 이런 속도라면 어두워져서야 도착할 것 같았는데, 그건 그가 바라는 바였다. 때리지 않자 노새는 엄청나게 나른한 속도로 걸었다. 푹 수그린 노새의 머리 쪽에서 피 냄새가 약간 났다. 사제는 안장 앞쪽에 몸을 기대고 잠들었다. 풀 먹인 하얀 모슬린을 입은 여자애가 교리 문답을 암송하는 꿈을 꿨다. 뒤로는 주교와 마리아 신심회와 연한 푸른색 리본을 머리에 묶은, 신앙심 깊어 보이는 얼굴의 할머니들이 보였다. 주교가 말했다. 「훌륭하도다……. 훌륭하도다.」 그러더니 그는 짝짝 박수를 쳤다. 모닝코트를 입은 남자가 말했다. 「새 오르간을 사려면 5백 페소가 더 필요합니다. 특별 음악회를 열 것을 제안합니다. 그럴 때 기대되는 모금액이…….」 그는 문득 자기가 거기 있으면 안 된다는 걸 깨닫고는 화들짝 놀랐다……. 교구를 잘못 찾아간 것이다……. 그는 콘셉시온에서 피정을 하고 있어야 했다. 몬테스라는 이름의 남자가 하얀 모슬린을 입은 아이 뒤에 서서 손짓을 하며 그에게 무언가 알려 주려고 했는데……. 그 몬테스에게 무슨 일이 일어난 모양인지 이마에는 딱지가 앉아 있었다. 그는 아이에 대한 섬뜩할 정도로 확실한 위협을 직감했다. 그가 말했다. 「애야, 애야.」 그러다가 그는 잠에서 깼는데 거기 아주 천천히 노새가 걸어가고 있었고, 발소리가 들렸다.

그는 돌아봤다. 물을 뚝뚝 흘리며 아까 그 메스티조가 그를 쫓아오고 있었다. 헤엄쳐서 강을 건너온 게 틀림없었다. 이빨 두 개가 아랫입술 밖으로 삐져나와 있었다. 환심을 사려는 듯 그가 이를 보이며 웃었다. 「왜 나를 따라오는 거요?」 사제가 신경질적으로 물었다.

「왜 카르멘으로 간다고 말하지 않은 거죠?」

「당신한테 말해야 할 이유가 있는 것도 아니니까.」

「차차 알게 되겠지만, 나도 카르멘으로 가려고 하거든요. 같이 가면 더 좋잖아요.」 그는 셔츠 한 장과 하얀 바지 차림에 운동화를 신고 있었다. 한쪽 운동화로 발가락 하나가 툭 튀어나와 있었다. 발가락은 땅속에 사는 벌레처럼 노릇노릇한 게 오동통했다. 그는 겨드랑이를 한 번 긁적이더니 사제의 등자 쪽으로 바투 다가왔다. 그가 말했다. 「불쾌한 건 아니겠지요, 세뇨르?」

「왜 나를 세뇨르라고 부르지?」

「딱 보니 배운 양반이신걸요.」

「숲은 사람을 차별하지 않는 법이오.」 사제가 말했다.

「카르멘을 잘 압니까?」 남자가 물었다.

「그다지. 친구가 좀 있지.」

「일 때문에 가시는 모양입니다.」

사제는 대꾸하지 않았다. 그는 남자가 자기 발을 살짝 만지는 것을 느낄 수 있었다. 스스로를 낮추는 손짓이었다. 남자가 말했다. 「여기서 2리그쯤 가면 길가에 핀카[40]가 있습죠. 거기서 하룻밤 묵으시는 게 좋을 겁니다.」

「나는 바쁜 몸이오.」 사제가 말했다.

「바쁘다고 한들 부지런히 가봐야 카르멘에는 새벽 1시나 2시에 도착할 텐데, 그땐 가도 소용없지 않겠습니까? 차라리 핀카에서 자고 나서 해가 중천에 떠 있을 때 도착하는 편이 낫죠.」

「난 나 편한 대로 할 테요.」

「그러시겠죠, 나리. 물론 그러시겠죠.」 남자는 잠시 입을 다물었다가 다시 말했다. 「세뇨르께 총이라도 있다면 몰라도 밤에 여행하는 건 바보들이나 하는 짓입니다. 저 같은 사람이라면 또 모르겠으나…….」

「나는 빈털터리요.」 사제가 말했다. 「보면 모르겠소? 빼앗길 게 없단 말이오.」

「하지만 그링고가 있습니다요. 들어 보니 대단히 거친 놈인 데다, 진짜 피스톨레로[41]라고 하던뎁쇼? 떡하니 나타나서는 자기네 말로 〈멈춰라, 어딜 가는 길이냐?〉라고 물을 텐데, 무슨 소리를 하는 것인지 몰라서 한 발자국이라도 움직일라치면 바로 쏘아 죽일 겁니다. 하지만 세뇨르께서는 미국 말쯤은 알고 계시겠죠?」

「물론 나도 모르오. 내가 무슨 수로 미국 말을 알겠소? 난 가난뱅이요. 게다가 그런 애들 장난 같은 소리는 들을 생각도 없고.」

「멀리서 오셨습니까?」

40 대농장.
41 총잡이.

사제는 잠시 생각했다.「콘셉시온에서.」이제는 그곳에 해를 입히려야 더 입힐 수도 없다.

남자는 잠시 만족스러워하는 것 같았다. 그는 한 손으로 등자를 잡고 노새를 따라 걸었다. 남자는 자주 침을 뱉었다. 사제가 아래쪽을 바라보면 땅 위를 기어가는 번데기처럼 커다란 발가락이 눈에 들어왔다. 해를 끼칠 사람 같아 보이지는 않았다. 삶의 전반적인 상황이 의심을 품게 만들 뿐이다. 어스름이 내리더니 일순 캄캄해졌다. 노새는 점점 천천히 움직였다. 사방에서 시끄러운 소리가 들렸다. 무대 양옆과 통로에서 왁자지껄한 소리가 들리고 아직 커튼은 올리지 않은 캄캄한 극장 안에 있는 것 같았다. 확실친 않지만 아마도 재규어 같은 것이 풀숲에서 울부짖었고 위쪽 나뭇가지에서는 원숭이들이 움직였으며 모기들은 주위에서 재봉틀 돌아가는 소리로 윙윙거렸다.「갈증이 나서 못 견디겠네요.」남자가 말했다.「세뇨르, 혹시 물 좀 마실 수 있겠습니까……?」

「없소.」

「이렇게 가다가는 새벽 3시에도 카르멘에는 도착하지 못하실 겁니다. 노새를 다그치세요. 작대기를 제게 주시면—」

「아니오, 아니오. 그 짐승은 제 걸음으로 걸어가야 하니. 빠르든 늦든 나는 괜찮소…….」그가 졸린 듯한 목소리로 말했다.

「꼭 사제님처럼 말씀하십니다.」

그 말에 그는 번쩍 잠이 깼으나 키 크고 시커먼 나무 아래를 지나고 있어 아무것도 보이지 않았다. 그가 말했다.「헛소리 마시오.」

「저는 교회를 열심히 다녔습죠.」사내가 사제의 발을 어루 만지며 말했다.

「그렇겠지. 나도 그랬다면 좋았으련만.」

「아, 그런 말씀일랑 믿을 만한 사람들에게나 하셔야죠.」

무람없이 그가 침을 뱉었다.

「나는 누굴 믿고 자시고 할 게 없는 사람이오.」 사제가 말했다.「이 바지나 믿을까. 참 낡은 바지지. 아니면 이 노새. 신통찮은 놈이오, 보면 알겠지만.」

잠시 침묵이 흘렀다. 그러다가 마지막으로 할 말을 생각해냈다는 듯 혼혈인이 말을 이었다.「잘만 다루신다면 이 노새도 괜찮은 놈일 겁니다. 노새에 관해서라면 둘째가라면 서러운 사람입죠. 딱 보면 지쳤다는 걸 알 수 있습니다.」

사제는 좌우로 흔들거리는 그 멍청한 잿빛 머리를 내려다봤다.「그렇게 생각하시오?」

「어제는 얼마나 타고 왔습니까?」

「12리그쯤.」

「아무리 노새라도 배겨 나지 못합니다.」

사제는 깊숙한 가죽 등자에서 맨발을 빼내 재빨리 노새의 등에서 내려왔다. 1분 정도는 노새의 내디디는 발걸음이 크다 싶더니 이내 더 느려졌다. 숲길의 나뭇가지와 뿌리가 사제의 맨발에 부딪혔다. 5분도 지나지 않아 발에서 피가 났다. 발이 아파도 빨리 가려고 했지만 허사였다. 혼혈인이 소리쳤다.「그렇게 발이 고와서야 원, 신발을 신어야겠습니다.」

듣는 둥 마는 둥 그가 다시 말했다.「난 가난뱅이오.」

「천년만년 걸어도 카르멘에 못 가겠습니다요. 인정할 건 인정하시지요. 핀카가 길에서 멀리 떨어져 있어서 가기 싫으신 건가요? 여기에서 반 리그도 안 되는 곳에 아는 오두막이 한 채 있습니다요. 거기서 몇 시간 눈 좀 붙였다가 동틀 때 카르멘에 들어가면 어떻겠습니까?」길 옆 풀숲에서 부스럭대는 소리가 들렸다. 뱀인가 하는 생각에 사제는 자기 맨발을 떠올렸다. 모기들이 그의 손목에 주둥이를 찔러 댔다. 모기들은 독약을 넣은 외과용 작은 주사기처럼 혈관을 겨냥했다. 이따금 개똥벌레가 혼혈인의 얼굴 가까이 둥근 발광기를 들이대고 손전등처럼 불을 밝혔다 껐다를 반복했다. 혼혈인이 힐난하듯 말했다.「저를 믿지 않으시는군요. 낯선 사람한테 잘해 주니까, 교인처럼 굴려고 하니까, 저를 안 믿으시는 거군요.」그는 일부러 화를 내는 사람처럼 보이려고 애쓰는 것 같았다. 그는 계속 말했다.「나쁜 마음을 먹었다면 제가 벌써 강도짓을 하지 않았겠습니까? 그래 봐야 노인인데 말입니다.」

「아주 늙지는 않았소.」사제가 달래듯 말했다. 그의 양심이 자동적으로 움직이기 시작했다. 어떤 동전이라도, 심지어는 진짜처럼 만든 동그란 쇳조각을 넣어도 제대로 작동하는 슬롯머신같이. 자만, 탐욕, 시기, 비열함, 배은망덕 등의 단어들이 슬롯머신의 용수철을 움직였다. 그는 그 모든 것들의 총합이었다. 혼혈인이 말했다.「이 몸은 카르멘까지 길 안내를 하느라 벌써 몇 시간을 보냈습니다. 아무런 보상도 없이 그 일을 했습죠. 왜냐하면 전 독실한 신자이기 때문입니다. 집에 있었으면 돈을 벌 수 있었을 거라는 말은 아니니까, 뭐 신경 쓰지는 마십쇼……」

「카르멘에 볼일이 있다고 했던 것 같은데.」사제가 부드럽게 말했다.

「제가 언제 그랬답니까?」그건 사실이었다. 사제는 그가 언제 그런 말을 했는지 기억하지 못했다……. 아마 그가 또 틀린 것인지도 몰랐다⋯⋯.「사실이 아닌데 제가 왜 그런 말을 했겠습니까? 아닙니다. 전 나리를 하루 종일 도와 드렸는데, 나리께서는 길잡이가 지쳤는데도 아무 관심도 없으시고―」

「길잡이 같은 건 필요 없었소.」 그가 부드럽게 반박했다.

「수월한 길이었다면 그렇게 말씀하셔도 무방하지만서도, 제가 아니었더라면 나리는 지금쯤 잘못된 길로 가셔도 한참을 가셨을 겁니다. 카르멘을 잘 모른다고 말씀하시지 않았습니까? 그래서 제가 따라온 것이죠.」

「그렇다면 당연히⋯⋯.」 사제가 말했다.「당신이 지쳤다면, 쉬었다 가는 게 옳겠지.」 그는 자신이 남을 잘 믿지 못한다는 사실에 죄책감을 느꼈지만, 그럼에도 수술칼로나 제거할 수 있는 종양처럼 그건 그에게 남아 있었다.

30분 정도 지난 뒤에 그들은 오두막에 도착했다. 진흙과 나뭇가지로 만든 그 오두막은 손바닥만 한 개간지에 서 있었다. 오두막을 지은 농부는 아마도 마체테와 불로 그 숲 속에서 버텨 보려고 안간힘을 쓰다가 결국 자연의 힘을 이기지 못하고 숲에 밀려 밖으로 쫓겨난 모양이었다. 알량하고 보잘것없는 소출이나마 기대하고 관목들을 없애기 위해 시커멓게 불태운 흔적이 땅에 남아 있었다. 남자가 말했다.「제가 노새를 돌보겠습니다. 안에 들어가서 좀 쉬세요.」

「힘들다던 사람은 당신이 아니오?」

「제가 힘들다고요?」 혼혈인이 말했다.「왜 그렇게 말씀하시는 건가요? 저는 하나도 안 힘든뎁쇼.」

무거운 마음으로 사제는 안장 가방을 풀어 든 뒤에 문을 밀고 완벽한 어둠 속으로 들어갔다. 그는 성냥불을 밝혔다. 방 안에는 가구가 하나도 없었다. 다만 누울 수 있게 바닥을 높인 자리에 당장 버리는 게 좋을 밀짚 깔개가 놓여 있을 뿐이었다. 그는 양초에 불을 밝히고 깔개가 있는 그 도드라진 자리에 촛농을 떨어뜨려 고정시켰다. 그러곤 거기 앉아 기다렸다. 사내는 오랫동안 꾸물거렸다. 그는 아직도 가방에서 구해 낸 문서를 둘둘 말아 한 손에 쥐고 있었다. 기왕 살아남기로 마음먹었다면 감상적인 유물 몇 개는 품에 지니는 편이 좋으리라. 그러면 너무 위험하지 않느냐 운운하는 것도 상대적으로 안전한 상태에 놓인 자들에게나 할 수 있는 말이었다. 그는 그 메스티조가 노새를 훔쳐서 달아난 게 아닌가 걱정하면서 의심의 끈을 늦춘 자신을 책망했다. 바로 그때 문이 열리고 사내가 들어왔다. 개의 엄니처럼 양쪽에 툭 튀어나온 누런 이빨, 겨드랑이를 긁어 대는 손톱들. 그는 땅바닥에 앉아 등을 문에 기대더니 말했다. 「주무세요. 힘들어 보이시네요. 출발할 시간이 되면 제가 깨워 드립죠.」

「난 그다지 졸리지 않소.」

「촛불을 끄세요. 주무시는 게 좋아요.」

「캄캄한 걸 안 좋아하는데.」 사제가 말했다. 그는 무서웠다.

「잠자기 전에 기도 좀 해주십쇼, 신부님.」

「왜 날 그렇게 부르는 거요?」 그가 긴장한 목소리로 물었다. 그는 어두운 방 저편, 문에 등을 기대고 앉은 혼혈인을 바라보았다.

「그냥, 그런 것 같아서요. 저를 겁내실 필요는 없습니다. 저는 독실한 신자인뎁쇼.」

「잘못 알았소.」

「제가 말입니다, 척 보면 압니다요.」 혼혈인이 말했다. 「이 말씀도 드려야겠습니다. 신부님, 고해를 들어 주십시오. 대죄에 빠진 인간을 내치시지는 않겠죠?」

 신부는 아무 말 없이 앉아서 계속될 부탁을 기다렸다. 서류를 잡은 손이 씰룩거렸다. 「아, 저를 겁내지 마십쇼.」 메스티조가 조심스럽게 말을 이었다. 「저는 배반자가 아닙니다요. 저는 신자입니다요. 그냥 기도라도 하면…… 좋을 것 같다는 생각에…….」

「기도할 줄 안다고 다 사제라고 생각하면 오판이네만.」 그가 〈*Pater noster qui es in coelis*(하늘에 계신 우리 아버지)……〉라고 읊조리는 동안, 모기들이 촛불의 불꽃을 향해 윙윙거리며 날아들었다. 그는 자지 않기로 마음먹었다. 남자에게는 다른 꿍꿍이가 있는 게 틀림없었다. 그의 양심이 남자의 무정한 행위를 비난하려는 것을 막았지만 그는 알고 있었다. 그의 앞에는 유다가 있었다.

 그는 벽에다 머리를 대고 반쯤 눈을 감았다. 예전에 종루에다가 유다 인형을 만들어 매달아 놓던 성주간 기간이 떠올랐다. 인형이 흔들리다가 종루의 문 위로 튀어나오면 남자애들이 깡통 따위를 요란하게 두들겨 소리를 냈다. 고루한 늙은 평신도들 중에는 이의를 제기하는 사람도 있었다. 주님을 배반한 자의 형상을 만든다는 건 신성 모독이라는 것이었다. 하지만 그는 아무런 대꾸 없이 그 관습이 계속되도록 내버려두었다. 그 정도 세계적인 배신자라면 조롱거리로 만들어 가지고 노는 것도 좋을 것 같았다. 자칫하면 신과 맞서 싸운 사람으로 숭배받기 십상이니까. 희망 없는 전쟁에서 고귀하게 목숨을 던진 프로메테우스인 양.

「안 주무십니까?」 문간에서 목소리가 들렸다. 사제는 갑자기 낄낄거렸다. 그 남자가 다리에는 지푸라기를 채워 넣고 그림을 그린 얼굴에다가 밀짚모자를 씌운 인형처럼 느껴졌던 것이다. 종내는 정치 연설과 불꽃놀이가 벌어지는 동안, 다들 지켜보는 가운데 광장에서 불태워질 그 멍청한 꼴의 인형처럼.

「잠이 안 오십니까?」

「꿈을 꿨소.」 사제가 속삭였다. 그는 눈을 떴다. 문간의 남자가 몸을 떠는 게 보였다. 날카로운 엄니 두 개가 아랫입술 위에서 딱딱거렸다. 「어디 아픈 거요?」

「약간 열이 있습죠.」 그 남자가 말했다. 「약 같은 거 가지고 계십니까?」

「없소.」

남자의 등이 흔들릴 때마다 문이 삐걱댔다. 그가 말했다. 「강 건널 때 푹 젖었거든요······.」 사제는 바닥으로 시선을 떨어뜨렸다가 눈을 감았다. 촛불에 날개가 그슬린 모기들이 흙바닥 침대를 기어다녔다. 사제는 생각했다. 잠들어서는 안 된다. 위험하다. 저자를 감시해야 한다. 그는 주먹 쥔 손을 풀고 조심스레 문서를 꺼냈다. 희미한 연필 자국이 보였다. 단어들, 문장의 시작과 끝, 숫자들. 이제 가방도 없어졌으니 다른 삶의 증거물로는 유일하게 그 종이만 남은 셈이었다. 그는 그 문서를 부적처럼 들고 다녔다. 만약 한때 그런 삶이 있었다면, 한 번 더 그런 삶이 가능할 테니까. 찌는 듯한 저지대 습지의 공기 속에서 타오르던 촛불이 거의 다 타들어 갔는지 흔들거리며 연기를 뿜어냈······. 사제는 촛불에 서류를 가까이 대고 제대회, 성체회, 성모 자녀회 등의 글자들을 읽다가 시선을 들어 어두운 오두막 저편에서 자신을 바라보는 메스티조의 말라리아 걸린 듯 누르끄레한 눈동자를 바라보았다. 그리스도는 유다가 정원에서 잠든 모습을 볼 수 없었을 것이다. 유다는 1시간 이상 너끈히 깨어 있었을 터.

「무슨 종이입니까…… 신부님?」 문에 기대어 몸을 떨면서도 흥미롭다는 듯 남자가 물었다.

「신부님이라고 부르지 마시오. 이건 카르멘에 가서 살 물건들을 적어 놓은 종이오.」

「글 쓰실 줄 아십니까?」

「읽을 줄은 알지.」

그는 다시 종이의 글자들을 읽었다. 불경스럽기는 하나 그다지 무겁지 않은 농담을 연필로 적어 놓은 게 희미하게 남아 있었다. 〈동일 본질〉[42]이라는 말과 관련한 농담이었다. 그는 그 말을 자기 몸의 비만과 훌륭한 저녁 식사와의 관계에 비유했었다. 교구민들은 그의 농담을 제대로 알아듣지 못했다.

그의 사제 서품 10주년을 기념하기 위해 콘셉시온에서 만찬을 열었을 때였다. 그는 가운데 앉아 있었고, 그 오른편에는 누가 앉아 있었더라? 요리는 열두 가지였는데, 최고의 맛이라고 할 정도는 아니었다. 음식 대신 그는 열두 사도에 대해서 얘기했다. 그는 젊었고 심하지는 않았어도 장난기가 넘쳤다. 그런 그의 주위에는 신심 깊은 콘셉시온의 중년 유지들이 조합 리본과 배지를 달고 앉아 있었다. 그는 술도 약간 마셨다. 그 시절만 해도 술을 잘 마시지 못했지. 갑자기 그의 오른편에 누가 앉아 있었는지 그의 뇌리에 떠올랐다. 몬데스였다. 콘셉시온에서 총살당했다는 청년의 아버지.

---

42 그리스어로는 〈호모우시오스*homoousios*〉로, 〈성자 예수는 성부 하느님과 신적 본질이 같은 분이시다〉라는 의미다.

몬테스는 꽤 오래 얘기했다. 그 전해 제대회의 발전 상황에 대해 보고하는 중이었다. 결산 결과, 협회는 22페소의 차익을 남겼다. 그는 나중에 논평하기 위해 그걸 적었다. 종이에는 〈A. S. 22〉[43]라고 적혀 있었다. 몬테스는 빈센치오회의 지부를 설치하려고 안달이었고, 어떤 여인은 수도에서 노새로 싣고 온 나쁜 책들이 콘셉시온에서 팔리고 있다며 불평을 늘어놓았다. 자기 아들이 〈하룻밤 남편〉이라는 제목의 책을 소지하고 있었다면서. 사제는 발언 기회에 지사에게 그 문제에 관해 편지를 쓰겠다고 말했다.

그 말을 내뱉을 때, 지방 신문 기자가 플래시를 터뜨렸고 그 순간은 그의 기억 속에 영원히 각인됐다. 마치 떠들썩한 소리에 끌려 행복하고 즐거우면서도 기이한 축제를 즐기는 듯한 방 안의 풍경을 창밖에서 들여다보는 나그네의 눈에 비친 광경처럼. 젊은 뚱보 사제가 입으로는 유쾌하게 〈지사〉라는 단어를 말하며 포동포동한 손을 권위 있게 내두르며 서 있는 광경이 부럽기도 하고, 어쩌면 조금 흥겹기도 하다고 생각하면서. 기억 속에서 입들은 다들 물고기처럼 벌리고, 은백색 마그네슘 빛에 윤곽과 개성이 모두 지워진 얼굴은 하얗게 반짝였다.

한순간 권위 있는 모습을 보여 주고 나자 그는 갑자기 원래대로 심각해졌다. 그가 풀었던 마음을 다시 가다듬자 모두들 더 좋아했다. 그는 말했다. 「제대회의 결산 결과 22페소가 남았다는 것도 콘셉시온에서는 혁명적이라 할 수 있겠지만, 작년에 축하할 만한 일은 그것만이 아니었습니다. 성모 자녀

---

43 〈제대회*Altar Society* 22페소〉라는 의미.

회의 회원은 아홉 명으로 늘어났습니다. 또한 지난가을 성체회는 그 어느 때보다 성공적으로 연례 피정 행사를 마무리했습니다. 그러나 우리는 이 월계관에 만족해서는 안 되겠습니다. 고백하거니와 여러분들이 들으면 조금 놀라실 몇몇 복안들이 제겐 있습니다. 이제쯤은 다들 저를 두고 대단한 야심가라고 여기리라는 걸 잘 알고 있습니다만, 저는 여기 콘셉시온에 좋은 학교를 하나 만들고 싶습니다. 물론 이는 또한 사제관 역시 번듯해야 한다는 것을 의미하기도 합니다. 우리 교구는 꽤 큽니다만, 사제에게는 이 교구를 유지해야 할 직분이 있습니다. 저는 저 자신이 아니라 교회에 대해서만 생각할 따름입니다. 거기에서 멈춰서도 안 될 것입니다. 물론 여기 콘셉시온처럼 큰 곳에서도 그만한 기금을 모으려면, 모르긴 해도 몇 해는 족히 걸리겠지만 말입니다.」 말하는 동안 평온한 한평생이 눈앞에 펼쳐졌다. 그가 한때 가졌던 야심이란 이런 것이었다. 어느 날 자신이 주도로 올라가 대성당에서 일하게 되는 일이 없으리라는 법이 있으랴. 그때는 콘셉시온의 채무일랑 다른 사람에게 갚도록 하면 될 것이었다. 원래 일 많이 하는 사제는 빚으로 이름을 떨치는 법이다. 살찐 손을 설득력 있게 흔들며 그는 계속 말을 이었다. 「물론 여기 멕시코에서는 많은 위험 요소가 우리 교회를 위협하고 있는 실정입니다. 이 주에서 우리는 예외적으로 운이 좋지만 북쪽에서는 이미 사람들이 목숨을 잃고 있으며 우리 역시 마음의 준비를 해야만 합니다.」 그는 포도주를 한 모금 머금어 마른 입술을 적셨다. 「최악의 경우를 생각해야만 합니다. 깨어서 기도하라.」 그는 약간 넋 나간 듯 중얼거렸다. 「깨어서 기도하라. 화가 난 사자와 같은 악마는……」 성모 자녀회 회원들은 입을 약간 벌린 채 그를 바라봤다. 빛바랜 푸른색 리본들이 검은 정장 블라우스에 비스듬히 매달려 있었다.

 자기 목소리에 도취되어 그는 오랫동안 얘기했다. 덕분에 빈센치오회에 대한 안건을 토의하려던 몬테스의 기가 꺾여 버렸다. 사제라면 신자가 주도권을 너무 많이 가지지 않도록 주의를 기울여야 한다. 기세를 몰아 그는 병상에서 죽어 가는 한 아이가 등장하는, 귀가 솔깃한 이야기를 들려주었다. 열한 살로 신심이 깊었던 그 아이는 폐병으로 죽어 가고 있었다. 아이는 거기 침대 끝에 서 계신 분이 누구냐고 물었고, 사람들은 〈아무개 신부님이시다〉라고 대답했다. 그러자 그 아이는 〈아니에요, 아니에요, 아무개 신부님은 저도 알고요, 그분 말고 저기 황금 가운을 입고 계신 분 말이에요〉라고 대답했다. 성체회 회원 가운데 한 명은 눈물을 흘렸다. 모두가 무척 행복했다. 어디서 들었는지는 정확하게 기억할 수 없었지만, 그 이야기 역시 실화였다. 언젠가 책에서 읽은 일화일지도 모르겠다. 누군가 그의 잔을 다시 채웠다. 그는 깊은 숨을 내쉬고 말했다. 「자녀들이여……」

 ……그러다가 문간의 메스티조가 끙끙대며 몸을 뒤집는 소리에 그는 눈을 떴고, 병에서 라벨이 떨어지듯 과거의 삶은 사라졌다. 그는 현상금을 목에 걸어 둔 채 어둡고 환기도 되지 않는 오두막에 다 해진 농민복 바지를 입고 누워 있었다. 세상은 완전히 바뀌었다. 어디에도 교회는 없었다. 주도의, 버림받은 파드레 호세를 제외하면 동료 사제도 없었다. 그는 혼혈인의 거친 숨소리를 들으며 가만히 누워 왜 자신은 파드레 호세와 같은 길을 걸어 법에 순응하지 않았던가, 그

이유를 생각했다. 〈너무 야심이 많았던 게지〉라고 그는 생각했다. 그런 이유였겠지. 파드레 호세가 더 선한 사람인지도 모른다. 그는 한없이 낮은 사람이라 그 많은 조롱도 감내하고 있으니. 최고로 좋았던 시절에도 그는 자신이 사제의 자격이 있는 사람이라고 생각하는 것 같지 않았다. 이전 주지사가 재임 중이던 행복한 시절 주도에서 각 교구의 사제 회의가 개최된 일이 있었는데, 그때 파드레 호세는 사제들이 모일 때마다 제일 끄트머리에서 슬그머니 들어와 뒷줄에 몸을 웅크리고 앉아 입도 벙긋하지 않았다는 걸 그는 분명히 기억할 수 있었다. 많이 배운 다른 사제들처럼 세심해서 그런 게 아니었다. 그는 그저 감당할 수 없을 만큼 모든 감각으로 하느님을 느끼고 있었기 때문이었다. 성체 거양에서는 그 사람의 양손이 떨리는 걸 볼 수 있었다. 그는 상처에 손을 밀어 넣어 보고서야 믿을 수 있는 토마스 같은 사람이 아니었다. 그가 제단에 오를 때마다 상처에서는 새로운 피가 흘렀다. 언젠가 파드레 호세가 그에게 속마음을 털어놓은 적이 있었다. 「매번⋯⋯ 나는 그런 게 무섭다오.」 파드레 호세의 아버지는 페온[44]이었다.

하지만 그의 경우는 달랐다. 그에게는 야심이 있었다. 파드레 호세보다 더 배운 건 아니지만 그는 상점 주인의 아들로 태어났기 때문에 결산 결과 22페소가 남았다면 그게 어느 정도 가치인지, 또 담보물은 어떻게 처리해야 하는지 잘 알고 있있다. 그다지 크지 않은 교구의 사세로 평생을 보내고 싶지는 않았다. 지금 와서 촛불의 불빛을 받으며 그런 야심

---

[44] 일정한 직장 없이 도보로 다니면서 날품을 파는 노동자.

을 떠올리자니 어쩐지 좀 우습다는 느낌이 들어 그는 터져 나오려는 웃음을 간신히 삼켜야 했다. 혼혈인이 눈을 뜨더니 말했다. 「아직도 안 주무세요?」

「당신이나 주무시오.」 사제가 소매로 얼굴에 묻은 땀을 닦으며 말했다.

「너무 춥습니다요.」

「열이 나서 그렇지. 이 셔츠라도 걸칠 테요? 별로 도움은 안 되겠지만, 그래도 안 걸치는 것보다야.」

「아니, 아닙니다. 아무것도 필요 없어요. 저를 믿지도 않으시면서.」

아니다, 만약 자신이 파드레 호세처럼 스스로 볼품없는 사람이라고 생각했다면 지금쯤은 주도에서 연금을 받으며 마리아와 함께 살고 있을지도 몰랐다. 여기 누워서 자신을 배반하려는 사람에게 셔츠를 주겠다는 건 교만, 악마나 저지를 법한 교만이었다. 그의 탈출 시도가 열의를 잃은 것도 바로 이 교만, 천사들을 타락시킨 죄 덕분이었다. 주에 남은 유일한 사제가 됐을 때, 그의 교만은 하늘 높은 줄 모르고 치솟았다. 그는 스스로 자신이 목숨을 걸고 신을 지키는 지독한 사람이라고 생각했다. 언젠가는 그에 대한 보답이 있으리라……. 그는 어스레한 가운데 기도했다. 「오, 하느님, 용서해 주소서. 저는 교만하고 음탕하며 탐욕스럽습니다. 권능을 너무나 사랑했나이다. 순교자들은 따로 있나니, 목숨을 아끼지 않고 저를 지켜 준 자들입니다. 그 사람들을 염려할 순교자가 있어야 마땅합니다만 그릇된 일만을 좇는 저 같은 인간은 아니나이다. 저는 차라리 탈출하는 게 더 나았을 것입니다. 그래서 여기서 어떤 일들이 벌어지고 있는지 알렸다면, 사람들은 불꽃처럼 뜨거운 사랑을 지닌 선한 분을 보냈을 것입니다…….」 늘 그렇듯이 자기 고해는 용두사미 격으로 바뀌더니 현실적인 문제로 이어졌다. 이제 나는 무엇을 할 것인가?

거기 문 옆에서는 메스티조가 불편하게 자고 있었다.

그의 교만을 키울 일들은 거의 없었다. 그해에는 겨우 네 번의 미사만 집전했을 뿐이고, 고해 성사를 본 것도 1백 명 정도였다. 아무 신학교의 제일 열등생이라도 그만큼은, 아니 그보다는 많이 할 것 같다는 생각이 들었다. 그는 아주 조심스럽게 몸을 일으키고 맨발 끝으로 바닥을 가로질러 걷기 시작했다. 카르멘에 가야만 했고, 또 신속하게 거길 떠야만 했다. 그러지 않으면 이자가……. 남자의 벌어진 입으로 이빨 빠진, 허옇고 단단해 보이는 잇몸이 보였다. 잠에서 깨지 않은 채 그는 뭐라고 떠들어 대며 발버둥을 쳤다. 그러고는 무너지듯 쓰러지더니 쥐 죽은 듯이 가만히 누워 있었다.

이제 모든 저항을 포기하고 어떤 힘의 희생자로서 가만히 누워 있겠다는 듯, 거기에는 무언가 자포자기의 느낌이 있었다……. 사제로서는 그의 다리를 넘어 문을 밀기만 하면 되는 일이었다. 문은 바깥으로 통했다.

그가 몸 위로 한 발을 옮기자 어떤 손이 발목을 잡았다. 메스티조가 그를 노려봤다. 「어딜 가십니까?」

「볼일을 봐야겠소.」 사제가 말했다.

여전히 그의 발목은 잡혀 있었다. 「여기서 보시지 않고?」 남자가 투덜댔다. 「안 된다는 사람이라도 있답니까, 신부님? 신부님 맞으시죠?」

「딸이 하나 있긴 하지.」[45] 사제가 말했다. 「지금 그 얘기를 하고 있는 거요?」

「뭔 얘기를 하고 있는지 다 아시면서. 하느님을 잘 아시는 거, 맞으시죠?」 열이 나 뜨거운 손바닥이 딱 달라붙어 있었다. 「아마도 거기 하느님을 숨겨 뒀겠죠. 거기 주머니에. 그렇게 모시고 다니는 거 맞지요? 그러다가 혹시 아픈 사람이라도 만날까 해서……. 휴, 저 죽겠습니다. 왜 저한테는 하느님 안 주십니까? 혹시 하느님이 저 같은 놈한테는 아무런 볼일도 없으리라고 생각하시는 거 아닌가요? 아픈 걸 뻔히 안 대도 말입니다.」

「당신은 열이 있소.」

하지만 그자는 멈추려고 하지 않았다. 그는 언젠가 몇몇 채굴업자들이 콘셉시온 근처에 뚫었던 분출 유정을 떠올렸다. 양질의 풍부한 매장지가 아닌 것으로 밝혀져서 더 이상 작업하진 않았지만, 허공을 향해 48시간 동안 검은 분수가 습지의 쓸모없는 땅으로 솟구쳐 헛되이 흘렀다. 시간당 5만 갤런씩이나. 사람들의 신앙이라는 것도 그와 같아, 갑자기 위쪽으로 뜨거운 김과 불순물이 뒤섞인 검은 기둥을 맹렬하게 내뿜다가는 헛되이 사라지고 마는 것이다. 「제가 한 일을 말씀드려도 될깝쇼? 듣는 게 일이신 분이니까. 신부님도 잘 알 만한 짓을 하는 여자들의 돈을 빼앗아서는 사내아이들한테 줬습니다요…….」

「듣고 싶지 않소.」

「들으시는 게 의무시잖습니까.」

「사람 잘못 봤소.」

「아, 아닙니다. 전 누굴 잘못 보는 사람이 아닙니다. 귀신

---

45 〈신부〉와 〈아버지〉 모두 〈*father*〉로 표기한다.

을 속이십시오. 들어 주세요. 애들한테 돈을 줬어요. 왜 이런 말을 하는지 아실 겁니다. 그리고 금요일마다 고기를 먹었습니다.」 추잡하고 천박하고 괴상한 것들이 서로 끔찍하게 뒤엉켜 두 개의 누런 엄니 사이에서 쏘듯이 튀어나왔고, 사제의 발목을 잡은 손은 열 때문에 떨고 또 떨었다. 「거짓말을 했습니다. 벌써 몇 년이나 지났는지는 모르겠으나, 사순절에 단식하지 않았습니다. 한때 두 여자를 거느린 적도 있었습니다. 제가 한 일을 다 말하겠습니다……」 그의 뻔뻔함은 터무니없을 정도였다. 그는 자신이 이 세계의 전형적인 일부라는 사실은 상상조차 하지 않았다. 배반, 폭력, 욕망이 난무하는, 그래서 그의 부끄러움 따위는 완전히 묻어 버리는 세계. 비슷한 고해를 사제는 얼마나 많이 들었던가. 인간에게는 한계가 너무 많아 죄 하나 새로 고안할 능력도 없는 것이다. 그 정도 죄는 짐승들도 다 알고 있다. 그리스도는 바로 이런 세상을 위해서 죽었다. 더 많은 악을 보고, 더 많은 악을 들을수록 그 죽음을 둘러싼 영광은 커질 수밖에 없다. 선(善)이나 미(美)를 위해서, 가정이나 아이들이나 문명을 위해서 죽는 건 너무나 쉽지만 냉담자나 타락한 자들을 위해 죽으려면 신이 필요한 법이니까. 그가 말했다. 「왜 이런 이야기들을 나한테 하는 거요?」

그자는 축 늘어진 채 아무런 대꾸도 하지 않았다. 사제의 발목을 잡은 손이 풀리면서 땀을 쏟기 시작했다. 그는 문을 빌어서 일고 밖으로 나샀다. 새카만 어둠이었다. 누슨 수로 노새를 찾는담? 그는 가만히 서서 귀를 기울였다. 그다지 멀지 않은 곳에서 낑낑대는 소리가 들렸다. 겁이 났다. 뒤쪽 오두막에서는 촛불이 타오르고 있었다. 거기서 부글부글 끓는 듯한 기묘한 소리가 났다. 그자가 울고 있었다. 다시 유전이 떠올랐다. 작고 검은 웅덩이들, 그리고 천천히 부풀어 올라 터지던 액적.

사제는 성냥불을 밝힌 뒤 앞쪽으로 똑바로 걸었다. 나무를 향해 한 걸음, 두 걸음, 세 걸음. 그 광막한 어둠 속에서 성냥 하나의 불빛은 개똥벌레의 것만도 못했다. 그는 혼혈인이 들을까 겁이 나 크게 외치지도 못하고 낮은 목소리로 〈물라, 물라〉라고 말했다. 소리를 지른다고 그 멍청한 짐승이 어떤 대답을 할 것 같지도 않았지만. 그는 그놈이 싫었다. 푹 수그린 채 한쪽으로 기운 등색 머리통, 아귀처럼 탐욕스레 먹어 대는 주둥아리며 역겨운 피 냄새와 똥 냄새까지. 그는 다른 성냥을 하나 켠 뒤 다시 걷기 시작했다. 몇 걸음 걷지 않아 한 나무에 다시 닿았다. 오두막에서는 뜻 모를 구슬픈 소리가 계속 들렸다. 그자가 경찰에 연락할 방도를 알아내기 전에 그는 카르멘에 가야만 하고, 또 그곳을 떠나만 했다. 그는 다시 개간지를 더듬거리기 시작했다. 한 걸음, 두 걸음, 세 걸음, 네 걸음, 그리고 나무 한 그루. 발밑에서 뭔가가 꿈틀댔는데 전갈이 아닌가 하는 생각이 들었다. 한 걸음, 두 걸음, 세 걸음, 그때 갑자기 어둠 속에서 노새의 괴상망측한 울음소리가 들렸다. 녀석은 배가 고프거나 뭔가 다른 짐승의 냄새를 맡은 것 같았다.

노새는 오두막 뒤 몇 야드 떨어진 곳에 매여 있었다. 촛불의 불빛이 시야에서 비껴갔다. 성냥도 얼마 남지 않았지만, 두 개 정도만 사용하면 노새를 발견할 수 있었다. 혼혈인이 노새의 장구를 벗기고 안장을 감춰 두었다. 그걸 찾느라 허비할 시간이 없었다. 그는 노새의 등에 올라타고 나서야 목에 두르는 줄 없이는 그놈을 움직이게 만들 방법이 없다는 걸 깨달을 수 있었다. 노새의 귀를 비틀어 보려고 했지만, 그건 문손잡이보다도 눈치가 없었다. 승마상처럼 노새는 땅에 발을 박고 서 있었다. 그는 성냥불을 켜 노새의 옆구리를 그을렸다. 녀석은 이내 뒷발질을 하며 껑충 뛰었고, 그는 성냥을 놓쳤다. 그러더니 노새는 다시 미동도 하지 않았다. 수그린 굼뜬 대가리에 고리짝 물건 같은 궁둥이로. 그때 따지는 듯 어떤 목소리가 들렸다. 「그렇게 가시면 전 여기서 죽는 일밖에 더 있겠습니까?」

「억측이오.」 사제가 말했다. 「난 갈 길이 바쁠 뿐. 당신이야 아침이면 언제 그랬냐는 듯이 멀쩡해지겠지만, 그때까지 나는 할 일이 없잖소.」

어둠 속에서 실랑이가 벌어졌고, 한 손이 그의 맨발을 붙들었다. 「같이 가십시다요.」 목소리가 말했다. 「이렇게 애원하지 않습니까. 저도 가톨릭 신자입니다.」

「여기 있어도 당신한테 해될 건 아무것도 없소.」

「여기 어디에 그링고 녀석이 있을지 모르잖습니까.」

「나는 그링고 코빼기도 본 일이 없소. 그런 놈을 봤다는 사람도 만난 일이 없는걸. 나타난다고 한들, 그링고도 사람 아니오? 우리나 마찬가지로 인간이오.」

「혼자는 못 있겠습니다. 제게도 육감이라는 게 있는데……..」

「아암, 그렇겠지.」 사제가 넌더리 난다는 듯 말했다. 「그럼 안장을 가져오시오.」

두 사람은 안장을 노새에 채우고 다시 출발했다. 메스티조는 등자를 잡았다. 그들은 침묵했다. 이따금 혼혈인이 발을 헛딛고 비틀거렸다. 회색빛 황도광[46]이 시작됐다. 사제의 마음 뒤편에서 잔인하나마 흡족한 생각의 잉걸불이 타올랐다.

이놈은 병들고 의지가 약해 어둠 속에서 벌벌 떨어 대는 유다 놈이다. 자신이 할 일이란 노새를 채찍질해서 그놈을 숲 한가운데 내버려 두고 달려가는 일이었다. 실제로 한 번 그는 지팡이의 날카로운 끝으로 노새를 찔러 힘없는 걸음이나마 재촉했는데 혼혈인이 그를 잡아끄는 힘, 그 힘이 느껴졌다. 〈성모님〉이라고 하는 것 같기도 한 신음 같은 소리가 들려서 그는 노새의 발걸음을 다시 늦췄다. 그는 속으로 기도했다. 〈하느님, 용서하소서.〉 그리스도 역시 이자 때문에 죽었다. 그렇지만 오만과 욕정과 비겁을 두루 갖춘 그가 그 혼혈인보다는 그리스도의 죽음 쪽에 더 합당하다는 듯 굴 수 있을까? 이자는 돈이 필요해서 그를 배신하려 한다지만, 그는 도대체 뭐가 필요해서 신을 배신했단 말인가? 그 욕정은 과연 진짜였는가 물으면 그것도 아니었다. 그가 물었다. 「좀 괜찮소?」 아무런 대답이 없었다. 그는 노새에서 내려와 말했다. 「올라가시오. 내가 좀 걸을 테니.」

「전 괜찮습니다요.」 사내가 적의에 찬 어조로 말했다.

「좀 타고 가는 게 좋을 거요.」

「스스로를 대단하다고 생각하시겠습니다.」 그자가 말했다. 「적들을 도우는 셈이니. 그런 게 가톨릭 신자인 것이겠죠?」

「당신이 나의 적이란 말이오?」

「그렇게 생각하시잖습니까. 지금 이 몸이 현상금 7백 페소를 노리고 있다고요. 나 같은 가난뱅이라면 돈에 팔려 경찰에 신고할 게 분명하다고 생각하시잖습니까…….」

「열이 심한 모양이군.」

46 일몰 후 천문박명이 끝난 서쪽 하늘, 혹은 일출 전 천문박명이 시작되기 전 동쪽 하늘 지평선에서 황도를 따라 원뿔형으로 퍼지는 희미한 빛의 띠.

그자가 메스꺼울 정도로 교활한 목소리로 말했다.「다 옳습니다. 옳고말고요.」

「안장에 오르시오.」 남자가 바닥에 떨어질 뻔해서 그는 어깨를 빌려 줘야 했다. 그는 사제의 얼굴에 입이 거의 닿을 정도로 무기력하게 몸을 노새에 기대고는 탁한 입김을 그의 얼굴에 토해 냈다. 그는 말했다.「가난뱅이한테는 선택할 수 있는 게 없습니다요, 신부님. 제가 부자였다면, 아니 이렇게까지 가난하지만 않았어도, 저도 선량하게 살았을 겁니다요.」

사제는 갑자기, 정말 아무런 이유도 없이, 페이스트리를 먹던 성모 자녀회 회원들을 떠올렸다. 그는 껄껄대고는 말했다.「과연 그럴까나.」 만약 그런 게 선량함이라면…….

「뭐라고 말씀하셨습니까, 신부님? 저를 믿지 못하시는군요.」 그는 노새를 천천히 걷게 했다.「제가 가난하니까, 저를 도통 믿어 주지 않으시고…….」 그는 안장 앞쪽으로 쓰러지더니 숨을 격하게 내쉬면서 몸을 떨었다. 사제는 한 손으로 그를 잡았다. 두 사람은 천천히 카르멘을 향해 나아갔다. 헛수고다. 거기 간들 이제 머물 수도 없게 됐다. 그 마을에 아예 들어가지 않는 게 더 현명했다. 그 사실이 알려지면 경찰은 인질을 잡을 테고, 누군가 또 목숨을 잃을 터였다. 멀리서 닭 우는 소리가 들렸다. 스펀지 같은 땅바닥에서 무릎 높이로 안개가 솟구쳤다. 그는 휑뎅그렁한 교회 홀의 접이식 테이블들 사이에서 카메라 플래쉬 불빛이 번쩍이던 순간을 떠올렸다. 닭들이 몇 시에 울었던가? 그즈음 들어 세상에서 가장 기이한 일은 어디에서도 시계를 볼 수 없다는 점이었다. 1년 동안 돌아다녀도 종 치는 소리 한 번 들을 수 없었다. 교회를 따라 시계도 없어졌다. 회색빛으로 천천히 동이 트는 광경과

순식간에 찾아오는 밤만이 시간의 흐름을 재는 유일한 도구였다.

안장 앞쪽으로 고꾸라진 혼혈인의 모습이 천천히 눈에 들어왔다. 벌어진 입 밖으로 누런 엄니가 툭 튀어나와 있었다. 실로 그에게는 현상금이 합당하구나, 하고 사제는 생각했다. 7백 페소라야 그다지 많지 않은 돈이지만, 그 먼지투성이 희망 없는 마을에 사는 그에게는 1년은 족히 먹고살 수 있는 돈이리라. 그는 다시 킬킬거렸다. 운명이라는 게 결코 단순하지 않다는 사실을 받아들인 적이 한 번도 없었던 그였으므로, 그자가 돈 걱정 없이 1년을 살 수 있다면 과연 영혼이 구원받을 수도 있겠구나, 하고 생각했다. 큰 흐름을 한번 뒤집기만 하면, 그다음에는 자잘하고도 멍청한 말도 안 되는 상황들이 쏟아져 나오게 돼 있다. 그는 절망에 빠졌다. 그리고 그 절망에서 한 인간의 영혼과 사랑이 솟아났다. 최상의 사랑은 아닐지 몰라도 그것 역시 사랑이라는 건 분명했다. 갑자기 메스티조가 말했다. 「다 팔자소관이죠. 언젠가 점쟁이가 그러더니만……. 현상금이 어쩌고저쩌고……..」

그는 안장에 앉은 혼혈인을 꽉 잡고 계속 걸었다. 발에서는 피가 났지만, 곧 굳은살이 잡힐 것이다. 숲으로 기묘한 고요가 내려앉았고, 땅에서는 안개가 뿜어져 나왔다. 지난밤은 시끄러웠으나 이제는 모든 게 고요했다. 휴전이 이뤄져 양 진영의 소총들이 소리를 내지 않게 된 듯한 느낌이었다. 온 세상이 전에는 한 번도 들어 본 적 없는 것에 귀를 기울이는 장면을 상상하면 되겠다. 그러니까 평화에.

목소리가 들렸다. 「신부님이 확실한 거죠? 제 말이 맞지요?」
「그렇소.」 그건 마치 두 사람이 서로 대치하던 참호에서 나와 완충 지대에서 우의를 나누는 것과 마찬가지였다. 그는 유럽 전쟁에서 일어난 이야기들을 떠올렸다. 전쟁이 끝나 갈 무렵, 전선을 사이에 두고 병사들이 충동적으로 서로 만났다는 이야기 같은 것들.

「맞소.」 그가 다시 말했다. 노새는 터벅터벅 걸었다. 예전에 아이들을 가르칠 때, 이따금 마름모꼴로 생긴 검은 눈동자의 인디언 아이가 〈하느님은 어떻게 생겼나요?〉 하고 물을 때가 있었다. 그러면 그는 알기 쉽게 아버지와 어머니에 빗대어 설명하기도 하고 혹은 좀 더 욕심을 내서 형제와 자매까지 끌어들여, 더 광대하나 여전히 개인적인 감정 안에서 서로 결합하는 모든 사랑과 관계의 본질에 대해 설명하려고 애쓰기도 했다. 그의 신앙 한가운데에는 늘 우리가 신의 형상을 따라 만들어졌다는 그 설득력 있는 신비가 자리 잡고 있었다. 신은 부모님이었다. 하지만 경찰이기도, 범죄자이기도, 사제이기도, 미치광이이기도, 판사이기도 했다. 신을 닮은 뭔가가 효수대에 매달려 있기도 하고, 형무소 뜰 안 날아오는 총알 앞에서 기묘한 자세를 짓기도 하고, 성행위를 하기 위해 낙타처럼 몸을 뒤틀기도 하는 것이다. 그는 고해실에 앉아서 신의 형상이 창안해 낸 복잡하고도 추잡한 재간들에 대해서 듣곤 했다. 이제 그 신의 형상은 아랫입술 위로 누런 이빨을 드러낸 채 노새의 등에 앉아서 아래위로 몸을 흔들고 있기도 하고, 또 생쥐들과 함께 오두막 안에서 자포자기의 상태로 마리아와 배신 행위를 하기도 했던 것이다. 그는 〈이제는 좀 괜찮아졌소? 그렇게 춥진 않겠지? 혹시 더운 건 아니오?〉라고 말하면서 엄청난 노력을 기울인 친근함으로 그 신의 형상의 어깨 위에 손을 지그시 올렸다.

그자는 아무런 대꾸도 하지 않았다. 그는 노새의 등뼈를 타고 미끄러지고 있었다.

「이제는 2리그도 남지 않았으렷다.」 사제가 힘을 내자는 듯 말했다. 이제 마음을 먹어야만 했다. 그는 늘 마음속에 카르멘의 모습을 담고 다녔다. 그 모습은 주 내의 다른 어떤 마을이나 도시보다 더 또렷했다. 강까지 쭉 이어지는 비탈길이 굽어보이는 언덕에 그의 부모가 묻힌 공동묘지가 있다. 묘지의 벽은 무너졌다. 극단주의자들이 박살 낸 십자가가 한두 개 보인다. 어떤 천사는 석조 날개 하나를 잃어버렸으며, 부서지지 않은 묘비들은 웃자란 소택지 수풀 속에서 예각으로 기울어져 있다. 마리아상 하나는 귀와 팔이 부러진 채 이제는 사람들에게 잊힌 부자 목재상의 무덤 위로 이교도의 비너스상처럼 서 있다. 훼손하고자 하는 분노의 욕구란 이상하기만 하다. 왜냐하면 그런 걸 아무리 훼손해 봐야 만족을 얻을 수는 없을 테니까. 만약 신이 두꺼비 같은 것이었다면 지구에서 두꺼비를 모두 없애 버릴 수는 있을 것이다. 하지만 신이 우리를 닮았다면, 석조상들을 훼손해 봐야 별무소용이다. 차라리 무덤들 사이에서 스스로 목숨을 끊는 편이 나을 것이다.

그가 말했다. 「이제는 혼자서도 잘 잡고 갈 만큼 힘이 생겼겠지?」 그는 손을 뗐다. 갈림길이었다. 하나는 카르멘으로, 하나는 서쪽으로 향했다. 그는 카르멘 쪽으로 노새를 밀고는 엉덩이를 때렸다. 그는 〈2시간이면 도착할 거요〉라고 말하고는 안장 위에 웅크린 밀고자를 태운 채 자신의 고향으로 향하는 노새를 바라봤다.

혼혈인은 몸을 곧추세우려고 애썼다. 「어디로 가십니까?」

「당신이 증인이오.」 사제가 말했다. 「난 카르멘으로 안 갔소. 그래도 경찰서에 가서 내 얘기를 하면 먹을 걸 줄 거요.」

「어째서…… 어째서…….」 혼혈인은 노새의 머리를 뒤로 돌려 보려고 했지만, 힘이 없었다. 노새는 계속 앞으로 나아갔다. 사제가 소리쳤다. 「기억하시오. 나는 카르멘에 안 갔다오.」 그렇다면 이제 그가 갈 곳은 어디일까? 이제 선량한 사람을 인질로 세울 위험이 없는 곳은 주 전체를 통틀어 단 한 곳만 남아 있다는 사실이 그의 머릿속에 분명해졌다. 하지만 그런 옷을 입고는 갈 수 없었다……. 혼혈인은 안장을 꽉 붙들고는 간청하듯이 노란 눈을 희번덕거리면서 말했다. 「이렇게 나를 혼자 놔두고 가면 안 됩니다요. 절대로.」 하지만 그는 그 산길에 혼혈인 이상의 것을 두고 가는 셈이었다. 그와 그가 태어난 곳 사이에는, 멍청한 고개를 끄덕거리며 장벽처럼 비스듬히 선 노새도 있었다. 그는 여권이 없다는 이유로 모든 항구에서 쫓겨나는 사람 같았다.

혼혈인이 그를 향해 소리를 질렀다. 「그러고도 크리스천이더냐?」 그는 어떻게 해서든 몸을 일으켜 보려고 애를 썼다. 그러더니 욕설을 내지르기 시작했다. 힘없는 망치질 소리처럼 숲 속에서 희미하게 사라지는 추잡한 말들이 뜻 없이 계속됐다. 그는 혼자 외쳤다. 「다음에 만나게 되더라도 나한테 뭐라고 하지 말라고…….」 물론 그는 충분히 화를 낼 만했다. 7백 페소를 잃은 셈이니까. 괴롭다는 듯 그가 외쳤다. 「얼굴을 절대로 잊지 않을 거야.」

제2장

　섬광이 번쩍이는 무더운 밤, 젊은 남자들과 여자들이 둥글게 광장을 돌고 있었다. 남자들은 한쪽 방향으로, 여자들은 반대 방향으로, 서로에게 말을 걸지는 않는 채로. 북녘 하늘에서는 번개가 번쩍였다. 이제는 그 의미를 완전히 잃어버린 종교 행사 같았는데도 사람들은 여전히 제일 좋은 옷을 입고들 나왔다. 이따금 나이 든 여자들이 행렬에 끼어들기도 했는데, 더 들떠 있고 웃어 대는 품이 꼭 책들이 소실되기 전에는 일이 어떤 식으로 진행됐는지 아직도 기억하고 있다는 듯한 모습이었다. 허리에 총을 찬 남자가 국고 계단에서 그 광경을 지켜보고 있었고 작달막한 병사 하나가 감옥 입구 옆에서 무릎 사이에 총을 끼고 앉아 있었는데, 야자수 그림자가 군도로 둘러친 울타리처럼 그를 찌르고 있었다. 치과 창에는 불이 밝혀져 회전의자와 붉은 플러시 천에 감싸인 쿠션과 받침대 위에 놓인 입가심용 유리잔과 용품들로 가득한 어린이 서랍장 등이 환하게 빛났다. 개인 주택의 철망 친 창문 안쪽 가족들 사진이 붙은 방에서는 할머니들이 흔들의자에 앉아서 몸을 흔들었다. 할 일도 없고, 할 말도 없고, 옷을 너무 많이 껴입어 약간 땀을 흘리며. 여기가 바로 주도였다.

꾀죄죄한 능직 무명 양복을 입은 사내가 벤치에 앉아 그 모든 광경을 지켜보고 있었다. 일단의 무장 경찰들이 걸음도 맞추지 않은 채, 어쨌거나 총을 둘러메고 숙소로 돌아가고 있었다. 광장 모퉁이에는 보기 흉하게 늘어뜨린 전선을 따라 전구 세 개씩을 한데 묶어 불을 밝혀 놓았다. 그 아래로 거지 하나가 자리를 옮겨 가며 소득 없는 구걸 행각을 계속했.

그는 능직 무명 양복을 입은 남자 옆에 앉아서 기나긴 설명을 시작했다. 은근하면서도 동시에 몰아붙이는 태도였다. 거리 어느 쪽으로 내려가더라도 강과 포구와 평평한 습지가 나왔다. 그는 아내도 있고 아이들도 많은데 지난 몇 주 동안 입에 풀칠을 못 했노라고 말했다. 그는 말을 끊고는 상대방의 능직 무명 양복을 만졌다. 「이런 건 도대체……」 그가 말했다. 「얼마나 할까요?」

「너무 싸서 놀랄 정도죠.」

갑자기 시계가 9시 30분을 알리자, 불이 모두 꺼졌다. 거지가 말했다. 「이러면 사람이 아무것도 할 수가 없게 되지.」 행렬이 언덕 아래로 헤매며 내려가는 동안 그는 여기저기를 두리번거렸다. 능직 무명 양복을 입은 남자가 일어나자, 상대방도 따라 일어나 그가 광장의 끝까지 걸어갈 때까지 졸졸 따라갔다. 거지의 맨발이 포장도로를 밟는 소리가 저벅저벅 들렸다. 「선생님한테는 몇 페소쯤이야 없어도 상관없겠지만서도……」 서시가 말했나.

「아, 그게 얼마나 상관이 많은 것인지 당신도 알아줬으면 좋으련만.」

거지는 애가 탔다. 그는 말했다. 「저 같은 사람들은 몇 페소에 목숨을 걸고 싶을 때가 많습죠.」 이제 마을의 불빛이 모두 꺼졌고, 그들은 어둠 속에서 절친한 사이처럼 서 있었다. 거지가 말했다. 「절 욕할 수는 없으실 겁니다.」

「그럼요, 그럼요. 그런 건 할 생각도 없어요.」

그의 말 한 마디 한 마디가 거지의 애간장을 태웠다. 「어떨 때는……」 거지가 말했다. 「이러다 사람도 죽일 수 있을 것 같습니다…….」

「그건 정말 나쁜 짓이지요.」

「목구멍 때문에 사람을 잡는 게 나쁜 짓일까요……?」

「어쨌거나 굶주린 사람에게 스스로를 구할 권리가 있는 것만은 사실이지만요.」

거지가 이글이글 타오르는 눈빛으로 바라보고 있는데도 상대방은 무슨 학술적인 토론이라도 하는 듯한 기색으로 말을 이었다. 「저로 말씀드릴 것 같으면, 두말할 필요도 없이 그런 위험한 일을 저지를 만한 가치도 없다고나 할까요. 가진 것이라고는 정확하게 15페소 75센타보가 전부입니다. 뭘 입에 넣어 보지 못한 지도 48시간이 지났고요.」

「성모님, 맙소사」이라고 거지가 말했다. 「목석처럼 무정한 사람이외다. 자비심도 없소이까?」

능직 무명 양복의 남자는 갑자기 껄껄거렸다. 상대방이 말했다. 「거짓말이 틀림없어. 15페소나 있다면서 왜 아무것도 먹질 못해?」

「모르시는 말씀. 그 돈으로는 마실 걸 사야 해요.」

「마실 것이라니?」

「이런 동네에 처음 오는 사람으로서는 도대체 어디서 구해야 할지 난감하기만 한 마실 것이라고나 할까요.」

「술을 말하는 모양이군.」
「맞아요. 포도주 말입니다.」
거지가 아주 가까이 다가갔다. 그의 다리가 상대의 다리에 닿았다. 그는 상대의 소매에 손을 올렸다. 어둠 속에서 그처럼 친밀하게 서 있는 게 꼭 죽마고우나 형제 같았다. 집들마저 이제는 모두 불을 껐고, 낮 동안 언덕 중간쯤에 서서 결코 오지 않을 손님을 기다리던 택시들도 이미 흩어졌다. 경찰 막사 앞을 지나가는 택시의 미등이 반짝였다. 거지가 말했다.「이보시오, 운 좋은 날인 줄 아시오. 나한테는 얼마나 주겠소……?」
「마실 걸 판다는 얘긴가요?」
「당신한테 브랜디를 줄 만한 사람을 소개해 줄 테니까. 최고급 베라크루스 브랜디요.」
「나 같은 목구멍을 가진 사람은……」 능직 무명 양복을 입은 남자가 설명했다.「포도주를 최고로 치죠.」
「풀키든 메스칼[47]이든, 그 사람한테 가면 다 있소.」
「포도주는?」
「마르멜로 포도주가 있소.」
「가진 돈을 다 줄 수도 있어요.」 상대방이 진지하고도 분명하게 못 박았다.「말하자면, 센타보만 빼고서. 진짜 포도로 만든 것이라면 말입니다.」 언덕 아래 강변에서는 북을 치고 있었다. 하나 둘, 하나 둘, 행진하는 발걸음 소리의 박자가 어실프기만 했다. 군인들, 어쩌면 경찰들이 취침하러 돌아가는 중이었다.

47 둘다 멕시코 전통주의 한 종류이다.

「얼마나 내놓을 거요?」 거지가 성마르게 되물었다.

「글쎄, 아예 15페소를 다 드릴 테니 거기서 얼마를 내든 저한테는 포도주만 주시면 안 되겠습니까?」

「날 따라오시오.」

그들은 언덕을 내려가기 시작했다. 약국을 지나 막사로 향하는 거리와 호텔, 부두, 유나이티드 바나나 컴퍼니의 창고로 이어지는 거리가 교차하는 모퉁이에서 능직 무명 양복을 입은 남자가 걸음을 멈췄다. 소총을 어깨에 느슨히 멘 경찰들이 행진하고 있었다.「잠깐만.」 그들 사이에 짐승의 엄니 같은 이빨 두 개가 입술 사이로 툭 튀어나온 혼혈인 하나가 걸어가고 있었다. 능직 무명 양복을 입은 남자는 어둠 속에서 그들이 지나가는 걸 지켜봤다. 그러다가 그 메스티조가 고개를 돌렸고, 둘의 시선은 서로 마주쳤다. 경찰들은 그들을 지나쳐 광장 쪽으로 올라갔다.「갑시다, 어서.」

거지가 말했다.「우리 같은 잔챙이는 신경 쓰지도 않아요. 대어를 낚으러 다니는 사람들이니까.」

「경찰들하고 다니는 그 남자는 무슨 일을 하는지 아십니까?」

「내가 뭔 수로 알겠소? 인질인 모양이지.」

「인질이라면 손을 묶었을 텐데, 아니지 않았습니까?」

「내가 어찌 알겠냔 말이오?」 가난한 사람들에게 구걸할 권리가 있는 나라에서 흔히 발견할 수 있는, 어쩔 수 없이 주어지는 자립심을 그는 지니고 있었다.「독주는 필요 없소?」

「포도주를 원합니다.」

「달라는 술을 다 가지고 있는지는 나도 장담 못 하지. 주는 대로 받아야 할 것 같은데.」

그는 강 쪽 내리막길로 안내했다.「그치가 마을에 있을는지 잘 모르겠네.」 갑충들이 모여 포장도로를 뒤덮고 있었다. 벌레들은 발밑에서 먼지버섯처럼 터졌다. 강에서는 시큼한 풀 냄새가 올라왔다. 하얀색 장군 반신상이 작은 공원에서 반짝였다. 뜨거운 포장도로는 먼지투성이였다. 하나뿐인 호텔의 1층에서는 전기 발전기가 떨면서 돌아갔고, 2층으로 올라가는 너른 나무 계단으로 벌레들이 기어 올라가고 있었다. 「난 최선을 다한 거요.」 거지가 말했다. 「나만큼 할 수 있는 사람도 없소.」

2층에 올라가니 검은색 정장 바지에 몸에 딱 맞는 흰 셔츠를 차려입은 사내가 어깨에 타월을 두른 채 침실에서 나왔다. 턱에는 귀족풍의 잿빛 수염이 조금 붙어 있었고 멜빵바지를 입고도 벨트까지 차고 있었다. 어디선가 파이프에서 물 흘러가는 소리가 들렸고 벌레들은 알전구에 가서 소리 내며 부딪혔다. 거지는 차근차근 말했는데, 그러는 도중에 불이 모두 꺼지더니 성에 차지 않게 깜빡거렸다. 계단 맨 위에는 고리버들로 만든 흔들의자가 여기저기 놓여 있었고, 투숙객들의 이름을 적어 놓은 큰 석판이 있었다. 방은 모두 스무 개였는데, 투숙객은 셋뿐이었다.

거지는 함께 온 사람 쪽으로 몸을 돌렸다. 「지배인 말이, 어르신이 지금은 안 계신다는군. 돌아올 때까지 기다리는 게 어떻겠소?」

「시간이야 나한테는 중요하지 않습니다.」

그들은 타일을 깐 바닥에 커다란 침대 하나만 덩그러니 놓인 방으로 들어갔다. 검은색 철제 침대 머리가 꼭 누군가 이사를 나가면서 실수로 빠트린 물건처럼 보였다. 그들은 침대에 나란히 앉아 기다리기로 했다. 곤충들이 방충망의 뚫린 틈새로 불쑥 들어왔다. 「끗발 날리는 사람이라오.」 거지가 말했다. 「주지사의 사촌이니까. 원한다면 뭐든 구해 줄 거요. 구할 수 없는 게 없어요. 하지만 물론 그분이 신뢰할 만한 사람의 소개가 있어야 되는 것이지만.」

「그 사람이 당신을 믿는다는 소리군요?」

「옛날에 그 사람 밑에서 일한 적이 있으니까.」 그가 노골적으로 덧붙였다. 「나를 믿을 수밖에 없을 거요.」

「주지사도 알고 있습니까?」

「당연히 모르지. 주지사는 깐깐한 사람이오.」

이따금 수도관에서 시끄럽게 물 빠지는 소리가 들렸다.

「그렇다고 그 사람이 나까지 믿을 이유는 없지 않습니까?」

「아, 다들 술꾼은 알아볼 수 있으니까. 술을 더 구하러 다시 오게 될 거요. 좋은 물건을 팔거든. 이제 15페소를 내게 주는 게 좋겠소.」 그는 신중하게 돈을 두 번이나 세었다. 「베라크루스 브랜디를 최상품으로다가 한 병 줄 수 있소. 두고 보면 알 거요.」 불이 나가고, 두 사람은 어둠 속에 앉아 있었다. 한 사람이 몸을 움직이자 침대에서 삐걱대는 소리가 났다.

「난 브랜디를 원하는 게 아닙니다.」 한 목소리가 말했다. 「1백 번 양보해도 그다지 반갑지는 않군요.」

「그럼 뭘 가져가고 싶다는 거요?」

「말했잖아요. 포도주라고.」

「포도주는 비싼데.」

「그건 댁이 걱정할 일이 아니고요. 포도주가 아니면 아무 소용 없어요.」

「마르멜로 포도주 말인가?」

「아니, 아니. 프랑스산 포도주 말입니다.」

「가끔 캘리포니아산은 가지고 있던데.」

「그것도 괜찮습니다.」

「물론 그 사람이 직접, 공짜로 얻어 오니까. 세관에서.」

아래층에서 다시 발전기 돌아가는 소리가 들리면서 희미하게 불이 들어왔다. 문이 열리더니 지배인이 손짓으로 거지를 불렀다. 긴 대화가 시작됐다. 능직 무명 양복을 입은 남자는 침대에 등을 기댔다. 면도를 너무 깔끔하게 한 탓에 턱에는 베인 자국이 서너 군데 남아 있었다. 얼굴은 홀쭉하고 병들어 보였다. 원래는 오동통했던 얼굴이 홀쭉해진 듯한 인상이 남아 있었다. 힘든 시기를 보내는 사업가 같은 외모였다.

거지가 다시 돌아왔다. 그가 말했다. 「그 어르신은 바쁘시다네. 하지만 곧 오신다는군. 지배인이 일하는 애를 보냈소.」

「어디에 있는데요?」

「방해받으면 안 되거든. 경찰서장과 당구를 치고 있소.」

그는 침대로 돌아왔다. 맨발 밑에서 벌레 두 마리가 으스러졌다. 그가 말했다. 「여기 호텔은 훌륭하지. 어디 머무시오? 이 고장 사람은 아닌 것 같은데?」

「아, 그냥 지나는 길이었습니다.」

「그 어르신은 이 지역 유지라오. 어른한테 먼저 한잔 권하는 것도 좋을 거요. 어쨌거나 그걸 고스란히 들고 가겠다는 건 아니지 않소? 여기서 마시나 어디서 마시나 매한가지일 테니까.」

「조금은 가져가야 할 것 같습니다. 집으로요.」

「매한가지란 말이오. 집이라는 게, 말하자면 의자가 있고 잔이 있는 곳 아니겠소?」

「그렇긴 하지만……」 그때 다시 불이 꺼지더니 지평선에서 번개가 부풀어 올랐다. 모기장을 거쳐서 들려오는 천둥소리가 마치 투우 경기가 열리는 일요일에 마을 저편에서 들리는 떠들썩한 소리인 양 아련했다.

거지가 은밀한 목소리로 말했다. 「그런데, 무슨 장사를 하시나?」

「아, 닥치는 대로 사들이는 거죠. 뭐 어디서나.」

누군가 나무 계단을 밟는 소리가 들려와, 두 사람은 입을 다물고 앉아 있었다. 문이 열렸지만 그들은 아무것도 볼 수 없었다. 당황스럽다는 듯 욕설을 내뱉더니 〈거기 누구야?〉라고 어떤 목소리가 물었다. 그러더니 성냥불이 당겨지고 푸른색 큰 턱이 보이는가 싶더니 불이 꺼졌다. 발전기가 다시 돌아가기 시작했고 불이 들어왔다. 찾아온 사람은 성가시다는 듯 말했다. 「아, 자네로군.」

「예, 접니다.」

희멀쑥하고 넙데데한 얼굴에 쫙 달라붙는 회색 양복을 입은 키 작은 남자였다. 조끼 아래 권총 자리가 불룩했다. 그가 말했다. 「자네한테는 볼일이 하나도 없는데. 전혀.」

거지는 가만가만 방 저쪽으로 걸어가더니 그 남자에게 조곤조곤히 뭔가를 설명하기 시작했다. 말하면서 거지는 맨발로 상대의 잘 닦은 구두를 꾹 누르기도 했다. 남자는 한숨을 내쉬더니 볼에 바람을 넣고는 침대를 유심히 바라봤다. 혹시 그들이 함정을 파놓은 건 아닌가 겁이 난다는 듯. 그가 능직 무명 양복으로 차려입은 남자에게 잘라 말했다. 「그러니까 베라크루스 브랜디가 필요하다, 이 말인가? 그건 불법인데.」

「브랜디가 아니고요. 브랜디가 필요한 게 아닙니다.」

「왜, 맥주로는 성에 안 찬단 말이잖아?」

그는 젠체하며 과장된 동작으로 방 가운데로 걸어왔다. 구두가 타일에 끌리는 소리가 들렸다. 그는 주지사의 사촌이었다. 「난 마음만 먹으면 당장 널 구속시킬 수도 있어.」 그가 위협했다.

능직 무명 양복으로 차려입은 남자가 티를 내어 굽실거렸다. 「그렇고말고요, 각하께서—」

「네 눈에는 내가 거지들의 갈증을 풀어 주는 일이나 할 것 같은 사람으로 보이는 모양인데…….」

「공연히 왜 각하를 성가시게 했겠습니까? 그게 다 이 사람이 자꾸만—」

주지사의 사촌은 타일 바닥에 침을 뱉었다.

「만약 각하께서 당장 꺼지시라면—」

그가 말을 잘랐다. 「내가 그렇게 쩨쩨하진 않지. 벗들에게는 늘 잘해 주려는 사람이라고……. 그러자면 내 권한 안에 있고, 또 해될 일이 일어나지 않아야만 하는 것이지만. 내 위치가 좀 그래. 무슨 뜻인지 알까 모르겠네. 나한테 오는 술들은 모두 합법적인 거야.」

「물론 그렇겠죠.」

「나도 돈을 썼으니 그만큼 또 받아야만 하고.」

「당연한 일이죠.」

「안 그러면 파산하고 말 테니까.」 너무 작은 신발을 신은 것인지 조심조심 침대로 걸어가더니 그는 신발을 벗기 시작했다. 「입은 무거운지 몰라.」 어깨 너머로 돌아보며 그가 말했다.

「비밀을 지키는 법쯤이야 저도 압니다만.」

「말해도 괜찮은 사람들에게야 말한다고 한들 내가 뭐라고

하겠나.」 매트리스에는 길게 찢어진 틈이 있었다. 그 안에서 그는 밀짚을 한 움큼 꺼내더니 다시 손가락을 밀어 넣었다. 능직 무명 양복을 입은 남자는 아무런 관심도 없다는 듯 공원을, 캄캄한 진창 강둑을, 범선의 돛대를 바라봤다. 그 풍경 뒤로 번개가 번쩍이더니 천둥소리가 가까이 들렸.

「여기.」 주지사의 사촌이 말했다. 「이걸 우리가 나눌 수 있겠군. 상등품이야.」

「브랜디는 정말 필요 없습니다.」

「지금 가리고 자시고 할 게 어디 있어?」

「그러면 15페소는 다시 돌려받아야 할 것 같습니다만.」

주지사의 사촌은 큰 소리로 고함을 질렀다. 「15페소라고.」 거지가 신사분은 브랜디뿐만 아니라 포도주 작은 병도 사려고 하는 것이라고 재빠르게 설명했다. 돈을 둘러싸고 두 사람은 침대 옆에서 낮은 목소리로 격렬하게 떠들어 댔다. 주지사의 사촌이 말했다. 「포도주는 힘들어서 못 구해. 브랜디를 두 개 줄 수는 있어.」

「브랜디 하나에다가 다른 하나는······.」

「고급 베라크루스 브랜디야.」

「하지만 전 포도주만 마시는 사람입니다······. 포도주 한 번 마시면 소원이 없겠어요······.」

「포도주를 구하려면 돈이 상당히 많이 필요해. 가진 돈이 더 있나?」

「이제 가진 돈이라고는 75센타보가 전부입니다.」

「데킬라 한 병이면 어떨까?」

「아니, 안 됩니다.」

「50센타보만 더 내면······ 큰 병으로 줄 수 있는데.」 그는 다시 손을 넣어 매트리스 속을 헤집더니 밀짚을 뽑아냈다. 거지가 능직 무명 양복으로 차려입은 남자를 향해 윙크하더니 코르코를 뽑아 잔에다 붓는 시늉을 해보였다.

「여기.」 주지사의 사촌이 말했다. 「이걸 가져가든가, 아니면 아예 말든가.」

「가져가겠습니다.」

주지사의 사촌이 갑자기 오만한 태도를 버렸다. 그는 두 손을 비비더니 말했다. 「밤공기가 찌무룩하네. 올해는 우기가 일찍 시작될 것 같아.」

「우리 사업이 잘 될 수 있도록 각하께서 브랜디로 축배를 들어 주시면 영광이겠습니다.」

「그래그래……. 뭐, 그 정도야…….」 거지는 문을 열더니 쌩쌩한 목소리로 잔을 청했다.

「언제 적인지 몰라.」 주지사의 사촌이 말했다. 「포도주를 마셔 본 것 말이야. 축배를 드는 덴 포도주가 제격이지.」

「물론…….」 능직 무명 양복으로 차려입은 남자가 말했다. 「주종은 각하께서 선택하셔야죠.」 그는 쓰라리고 근심 어린 시선으로 코르크 마개 따는 모습을 지켜봤다. 「큰 실례가 되지 않는다면, 저는 브랜디로 마셨으면 합니다만.」 그는 이렇게 말한 뒤, 줄어드는 포도주를 지켜보며 겨우 마음을 다잡고 썩은 미소를 지었다.

그들은 모두 침대에 앉아 서로에게 축배를 건넸다. 거지는 브랜디를 마셨다. 주지사의 사촌이 말했다. 「어디 가서 자랑하고 싶은 포도주야. 참 좋은 포도주지. 캘리포니아산 중에서도 최고급이야.」 거지가 윙크하면서 따르는 시늉을 하자, 능직 무명 양복으로 차려입은 남자가 말했다. 「한 잔 더 드시죠, 각하. 이번에는 브랜디가 어떨지 싶습니다만.」

「아주 좋은 브랜디. 하지만 포도주를 한 잔 더 마시는 게 낫겠어.」 그들은 잔을 다시 채웠다. 능직 무명 양복을 입은 남자가 말했다. 「제가 포도주를 챙겨 가는 이유는 따로 있지요. 어머니 때문입니다. 어머니가 좋아하시거든요.」

「뭘 좀 아는 분이시구먼.」 주지사의 사촌이 잔을 비우며 말했다. 「모친이 계시단 말이군.」

「다들 그렇지 않나요?」

「음, 자넨 행운아야. 우리 어머니는 돌아가셨어.」 그의 손이 병 쪽으로 움직이더니 병을 움켜잡았다. 「가끔은 보고 싶을 때가 있지. 어머니한테 늘 우린 친구라고 말했었는데.」 그가 병을 기울였다. 「이거, 괜찮겠지?」

「물론입니다, 각하.」 그는 체념한 듯 말하고는 브랜디를 길게 들이켰다. 거지가 말했다. 「제게도 어머니가 있습죠.」

「누가 물어봤나?」 주지사의 사촌이 사납게 말했다. 그가 몸을 뒤로 기대자, 침대에서 삐걱대는 소리가 들렸다. 그가 말했다. 「아버지보다는 어머니가 더 좋은 친구라는 생각이 자주 들어. 어머니 덕분에 평화나 착한 행동이나 용서 같은 걸 알게 되니까……. 해마다 어머니 돌아가신 날만 되면 묘지에 가서 꽃을 드리고 오지.」

능직 무명 양복을 입은 남자는 딸꾹질이 나왔지만 티를 내지 않으려고 했다. 그가 말했다. 「아, 저도 그랬어야 했는데…….」

「모친께서 생존해 계신다고 했잖아?」

「할머님 말씀하시는 줄 알았습니다.」

「할머니라니? 기억도 못 하는 할머니를 내가 무슨 수로?」

「저도 마찬가지입니다.」

「전 기억하지요.」 거지가 말했다.

주지사의 사촌이 말했다. 「넌 말이 너무 많아.」

「괜찮으시다면 이 사람에게 포도주를 좀 포장하라고 시키 겠습니다……. 각하께 폐를 끼치지 않으려면 좀 감추어야겠 기에…….」

「잠깐만, 잠깐만. 서두를 필요 하나도 없어. 여기서는 마음 대로 해도 괜찮아. 자기 방이라고 생각해. 포도주 한 잔 더 마 시지.」

「저는 브랜디가…….」

「자네만 괜찮다면 나는…….」 그는 병을 기울였다. 몇 방울 이 침대보 위로 튀었다. 「무슨 이야기를 하고 있었더라?」

「할머니 이야기입니다요.」

「내가 그런 이야기를 했을 리가 없는데. 할머니가 어떤 사 람인지 아무 기억도 안 나는걸. 겨우겨우 기억해 보자면 아 마도…….」

문이 열렸다. 지배인이 말했다. 「경찰서장님께서 올라오고 계십니다.」

「멋지군. 오라고 하게나.」

「괜찮으시겠습니까?」

「물론이지. 좋은 친구야.」 그는 말했다. 「하지만 그 사람, 당구대에서는 믿어선 안 된다네.」

셔츠에 하얀 바지, 권총 주머니를 찬 건장하고 억세 보이 는 남자가 문간에 나타났다. 주지사의 사촌이 말했다. 「들어 와, 들어와. 이 아픈 건 어떻게 됐나? 우린 할머니 이야기를 하고 있었네.」 그러고는 거지에게 쏘듯이 말했다. 「헤페가 앉을 자리가 있어야지.」

문간에 서서 그들을 바라보는 헤페의 표정에 당황하는 기색이 엿보였다. 그는 〈그래그래……〉라고 말했다.

「간소하나마 우리끼리 파티를 하고 있던 참이었네. 같이하겠나? 다들 좋아할 텐데.」

포도주를 보더니 헤페의 얼굴에 갑자기 화색이 돌았다. 「물론이지. 맥주 조금 마시는 거야 무슨 큰 잘못이겠나.」

「맞아, 우리 헤페에게 맥주 한 잔 줘.」 거지는 자기 잔에 포도주를 따라 그에게 내밀었다. 헤페는 침대에 자리를 잡고 앉아서 잔을 비웠다. 그러더니 이번에는 자신이 직접 병을 잡았다. 「맥주 맛 죽이네. 정말 죽이는군. 한 병뿐인가?」 능직 무명 양복을 입은 남자는 가슴을 졸이며 뻣뻣한 얼굴로 그를 바라봤다.

「아쉽게도 그거 한 병뿐이야.」

「살루드!」[48]

「그런데 우리……」 주지사의 사촌이 말했다. 「무슨 이야기를 하고 있었지?」

「기억할 수 있는 가장 오래된 일이랄까요.」 거지가 말했다.

「내가 기억할 수 있는 가장 오래된 일은……」 헤페가 신중한 목소리로 시작했다. 「그런데 이 신사분은 안 마시고 있네.」

「전 브랜디 조금이면 됩니다.」

「살루드!」

「살루드!」

「기억할 수 있는 가장 오래된 일이라면 아무래도 첫 영성

---

48 〈건강〉이라는 뜻. 술자리에서 잔을 부딪치며 흔히 쓰는 말이다.

체 때이지 싶어. 아, 영혼의 떨림이랄까. 부모님이 나를 둘러싸고…….」

「부모님이 몇 명이나 있었기에?」

「당연히 두 분이었지.」

「두 분이서 어떻게 둘러싸나? 둘러싸려면 적어도 네 명은 있어야지, 하하하.」

「살루드!」

「살루드!」

「그렇군. 어쨌거나 내가 하고 싶은 말은 인생이란 참으로 아이러니하다는 점이지. 그 영성체를 이끈 신부가 총살되는 걸 지켜봐야만 했던 일은 고통스러웠지만, 그게 또 내 할 일이었으니. 노인이었는데. 그때 흘린 눈물은 부끄러울 게 하나도 없어. 그나마 마음이 편해진 건, 그분이야 성인의 반열에 오르셨으니 우리를 위해 기도하셨을 거라는 사실이지. 아무나 성인의 기도를 받을 수 있는 건 아니지 않겠는가?」

「평범한 일은 아니지……」

「그러니 인생은 신비롭다는 거야.」

「살루드!」

능직 무명 양복을 입은 남자가 말했다. 「브랜디 한 잔 드시겠습니까, 헤페?」

「이 병에 얼마 안 남았으니 나는 그냥 이걸로…….」

「어머님께서 조금이라도 포도주 맛을 보셔야 할 텐데, 걱정입니다.」

「이건 한 방울도 안 되겠는걸. 이걸 드시라는 게 어머님을 더 욕보이는 일이지. 찌꺼기뿐인걸.」 그는 병을 뒤집어 자기 잔에 다 따르더니 낄낄거렸다. 「찌꺼기가 있는 맥주에 대해서 말해 보자면……」 그러더니 그는 잔 위에 병을 거꾸로 세운 채 놀라서 말했다. 「뭐야, 이 사람, 울고 있잖아.」 셋은 입을 약간 벌리고 능직 무명 양복을 입은 남자를 바라보았다. 그는 말했다. 「항상 이 모양이 된다니까요. 브랜디를 마시면 말이죠. 죄송합니다, 선생님들. 저는 술에 잘 취하는 사람이고, 그다음에는 보이는 게……」

「보이는 게?」

「아, 몰라요. 세상의 희망이 죄다 말라 버리는 광경이랄까요.」

「이 사람, 완전히 시인이구먼.」

거지가 말했다. 「시인은 나라의 혼이지요.」

번개가 유리창을 하얀 종이처럼 밝히더니 머리 위에서 천둥 구르는 소리가 갑자기 울렸다. 천장의 전구 하나가 깜빡이더니 흐릿해졌다. 「이거 부하들에게는 좋은 일이 아니야.」 기어다니던 벌레를 발로 짓이기며 헤페가 말했다.

「왜 그렇지?」

「우기가 빨리 온다는 얘기니까. 알다시피 한 놈 남았거든.」

「그링고 말인가……?」

「그놈은 아무래도 상관없는데, 사제가 한 명 남아 있다는 걸 주지사가 알아냈단 말일세. 자네도 잘 알겠지만 주지사가 얼마나 극성스러운가? 나라면 그 불쌍한 놈일랑 그냥 내버려 둘 걸세. 굶어 죽든, 열병에 걸려서 죽든, 자포자기하든 뭐 그렇게 될 게 아닌가? 뭐 이렇다 할 일을 할 수도 없을 거고, 그렇다고 우리한테 어찌할 수 있는 것도 아니고. 몇 달 전까지만 해도 그런 놈이 있다는 걸 아는 사람도 없었는데 말이야.」

「서둘러야겠군.」

「아, 그자는 이제 가망이 없어. 주 경계를 넘어가면 모를까. 그자의 얼굴을 아는 사람도 확보했거든. 하룻밤 같이 보내면서 말도 해봤다더군. 다른 이야기나 하세. 경찰 같은 거 누가 하고 싶겠나?」

「그자가 어디에 있는 것 같나?」

「놀랄 걸세.」

「왜?」

「여기에 있거든. 그러니까 이 동네에 말이야. 추론하면 그런 결론이 나오지. 마을마다 인질을 잡아 놓은 건 자네도 알 거야. 이제 인질이 없는 곳이 없네……. 그러니 마을 사람들이 그를 못 오게 쫓아내지. 마을에 못 들어오게 하는 거야. 아까 말한 그 사람을 사냥개 삼아서 데리고 다니는데, 언젠가는 서로 마주치는 날이 올 테고 그러면…….」

능직 무명 양복으로 차려입은 남자가 말했다. 「인질들은 얼마나 많이 총살됐나요?」

「아직은 별로. 서너 명쯤. 어라, 이제 마지막 맥주네. 살루드!」 그는 서운하다는 듯 잔을 내려놓았다. 「그럼 자네가 가지고 있는 거, 시드랄이라고 했나, 그거 한 잔 해도 되겠나?」

「예, 물론입니다.」

「우리가 언제 만난 적이 있던가? 어째 얼굴이…….」

「그랬다면 영광이겠습니다만, 제 기억에는 없습니다.」

「또 다른 인생의 신비로구먼.」 헤페가 살찐 다리로 거지를 심내 한쪽으로 밀어내고 빌을 쭉 뺃으며 말했다. 「누굴 봤는데, 언젠가 본 것 같거나 어느 장소에 처음 온 게 아닌 것 같은 느낌이 들 땐 어떤 기분이 드나? 꿈에 본 것일까, 아니면 전생의 일일까? 언젠가 어떤 의사 말을 들으니 그건 눈의 초

점을 어디에 맞추느냐와 관계된 일이라고 하던데. 하지만 양키 의사였어. 유물론자였지.」

「나는 전에 이런 일이 있었는데…….」 주지사의 사촌이 말했다. 포구 위로 번개가 떨어지고 천둥이 지붕을 때렸다. 주 전체의 분위기가 그와 같았다. 바깥에서는 비바람이 몰아치고 안에서는 대화가 계속됐다. 〈신비〉니 〈혼〉이니 〈삶의 근원〉이니 하는 말들이 나오고 또 나오는 가운데 아무런 할 일도 없고, 아무런 믿을 것도 없고, 아무런 갈 곳도 없는 자들이 침대에 앉아 있는 것이었다.

능직 무명 양복을 입은 남자가 말했다. 「저는 이만 물러가는 편이 낫겠습니다.」

「어디로 가나?」

「아……. 친구들한테 가야죠.」 막 만들어 낸 우정의 세계를 두 손으로 크게 펼쳐 보이며 그가 둘러댔다.

「술은 당신이 가져가는 게 좋을 것 같은데.」 주지사의 사촌이 말했다. 「결국 돈을 낸 사람은 당신이니까.」

「고맙습니다, 각하.」 그는 브랜디 병을 집어 들었다. 술은 바닥에서 손가락 세 개 높이쯤 남아 있었다. 포도주 병은 물론 완전히 빈 채였다.

「숨기게, 이 사람아, 숨기라고.」 주지사의 사촌이 거칠게 말했다.

「아, 물론입죠, 각하. 조심하겠습니다.」

「이 사람한테 각하라고 부를 필요 없어.」 헤페가 말했다. 큰 소리로 웃음을 터뜨리고 나서 그는 거지를 침대에서 완전히 밀어냈다.

「아니, 아닙니다, 그러니까…….」 그는 조심스레 빠져나왔다. 붉게 충혈된 눈 아래 눈물이 묻어 있었다. 다시 시작된 대화가 홀에서도 들렸다. 〈신비〉니 〈혼〉이니 하는 말들이 끝을 모르고 계속 이어지고 있었다.

  벌레들은 사라졌다. 비에 다 씻겨 내려간 게 분명했다. 관 뚜껑에 박히는 못들처럼, 비는 어떤 망설임도 없이 치밀하게 계산한 대로 곧장 수직으로 직하했다. 하지만 대기는 전혀 상쾌하지 않았다. 땀과 비가 뒤섞여 옷에 배어들었다. 사제는 얼마간 호텔 문간에 서 있었다. 등 뒤에서는 발전기가 덜컹대며 돌아갔다. 그는 다른 건물의 문간까지 몇 야드를 쏜살같이 달렸다. 거기 서서 그는 머뭇머뭇 반신 장군상 너머 계류 중인 돛단배와 양철 굴뚝이 달린 바지선을 바라봤다. 그에겐 갈 곳이 없었다. 비는 계산에 넣지 않았던 것이다. 그저 벤치나 강변에서 자면서 버티면 된다고 막연하게 생각했을 뿐이었다.
  군인 두 명이 뭔가 격렬하게 떠들어 대면서 부두 쪽으로 난 길을 따라 걸어왔다. 그들은 비를 고스란히 맞고 있었다. 비 같은 건 별로 중요하지 않다는 듯, 혹은 사태가 너무 심각해서 비 따위는 느껴지지도 않는다는 듯……. 사제는 기대고 선 나무 문을 밀었는데, 그건 무릎까지만 내려오는 술집 문이었다. 그는 비를 피해 안으로 들어갔다. 한쪽에 탄산수 병들이 쌓여 있었고, 줄에 달린 고리로 점수를 표시하는 당구대가 하나, 사람이 서너 명 있있다. 바에는 누군가의 권총 가죽집이 놓여 있었다. 사제는 허겁지겁 움직이다가 공을 치는 사람의 팔꿈치에 세게 부딪혔다. 그 사람이 화를 내며 돌아섰다. 「이런 빌어먹을!」 붉은 셔츠단이었다. 그 어디에도, 잠시라도 안전한 곳은 없단 말인가.

사제는 비굴하게 사과하며 문을 향해 옆걸음을 쳤는데, 이번에도 너무 서두르는 바람에 주머니가 벽에 닿으면서 브랜디 병 소리가 났다. 네 명 중 세 명의 얼굴이 이거 참 재미있다는 듯한 표정으로 그를 바라봤다. 더구나 그 동네 사람 같아 보이지 않으니 그 재미가 여간하지 않은 모양이었다.「주머니에 넣고 다니는 그게 뭡니까?」붉은 셔츠단 아이가 물었다. 아직 십대 티도 벗지 못한 아이로, 누런 이빨에 깐죽깐죽 잘난 척하는 입이 눈에 띄었다.

「레모네이드요.」사제가 말했다.

「레모네이드를 들고 다닌다니, 그걸로 뭘 할 생각이란 말입니까?」

「밤에 꼭 마시니까. 키니네에 타서 먹습니다.」

붉은 셔츠단 아이가 위협하듯이 몸을 움직여 당구봉 끝으로 주머니를 찔렀다.「레모네이드라고, 어?」

「그렇소, 레모네이드.」

「그럼 우리 그놈의 레모네이드 한번 볼까나.」그가 뽐내듯이 고개를 돌려 다른 사람들을 바라보더니 말했다.「나는 열 발자국 떨어진 곳에서도 밀수꾼 냄새는 금방 맡거든.」그는 사제의 주머니에 손을 밀어 넣더니 브랜디 병을 끄집어냈다.「여기 있군.」그가 말했다.「척 보면 안다니까.」사제는 양옆으로 열리는 문으로 몸을 던지고는 빗속으로 튀어 나갔다. 목청이 터졌다.「잡아라!」그들은 일생일대의 추억을 만들려는 것 같았다.

그는 광장으로 올라가는 거리를 따라가다가 왼쪽으로, 다시 오른쪽으로 방향을 틀었다. 거리가 캄캄하고 달도 흐릿한 게 천만다행이었다. 불이 밝혀진 창 쪽으로만 가지 않으면 그를 찾아내는 건 불가능했다. 추격자들이 서로 외치는 소리가 똑똑히 들렸다. 그들은 쉽사리 포기하지 않았다. 그게 당구보다 더 재미있으니까. 어딘가에서 호루라기 소리도 들렸다. 경찰들이 합류한 것이다.

바로 그 도시를 생각하며 그는 콘셉시온에 합당한 빚을 남기면서까지 출세할 야심을 키웠던 것이다. 그는 이리저리 같은 길을 다시 지나가면서 대성당과 몬테스, 그리고 알고 지내던 몬시뇰을 생각했다. 깊은 곳에 묻어 두었던, 도망치고 싶은 욕구가 갑자기 일면서 순간적이나마 섬뜩한 희극적 상황을 떠올리게 했다. 그는 낄낄댔다가 숨을 헐떡였다가, 또 낄낄댔다. 추격자들이 서로 어디 있느냐고 묻고 호루라기를 부는 소리를 그는 다 듣고 있었다. 비는 계속 내렸다. 한때 대성당이었으나 지금은 아무도 사용하지 않는 프론톤[49]의 시멘트 바닥 위로 빗방울이 떨어져 되튀었다. (하이알라이를 하기에는 너무 무더웠다. 철제 그네들은 교수대처럼 한쪽 끝에 서 있었다.) 그는 다시 내리막길로 향했다. 좋은 생각이 떠올랐던 것이다.

고함 소리들이 더 가까워지는가 싶더니 강에서 위쪽으로 새로운 일단의 사람들이 다가오는 게 느껴졌다. 이들은 조직적으로 추격하고 있었다. 차분하게 다가오는 것으로 보아 그는 그들이 경찰들, 허가받은 추격자들임을 짐작할 수 있었다. 둘 사이에 끼인 셈이다. 이미 추어들과 프로들 사이에. 하지만 그는 문을 알고 있었다. 그는 그 문을 열고 파티오 안으

---

49 하이알라이 경기장.

로 들어간 다음 문을 닫았다.

비가 퍼붓는 가운데 어둠 속에서 그는 숨을 헐떡이고 서서 발걸음들이 근처 골목을 지나가는 소리를 들었다. 그러다가 누군가 창문에서 자신을 바라보고 있다는 사실을 깨달았다. 관광객들이 기념품으로 사는, 병 속에 보관하는 얼굴 모형처럼 작고 새카맣고 쭈글쭈글한 얼굴이었다. 그는 쇠창살 쪽으로 가서 말했다. 「파드레 호세?」

「저쪽이오.」 그 사람의 어깨 뒤로 두 번째 얼굴이 나타나더니 촛불이 흐릿하게 밝아지면서 세 번째 얼굴이 나타났다. 싹이 나듯이 얼굴들이 나타났다. 자신이 빗물을 튀기며 파티오로 들어와 문을 쾅 닫는 광경을 그들이 지켜보고 있었다는 걸 그는 알 수 있었다.

잠시나마 그는 우스울 정도로 늘어진 잠옷을 입은 채 램프를 들고 선 파드레 호세를 알아보지 못했다. 사제 회의에서 본 게 마지막이었는데, 그때 그는 뒷줄에 앉아 손톱을 물어뜯으며 숨어 있으려고만 했다. 그건 불필요한 짓이었다. 일 많은 대성당의 성직자들은 그 사람이 회의에 온 이유조차 알지 못했으니까. 그랬던 사람이 이제는 그들만큼이나 이름을 날리게 됐다는 게 어처구니없었다. 그는 빗물이 튀는 어둠 속에 서서 그를 향해 윙크하면서 나지막하게 불렀다. 「호세.」

「누구요?」

「기억 안 나십니까? 하긴, 몇 년이 지났으니……. 왜, 대성당에서 사제 회의가 열렸던 적이 있지 않습니까…….」

「세상에.」 파드레 호세가 말했다.

「쫓기고 있습니다. 오늘 밤 하루 정도는 좀 신세를 져도 어떨까 싶은—」

「딴 데 가서 알아보시오.」 파드레 호세가 말했다.

「내 정체는 아직 모릅니다. 밀수꾼이라고 생각하는 거지. 하지만 경찰서에 끌려가면 다들 알게 될 겁니다.」

「너무 큰 소리로 말하지 마시오. 마누라가—」

「그냥 한쪽 구석만 빌려 주면 안 되겠습니까?」 그가 나지막이 말했다. 다시 공포가 엄습하기 시작했다. 브랜디의 취기가 가시는 모양이었다. (그런 무덥고 습한 기후에서 오랫동안 취해 있는 것은 불가능했다. 알코올이 겨드랑이를 통해 다시 배출됐다. 이마에서도 떨어졌다.) 그게 아니면 매번 반복되는 생의 욕구가 다시 찾아온 것이든가. 그게 어떤 생이든 말이다.

램프 불빛에 비친 파드레 호세의 얼굴에 적대감이 가득했다. 그가 말했다. 「왜 날 찾아온 거요? 도대체 왜 그런 생각을……. 당장 나가지 않으면 경찰을 부르겠소. 내가 어떤 인간인지는 잘 알 거요.」

그가 좋은 말로 간청했다. 「좋은 분이잖습니까, 호세. 제가 그걸 왜 모르겠습니까?」

「계속 이러면 소리를 지르겠소.」

그는 파드레 호세가 왜 이렇게 적대적으로 구는지 원인을 생각해 보려고 애썼다. 골목에서는 사람들 목소리가 들렸다. 소란스럽게 얘기하고, 문을 두들기고 있었다. 집집마다 수색하고 있는 것일까? 그가 말했다. 「나 때문에 상처받은 일이 있나면, 용서해 주세요. 살난 척하고, 오만하고, 선방 넘었넌 건 나도 잘 아니까. 타락한 사제였죠. 당신이 훨씬 더 훌륭한 인간이라는 걸 늘 알고는 있었습니다.」

「가시오.」 호세가 격하게 말했다. 「가. 여기에 순교자 따위는 필요 없으니까. 나는 이제 아무 데도 속하지 않아. 그냥 내버려 둬. 혼자 있어도 아무 문제 없단 말이오.」 그는 원한을 겨우 모아 침으로 만들어 상대방에게 뱉으려 했으나 왠지 그 침은 힘이 없어서 얼굴에 가 닿지도 못한 채 허공에서 무기력하게 흩어질 뿐이었다. 「가서 빨리 죽으시오. 그게 당신이 할 일이니.」 이렇게 말한 뒤, 그는 소리 내어 문을 닫았다. 파티오의 문이 갑자기 열리고 경찰이 나타났다. 창문으로 파드레 호세가 내다보는 시선이 느껴졌으나 곧 하얀 잠옷을 입은 거대한 그림자가 그를 삼키더니 끌고 갔다. 서로를 파괴하는 인간의 투쟁에서 그를 지켜 주기 위해 채가는 수호신처럼. 목소리가 들렸다. 「저놈이다.」 아까 그 붉은 셔츠단 아이였다. 그는 주먹을 펴고 파드레 호세의 집 벽에 공처럼 말린 문서를 떨어뜨렸다. 마치 그 모든 과거의 최종적인 굴복과도 같았다.

 몇 년의 세월이 흐른 이제야 종말이 시작되고 있다는 걸 그는 느낄 수 있었다. 그들이 주머니에서 브랜디 병을 꺼내는 동안, 그는 통회 기도를 묵독하기 시작했으나 도무지 마음이 집중되지 않았다. 그건 임종에 이르러서야 참회하는 것과 같은 오류였다. 참회는 기나긴 수련과 정진의 열매다. 공포만으로는 부족하다. 그는 부끄러운 마음으로 자신의 아이를 생각하려 했으나 아이를 생각하면 오로지 사랑에 대한 허기만 느껴질 뿐이었다. 그 아이는 이제 어떻게 될 것인가? 게다가 그 죄라는 것도, 꼴 보기 싫은 것들은 모두 희미해져 이제는 우아한 느낌만 남은 고대의 그림처럼 너무나 오래된 것이었다. 붉은 셔츠단 아이가 편석 바닥에 병을 던져서 깨뜨리자 술 냄새가 풍겼다. 역할 정도는 아니었다. 얼마 남아 있지 않았으니.

 그들은 그를 끌고 갔다. 그를 잡아서인지 이제 다들 대하는 태도가 한결 부드러워져서 그가 도망쳐 다닌 일을 두고 농담까지 할 정도였다. 당구를 치려다 방해를 받았던 그 붉은 셔츠단 아이만 그렇지 않았다. 그로서는 그들의 농담을 어떻게 대해야 할지 알 수 없었다. 떨쳐 낼 수 없는 무시무시한 생각처럼 자기 보존의 욕망이 뇌리를 스쳤다. 그의 정체는 언제쯤 발각될까? 그 혼혈인이나, 언젠가 자신을 조사한 적이 있던 그 경위를 언제쯤 만나게 될까? 그들은 무리를 지어 천천히 광장이 있는 언덕으로 올라갔다. 그들이 들어갈 때 경찰서 바깥에서 개머리판이 바닥에 떨어지는 소리가 났다. 작은 램프에서 더러운 회백색 벽으로 그을음이 올라왔다. 가운데뜰에는 해먹들이 꼭 닭 같은 것을 묶어 놓은 그물처럼 잠자는 사람들을 감싼 채 매달려 있었다. 「저기 가서 앉지.」 한 사람이 기분 나쁘지 않게 벤치 쪽으로 그를 밀었다. 이제 모든 일은 돌이킬 수 없을 것 같았다. 문밖에서는 보초가 걸어다니며 지키고 있었고, 가운데뜰의 해먹들 사이에는 잠든 사람들의 잠꼬대가 끊임없이 이어졌다.

 누군가 그에게 말을 걸었다. 그는 무기력하게 입을 벌렸다. 「뭐라고요?」 경찰과 붉은 셔츠단 사이에는 누군가를 깨워 상황을 알려야만 하는지 아닌지를 두고 언쟁이 한창인 것 같았다. 붉은 셔츠단 아이는 〈알아야 할 의무가 있으니까요〉라는 말만 되풀이했다. 그 앞니가 꼭 토끼 이빨 같았다. 「주지사님께 보고할 겁니다.」 그는 말했다.

 한 경관이 말했다. 「죄지은 거 인정하지?」

 「예.」 사제가 말했다.

「이것 봐. 더 뭘 어쩌자는 거야? 벌금 5페소짜리로 왜 공연한 사람을 깨워?」

「그럼 그 5페소가 누구한테 갈까요, 엉?」

「네가 신경 쓸 문제가 아니잖아.」

사제가 불쑥 끼어들었다. 「누구한테도 안 갈 겁니다.」

「안 간다고?」

「때려죽여도 나한테는 25센타보밖에 없으니까.」

안쪽 문이 열리더니 경위가 밖으로 나왔다. 「도대체 이게 다 무슨 소란이야……?」 경찰들이 비척대며 걸어와서는 마지못해 차렷 자세를 취했다.

「술을 소지한 자를 붙잡았습니다.」 붉은 셔츠단 아이가 말했다.

사제는 두 눈을 내리깔고 땅바닥을 쳐다봤다……. 〈십자가에 못 박히시어……. 못 박히시어……. 못 박히시어…….〉 기도문의 단어들에 통회가 막혀 버렸다. 어떤 감정도 없이, 그저 공포만 느껴질 뿐이었다.

「그렇군.」 경위가 말했다. 「그게 자네들과 무슨 상관인가? 몇십 명씩 잡아들이고 있는데.」

「안으로 데려갈까요?」 경관 하나가 물었다.

경위는 벤치 위에서 노예처럼 고개 숙인 자를 바라봤다. 「일어나.」 그가 말했다. 사제는 일어났다. 드디어, 하고 그는 생각했다. 드디어……. 그는 눈을 치켜떴다. 경위는 구부정한 자세로 걸어다니는 보초 쪽을 바라보고 있었다. 오종종한 그의 검은 얼굴은 지치고 힘든 기색이었다…….

「벌금을 낼 돈이 없다고 합니다.」 경관이 말했다.

「제기랄.」 경위가 말했다. 「도대체 몇 번을 말해야 알아듣겠나……?」 그는 보초 쪽으로 걸어가다가 고개를 돌리고 말했다. 「몸을 수색해. 그래도 돈이 안 나오면 감방에 처넣어. 노역이라도 해야지……」 그는 바깥으로 나가더니 갑자기 손바닥을 들어 보초의 귀뺨을 내리쳤다……「졸 틈이 어디 있어? 긍지를 가지고 걸으란 말이야…… 긍지를.」 그는 그 말을 되뇌었다. 그러는 동안 램프에서는 회백색 벽으로 그을음이 올라오고 마당에서는 소변 냄새가 풍겼으며 그물처럼 해먹을 몸에 두른 사람들은 편안하게 잠들어 있었다.

「이름을 적어 놓을까요?」 경사가 물었다.

「그럼, 물론이지.」 경위는 그의 얼굴은 쳐다보지도 않은 채 대답하더니 부지런히 걸어 램프 옆을 휑하니 스쳐 마당으로 나갔다. 말쑥하게 차려입은 정복에 빗물이 떨어지는 동안, 그는 우산도 없이 비를 맞고 서서 주위를 둘러봤다. 마음속에 큰 포부를 간직한 사람 같았다. 평범한 일상사를 단숨에 박살 내는 어떤 은밀한 열정에 사로잡힌 사람. 그는 다시 돌아왔다. 잠시도 가만히 있지 못했다.

경사는 사제를 안쪽 방으로 밀어 넣었다. 페인트가 벗겨진 회백색 벽에 업체에서 나눠 주는 화사한 광고용 달력이 걸려 있었다. 검은 살갗의 메스티조 아가씨가 수영복을 입고 탄산수를 선전하고 있었다. 인간이 잃을 것은 오직 하나, 사슬뿐이라는 사실에 대해 누군가 연필로 쉽고도 확신에 찬 문장을 남겨 놓았다. 현학적으로 깔끔하게 쓴 글씨체였다.

「이름은?」 경사가 물었다. 따져 볼 겨를도 없이 사제는 대답했다. 「몬테스입니다.」

「집은?」

그는 아무 마을 이름이나 댔다. 그는 자기 사진을 보고 넋이 빠져 있었다. 거기 첫 영성체를 하는 아이들의 풀 먹인 하얀 드레스 사이에 그가 있었다. 누군가 그의 얼굴에 동그라미를 그려 놓았다. 벽에는 다른 사람의 사진도 있었다. 텍사스 주 샌안토니오 출신의 그링고. 살인과 은행 강도로 현상 수배 중이었다.

「아무래도……」경사가 조심스럽게 말했다.「모르는 사람한테서 산 술이겠지……?」

「그렇습니다.」

「신원을 알 수 있겠나?」

「모릅니다.」

「그럴 줄 알았어.」경사가 다 알겠다는 듯 말했다. 새로운 일을 벌이는 게 그로서는 별로 달갑지 않은 게 분명했다. 잘 아는 사람이라도 되는 양 그는 사제의 팔을 잡고 마당을 가로질렀다. 그는 도덕극이나 동화책에서 상징적인 소품으로나 등장할 법한 큰 열쇠를 들고 있었다. 해먹 속에 있는 자들 몇몇이 움직였다. 푸줏간의 계산대 위에 팔리지 않은 채 매달린 고깃덩어리처럼, 면도하지 않은 커다란 턱이 매달려 있었다. 크고 찢어진 귀며 검은 털로 뒤덮인 허벅지 살도. 언제 메스티조의 얼굴이 불쑥 나타나서 자기를 알아보고는 우쭐댈 것인지 그는 궁금했다.

경사는 작은 창살문을 열고는 입구의 아래쪽을 막아선 뭔가를 군홧발로 걷어찼다.「착한 친구들이지. 여기에는 다들 착한 친구들이야.」그는 이렇게 말하며 안으로 들어섰다. 악취가 가득한 가운데, 캄캄한 어둠 속에서 누군가 울고 있었다.

사제는 우물쭈물 문간에 서서 분간도 안 가는 어둠을 바라보았다. 그는 말했다.「목이 너무 마릅니다. 물 좀 마실 수 있겠습니까?」악취가 콧구멍으로 밀려들어 구역질이 났다.

「내일 아침에.」경사가 말했다.「오늘은 꽤 많이 마셨으니까.」그러더니 이해심 많은 그 큰 손을 사제의 등에 올리고는 안으로 밀어 넣은 뒤, 소리 내어 문을 닫았다. 밟히느니 누군가의 손이요, 팔이었으므로 그는 쇠창살에 얼굴을 누르며 악을 썼다.「들어갈 곳이 없습니다. 앞도 안 보이고요. 이 사람들은 다 누굽니까?」바깥 해먹들 틈에서 경사가 웃음을 터뜨렸다.「옴브레.」[50] 그가 말했다.「옴브레, 한 번도 감방에 안 들어가 본 사람처럼 왜 그러시나?」

---

50 〈사람〉 혹은 〈남자〉라는 뜻. 흔히 〈이 사람아〉 정도의 의미로 사용된다.

제3장

 발 근처에서 어떤 목소리가 들렸다. 「담배 있나?」
 그는 얼른 뒤로 물러서다가 다른 팔을 밟았다. 명령하는 듯한 목소리가 〈빨리 물 가져와〉라고도 했다. 다들 신참을 불시에 습격하면 원하는 걸 얻어 낼 수 있다고 생각하는 것 같았다.
 「담배 있냐고.」
 「없소.」 그가 힘없이 말했다. 「나한테는 아무것도 없소.」 그는 적의가 연기처럼 자신을 둘러싸는 광경을 떠올릴 수 있었다. 그는 다시 움직였다. 누군가 〈양동이를 조심해〉라고 말했다. 악취는 거기서 풍겼다. 그는 어둠이 눈에 익숙해지기를 바라며 꼼짝도 않고 가만히 서 있었다. 바깥의 비는 그치기 시작했다. 빗줄기는 오락가락했고, 천둥은 물러났다. 이제는 번개와 천둥소리 사이에 마흔 정도를 헤아릴 수 있었다. 바다 쪽으로 절반 정도, 혹은 산맥 쪽으로 절반 정도 다다른 곳에서 치는 번개였다. 그는 앉을 자리를 찾아보려고 발 주위를 더듬거렸지만 공간은 없는 것 같았다. 번개가 칠 때 마당 가장자리에 설치한 해먹들이 보였다.

「먹을 거 있소?」 질문하는 목소리가 있었지만, 그는 대답하지 않았다. 「먹을 것 있냐고.」

「없소.」

「돈은 있나?」 다른 목소리가 물었다.

「없소.」

갑자기 5피트쯤 떨어진 곳에서 작은 비명이, 여자의 비명이 들렸다. 힘들다는 듯한 목소리로 누군가가 〈조용히 좀 할 수 없나?〉라고 말했다. 은밀한 몸놀림이 계속되는 가운데 입이 틀어막힌 채 흘러나오는, 고통과는 무관한 신음 소리가 다시 들렸다. 사람들로 가득 찬 그 어둠 속에서도 쾌락은 이뤄질 수 있다는 사실을 그는 깨달았다. 다시 그는 발을 내밀어 창살에서 한 발 한 발 나아가기 시작했다. 사람들의 목소리 사이에 어떤 이상한 소리가 끊이지 않고 들렸다. 작은 기계 장치, 한결같은 속도로 돌아가는 전기 벨트 같았다. 그 소리는 사람의 숨소리보다 더 큰 침묵들을 채웠다. 그건 모기 소리였다.

쇠창살에서 6피트 정도 움직였을까, 갑자기 사람들의 머리가 보이기 시작했다. 하늘이 개는 모양이었다. 머리들은 조롱박처럼 그를 둘러싸고 있었다. 어떤 목소리가 들렸다. 「넌 누구야?」 그는 공포에 질려 아무 대답 없이 안쪽으로 들어갔다. 그러다 문득 안쪽 벽까지 가게 됐다는 걸 알아차렸다. 손으로 만져 보니 돌은 젖어 있었다. 감옥은 12피트가 넘는 것 같지 않았다. 무릎을 굽히고 앉을 수 있을 만한 공간을 그는 찾아냈다. 한 노인이 그의 등에 쓰러지듯 기대고 누웠다. 깃털처럼 가벼운 뼈 무게와 금방이라도 끊어질 듯한 밭은 숨소리로 그는 그 사람의 나이를 짐작할 수 있었다. 태어난 지 얼마 안

됐거나 죽을 날이 가까운 사람임이 틀림없었다. 하지만 그런 곳에 갓난아이가 있을 리는 만무했다. 노인이 갑자기 〈카타리나, 너냐?〉라고 말하더니 병자처럼 기나긴 한숨을 내쉬었다. 마치 지금까지도 충분히 오래 기다렸지만, 앞으로도 얼마든지 기다릴 수 있다고 말하는 듯한 숨소리였다.

사제가 말했다. 「아닙니다. 저는 카타리나가 아니에요.」 그러자 그 말이 무슨 중대한 발언이라도 된다는 듯 다들 갑자기 입을 다물고 귀를 기울였다. 잠시 후, 사람들은 다시 떠들고 움직이기 시작했다. 하지만 자기 목소리를 듣고 옆 사람과 얘기했다는 사실이 그를 편안하게 만들었다.

「그럴 리 없겠지.」 노인이 말했다. 「정말 카타리나일 거라고 생각한 건 아니었어. 그녀는 안 올 거야.」

「부인입니까?」

「무슨 소리를 하는 거야? 나한텐 마누라가 없어.」

「그럼 카타리나란 사람은?」

「딸이라네.」 몸을 떨어 대는 쾌락에만 열중하는 보이지 않는 두 남녀를 제외하고 다들 그의 말에 귀를 기울였다.

「아마 못 들어오게 할 겁니다.」

「들어오려고 하지도 않을 거야.」 늙어서 힘이 없는 목소리로도 노인은 단호하게 말했다. 엉덩이로 깔고 앉은 사제의 다리가 저려 오기 시작했다. 그는 말했다. 「그래도 사랑하는 아버지가—」 시커먼 것들이 한데 엉킨 방 저쪽에서 여자가 다시 비명을 질렀다. 거부와 체념과 쾌락이 뒤섞인 마지막 비명이었다.

「사제 놈들이 그렇게 만든 거지.」 노인이 말했다.

「사제 놈들이라고요?」

「사제 놈들.」

「사제 놈들이 왜요?」

「그렇대도.」

무릎 근처에서 속삭이듯 누군가 그에게 똥겨 줬다.「그 영감, 돌았다오. 이러니저러니 물어야 아무 소용 없어.」

「너냐, 카타리나?」그가 이어서 말했다.「그렇다고 내가 진짜 너라고 믿는 건 아니란다. 그냥 물어보는 거지.」

「나처럼 억울한 경우가 또 있는지 모르겠어요.」다른 목소리가 이어졌다.「남자라면 명예를 지키는 게 당연한 거 아닙니까? 어떻게 생각합니까?」

「명예 같은 거 나는 잘 모릅니다.」

「술집에 있는데, 내가 말하려는 바로 그놈이 들어오더니 나한테〈갈보 자식〉이라고 합디다. 어머니를 들먹거리는 건 견딜 수 없었지만, 달리 방법이 없었어요. 그놈에게는 총이 있었거든요. 그러니 기회를 엿볼 수밖에. 맥주를 엄청나게 처마시더만. 내 그럴 줄 알고 있었죠. 그래서 비틀비틀 걸어가는 녀석의 뒤를 빈 병을 들고 쫓아갔지요. 그 병을 벽에다 쳐서 깼어요. 말했잖아요, 난 총이 없었다고. 그놈 가족 중에 헤페와 친한 놈이 있었던 모양이지. 그래서 여기까지 오게 된 거죠.」

「사람을 죽였다니 끔찍하군요.」

「사제처럼 말씀하십니다그려.」

「사제 놈들 싯이야.」노인이 밀했다.「거기 자네 밀이 맞아.」

「무슨 소리죠?」

「저런 영감탱이가 하는 말이 무슨 소리나 마나 뭔 상관이겠습니까? 그것 말고도 할 이야기가 또 있는데……」

어떤 여자의 목소리가 들렸다.「그 영감님, 딸애를 빼앗겨서 그렇다우.」

「어쩌다가요?」

「사생아였으니까. 그 사람들 나름으로는 원리 원칙대로 처분한 거라우.」

〈사생아〉라는 단어를 들으니, 사랑에 빠진 남자가 애인의 이름과 같은 꽃 이름을 낯선 남자가 입에 올리는 걸 들을 때처럼 그의 가슴이 쓰라렸다. 〈사생아!〉 그 단어 덕분에 그는 비참한 행복에 푹 빠져들었다. 그 단어를 떠올리자, 아이가 곁에 있는 것 같았다. 쓰레기 더미 옆 나무 아래 무방비 상태로 서 있는 딸의 모습이 그의 눈에 선했다. 아이의 이름을 부르는 것처럼 무심함을 가장한 부드러운 음성으로, 그는 다시 〈사생아〉라고 되뇌었다.

「아버지 자격이 없다고 하더라고. 하지만 사제들이 도망치고 난 다음엔 그 애는 저 영감님한테 돌아가는 수밖에 없었다우. 달리 갈 데가 있었겠우?」 얼핏 해피엔드처럼 들렸지만, 그녀가 말을 이었다.「당연히 딸은 제 아비를 끔찍하게 싫어했지. 배운 게 그거니까.」 그는 배운 여자의 작고 고집스러운 입술을 떠올릴 수 있었다. 그런데 이 여자는 왜 이런 얘기를 하고 있는 거지?

「저 영감님, 여긴 어떻게 들어온 겁니까?」

「십자가에 못 박힌 예수상을 가지고 있었거든요.」

양동이에서 풍기는 악취가 점점 더 심해졌다. 환기가 전혀 안 되는 가운데 밤의 어둠이 벽처럼 그들을 둘러싸고 있었다. 누군가 옆면 양철을 때리며 오줌을 누는 소리가 들렸다. 그가 말했다.「그건 그 사람들이 상관할 바가―」

「그 사람들은 마땅한 일을 한 거지. 용서할 수 없는 죄인 걸 어쩌겠우.」

「그렇다고 딸더러 아버지를 증오하라고 가르칠 권리는 없어요.」

「뭐가 옳은지는 그 사람들이 알고 있다우.」

그가 말했다. 「만약 그랬다면 그 사람들은 나쁜 사제들입니다. 죄는 다 끝난 얘기예요. 그 사람들이 마땅히 가르쳐야 하는 것은, 그러니까, 사랑입니다.」

「당신은 뭐가 옳은지를 모르는구먼. 그런 건 사제들이 알고 있다니까.」

잠시 머뭇거리는가 싶더니 그가 또박또박 말했다. 「저도 사제입니다.」

그건 종말과 같았다. 이제 더 이상 희망할 필요가 없었다. 마침내 10년에 걸친 추격이 끝났다. 그의 주위로 침묵이 찾아왔다. 그곳은 세상의 축소판 같았다. 욕정과 범죄와 불행한 사랑들이 꽉 들어차 그 악취가 하늘까지 이르는. 하지만 시간이 짧다는 것을 확신하기만 한다면 거기서도 평화를 찾을 수 있다는 사실을 그는 깨달을 수 있었다.

「사제님이라고요?」 한참을 있다가 그 여자가 입을 열었다.

「그래요.」

「저 사람들도 아니오?」

「아직은 모릅니다.」

그의 옷소매를 더듬거리는 손길이 느껴졌다. 목소리가 들렸다. 「우리한테 그런 얘길랑 하지 마셨어야지, 신부님. 여기에는 갖은 종류의 인간들이 다 있다고요. 살인자며……」

그에게 자신의 범죄에 대해서 설명했던 목소리가 말했다.

「네놈이 날 욕할 자격이라도 있어? 내가 사람을 죽였대도 그게 마냥…….」 여기저기서 웅성거리기 시작했다. 그 목소리가 씁쓸했다. 「난 밀고자가 아니야. 그저 어떤 놈이 〈네 엄마는 창녀야〉라고 욕을 하기에…….」

사제가 말했다. 「저를 밀고할 필요 없습니다. 그것도 죄가 될 테니까요. 날이 밝으면 저들 스스로 알아차릴 겁니다.」

「총살당할 텐데요, 신부님.」 그 여자의 목소리였다.

「압니다.」

「무섭지 않으세요?」

「물론 무섭습니다.」

쾌락의 교성이 들리던 구석에서 새로운 목소리가 들렸다. 거칠고 강퍅한 목소리였다. 「그딴 것쯤이야 무서워하지 말아야 사내지.」

「진심입니까?」 사제가 말했다.

「좀 아프겠지. 뭘 바라는 거요? 어차피 일어날 일인데.」

「그렇다 하더라도…….」 사제가 말했다. 「나는 정말 무섭습니다.」

「치통이 더할 거외다.」

「모든 사람이 용감할 수는 없는 법이니까.」

경멸의 어조로, 목소리는 다시 이야기했다. 「믿는 자들이라면서 다 똑같군. 기독교 신앙이라는 게 당신들을 다 겁쟁이로 만들었소.」

「예, 아마 당신 말이 맞을 겁니다. 보다시피 나는 타락한 사제이고 형편없는 남자입니다. 용서받지 못할 죄를 저지르고 이렇게 죽어 가는 것입니다.」 그는 어색하게 껄껄댔다. 「다들 생각해 볼 문제죠.」

「저렇다니까, 내가 말한 대로라니까. 하느님을 믿다가는 저렇게 겁쟁이가 되는 거지.」 어려운 문제를 푼 사람마냥 그 목소리가 의기양양해졌다.

「그렇다면 어떻게 해야 합니까?」 사제가 말했다.

「애당초 안 믿는 게 나아. 대신 용감한 남자가 돼야지.」

「그래요, 맞습니다. 주지사나 헤페가 없다고 믿는다면, 이 감옥이 감옥이 아니라 꽃밭이라고 여길 수 있다면, 그때는 우리가 얼마나 용감해지겠습니까.」

「멍청한 소리 하시네.」

「하지만 감옥은 감옥일 따름이고 대광장 근처에 주지사가 살아 있다는 건 의심의 여지가 없다고만 생각한다면, 그렇다면 한두 시간쯤 용감해진다고 해서 달라질 건 없겠죠.」

「이 감옥을 감옥이 아니라고 말할 사람은 아무도 없지.」

「아무도? 그렇게 생각하지 않는군요. 정치가들의 말에는 통 귀를 기울이지 않는 사람이라는 걸 알겠습니다.」 그는 발이 엄청나게 아팠다. 발바닥에 쥐가 났지만 뭉친 근육을 풀어 줄 방법이 없었다. 아직 깊은 밤도 지나지 않았다. 어둠의 시간은 끝없이 펼쳐져 있었다.

여자가 갑자기 말했다. 「생각해 보세요. 여기에 순교자가 계십니다……」

사제는 껄껄댔다. 웃음을 참을 수가 없었다. 그는 〈이런 자를 순교자라고 부르면 안 됩니다〉라고 말했다. 마리아가 한 말들이 떠오르면서 그는 갑자기 진지해졌다. 교회를 조롱하는 건 좋은 일이 못 된다. 그는 말했다. 「순교자는 성인입니다. 죽는다고 모두 순교자가 되는 건 아니에요……. 그건 아니죠. 저는 용서받지 못할 죄를 저지른 사람이라는 걸 밝혀

드립니다. 차마 입에 담을 수도 없는 일들을 저는 저질렀습니다. 고해소에서나 낮은 목소리로 말할 수밖에 없는 일들입니다.」 그가 입을 열자, 모든 사람들이 마치 교회에서 강론이라도 듣는 것처럼 주의 깊게 귀를 기울였다. 눈에 보이진 않아도 거기 어딘가에 분명히 유다가 앉아 있으리라고 그는 생각했으나, 숲 속의 오두막에서처럼 유다 생각이 많이 나진 않았다. 그는 감옥에 있는 사람들에 대한 비이성적인 애정으로 가슴이 뭉클했다. 어떤 구절이 떠올랐다. 〈하느님이 이 세상을 그토록 사랑하시어……〉 그는 말했다. 「하느님의 자녀들이여, 저 같은 사람을 성인 순교자라고 생각해서는 안 됩니다. 제게 어울리는 이름은 따로 있습니다. 아, 전에 다들 그렇게 불렀습니다. 저는 위스키 사제입니다. 주머니에서 브랜디 병이 나와서 이 감옥에 끌려왔죠.」 그는 엉덩이에 깔린 발을 꼼지락거렸다. 쥐는 지나갔다. 이제는 느껴지는 게 없었다. 모든 감각이 사라졌다. 아, 그냥 내버려 두자. 어차피 다시 쓸 일도 많지 않을 테니.

노인이 뭔가 중얼거렸고, 사제는 다시 브리기타를 생각했다. 엑스레이 사진에 찍히는 어두운, 하지만 그 의미를 알 법한 반점들처럼 그 아이가 세상에 대해 아는 지식도 그런 식으로 들어 있었다. 그는 아이를 구하고 싶었다. 그때 가슴팍이 조여 와 숨을 쉴 수 없었다. 외과 의사가 내린 진단을 그는 알고 있었다. 그것은 불치병이었다.

변호하는 듯한 여자의 목소리가 들렸다. 「신부님, 조금 마시는 거야…… 큰 잘못은 아닙니다.」 그 여자가 왜 거기 있는지 그는 궁금해졌다. 집 안에다 성화를 보관했기 때문인지도 모를 일이었다. 그녀는 독실한 여인의 열정적인, 하지만 성가신 어조를 지니고 있었다. 그들은 성화라면 놀랄 정도로 어리석게 모신다. 왜 태워 버리지 않았을까? 사람에게 그림 따위가 무슨 소용이라고……. 그는 단호하게 〈술 마신 죄만이 아닙니다〉라고 말했다. 독실한 여자들은 늘 숙명처럼 그를 걱정했다. 정치인들과 마찬가지로 그들은 환상 속에서 살았다. 그는 그런 사람들이 두려웠다. 그들은 무자비함으로 가득한, 절대 패하는 일이 없는 자기만족 속에서 죽어 가는 경우가 많았다. 할 수만 있다면, 선이라는 것에 대한 그들의 감상적인 생각들을 없애 버리는 게 마땅히 해야만 하는 일이었다……. 그는 딱딱한 어조로 말했다. 「제겐 아이가 있습니다.」

정말 대단히 훌륭한 여자라고 할 수밖에! 어둠 속에서 그녀의 목소리가 변호했다. 무슨 말을 하는지 정확하게 알아들을 수 없었지만, 〈선한 도둑〉 이야기를 하는 것 같았다. 그는 말했다. 「주의 자녀여, 그 도둑은 참회했지만 저는 아직 참회하지 않았습니다.」 그는 등 뒤로 햇살을 받으며 어둡고 사악한, 그 모든 걸 알고 있다는 듯한 표정으로 오두막으로 들어오던 딸을 떠올렸다. 그는 말했다. 「이제는 어떻게 참회해야 할지도 모르겠습니다.」 그건 사실이었다. 그는 그런 능력을 잃었다. 자신에게 그런 죄가 없었으면 얼마나 좋았겠느냐고 말할 수도 없는 게, 이제 그에게 그 죄는 너무나 미미한 것이 되었으며 그 죄의 열매를 그가 사랑하고 있었기 때문이다. 그에겐 슬픔과 후회로 이르는 지루한 길을 천천히 내려가는 자신의 마음을 실어 술 고해 신부가 필요했다.

이제 그 여인은 말이 없었다. 혹시 그녀에게 너무 심한 짓을 한 건 아닐까 하는 걱정마저 들었다. 그를 순교자로 믿고 있는 편이 그녀의 신앙에는 더 도움이 될 텐데……. 하지만 그는 그런 생각을 거부했다. 진실을 따르기로 맹세했으니까. 그는 엉덩이를 1~2인치쯤 들면서 말했다. 「언제쯤 동이 틀까요?」

「4시나…… 5시쯤……」 한 남자가 대답했다. 「우리가 그걸 어떻게 정확하게 말하겠습니까, 신부님. 시계 가진 사람이 없는데.」

「여기 얼마나 계셨소?」

「석 주쯤 됐나.」

「하루 종일 이 안에만 있었습니까?」

「아뇨, 마당을 청소하라며 내보냅디다.」

그는 생각했다. 그때가 되면 발각되리라고. 그때가 지나더라도 거기 있는 사람 중에서 그를 배반하는 사람이 나올 거고. 길게 꼬리를 무는 이런저런 생각에 잠긴 뒤, 그가 사람들에게 말했다. 「저한테는 현상금이 걸려 있습니다. 5백 페소인가 6백 페소인가 된다던데, 잘은 모릅니다.」 그 말을 한 뒤, 그는 다시 입을 다물었다. 자신에 대한 정보를 알려 주고 싶은 욕망을 참을 수 없었다. 그건 결국 죄를 지으라고 누군가를 떠미는 것과 마찬가지였다. 하지만 동시에, 만약 거기 밀고자가 있다면 그 불쌍한 영혼이 현상금을 받을 수 있는 기회를 놓치게 만들 이유가 없었다. 그런 추악한 죄를 짓고서(그건 살인과 마찬가지라고 봐야 한다) 이 세상에서 어떤 보상도 얻어 내지 못한다면……. 그는 생각했다. 그것도 불공평한 일이라고.

「여기에…….」 어떤 목소리가 말했다. 「피 묻은 돈을 받고 싶어 하는 사람은 없습니다.」

다시 한 번 그는 알 수 없는 그 애정에 감동받았다. 그는 죄수들 속에 있는 한 명의 죄수일 뿐이었다……. 지난날 독실한 신자들이 그의 검정색 무명 장갑에 입을 맞출 때에도 경험하지 못했던 친밀함을 그는 느꼈다.

신심이 깊은 그 여자가 새된 목소리를 높여서 그에게 외쳤다. 「그런 이야기를 여기서 왜 하시는 건가요? 신부님은 여기 있는 작자들이 어떤 인간들인지 잘 모르세요. 도둑놈들에다가 살인자들——」

「그렇다면……」 화난 목소리가 들렸다. 「네년은 왜 여기 있는 거냐?」

「집에다 좋은 책들을 두고 있었으니까.」 그녀가 자랑스럽게 말했다. 그때까지 그는 그녀의 자기만족을 뒤흔들 만한 태도는 보이지 않았다. 그는 말했다. 「어디에나 다 있는 것이죠. 여기만 특별할 건 없습니다.」

「좋은 책들 말씀입니까?」

그는 껄껄댔다. 「아니, 아닙니다. 도둑들, 살인자들 말입니다……. 아, 글쎄, 이봐요, 조금만 더 세상을 겪어 보면 그보다 더한 것들이 많다는 걸 알게 될 겁니다.」 노인은 불편하나마 잠든 것 같았다. 머리를 사제의 어깨에 비스듬히 기대고는 화가 난 듯 중얼댔다. 정말이지 몸을 움직일 틈은 조금도 없었으며, 시간이 지날수록 가만히 있는 게 너무나 힘들어져 팔다리가 뻣뻣해졌다. 어깨를 비틀면 노인마저 잠에서 깨 고통의 밤을 보내게 될까 봐 이제 그는 움직일 수도 없었다. 아무튼 그에게서 딸을 빼앗아 간 사람들이 나 같은 사람들이라니 이 정도 불편은 참아야 공평하겠지……. 그는 무감각해진 발 위에 엉덩이를 올리고 축축한 벽에 가만히 기댄 채 입을 다물었다. 모기들이 계속 윙윙거렸다. 손을 흔들어 봐야 막을 방법이 없었다. 모기들은 원자처럼 공간에 광범위하게 퍼져 있었다. 노인과 마찬가지로 잠이 든 사람이 있었다. 그는 근사한 저녁 식사 자리에서 양껏 먹고 마신 뒤 기분 좋게 잠든 듯 만족스럽게 코를 골았다……. 사제는 시간을 계산해 보려고 했다. 광장에서 거지를 만난 다음 시간이 얼마나 흘렀을까? 자정이 지난 뒤 많은 시간이 흐른 것 같지는 않았다. 아직 몇 시간 정도는 더 남아 있다.

그것은 종말로 향하는 시간인 동시에 모든 걸, 심지어는 탈출까지도 준비해야만 하는 시간이었다. 만약 신이 그를 탈출시키고자 한다면, 그분은 사격하는 분대 병력 앞에서도 그를 낚아챌 수 있으리라. 하느님은 자비롭다. 그게 어떤 종류의 평화라도 하느님이 평화를 주지 않는 이유는 오직 하나, 그 스스로의 것이든 다른 사람의 것이든 그가 아직 영혼을 구할 수 있으리라는 사실 때문이다. 하지만 이제 그가 무슨 좋은 일을 할 수 있을까? 그는 늘 쫓겨 다녔다. 자기 대신 목숨을 빼앗기는 사람이 있을까 봐 마을에는 감히 들어갈 생각도 못 했다. 누군가는 어쩌면 용서받지 못할 죄를 저지르고도 참회하지 못한 채 죽었을 수도 있다. 그가 완고하고 자만에 가득차고 패배를 인정하지 않는다고 해서 어떤 영혼들이 길을 잃지 않을 수 있다는 법은 없다. 이제 그는 더 이상 미사조차 올릴 수 없다. 포도주도 없다. 그건 경찰서장의 마른 목구멍을 적시며 사라졌다. 모든 건 섬뜩할 정도로 복잡했다. 여전히 죽음이 무서웠고, 아침이 찾아오면 더욱 죽음을 무서워하게 될 테지만, 다만 모든 것이 단순해진다는 그 이유만으로 그는 죽음에 끌리기 시작했다.

신심이 깊은 그 여인이 그에게 나지막이 말했다. 어떻게든 사람들을 밀치고 가까이 온 모양이었다. 그녀는 〈신부님, 제 고해를 들어 주세요〉라고 말하고 있었다.

「이봐요, 여기서 어떻게! 그건 절대 불가능합니다. 여기선 비밀을 지킬 수 없잖습니까?」

「한 지가 하도 오래돼서……」

「통회 기도를 외우세요. 하느님이 사해 주실 것을 믿어야 합니다……」

「고통받는 건 아무 상관 없어요……」

「아무튼, 지금 여기 있지 않습니까.」

「이건 아무것도 아니에요. 아침이면 여동생이 벌금을 마련해서 올 테니까요.」

저쪽 벽 어딘가에서 다시 쾌락이 시작됐다. 틀림없었다. 움직임과 헐떡임, 그다음에는 비명. 독실한 여인이 격한 목소리로 소리쳤다. 「당장 그만두지 못해? 이 금수만도 못한 역겨운 인간들아!」

「그런 마음 상태로 지금 통회 기도를 왼다고 한들 무슨 소용이겠습니까?」

「하지만 추잡한 짓을──」

「그렇게만 생각하지 마십시오. 그건 위험해요. 왜냐하면 우리는 우리의 죄가 또한 얼마나 아름다운지 어느 순간 깨닫게 될 테니까요.」

「아름답다고요?」 그녀가 역겹다는 듯 말했다. 「여기, 이 감옥 안에서, 온통 이상한 자들뿐인데.」

「그런 이유로 아름다움은 넘쳐 나는 것입니다. 성인들은 고통의 아름다움에 대해서 말씀하셨습니다. 어쨌든 우리, 당신과 나는 성인이 못 됩니다. 우리에게 고통은 그저 추할 뿐이죠. 여기 사람들은 한데 엉켜서 악취를 풍기며 고통받고 있습니다. 바로 저 구석에 아름다움이 있습니다. 그들에게요. 성인의 눈으로 만물을 바라보려면 많은 걸 배워야 합니다. 성인은 아름다움을 맛보는 미세한 미각을 얻었기에 저들처럼 무지한 혀를 깔볼 수도 있을 것입니다. 하지만 우리에게는 그럴 자격이 없습니다.」

「저건 패륜입니다.」

「우린 모릅니다. 물론 그럴 수도 있겠죠. 하지만 알다시피 저는 타락한 사제입니다. 경험했으므로 저는 사탄이 타락할 때 얼마나 아름다운 것들과 함께 떨어졌는지 압니다. 타락한 천사들이 추했다고 말한 사람은 아무도 없었습니다. 그래요, 그들은 매한가지로 민첩하고 가벼웠으며—」

비명이, 참을 수 없는 쾌락의 표현이 다시 들렸다. 여자가 말했다.「멈추라고 하세요. 수치스러운 일이에요.」그는 손가락들이 그의 무릎을 꽉 붙잡고 찔러 대는 걸 느낄 수 있었다. 그가 말했다.「우린 다 같은 감옥 동료들입니다. 지금 이 순간 나는 그 무엇보다 술이나 한잔 하고 싶군요. 하느님보다도 간절해요. 이것 역시 죄일 것입니다.」

「이제야…….」그녀가 말했다.「왜 당신을 타락한 사제라고 하는지 알겠군요. 아까까지는 그냥 하는 소리라고 생각했는데, 이젠 확실히 알겠어요. 저런 짐승들마저도 동정하다니. 주교님이 그 얘기를 들으시면—」

「아, 그분은 여기서 아주 멀리 계시죠.」그는 멕시코시티에 있는, 성화와 성상이 가득한 그 추잡할 정도로 안락하고도 경건한 집에 살면서 일요일마다 대성당 제단에서 미사를 봉헌하는 늙은 남자를 떠올렸다.

「여기서 나가면 이 일에 대해서 편지를……」

그는 웃지 않을 수 없었다. 삶이 어떻게 변화하는지 그 여자는 전혀 알아차리지 못하는 것이다. 그는 말했다.「주교님이 그 편지를 받으면 내가 아직 살아 있다는 사실을 꽤 흥미로워하실 겁니다.」하지만 그는 다시 진지해졌다. 이 여자를 동정한다는 건 힘든 일일 것이다. 동정 같은 건 일주일 전 그를 따라 숲을 지나온 혼혈인 같은 자에게나 마땅한 것이리라. 하지만 이 여자가 더 안 좋은 경우일 수 있다. 혼혈인의 경우에는 핑계가 될 만한 것이 많았다. 가난하며 열병에도 걸렸고 굴욕적인 순간도 많았다. 그는 말했다.「화내지 마십시오. 대신 저를 위해서 기도해 주십시오.」

「당신 같은 사람은 하루빨리 죽는 게 낫겠어.」

어둠 속이라 그녀를 볼 수는 없었지만, 그 목소리를 들으니 지난 시절에 만났던 수많은 얼굴이 떠올랐다. 남자든 여자든 주의 깊게 그 얼굴을 머릿속에 떠올리면 어쩔 수 없이 불쌍한 마음이 생기기 시작한다. 신과 꼭 닮게 만든 얼굴이라 그렇다. 눈가의 주름들, 입의 생김새, 머리카락이 자란 모양 등을 보노라면 그를 미워한다는 건 불가능했다. 증오란 상상력의 결핍일 뿐이다. 그는 그 독실한 여인에 대해 엄청난 책임감을 느끼기 시작했다.「당신과 파드레 호세……」그녀가 말했다.「당신들 같은 인간들 때문에 사람들이 참된 종교를 조롱하는 거라고요.」그녀에게는, 결국 그 혼혈인과 마찬가지로 많은 이유가 있었던 것이다. 그는 그녀가 사진들로 둘러싸인 흔들의자에 앉아 누구도 만나지 않고 지냈을 응접실 같은 곳을 상상했다. 그가 차분하게 말했다.「결혼하지 않았겠죠?」

「그딴 건 왜 물어요?」

「소명 의식을 가진 적도 없었겠죠?」

「내가 소명을 따른대도 믿어 줄 사람이 있어야지.」 그녀는 쓸쓸하게 말했다.

그는 생각했다. 불쌍한 여인이여, 아무것도 가진 게 없구나. 아무것도. 여기에 합당한 단어를 찾을 수 있으면 좋으련만……. 그는 노인을 깨우지 않으려 조심하면서 절망적으로 몸을 벽에 기댔다. 적당한 단어가 전혀 떠오르지 않았다. 예전에는 달랐지만, 이제 그 여인과 같은 사람들에게서 그는 꽤 동떨어져 있었다. 예전에는 그런 여자에게 어떻게 말하면 좋을지도 알고 있었다. 동정심 없이 그저 내키는 대로 하나마나 한 말을 내뱉을 수도 있었다. 이제는 그래 봐야 소용없다는 것을 느꼈다. 그는 범죄자였으므로 같은 범죄자에게나 말하는 게 옳았다. 공연히 자기만족에 빠진 그 여자를 깨쳐 주겠다고 나서는 잘못을 다시 한 번 저지른 셈이었다. 그냥 자기를 순교자로 믿게 내버려 두는 편이 더 좋았을 것이다.

두 눈을 감자 금방 꿈을 꾸기 시작했다. 쫓기고 있었다. 그는 어떤 문 바깥에 서서 그 문을 두드리며 들어가게 해달라고 애원했지만 아무런 대꾸가 없었다. 어떤 단어, 그러니까 그를 구해 줄 암호 같은 게 있었는데 그걸 잊어버린 것이다. 그는 절박한 심정으로 아무 단어나 말해 봤다. 치즈, 어린이, 캘리포니아, 각하, 우유, 베라크루스 등등. 두 발이 완전히 무감각해져 그는 문밖에 무릎을 꿇고 앉았다. 그제야 왜 그 안으로 들어가려고 했는지 이유가 생각났다. 쫓기던 게 아니었다. 그건 착각이었다. 그의 딸이 옆에서 피를 흘리며 죽어 가고 있었고, 거긴 의사의 집이었다. 그는 문을 두드리면서 소리쳤다.「합당한 단어를 생각하지 못했다고는 하지만, 양심도 없는 것이냐?」아이는 죽어 가면서 그를 올려다봤는데, 그건 자기만족에 빠진 중년 여인의 눈빛이었다. 그 애는 〈금수만도 못한 인간〉이라고 말했다. 그는 다시 울면서 깼다. 잠을 잤다고는 하나 몇 초도 흐르지 않은 것 같았다. 그 여자가 수녀들에게 거부당한 자신의 소명에 대해서 아직도 얘기하고 있었던 것이다. 그가 말했다.「그 일로 괴로웠던 모양이군요? 그렇게 괴로워하는 것이 아마도 수녀가 되어 행복한 것보다 나을 겁니다.」말을 내뱉자마자 그는 생각했다. 우스운 말이네. 도대체 이게 무슨 소리지? 왜 이 여자가 마음에 새길 만한 좋은 말을 찾지 못하는 걸까?

그는 다시 잠들지 않았다. 그는 신과 또 다른 거래를 시작하고 있었다. 이번에 만약 그 감옥에서 나갈 수 있다면, 그는 완전히 도망갈 작정이었다. 북쪽으로, 경계를 넘어갈 것이었다. 탈출한다는 건 전혀 불가능한 상황이었으므로 만약 거기서 살아 나간다면 그건 징조로 볼 수밖에 없다. 간간이 고해를 들음으로써 좋은 일을 해봐야, 그라는 존재 자체로 끼치는 해악이 더 크리라는 조짐. 노인이 그의 어깨 쪽으로 몸을 움직였고 밤이 그들을 둘러쌌다. 어둠은 한결같았고, 시계는 없었다. 시간의 흐름을 가르쳐 주는 건 아무것도 없었다. 밤의 구두점은 방뇨 소리뿐이다.

느닷없이, 그는 얼굴 하나가 보인다는 사실을 깨달았고, 곧 다른 얼굴도 보였다. 언젠가 죽는다는 사실을 잘 잊듯이, 그는 또 다른 날이 밝아 오리라는 사실을 망각하기 시작했다. 흐르던 시간이 결국 마지막에 이르렀다는 사실을 알게 되는 건 귀를 찢는 브레이크 소리라든가 허공을 가르는 호루라기 소리와 함께 갑자기 찾아오는 법이다. 모든 목소리들이 천천히 얼굴들로 변했다. 놀랄 건 전혀 없었다. 고해실에 있으면 목소리로 생김새를 알아보는 법을 알게 된다. 연약한 턱에 축 늘어진 입술과 사람을 직시하는 눈동자에 담긴 옳지 못한 솔직함. 그는 몇 피트 떨어진 곳에서 새침한 입을 벌린 채 불편하게 꿈꾸고 있는 그 독실한 여자를 바라봤다. 벌린 입으로 묘비 같은 단단한 이빨이 보였다. 그다음에는 노인이, 구석에서 동네방네 소리치던 남자도, 그의 무릎을 베고 흐트러진 자세로 잠든 여자도 보였다. 마침내 날이 밝았는데도 깨어 있는 사람이라고는 작은 인디언 소년을 제외하면 그 혼자였다. 그 소년은 한 번도 그렇게 다정한 친구를 만난 적이 없었다는 듯, 호기심으로 즐거워하는 기색이 역력한 얼굴로 문 옆에 책상다리를 하고 앉아 있었다. 마당 건너편에 서 있는 벽의 회반죽도 눈에 보이기 시작했다. 그는 정식으로 이 세계에 작별을 고하기 시작했다. 이 세상에 아무런 애착도 없었다. 자신이 타락했다는 사실도 죽음 앞에서는 그다지 또렷하지 않았다. 총알 하나는 곧장 심장을 뚫고 지나갈 것이 분명하다. 표적을 놓치지 않는 명사수가 분대에 반드시 한 명은 있기 마련이니. 인생은 〈눈 깜빡할 사이에〉(라는 건 늘 쓰는 말이지만) 사라질 테지만, 밤새 그가 깨닫게 된 건 시계와 빛의 움직임이 없다면 시간도 느껴지지 않는다는 사실이었다. 1초의 고통이 얼마나 긴 것인지 실제로 아는 사람은 아무도 없다. 그 1초 동안 인간은 연옥 전체를 경험하게 될지도 모른다. 아니면 그 1초가 영원히 지속되든가. 그가 언젠가 암으로 죽음이 임박한 한 남자의 종부 성사를 보던 일을 떠올린 데는 다 이유가 있었다. 썩어 가는 내장에서 풍기는 악취가 너무나 심해서 그 인척들마저 얼굴에 붕대를 감고 있었다. 그는 성인일 수 없었다. 죽음은 인생에서 가장 추악한 것이었다.

 안마당 쪽에서 〈몬테스〉라고 부르는 목소리가 들렸다. 그는 무감각한 발을 깔고 앉아 있었다. 그의 생각은 저절로 흘러갔다. 이 옷도 이젠 더 이상 못 입고 다니겠구나. 옷은 감옥 바닥과 동료 죄수들 틈에서 부대끼느라 검댕이 묻고 더러워졌다. 자기 분수도 모르는 초라한 농부인 양 굴면서 강변 상점에서 엄청난 위험을 무릅쓰고 손에 넣은 옷이었다. 그러다가 이제 옷 같은 건 필요도 없게 되리라는 사실을 그는 깨달았다. 마지막으로 집의 문을 걸어 잠그고 나오는 듯한, 기묘한 충격이 느껴졌다. 목소리가 성마르게 다시 외쳤다. 「몬테스.」

 바로 그 순간 그는 그게 자신의 이름이라는 걸 기억했다. 더럽혀진 옷을 입은 채 그는 고개를 들어 전날의 그 경사가 문을 여는 걸 지켜봤다. 「접니다, 몬테스.」 그는 노인의 머리를 물기 서린 벽에 조심스레 기대 주고 일어서려 했으나 두 발이 페이스트리처럼 쭈글쭈글했다. 「여기서 밤새 자보겠다는 거야?」 경사가 퉁명스럽게 쏘았다. 뭔가 짜증 나는 일이 있는 모양이었다. 전날 밤처럼 친절하지 않았다. 그는 잠자는 사람에게 발길질을 하고는 발로 감방 바닥을 굴렸다. 「자, 자, 다 일어나란 말이야. 안마당으로 나가.」 인디언 소년만이 어울리지 않게 행복한 얼굴로 고분고분 그 명령에 복종하며 밖으로 나갔다. 경사는 투덜거렸다. 「이 더러운 개새끼들아. 우리가 니들 몸이라도 씻어 주랴? 너, 몬테스.」 두 발에 고통스럽게 감각이 돌아오기 시작했다. 그는 간신히 문까지 걸어갈 수 있었다.

안마당에 천천히 생기가 돌기 시작했다. 사람들은 수도꼭지 하나에 줄지어 서서 얼굴을 씻고 있었다. 바닥에는 조끼와 바지만 입은 사람들이 소총을 껴안고 앉아 있었다.「모두 안마당으로 나와서 세수를 해.」경사가 죄수들에게 소리쳤다. 하지만 사제가 나가려고 하자, 경사가 그를 잡았다.「넌 말고, 몬테스.」

「왜 그러십니까?」

「우린 따로 할 일이 좀 있거든.」경사가 말했다.

사제는 죄수들이 줄지어 안마당으로 나오는 모습을 지켜보며 서 있었다. 한 명씩 그들은 그를 지나쳐 갔다. 유혹의 문을 지키고 선 사람처럼 서서 그는 죄수들의 얼굴이 아니라 발을 바라봤다. 누구도 말이 없었다. 다 해진 굽 낮은 검정색 신발을 질질 끌며 한 여자가 지나갔다. 자신이 얼마나 보잘것없는 인간인지 깨닫고 그는 몸서리를 쳤다. 그는 고개를 숙인 채〈저를 위해 기도해 줘요〉라고 중얼거렸다.

「몬테스, 지금 뭐라고 그랬지?」

그는 거짓말을 떠올릴 수 없었다. 마치 지난 10년이라는 세월 동안 거짓말 밑천을 모두 써버린 것처럼.

「지금 뭐라고 그랬냐고.」

발걸음들이 움직임을 멈췄다. 그 여자의 목소리가 들렸다.「저 사람, 구걸하고 있었어요.」여자는 잔인하게 덧붙였다.「나설 때 안 나설 때를 가려야지. 저 사람한테는 적선할 게 없어요.」그러더니 여자는 곧장 안마당으로 나갔다.

「잠은 잘 잤나, 몬테스?」경사가 자꾸 말을 걸었다.

「별로 잘 못 잤습니다.」

「뭐 기대하는 거라도 있나?」 경사가 말했다. 「앞으로도 계속 브랜디를 좋아해야겠다고 생각했겠지?」

「그렇습니다.」 그는 이런 사전 절차가 얼마나 계속될지 궁금했다.

「글쎄, 돈을 브랜디에다가 다 쓸 작정이라면 하룻밤 빌려 준 여관비는 몸으로 때워야겠지. 감방에 들어가서 양동이를 가져오되, 한 방울도 흘려서는 안 돼. 안 그래도 악취는 충분한 곳이니까.」

「가져와서 어디로 옮깁니까?」

경사는 수돗가 뒤쪽 엑스쿠사도의 문을 가리켰다. 「일을 다 끝낸 뒤에 내게 보고해.」 그러더니 그는 안마당으로 가서 큰 소리로 명령을 내렸다.

사제는 몸을 수그리고 양동이를 들었다. 오물이 꽉 차 있어 꽤 무거웠다. 무게 때문에 몸을 수그린 채 안마당을 지나갔다. 두 눈으로 땀이 쏟아졌다. 땀을 닦고 그는 씻기 위해 줄지어 선 사람들, 그러니까 인질들 속에 아는 얼굴이 있는지 살폈다. 미구엘이 보였다. 끌려가던 장면을 그가 목격했었다. 그의 모친이 소리를 지르고, 경위가 지친 표정으로 화를 내고, 태양이 떠오르던 일들이 그의 머리에 떠올랐다. 그들도 동시에 그를 봤다. 그는 무거운 양동이를 내려놓고 그들을 바라봤다. 그들을 보고도 알은척하지 않는다는 건 그들이야 계속 고통을 당하든 말든 자신만은 도망가게 해달라는 심보이자 요구나 마찬가지였다. 미구엘은 내색을 덜했다. 눈 아래 상처가 있었다. 피부가 벗겨진 노새의 옆구리 살을 윙윙거리며 맴돌듯 파리들이 상처 주위에서 윙윙거렸다. 그러다가 행렬이 다시 움직이기 시작했다. 그들은 땅을 바라보면서 그를 지나쳤다. 모르는 사람들이 그 자리를 채웠다. 그는 말없이 기도했다. 오, 하느님, 이들이 저 고통을 견딜 만한 값어치가 있는 다른 분을 여기 이들에게 보내 주소서. 사생아 딸을 둔 위스키 사제를 위해서 그들이 스스로를 희생한다는 사실 자체가 그에게는 끔찍한 조롱이었다. 바지를 입고 무릎 사이에 총을 끼고 앉은 병사가 손톱을 깎으며 굳은살을 물어뜯었다. 누구 하나 그를 신경 쓰는 눈치가 보이지 않아서인지, 이상하게도 그는 버림받은 듯한 기분이 들었다.

엑스쿠사도는 사람이 서 있을 수 있도록 두 개의 널빤지를 걸쳐 놓은 오물 웅덩이였다. 그는 양동이를 비운 뒤, 안마당을 가로질러 감방들이 늘어선 곳으로 걸어갔다. 감방은 모두 여섯 개였다. 차례차례 들어가 그는 양동이를 비웠다. 걸음을 멈추고 구역질을 한 적도 한 번 있었다. 출렁출렁, 앞으로 뒤로, 안마당에 오물이 튀었다. 그렇게 마지막 감방에 이르렀다. 거기에는 사람이 있었다. 한 남자가 벽에 등을 기대고 누워 있었다. 아침 햇살이 발에 겨우 가서 닿을 뿐이었다. 바닥에는 토사물이 있었고 파리들이 그 주위를 윙윙거리며 날아다녔다. 두 눈이 떠지는가 싶더니 양동이를 들기 위해 몸을 구부리는 사제를 바라봤다. 엄니 두 개가 툭 튀어나와 있었......

사제는 서둘러 움직이느라 바닥에 오물을 다 튀겼다. 혼혈인은 예의 그 징징대는 목소리로 말했다. 「잠깐만 기다려. 여기선 이러면 안 되지.」 그는 빼기듯이 설명했다. 「나는 죄를 지어서 여기 있는 게 아니야. 일이 있어서 온 사람이라고.」 사제는 사죄의 몸짓을 해보이곤(혹시라도 입을 열게 될까 봐 걱정이었다) 다시 움직였다. 「잠깐만, 잠깐만.」 혼혈인이 다시 그에게 명령했다.「이리 와봐.」

사제는 문 근처에 뻣뻣하게 서서 몸을 반쯤 돌렸다.

「이리 와보라니까.」혼혈인이 말했다.「잡혀 온 사람 맞지? 난 일이 있어서 왔어. 주지사님하고 말이야. 큰 소리로 경찰을 불러야 속이 시원하겠어? 그러기 전에 내 말을 들으시지. 이리 와.」

마침내 신이 결정을 내린 것 같았다. 그는 손에 양동이를 들고 다가가 크고 평평한 맨발 옆에 섰다. 혼혈인은 어두운 벽 쪽에서 그를 올려다보며 매섭고도 불안하게 물었다.「여기서 뭘 하십니까?」

「청소하고 있소.」

「지금 제가 무슨 소리를 하는지 아시잖습니까.」

「브랜디를 소지하고 있다가 잡혔소.」사제는 목소리를 거칠게 하려고 애쓰며 대꾸했다.

「내가 모를 리 없지.」혼혈인이 말했다.「얼굴을 볼 때만도 도무지 믿기지 않았지만, 목소리를 들으니……」

「도무지 무슨 소리인지……」

「사제의 목소리잖아.」넌더리가 난다는 듯 혼혈인이 말했다. 그는 근본부터 다른 종류의 동물 같았다. 그는 목덜미가 쭈뼛하는 걸 느낄 수 있었다. 큰 발이 거침없이, 기분 나쁘게 걸어왔다. 사제는 양동이를 내려놓았다. 그는 절망적으로 반박했다.「완전히 취했군.」

「맥주뿐이었다고, 맥주.」혼혈인이 말했다.「맥주밖에 안 마셨어. 최고로 대접해 주겠다더니만, 그딴 자식들 믿을 게 못 된단 말이야. 헤페는 자기 브랜디를 꼭꼭 챙겨 가져갔다는 걸 내가 모를 줄 알아?」

「이걸 비우는 게 내 일입니다만.」

「조금이라도 움직이면 소리를 지를 거야. 생각 좀, 생각할 게 너무 많으니까.」 혼혈인이 매섭게 쏘아 댔다. 사제는 기다렸다. 달리 방법이 없었으니까. 그저 그자의 자비를 바랄 뿐이었다. 자비라니……. 자비라는 글자가 무슨 뜻인지도 모를 저 말라리아 걸린 눈동자에 대고 그 무슨 한심한 소리인가. 적어도 살려 달라고 비는 굴욕만큼은 피할 수 있게 된 셈이다.

「보시다시피…….」 메스티조가 조심스레 설명했다. 「난 여기서 정말 편하게 지냅니다요.」 구토물 옆에서 그가 누런 발가락을 사치스럽게 감아 말았다. 「음식도 좋고, 맥주에다가, 다들 친절하고, 지붕에서는 비도 안 새는 곳이었는데. 이제 내 신세가 어떻게 될지는 설명할 필요도 없어요. 똥개라도 되는 양 날 걷어차 버리겠지. 개새끼 내쫓듯이 말이야.」 분기충천해서 그의 목소리가 커졌다. 「도대체 당신이 여기 있는 이유를 모르겠네. 다만 그게 궁금한 거예요. 수상한 냄새가 난단 말입니다. 당신을 찾아내는 건 내가 할 일인데. 그렇지 않나요? 그런데 벌써 잡혔다면 도대체 그 현상금은 누가 가져간다는 소리지? 이상할 것도 없겠지만, 헤페? 아니면 그 빌어먹을 경사 놈인가?」 곰곰이 생각하는 품이 기분 나쁜 듯했다. 「믿을 놈이라고는 한 명도 없는 세상이 되어 버렸어.」

「붉은 셔츠단도 있잖소.」 사제가 말했다.

「붉은 셔츠단?」

「날 잡은 사람이오.」

「빌어먹을.」 메스티조가 말했다. 「주지사는 그놈들 말만 듣는단 말이지.」 그는 도와 달라는 듯 사제를 쳐다봤다. 「당신은 배운 사람이잖아. 내가 어떻게 하면 좋겠어요?」

「죄를 지으라고 돕는 건 살인이나 마찬가지요.」 사제가 말했다. 「용서받을 수 없는 큰 죄지.」

「그런 이야기가 아니에요. 보상금 얘길 하고 있는 거지. 보다시피 당신이 여기 있는 걸 저자들이 모르는 한 나는 여기서 팔자 편하게 지낼 수 있단 말이지요. 몇 주쯤 마음 편하게 지낸다고 해서 나쁠 건 없잖겠어요? 당신이야 도망쳐 봐야 얼마나 가겠어요? 바깥에서 잡는 게 훨씬 더 좋은 거지. 여기가 아니라 시내 어딘가에서. 그러니까 내 말은, 나 말고 다른 사람이 끼어들면…….」 그가 화난 목소리로 말했다. 「가난뱅이들은 이렇게 생각할 게 많다니까.」

「내가 할 말은 아니지만…….」 사제가 말했다. 「여기서 잡힌다고 해도 당신한테는 뭐라도 조금 주지 않겠소.」

「뭐라도 조금?」 벽을 짚고 일어서면서 메스티조가 말했다. 「현상금을 다 가질 수도 있었는데?」

「여기서 뭣들 하시는 건가?」 경사가 물었다. 그는 햇살을 받으며 문간에 서서 안쪽을 들여다봤다.

사제가 천천히 말했다. 「이 사람이 글쎄 저더러 자기가 토할 걸 치워 달라고 하는군요. 그래서 그런 명령은 받은 적이 없다고—」

「아, 그 사람은 일이 있어서 온 사람이야.」 경사가 말했다. 「잘 대접해야 해. 그러니 시키는 대로 하게나.」

메스티조가 어색하게 웃어 보이더니 말했다. 「맥주 한 병만 더 주시겠습니까, 경사님?」

「좀 이따가.」 경사가 말했다. 「먼저 시내를 한번 돌아보고 나서.」

사제는 두 사람끼리 떠들도록 내버려 둔 채 양동이를 들고 나가 다시 안마당을 가로질렀다. 꼭 등 뒤에서 누군가 총을 겨누고 있는 듯한 느낌이었다. 그는 엑스쿠사도로 들어가 양동이를 비워 낸 뒤 다시 햇살 아래로 나왔다. 상상 속의 총구는 이제 그의 가슴을 겨누고 있었다. 두 사람은 감방 문간에 서서 얘기하는 중이었다. 그는 안마당을 가로질렀고, 그들은 그가 걸어오는 모습을 지켜봤다. 경사가 메스티조에게 말했다.「오늘 아침에 토할 것 같고 앞이 잘 안 보인다고? 그렇다면 네가 토한 건 스스로 치워야지. 스스로 해야 할 일을 하지 않으면……」경사의 등 뒤에서 메스티조는 교활하면서도 불안한 윙크를 보냈다. 이로써 눈앞까지 다가왔던 두려움은 사라지고 오직 아쉬움만 남았다. 신의 결정이었다. 그는 계속 살아가야만 한다. 매번 결심을 하고, 자신의 판단에 따라 행동하고, 계획을 짜야만 한다…….

각 감방의 바닥에 물을 한 통씩 끼얹으며 청소하는 데 다시 30분이 걸렸다. 신심 깊은 여자가 벌금을 들고 찾아온 동생을 만나기 위해 공문 아래로 나가는 모습이 보였다. 그들은 시장에서 파는 물건 같은, 그러니까 별 꾸밈새 없이 튼튼한 중고품 같은 검정색 숄을 두르고 있었다. 청소를 마치고 경사에게 보고하자 그는 감방을 돌아보면서 청소를 잘 했는지 살펴본 뒤에 물을 더 뿌리라고 명령하다가 돌연 그런 일들이 다 지겨워졌는지 헤페에게 가면 석방 허가서를 줄 거라고 말했다. 그는 헤페의 사무실 문 앞 벤치에 앉아 다시 1시간을 보냈다. 그 시간 동안 그는 뜨거운 햇살을 받으며 느릿느릿 앞뒤로 걸어다니는 보초를 지켜봤다.

마침내 순경이 이끄는 곳으로 들어가 보니 책상에는 헤페가 아니라 그 경위가 앉아 있었다. 사제는 벽에 붙은 자신의 사진에서 그다지 멀리 떨어지지 않은 곳에서 기다렸다. 그는 정말 빠른 속도로 초조하게 그 쭈글쭈글한 신문지 조각을 바라보았다. 지금의 나와는 별로 닮지 않았구나. 그 시절의 그는 분명 참을 수 없는 사람이었다. 그럼에도 지금에 비해 상대적으로 순수했던 것은 맞았다. 이게 또한 신비한 일이었다. 때로는 가벼운 죄들, 예를 들어 조급함, 중하지 않은 거짓말, 자만심, 날려 버린 기회 같은 것들이 더 나쁜 죄들보다 훨씬 더 많이 은총에서 멀어지게 하는 것 같았다. 그때는 지금보다 더 순수했지만, 그 누구에게도 사랑을 느끼지 못했다. 하지만 타락한 지금, 그가 배운 것은······.

「그래······.」 경위가 물었다. 「이 친구, 감방은 다 청소했나?」 그는 서류에서 눈을 떼지 않고 계속 말했다. 「경사에게 가서 총기 청소를 깨끗하게 마친 두 개 분대를 2분 내로 소집시키라고 해.」 그는 멍하니 사제를 바라보다가 말했다. 「그런데, 뭘 기다리는 거지?」

「석방 허가입니다, 각하.」

「난 각하가 아니야. 사람의 호칭을 제대로 부르는 법을 배워야겠군.」 퉁명스럽게 그가 말했다. 「전에도 여기 들어온 적이 있었나?」

「처음입니다.」

「이름은 몬테스. 요즘에 이 이름을 가진 사람을 너무 많이 만나는 경향이 있는걸. 당신 친척들인가?」 서서히 기억이 나기 시작한다는 듯 경위가 그를 자세히 쳐다봤다.

사제는 서둘러 말했다. 「제 사촌이 콘셉시온에서 총살당한 적이 있지요.」

「내 잘못이 아니야.」

「그러니까 제 말은, 우리가 꽤 비슷하게 생겼다는 뜻입니다. 우리 부친들은 쌍둥이였거든요. 30분 차이도 나지 않았죠. 그러니까 각하께서 그렇게 생각하실 만도 하다는…….」

「내 기억에는 당신하고는 꽤 다르게 생겼었는데. 마르고 키가 컸고…… 어깨는 더 좁았고…….」

사제가 서둘러 말했다. 「아마도 가족들 눈에만…….」

「하긴 나야 한 번밖에 본 일이 없으니까.」 인디언의 피가 흐르는 검은 살갗의 손을 서류 위에 올려놓고 앉아 생각에 잠긴 품이, 경위는 무슨 양심의 가책 비슷한 걸 느끼는 것 같기도 했다……. 그가 물었다. 「이제 어디로 갈 텐가?」

「하느님이나 아실까요.」

「닮긴 닮았네, 당신들. 하느님은 아무것도 모른다는 사실도 배우지 못한 걸 보면 말이지.」 그의 앞에 있는 서류 위로 검댕 얼룩처럼 보이는 살아 있는 무언가가 줄달음치고 있었다. 그는 손가락으로 그걸 누르면서 말했다. 「벌금을 낼 돈도 없단 말이지?」 그러고는 나뭇잎 사이에서 다른 얼룩이 나와 살아 보겠다고 기어가는 걸 지켜봤다. 무더위 속에서도 생명은 끝이 없었다.

「예.」

「그럼 어떻게 먹고살 거지?」

「일을 좀 하면…….」

「일하기에는 나이가 적지 않은데.」 갑자기 그가 주머니에 손을 넣더니 5페소짜리 동전을 하나 꺼냈다. 「받아.」 그가 말했다. 「어서 나가. 다시는 내 눈에 띄지 말고. 명심하라고.」

사제는 동전을 꽉 쥐었다. 미사를 한 번 올릴 수 있는 금액이었다. 그는 놀라서 말했다. 「훌륭한 분이시군요.」

제4장

그가 강을 건너 물이 뚝뚝 흐르는 몸으로 반대쪽 강가로 걸어 올라가기 시작한 것은 매우 이른 아침이었다. 사람들이 나와 있으리라고는 그도 기대한 바 없었다. 방갈로, 함석지붕의 창고, 깃대 등이 보였다. 영국인들은 해 질 녘이면 깃발을 내리며 「왕을 지켜 주소서」[51]를 부른다는 선입견이 그에겐 남아 있었다. 그는 조심스레 창고 모퉁이를 돌아 문을 밀고 들어갔다. 전에도 한 번 와본 적 있는 그 어둠 속에 그는 다시 들어왔다. 몇 주나 지났을까? 그로선 가늠할 수 없었다. 기억하는 건 당시에는 우기가 되려면 아직 멀었었는데, 이제는 시작됐다는 사실뿐이었다. 일주일 후에는 비행기를 타지 않고서는 산맥을 넘어갈 수 없게 될 것이었다.

그는 발로 주위를 더듬거렸다. 어찌나 배가 고팠던지 바나나라도 먹어야 살 것 같았다. 이틀 동안 그는 무엇도 먹지 못했던 것이다. 하지만 바나나는 하나도, 단 한 개도 남아 있지 않았다. 그가 찾아간 날이 바나나를 배에 실어 보낸 바로 그

---

51 영국 국가.

날인 모양이었다. 그는 문 안쪽에 서서 그 아이가 자신에게 했던 말을 떠올리려 애썼다. 모스 부호 얘기며, 그 애 방의 창문 얘기며. 완전히 새하얀 먼지투성이 마당 건너편에 모기 철망이 햇살에 반짝이고 있었다. 문득 식료품 창고가 텅 비어 있다는 사실이 그의 머릿속에 들어왔다. 그는 마음을 졸이며 귀를 기울이기 시작했다. 어디에서도 소리는 들리지 않았다. 아직 날이 새지 않은 모양이었다. 그랬다면 아직 잠에서 덜 깬 신발이 시멘트 바닥을 끄는 소리며, 개가 기지개를 켜느라 발톱으로 바닥을 긁는 소리며, 문을 노크하는 소리 같은 게 들렸을 것이다. 소리라고는 들리는 게 하나도 없었다.

몇 시일까? 날이 밝은 지는 얼마나 됐을까? 알 도리가 없었다. 추측하자면, 어쨌거나, 아주 이른 시각은 아닐 것이다. 아마도 6시나 7시쯤……. 그는 자신이 그 아이에게 얼마나 의지하는지를 깨달았다. 그 아이는 자신을 도와줄 수 있으면서도 위험에 빠질 염려는 없는 거의 유일한 사람이었다. 며칠 안에 산맥을 넘어가지 않으면 그는 체포될 것이다. 어쩌면 경찰서로 가서 자수하는 편이 더 나을지도 몰랐다. 누군가 위험을 무릅쓰고 비를 피할 집이나 음식을 제공하지 않는다면 그가 무슨 수로 우기를 견딜 수 있겠는가? 차라리 더 빨리 잡히는 편이, 일주일 전에 경찰서에 갔을 때 정체가 탄로나는 편이 더 나았을지도 모른다. 그랬으면 수고도 훨씬 덜었을 텐데. 그때 무슨 소리가 들렸다. 희망이 머뭇거리며 되돌아오는 소리 같았다. 긁는 소리와 낑낑대는 소리. 동이 튼다고 하면 바로 이런 걸 뜻했다. 생명의 소음들이 들리는 것. 그는 굶주린 채 문간에 서서 그걸 기다렸다.

마침내 그게 왔다. 다리를 질질 끌며 잡종 암캐가 마당을 지나왔다. 양쪽 귀는 구부러지고, 다쳤는지 부러졌는지 한쪽 다리를 끌며 구슬픈 소리를 냈다. 등에도 뭔가 상처가 있었다. 걷는 속도가 아주 느렸다. 자연사 박물관에 전시된 뼛조각처럼 개의 갈비뼈가 다 보였다. 며칠 동안 무엇도 먹지 못한 게 분명했다. 버림받은 것이다.

그와는 달리, 개는 희망 비슷한 걸 품고 있었다. 희망이란 본능 같은 것으로 이성을 지닌 인간만이 그런 본능을 없앨 수 있을 뿐이다. 짐승은 절망이라는 걸 전혀 모른다. 상처 입은 채 움직이는 모습을 보고 그는 저 개가 매일, 아니 몇 주는 족히 저렇게 다녔을 거라는 사실을 알 수 있었다. 거기보다 더 행복한 지역에서는 새소리로 구분할, 새로운 날이 밝았음을 알려 주는 잘 준비된 효과 장치를 그는 보고 있었다. 개는 몸을 질질 끌며 베란다 문까지 가더니 사지를 쭉 펼친 희한한 자세로 누워 한쪽 발톱으로 문을 긁기 시작했다. 개는 문틈 사이로 코를 들이밀었다. 오랫동안 빈방에 갇혀 있던 공기를 호흡하고 싶다는 듯. 그러더니 참지 못하고 낑낑거리다가 안에서 뭔가 움직이는 소리를 듣기라도 한 양 꼬리를 쳤다. 마침내 개는 짖기 시작했다.

사제는 더 이상 참고 있을 수 없었다. 그 모든 일의 의미를 그는 알게 됐다. 차라리 자기 눈으로 직접 확인하는 게 나을 것 같았다. 그가 마당으로 나오자, 짐승은 서투르게 돌아서더니 집 지키는 개 흉내를 내면서 그를 향해 짖기 시작했다. 그는 개가 원한 사람이 아니었던 것이다. 자신이 알던 세계를 개는 원했다. 지난 세계가 되돌아오기를 개는 원했다.

그는 창문으로 안을 들여다봤다. 그 아이의 방인 것 같았다. 방 안에는 못 쓰거나 부서진 물건들만 남아 있었다. 찢어진 종잇조각이 가득 든 종이 상자와 한쪽 다리가 없는 작은 의자가 보였다. 회반죽벽에는 거울이나 그림이 붙었던 모양인지 큰 못이 박혀 있었다. 부러진 구둣주걱도 있었다.

암캐는 베란다를 따라 다리를 질질 끌면서 으르렁댔다. 본능은 의무와 느낌이 비슷하다. 그래서 모두들 너무 쉽게 본능과 충성심을 혼동한다. 그는 햇살 속으로 나가는 것으로 간단히 그 짐승을 피했다. 개는 그를 따라잡을 만큼 빨리 돌아서지 못했다. 그가 밀었더니 문이 열렸다. 잠글 필요가 없었던 것이다. 자르기도 잘못 잘랐고, 또 제대로 말리지도 못한 낡은 악어가죽이 벽에 걸려 있었다. 킁킁대는 소리가 들려 그가 돌아섰다. 암캐는 문지방 위에 두 앞발을 올려놓았는데, 이제는 그가 집 안으로 완전히 들어갔기 때문인지 더 이상 신경 쓰지 않았다. 이제 그 집의 주인은, 소유자는 그였다. 개로서는 오만 가지 생각이 들 것이 분명했다. 개는 마루로 기어가면서 오줌을 싸는 듯 축축한 소리를 냈다.

사제는 왼쪽 방문을 열었다. 침실 같았다. 한쪽 구석에 다 쓴 약병들이 쌓여 있었다. 두통과 복통에 필요한 약들, 식전과 식후에 먹는 약들이 있었다. 누군가 그렇게 많은 약이 필요할 정도로 중한 병을 앓았던 모양이다. 부서진 머리핀, 빗질하다가 빠진 것으로 보이는 뭉친 머리카락도 있었다. 완전한 금발에서 점점 하얀 잿빛으로 바뀌고 있는 머리카락이었다. 그는 안심했다. 아픈 건 그 애의 엄마였구나. 엄마만 아팠구나.

그는 모기 철망 너머로 느리게 흐르는 인적 없는 강이 내다보이는 다른 방에도 들어가 봤다. 거실이었던 모양인데 탁자가, 2~3실링이면 살 수 있는 카드놀이용 접이식 합판 탁자가 남아 있었다. 사람들이 어디로 갔는지는 몰라도 가져갈 만큼 값진 게 아닌 건 분명했다. 혹시 애 엄마가 죽어 가고 있었던 걸까? 그래서 수확물을 모두 처분하고 병원이 있는 주도로 간 거겠지. 그는 그 방에서 나와 다른 방으로 들어갔다. 그가 바깥에서 보았던 그 방, 그러니까 그 애의 방이었다. 그는 슬픈 호기심으로 쓰레기통을 뒤집어서 내용물을 꺼냈다. 누군가 죽은 후 뒷정리를 하면서 계속 보관하기에는 너무 고통스러운 물건이 뭔지 결정하는 사람이라도 된 듯한 기분이었다.

그는 그중 하나를 집어 읽었다. 〈미국 독립 전쟁의 직접적인 원인은 이른바 보스턴 티 파티였다.〉 크고 또박또박한 글씨로 신중하게 쓴 에세이의 일부 같았다. 〈하지만 진짜 논쟁거리(그 단어의 철자가 틀려 X표를 한 뒤에 다시 썼다)는 의회에 자신들의 이익을 대변하는 대의원을 두지 못한 사람들에게 세금을 부과하는 일이 옳은가 하는 점이었다.〉 초안을 잡아 본 모양이었다. 다시 고친 부분이 한두 군데가 아니었다. 그는 되는대로 다른 종이를 끄집어냈다. 〈휘그〉와 〈토리〉라고 불리는 자들에 대한 글이었는데,[52] 그는 그 단어들을 이해할 수 없었다. 먼지떨이 같은 게 지붕에서 마당으로 툭 떨어졌다. 독수리였다. 그는 계속 읽었다. 〈만약 다섯 명이 사흘 동안 4에이커 5루드 면적의 풀베기를 했다면, 두 사람이 하루 동안 벨 수 있는 면적은 얼마인가?〉 문제 아래 선을 하나 쭉 그은 뒤 계산을 시작하고 있었다. 뒤죽박죽 숫자들을 적어 놓았는데, 워낙에 제대로 푼 것 같지 않았다. 구겨서 던

---

[52] 휘그Whig와 토리Tory는 모두 17세기 후반에 성립된 영국 정당의 이름이다.

져 버린 종이에서 무더위와 짜증이 느껴졌다. 그 문제는 풀지 않겠다는 그녀의 의사를 확실하게 알 수 있었다. 말쑥하고 단정한 얼굴에 꽉 졸라맨 갈래머리. 그는 자신을 해하려는 사람이라면 그게 누구든 영원한 증오를 맹세할 수 있는 그 애의 마음가짐을 기억했고, 또 쓰레기 더미 옆에서 자신을 유혹하던 자신의 딸을 기억했다.

그는 탈출을 저지하려는 사람처럼 방에서 나오며 조심스레 문을 닫았다. 어딘가에서 암캐가 으르렁대는 소리가 들려 가보니 부엌으로 쓰던 곳이었다. 개는 늙은 이빨을 드러낸 채 어떤 뼈 위에 죽은 듯한 자세로 엎드려 있었다. 말리려고 갈고리에 매달아 둔 것처럼 모기 철망 바깥에 인디언의 얼굴 하나가 떠 있었다. 거무스름하고, 쭈글쭈글하고, 밥맛 떨어지는. 그 얼굴은 탐난다는 듯 뼈를 바라보고 있었다. 사제가 부엌으로 들어오자 그는 마치 처음부터 자신은 거기 없었다는 듯 금세 사라졌고, 집은 다시 빈집이 됐다. 사제 역시 그 뼈를 바라봤다.

뼈에는 아직도 살이 많이 붙어 있었다. 암캐의 입에서 몇 인치 떨어진 곳에는 파리들이 몰려 있었다. 인디언이 가버리자, 암캐는 이제 사제에게 시선을 고정했다. 다들 경쟁자였던 셈이다. 사제는 한 걸음 두 걸음 걸어가 발로 두 번 바닥을 찼다. 「저리 가.」 그가 말했다. 「꺼져.」 두 손을 흔들어 댔지만, 잡종 개는 뼈 위에 납작 엎드린 채 다친 몸에 남은 모든 힘을 누런 눈으로 모으고는 이 사이로 그르렁대며 움직이려 하지 않았다. 임종 자리에서나 만날 법한 적의 같은 게 느껴졌다. 사제는 조심스럽게 앞으로 걸어갔다. 그 짐승이 자신에게 달려들 수 없다는 걸 알고 있긴 했지만, 아직까지는 확신이 들지 않았던 것이다. 사람은 개라고 하면 움직이는 것만을 상상하는데, 그 동물은 마치 다리를 저는 인간처럼 생각만 할 수 있을 뿐이었다. 그 생각들, 허기와 희망과 적의 같은 것들이 눈알에 붙어 있었다.

사제가 뼈를 향해 손을 뻗자, 파리들이 윙윙대며 위로 떠올랐다. 짐승은 입을 다물고 가만히 쳐다봤다.「자, 자, 착하지.」사제가 얼렀다. 그가 허공에다가 꾀는 동작을 해보이자 짐승은 빤히 쳐다봤다. 사제는 그 뼈에는 관심도 없다는 듯 돌아서서 멀찍감치 떨어졌다. 그는 아무런 관심도 두지 않으려고 애쓰며 낮은 목소리로 중얼중얼 미사의 암송문들을 외웠다. 그러다가 갑자기 돌아섰다. 아무 소용이 없었다. 사제의 교묘한 움직임을 따라가기 위해 목을 비비 꼬면서 암캐는 계속 지켜보고 있었다.

한순간 그는 격분했다. 등을 다친 그 잡종 암캐가 유일하게 남은 먹을거리를 훔쳐 간 것이다. 그는 개를 향해 욕설을 내뱉었다. 가설무대 근처에서 주위들은 흔한 표현들이었다. 다른 상황 같았으면 그런 말들이 입에서 술술 나온다는 것에 꽤 놀랐을 것이다. 그러다가 그는 갑자기 웃음을 터뜨렸다. 비록 뼈다귀 하나를 놓고 암캐와 투쟁하고 있다 하더라도 그에게는 어디까지나 인간의 존엄성이 있음을 보여 주는 웃음이었다. 그가 웃음을 터뜨리자, 짐승은 귀를 뒤로 젖히고 걱정스럽다는 듯 그 끝을 씰룩거렸다. 하지만 동정심 같은 건 느껴지지 않았다. 사람부터 살고 봐야지, 개의 목숨 따위는 중요치 않다. 그는 던질 것을 찾으려 주위를 둘러봤지만 그 뼈다귀를 빼면 방 안에는 거의 남은 게 없었다. 어쩌면 그럴 수도 있지 않을까? 이 잡종 개더러 먹으라고 일부러 그 뼈다

귀를 남겨 둔 것인지도 모른다. 앓는 어미와 멍청한 아비와 함께 집을 나서던 그 애가 개 먹이를 떠올리는 모습을 그는 상상할 수 있었다. 사려 깊은 행동을 하는 건 항상 그 애였다는 사실이 그의 뇌리에 각인되어 있었다. 그는 목적에 맞는 물건을 찾아냈다. 채소를 올려 두는 철제 선반의 부서진 조각이었다.

그는 다시 암캐 쪽으로 다가가 선반 조각으로 머리를 가볍게 쳤다. 개는 닳고 부서진 이로 철망을 낚아채려 할 뿐, 꼼짝도 하지 않았다. 이번에는 더 세게 치자 개가 철망을 물었다. 그는 철망을 흔들어 이에서 빼내야만 했다. 때리고 또 때리다가 그는 그 개를 움직이려면 엄청나게 힘을 써야만 한다는 사실을 깨닫게 되었다. 개는 때리는 철망을 피할 수도, 뼈다귀를 버리고 도망갈 수도 없었다. 그가 때릴 때마다 단지 겁에 질린 누런 눈동자로 악의에 차서 그를 바라보며 견딜 뿐이었다.

그는 방법을 바꿨다. 그는 철제 선반 조각을 부리망처럼 사용해 개의 입에다 씌운 뒤, 몸을 수그려 뼈를 빼앗았다. 앞발로 뼈다귀를 붙드는가 싶더니 개는 포기했다. 그는 철망을 아래로 내린 뒤, 뒤로 뛰어 물러났다. 짐승은 그를 잡으려 했지만 성과는 없었고 곧 바닥에 쓰러졌다. 사제가 이긴 것이다. 뼈다귀는 그의 손에 들어왔다. 암캐는 더 이상 그르렁대지도 못했다.

사제는 이빨로 뼈에 붙은 생고기를 뜯어내 씹어 먹기 시작했다. 이제까지 먹어 본 것 중 가장 맛있는 음식 같아 잠시나마 그는 행복했고, 개에 대한 동정심마저 느꼈다. 먹을 만큼 먹고 나면 나머지는 저 개에게 주겠노라고 생각했다. 그는 눈짐작으로 뼈의 한 부분을 점찍은 뒤, 다시 한 입 더 뜯었다. 오랫동안 느껴 온 메스꺼움이 가시자 순수한 허기만 남았다. 그는 계속 뜯어 먹었고, 암캐는 그런 그를 바라봤다. 싸움이 모두 끝났으므로 이제 그 개에게는 나쁜 감정이 전혀 남아 있지 않은 것 같아 보였다. 뭔가를 바라는 듯, 물어보려는 듯, 개가 꼬리로 바닥을 쳤다. 마음속으로 표시해 둔 곳까지 먹고 나자, 사제는 지금까지의 허기는 상상속의 허기가 아니었을까 생각하게 됐다. 그러니까 지금부터 느끼는 허기가 진짜인 것이라고. 사람부터 살아야 개도 사는 법이다. 연골 부분의 살점을 남겨 주면 될 법했다. 하지만 거기까지 이르렀을 때, 그는 그것마저 먹어 치웠다. 어쨌거나 개한테는 이빨이 있으니까 뼈도 씹어 먹을 수 있겠지. 그는 뼈다귀를 던지고 부엌을 떠났다.

그는 빈방들을 다시 한 번 둘러봤다. 부러진 구둣주걱, 약병들, 미국 독립 전쟁에 관한 논문. 그런 것들을 아무리 살펴봐도 그들이 왜 여길 떠났는지 알 수 없었다. 그는 베란다로 나왔다가 널빤지 사이의 틈으로 개미들이 다니는 길로부터 집을 떨어뜨려 놓기 위해 아래에 주춧돌처럼 엉성하게 쌓은 벽돌 기둥 사이에 책 한 권이 떨어져 있는 것을 보게 되었다. 그가 책이라는 걸 본 것도 벌써 몇 달 전의 일이었다. 벽돌 기둥 사이에서 곰팡이가 핀 채 놓인 그 책은 앞으로 좋은 일들이 일어날 것이라는 약속처럼 느껴졌다. 라디오와 책장과 잘 정돈된 침대와 테이블보가 깔린 식탁이 있는 단독 주택에서 살아가는 삶 같은 게 펼쳐질 듯한 느낌 말이다. 그는 땅바닥에 무릎을 꿇고 앉아 손을 뻗었다. 순간, 그는 이 기나긴 투쟁이 끝나고 산맥을 넘어 주 경계선을 지나면 결국 그런 삶을 다시 즐길 수 있게 될 것임을 깨달았다.

영어로 된 책이었지만 미국의 신학교에서 여러 해를 보낸 경험이 있는 터라, 좀 어렵긴 해도 그 정도는 충분히 읽을 수 있는 영어 실력이 그에겐 있었다. 사실 영어를 한 마디도 모른다고 하더라도 어쨌거나 책은 책이었다. 그 책의 제목은 〈다섯 단어 길이의 보석: 영시 시화집〉이었고, 면지에는 인쇄된 수여 증서가 붙어 있었다. 증서의 성명 난에는 코랄 펠로우스라는 이름을 잉크로 적어 놓았다. 3학년 영어 작문 과정을 우수한 성적으로 통과했기에 이 상을 수여한다는 것이었다. 거기에는 뭔지 잘 알기 어려운 문장(紋章)도 있었다. 문장에는 그리핀과 떡갈나무 이파리와 〈*Virtus Laudata Crescit*(덕은 칭찬을 받고 자란다)〉라는 라틴어 금언이 있었고, 고무도장으로 〈프라이빗 튜토리얼 대표 이사, 문학 박사 헨리 벡클리〉라는 서명이 찍혀 있었다.

사제는 베란다 계단에 앉았다. 사방이 조용했다. 아직 희망을 버리지 않은 독수리를 빼면 버려진 바나나 농원 주위에 생명체라고는 하나도 없었다. 아까 그 인디언 역시 헛것이었는지도 모를 일이다. 끼니를 때웠으므로 사제는 울적한 마음을 달래기 위해 책을 좀 읽기로 하고 아무 곳이나 펼쳤다. 코랄, 그러니까 산호라는 뜻의 그 애 이름. 그는 산호로 가득 찬 베라크루스의 한 상점을 떠올렸다. 첫 영성체를 마친 어린 소녀들에게 어울릴 법한, 딱딱하면서도 부서지기 쉬운 보석. 그는 읽었다.

> 검둥오리와 해오라기가 사는 곳을 지나
> 나는 갑자기 빨리 뛰어요.

양치식물 사이로 물을 튀기며
골짜기를 따라서 흘러내려요.[53]

무슨 뜻인지 도무지 이해할 수 없는, 꼭 에스페란토 같은 단어들로 꽉 찬 시였다. 이런 게 영시라니 참 괴상하기도 하구나, 하고 그는 생각했다. 과문하긴 해도, 그가 아는 시라는 건 번민, 후회, 희망 같은 걸 주로 노래했다. 이 시는 철학적인 어조로 끝을 맺었다. 〈사람들은 왔다가, 사람들은 갑니다. 하지만 나는 영원히 계속 흘러가기만 해요.〉〈영원히〉처럼 진부하고 진실처럼 들리지 않는 단어를 쓰는 것에 그는 약간 놀랐다. 이런 시를 아이의 손에 들려 줘서는 안 될 일이다. 독수리가 조심조심 마당을 건너왔다. 먼지투성이의 고독한 새였다. 이따금 녀석은 느릿느릿 몸을 일으켜 날개를 펄럭이면서 20야드쯤 날아가곤 했다. 사제는 또 읽었다.

〈돌아오라! 돌아오라!〉 그는 구슬프게 외쳤다.
폭풍우 치는 물결 그 너머로.
〈그러면 네 하이랜드 대장을 용서하마—
내 딸이여, 오 나의 딸이여.〉[54]

읽어 보니 그에겐 이 시가 훨씬 더 인상적이었다. 물론 아까 그 시나 마찬가지로 아이에게는 그다지 어울리지 않긴 했

---

53 앨프레드 테니슨의 동시 「시냇물The Brook」의 첫 연.
54 토머스 캠벨의 시 「울린 경의 딸Lord Ullin's Daughter」의 일부. 아버지를 피해 연인과 폭풍우 치는 바다를 건너려다 물에 빠져 죽는 딸을 노래한 작품이다.

지만. 외국어들 속에서 순수한 열정을 느낀 그는 무겁고 쓸쓸한 그 자리에 앉아 마지막 행을 몇 번이고 되뇌었다. 「내 딸이여, 오 나의 딸이여.」 그 행에는 그가 느끼는 회한, 그리움, 불행한 사랑이 모두 담겨 있는 듯했다.

사람들로 꽉 찬 무더운 감방에서 하룻밤을 보낸 다음 아무도 없이 버려진 곳을 지나게 된 건 아무리 생각해도 신기한 일이었다. 거기서 노인의 머리를 어깨 위에 올려놓은 채 죽었는데, 충분히 선하지도 않았고 그렇다고 충분히 악하지도 않아서 그저 림보 같은 곳을 떠돌게 된 것인지도 모른다……. 여기에 삶은 더 이상 존재하지 않는다. 사람이 없는 바나나 농원이라는 사실은 중요하지 않다. 이제 폭풍이 몰아치면 피할 곳을 찾아 정신없이 달리면서도 자신이 아무것도 찾지 못하리라는 걸 그는 잘 알고 있었던 것이다.

번갯불에 오두막들이 번쩍 모습을 보이면서 흔들리는가 싶다가 우르릉대는 어둠 속으로 다시 사라졌다. 아직 비는 몰려오지 않았다. 비는 캄페체 만에서 엄청나게 너른 층을 형성하며 질서 정연하게 주 전체를 뒤덮고 있었다. 천둥이 울리는 사이사이에, 이제는 꽤 가까워진 산악 지대를 향해 요란하게 움직이는 소리가 들리는 것 같았다. 이제 20마일 정도밖에 남지 않았다.

그는 첫 번째 오두막에 도착했다. 문은 열려 있었다. 번개가 흔들리는 동안 보니 예상했던 대로 집 안에는 아무도 없었다. 그저 쌓아 놓은 옥수수 더미와 뭔지 정확하게 알기 힘든 회색 물체, 쥐의 움직임이라 여겨지는 것만이 보일 뿐이었다. 그다음 오두막으로 달려갔지만 상황은 다를 바가 없었다(거기에는 옥수수 더미뿐이었다). 마치 어떤 존재가 지금부터 그만 홀로, 완전히 홀로 남는다고 결정한 것처럼, 다른 모든 인류가 그에게서 완전히 멀어진 것 같았다. 그가 거기 서 있는 동안 비가 개간지에 도착했다. 비는 굵직한 하얀 연기처럼 숲에서 빠져나와 움직였다. 그건 마치 어떤 적이 아무도 빠져나갈 수 없게끔 가스 구름을 전 지역에 공들여 펼쳐 놓는 것과 비슷했다. 비는 펼쳐지더니 충분히 머물러 있었다. 그 적이 이번에는 스톱워치를 꺼내 폐가 버틸 수 있는 한계를 초 단위까지 측정하는 것 같았다. 얼마간 잘 버틴다 싶더니 지붕이 갑자기 빗물을 토해 냈다. 지붕을 지탱하던 잔가지들이 물의 무게를 이기지 못하고 무너져 내린 것이다. 검은 깔때기처럼 비를 쏟아 내는 곳이 대여섯 군데는 될 성싶었다. 그러다가 쏟아지는 것이 멈추고 지붕에서 물방울만 떨어지는가 싶더니 비가 이동했다. 마치 엄호 사격이라도 하듯 비 옆에서 번개가 번쩍였다. 몇 분 안에 비는 산맥에 도착할 것 같았다. 그런 폭우가 몇 번 더 찾아오면 산을 넘어간다는 건 불가능해질 것이다.

하루 종일 걸었던 탓에 그는 완전히 지쳐 버렸다. 그는 젖지 않은 곳을 찾아서 앉았다. 번개가 칠 때, 개간지가 보였다. 주위는 온통 조용조용 물방울 떨어지는 소리뿐이었다. 평화에 가까울 뿐, 정확하게 평화에 어울리는 풍경이라 할 수는 없었다. 진짜 평화라면 곁에 사람이 있어야 한다. 혼자라는 것은 그에게 곧 어떤 일이 벌어지리라는 불안감이었다. 갑자기, 아무런 이유도 없이, 미국의 신학교에서 공부하던 당시 비가 내리던 날의 기억이 떠올랐다. 중앙난방으로 김이 서린 도서관의 유리창, 수수한 장정의 책들이 꽂힌 높은 책장, 그김 서린 유리창에 손가락으로 자기 이니셜을 쓰던 투손에서 온 낯선 젊은 남자의 모습. 그런 게 바로 평화였다. 그는 그 광경을 유리창 바깥에서 바라보고 있었다. 다시는 그 안으로 들어가지 못할 것이라고 그는 생각했다. 그렇게 해서 그가 손수 만든 세계가 바로 이곳이다. 아무도 없는, 지붕이 망가진 오두막과 지나가는 폭우, 결국에는 또 혼자가 아니라는 사실이 만든 새로운 공포.

누군가가 바깥에서 조심스레 움직이고 있었다. 발걸음이 재다 싶더니 곧 멈췄다. 무심하게 기다리는 그의 뒤쪽 지붕에서 물이 떨어졌다. 그는 배반의 확실한 순간을 잡기 위해 도시를 돌아다닐 그 메스티조를 생각했다. 얼굴 하나가 오두막 문간에서 툭 튀어나와 안을 둘러보다가 그를 보고는 이내 사라졌다. 할머니 얼굴이었지만, 인디언의 경우라면 확신할 수 없다. 스무 살도 안 된 소녀일 수도 있으니. 그는 일어나 밖으로 나갔다. 그녀는 포대 자루처럼 무거워 보이는 스커트를 입고 검게 딴 머리를 좌우로 흔들며 잽싸게 그에게서 멀어졌다. 그의 고독을 깨뜨리는 사람은 여지없이 이렇게 피하는 얼굴들, 꼭 석기 시대에서 툭 튀어나온 것처럼 생겨가지고서는 잽싸게 사라지는 생명체들뿐이었다.

그에게서 찜찜한 분노 같은 게 일었다. 이것만은 사라져서는 안 된다. 그는 물웅덩이를 밟아 가면서 개간지를 가로질러 그녀를 쫓았으나 깜짝 놀란 여자는 부끄러워하지도 않고 그보다 먼저 숲 속으로 들어갔다. 거기서 여자를 찾는다는 것은 불가능했으므로 그는 가까운 오두막으로 다시 돌아왔다. 아까 비를 피하던 그 오두막은 아니었지만, 비어 있기는 마찬가지였다. 이 사람들에게 무슨 일들이 벌어졌던 것일까?

다소 차이는 있겠지만 그런 원주민 주거지는 일시적으로 지어 놓은 것이라는 사실을 그는 잘 알고 있었다. 인디언들은 작은 땅뙈기를 경작하고 살다가 지력을 소진시키고 나면 다른 곳으로 옮겨 간다. 그들은 윤작이라는 걸 전혀 모르니까. 하지만 그렇게 옮겨 갈 때에도 옥수수는 다 챙겨서 떠난다. 지금 같은 경우는 어떤 무력이나 질병을 피해서 도망친 것이라고 봐야 한다. 질병이 생기는 경우에 그렇게 도망친다고 들었는데, 끔찍한 건 그 질병 역시 따라간다는 점이었다. 그렇게 되면 유리에 가 부딪히는 파리들처럼 어쩔 줄 몰라 하기도 하지만, 아무도 눈치채지 못할 정도로 신중하게 그런 소란들을 잠재운다. 그는 다시 뚱한 표정으로 개간지를 내다봤다. 인디언 여자는 아까 비를 피했던 오두막으로 살금살금 걸어가고 있었다. 그가 소리쳐 부르자, 여자는 다시 비틀대며 숲 쪽으로 도망쳤다. 어딘가 어색하게 뛰어가는 모습이 꼭 날개가 부러진 양 구는 새 같았다……. 이번에는 쫓아가지 않았더니 그녀는 나무까지 가지 않고 걸음을 멈춘 다음 그를 바라봤다. 그는 두 번째로 들어갔던 오두막으로 천천히 돌아갔다. 그가 돌아가자, 그녀는 멀찌감치 떨어져 그에게서 눈을 떼지 않은 채 따라왔다. 다시 한 번 그는 새 같은, 걱정으로 가득한 어떤 동물을 떠올렸다. 그는 오두막을 향해 똑바로 걸어갔다. 오두막 너머 저 멀리에서 번개가 아래로 내리꽂혔으나 천둥소리는 거의 들리지 않았다. 머리 위 맑은 밤하늘엔 달이 떠 있었다. 갑자기 이상한 억지 울음이 들려서 돌아보니 여자가 숲을 향해 뒤돌아 뛰어가고 있었다. 그러더니 발을 헛디디고는 두 팔을 흔들며 땅으로 쓰러졌다. 스스로 몸을 던지는 새처럼.

그 오두막에, 아마도 옥수수 더미에 뭔가 귀중한 물건이 숨겨져 있다는 강한 확신이 들었다. 그는 그녀를 내버려 둔 채 오두막 안으로 들어갔다. 이제는 번개도 치지 않아 아무것도 보이지 않았다. 옥수수 더미에 닿을 때까지 그는 더듬더듬 걸어갔다. 바깥에서 느리게 걸어오는 소리가 가까워지고 있었다. 그는 사방을 더듬거렸다. 아마도 거기 음식을 감춰 둔 모양이었다. 물 떨어지는 소리와 마른 옥수수 잎이 바스러지는 소리와 조심스러운 발소리가 서로 어우러져 각자 자기 일에 바쁜 사람들이 만들어 내는 작은 소음들처럼 들렸다. 그러다가 그의 손이 어떤 얼굴에 닿았다.

이제 그는 그런 것 때문에 놀라거나 하지는 않을 수 있었다. 손가락에 닿은 건 사람인 것 같았다. 손가락을 더듬다 보니 몸도 만져졌다. 그의 손 아래 입을 꼭 다물고 누워 있는 건 아이였다. 문간까지 온 여자의 얼굴에 달빛이 어려 희미하게 보였다. 불안해서 몸을 덜덜 떨어 대는 것 같았는데, 확실한 건 알 수 없었다. 그는 생각했다. 내가 이 애를 밖으로 데려가서 좀 살펴봐야겠다…….

남자아이였다. 세 살쯤 됐을까. 검은 더벅머리에 동글동글한 작은 머리통. 의식은 없었지만 죽은 건 아니었다. 희미하나마 심장이 뛰는 걸 느낄 수 있었다. 다시 질병 같은 걸 생각했지만 손을 뗐을 때 그는 아이의 몸이 땀이 아닌 피로 젖어 있다는 걸 알았다. 공포심과 혐오감이 그를 감쌌다. 도처에 폭력이었다. 폭력은 끝이 없단 말인가. 그는 여자에게 다그쳤다. 「이게 무슨 일입니까?」 그 주 어디에서나 인간은 인간에게만 맡겨져 있는 것 같았다.

그의 손을 바라보면서 여자는 2~3피트 떨어진 곳에 무릎을 꿇고 앉았다. 〈아메리카노(미국 사람)〉라고 대답하는 걸 보니 스페인어를 조금 아는 것 같았다. 아이는, 말하자면 갈색 원피스 같은 걸 입고 있었다. 그가 목까지 옷을 걷어 올렸다. 아이는 세 군데 총알을 맞았다. 생명은 점점 아이에게서 빠져나가고 있는 중이었다. 아무것도 없었다. 정말이지, 다 끝난 것이다. 하지만 넋 놓고 있을 수는 없었다……. 그는 여자에게 〈물〉이라고 말했다. 「물.」 그러나 그녀는 알아듣지 못하는지 웅크리고 앉아 그를 바라볼 뿐이었다. 눈에 표정이 없다고 슬픔도 없으리라고 생각하는 건 사람들이 흔히 저지를 수 있는 실수다. 그가 아이를 만지자 그녀가 엉덩이를 붙인 채 움직이는 게 보였다. 아이가 신음 소리라도 낸다면 이빨로 물어뜯기라도 할 준비가 되어 있는 듯했다.

그는 천천히, 부드럽게 말하기 시작했다(그녀가 어느 정도까지 알아듣는지 그로서는 알 수 없었다). 「물이 있어야 합니다. 애를 씻겨야 해요. 나를 겁내지 마요. 나쁜 사람 아닙니다.」 그는 셔츠를 벗어 가느다랗게 찢기 시작했다. 절망적일 정도로 비위생적이었지만 거기서 달리 뭘 할 수 있겠는가? 물론 기도는 할 수 있겠지만 생명을 위해서, 이 세상에서의 삶을 위해서 기도하는 사람은 없다. 그는 다시 반복했다. 「물.」 여인은 알아들은 것 같았다. 그녀는 절망적으로 눈을 돌리다가 빗물이 고인 웅덩이를 바라봤다. 물이라면 그게 전부였다. 하긴, 그는 생각했다. 대지만큼 깨끗한 그릇이 어디 있을라고. 그는 셔츠 조각을 눈에 적신 뒤 아이 쪽으로 몸을 기울였다. 여자가 땅에 몸을 질질 끌며 좀 더 가까이 다가오는 기척을 들을 수 있었다. 가만히 있지 않겠다는 의지가 느껴졌다. 그는 다시 한 번 그녀를 달래 보려 했다. 「나쁜 사람 아니니까 겁내지 마세요. 전 사제입니다.」

〈사제〉라는 말을 그녀는 알아들었다. 그녀는 몸을 앞으로 숙이고 젖은 셔츠 조각을 잡고 있던 그의 손을 붙들더니 거기 입을 맞췄다. 바로 그 순간, 그러니까 그녀의 입술이 그의 손에 닿는 순간, 아이가 얼굴을 찌푸리는가 싶더니 두 눈을 번쩍 뜨고 두 사람을 바라봤다. 고통이 극심해서인지 작은 몸이 연방 떨렸다. 주사위가 카드놀이 판을 구르다가 멈추듯, 죽음 직전의 누렇고 끔찍한 두 눈동자가 위로 굴러가는가 싶더니 그 자리에서 딱 멈추는 모습을 두 사람은 지켜봤다. 여인은 그의 손을 놓더니 물웅덩이로 기어가서 두 손 가득 물을 떴다. 젖은 셔츠 조각을 한 주먹 움켜쥔 사제가 일어서며 〈이젠 필요 없게 됐어요〉라고 말했다. 여인이 두 손을 풀었고, 물은 아래로 흘러내렸다. 그녀가 애원하듯이 〈신부님〉이라고 부르자 그는 털썩 무릎을 꿇고 앉아서 기도하기 시작했다.

그는 그런 종류의 기도들에서 더 이상 의미를 찾을 수가 없었다. 성체의 의미가 다르다. 죽어 가는 사람의 입술 사이에 성체를 두는 건, 곧 신을 둔다는 의미다. 그건 사실, 만질 수 있는 무언가다. 하지만 이 경우에는 종교적인 열망에 불과했다. 그의 기도에 귀를 기울여야 할 이유가 무엇이란 말인가? 죄의식 때문에 가슴이 답답해지자, 입에서 기도가 턱턱 막혔다. 못다 한 기도들이 소화되지 않은 음식처럼 아랫배에 무겁게 남아 있는 것을 그는 느낄 수 있었다.

기도를 마친 뒤 그는 시신을 들어 오두막 안으로 옮겼다. 아이를 들고 밖으로 나갔던 건 시간 낭비였다. 마치 의자를 들고 정원으로 나갔다가 풀밭이 젖어 있는 걸 보고는 다시 들여온 것 같았다. 여인은 유순하게 그를 따라왔다. 시신에는 손도 대기 싫은 듯, 그가 옥수수 더미 위에 시신을 다시 내려놓는 걸 그녀는 그저 지켜보기만 했다. 그는 바닥에 앉아 천천히 말했다. 「시신을 땅에 묻어야겠습니다.」

여자는 그 말을 이해하고 고개를 끄덕였다.

그는 말했다. 「바깥양반은 어디 계십니까? 좀 도와야 할 것 같은데.」

여자는 뭐라고 말하기 시작했다. 카마초 말인 것 같았다. 이따금 맥락 없이 등장하는 스페인어를 빼고는 알아들을 수가 없었다. 다시 〈아메리카노〉라는 말이 흘러나오자 그는 자신의 사진과 함께 벽에 붙어 있던 그 현상 수배범이 떠올랐다. 「그 사람이 이렇게 한 겁니까?」 그가 물었다. 그녀는 머리를 좌우로 흔들었다. 무슨 일이 일어난 것일까? 그는 혼자 궁리했다. 그 남자가 여기에 피신하자 군인들이 오두막을 향해 총을 난사한 것일까? 그런 것 같진 않았다. 그러다가 그는 문득 정신을 차렸다. 그녀가 바나나 농장의 이름을 언급한 것이다. 하지만 거기에 죽어 가는 사람은 아무도 없었다. 침묵과 황폐를 그 흔적이라고 보지 않는 한, 폭력의 흔적 또한 전혀 없었다. 그는 어머니가 병에 걸린 것이라고 추측했지만, 실제로는 더 끔찍한 일이 벌어졌을 수도 있다. 눈 깜빡할 사이에 총을 꺼내거나 주머니에서 곧장 방아쇠를 당기는 게 특기인 남자 앞에서 총으로 어설프게 겁을 주려고 하는 펠로우스 대위의 모습을 그는 상상했다. 그럼 그 아이는 불쌍하게도……. 얼마나 많은 책임을 그 아이는 짊어져야만 했던 것일까.

생각을 떨쳐 버리고 그는 〈삽이 있습니까?〉 하고 물었다.

그녀가 못 알아들었으므로 그는 땅을 파는 시늉을 해보여야 했다. 새로운 천둥소리가 두 사람 사이를 갈랐다. 첫 번째 일제 사격에도 불구하고 생존자가 있다는 것을 알아챈 적이 이번에는 완전히 박살 내기 위해 두 번째 폭우를 보내는 것 같았다. 몇 마일 떨어진 곳에서 퍼붓는 엄청난 빗소리가 또 들렸다. 그는 여자가 〈이글레시아〉[55]라고 말하는 걸 알아들었다. 이따금 그렇게 스페인어 단어가 하나씩 불쑥 튀어나왔다. 하려던 말이 무엇인지 그는 궁금했다. 그때 비가 그들에게 이르렀다. 비는 그들 주위를 빙 둘러싸고 차곡차곡 벽을 쌓아 도망가지 못하게 하려는 것 같았다. 번개를 제외하면 불빛도 모두 꺼졌다.

그런 비에 지붕이 버텨 낼 재간이 없었다. 여기저기서 비가 샜다. 죽은 아이가 누워 있는 마른 옥수수 잎들은 장작이 불탈 때처럼 바스락댔다. 그는 오한으로 몸을 떨었다. 막 열병에 걸린 것인지도 모른다. 이러다가는 몸져누울 수도 있으므로 빨리 떠나는 게 상책이었다. (이제는 보이지도 않게 된) 그 여자가 다시 애원하듯이 〈이글레시아〉라고 말했다. 교회 근처에 아이를 묻어 달라거나 그리스도의 발치에라도 닿을 수 있도록 제단까지 데려가기를 바라는 것일 수도 있겠다는 생각이 들었다. 그렇다면 참 대단한 망상이 아닐 수 없다.

번개의 푸른 기운이 길게 흔들리는 틈을 타서 그는 두 손으로 그게 힘들다는 걸 설명했다. 〈군인들이〉라고 그가 말하자, 그녀가 재빨리 〈아메리카노〉라고 대답했다. 어떻게 발음하느냐에 따라서 근거도 되고 경고도 되고 위협도 되는 등

---

[55] 교회.

의미가 달라지는 단어처럼, 그 단어는 걸핏하면 불쑥불쑥 튀어나왔다. 아마도 그녀는 군인들이 모두 그 사람을 쫓고 있다는 걸 말하고 싶었던 모양인데, 그렇다고 해도 이젠 이 비가 모든 걸 망쳐 놓고 있었다. 주 경계선까지는 아직도 20마일이나 남아 있는데, 폭우가 쏟아지고 나면 넘어갈 만한 산길이 남아 있지 않을 것 같았다. 하물며 교회야. 거기 어디 교회가 있으리라고 그는 상상도 할 수 없었다. 몇 년 동안 그는 그 비슷한 것도 본 적이 없었다. 그러니 거기서 이삼일 정도 걸어갈 수 있는 거리 안에 교회가 남아 있는 것은 불가능했다. 번개가 다시 번쩍일 때 보니 그 여자는 목석과 같은 인내심으로 그를 바라보고 있었다.

30시간이 지나도록 그들이 먹은 건 설탕뿐이었다. 아기 두 개골만 한 크기의 갈색 덩어리. 가다가 만난 사람도 없었고, 두 사람끼리도 전혀 얘기를 나누지 않았다. 둘이 할 수 있는 이야기라 해봐야 〈이글레시아〉와 〈아메리카노〉뿐인데, 서로 대화한들 무슨 소용이 있겠는가? 여자는 죽은 아이를 등에 동여매고 그를 바투 뒤쫓았다. 지치지도 않는 것 같았다. 하룻낮과 하룻밤을 걸었더니 습지대가 끝나고 언덕이 나왔다. 그들은 천천히 흐르는 초록색 강에서 50피트 정도 위에 있는, 툭 튀어나온 바위 아래 마른 땅에서 잠을 잤다. 거기를 빼곤 죄다 깊은 진창이었다. 여자는 무릎을 세우고 고개를 묻었다. 그녀는 감정을 선혀 표현하지 않았지만, 등에 아이를 짊어질 때는 절대로 빼앗겨서는 안 되는 값진 물건이라도 되는 양 굴었다. 그들은 해를 보고 걸어가다가 산속 검은 숲이 나오면 방향을 잡았다. 그들은 죽어 가는 세계의 마지막 생

존자들인지도 몰랐다. 그들과 함께한 죽어 가는 것들의 흔적은 뚜렷했다

 이따금 이제쯤은 안전해진 게 아닌가 하는 생각이 들기도 했지만 주 경계선이 눈에 보이지도 않고 거기에 여권 심사라든가 세관 건물 같은 게 있을 리 만무하니 위험은 계속, 그들과 함께, 그들과 마찬가지로 무거운 발을 움직이며 이동하는 셈이었다. 너무나 더디게 전진하는 것 같았다. 길은 한 5백 피트 정도 깎아지른 듯 오르막이었다가 다시 뚝 떨어져 진창이 됐다. 한번은 크게 감기는 길이어서 3시간을 걷고도 겨우 도착한 곳이 원래 출발한 곳의 건너편, 거리로 치자면 1백 야드도 안 되는 경우도 있었다.

 두 번째 날 해 질 무렵, 그들은 짧은 풀로 뒤덮인 너른 고원에 이르렀다. 저마다 다른 기울기로 서 있는 십자가들이 하늘을 향해 음험하게 숲을 이루고 있었다. 어떤 십자가는 20피트가 넘을 정도로 컸고, 어떤 건 8피트도 되지 않았다. 씨앗을 뿌린 뒤 돌보지 않아 제멋대로 커버린 나무들 같았다. 사제는 걸음을 멈추고 십자가를 바라봤다. 이렇게 공공연하게 드러난 기독교의 상징물을 보는 건 5년 만에 처음인 것 같았다. 물론 인적 없는 산악 지대의 고원이 무슨 공공연한 장소냐고 말할 사람도 있겠지만. 이 기괴하고 소박하게 만든 십자가들에 사제의 손길이 들어간 것 같지는 않았다. 그건 인디언들의 작품으로, 미사 때 입는 말쑥한 제의나 전례에 사용하는 정교한 상징물과는 비슷하다고 할 만한 게 전혀 없었다. 그저 신앙의 어둡고 마술적인 핵심으로 곧장 치닫는 지름길 같았다. 무덤이 열리고 죽은 사람들이 걸어다니는 밤을 향한. 그때 그의 등 뒤에서 뭔가가 움직여 그는 돌아섰다.

여자는 무릎을 꿇고 앉아 거친 땅바닥에다 천천히 다리를 끌면서 십자가들이 모인 곳을 향해 움직였다. 등에 동여맨 죽은 아이가 흔들렸다. 제일 큰 십자가에 이른 그녀는 아이를 풀어서 내려놓더니 그 나무 십자가에 아이 얼굴을 갖다 대고, 이윽고 허리를 갖다 댔다. 그러곤 성호를 그었는데, 보통 가톨릭 신자들이 하는 식이 아니라 코와 귀까지 다 만지작거리는 괴상하고도 복잡하기만 한 방식이었다. 기적이라도 바라는 것일까? 만약 그렇다면 왜 그 기적은 그녀에게 허락되지 않는 것일까? 사제는 궁금했다. 믿음은 산도 옮길 수 있다고들 하던데, 여기 믿음이 있지 않은가. 침 속에 들어가 장님을 눈 뜨게 하고 목소리에 들어가 죽은 자들을 일으킨 바로 그 믿음이. 저녁 별이 나왔다. 별은 고원이 끝나는 곳쯤에 낮게 매달려 있었다. 손을 뻗으면 닿을 것처럼 가까웠다. 후텁지근한 바람이 조금 휘감겼다. 사제는 자신이 혹시 아이가 움직이는가 싶어 지켜보고 있다는 걸 깨달았다. 움직임은 없었다. 신은 기회를 놓친 모양이다. 여자는 바닥에 앉아 꾸러미에서 설탕 덩어리를 꺼내더니 먹기 시작했고, 아이는 십자가의 발치에 고요하게 누워 있었다. 하긴 신이 그 순수한 영혼에 생명을 좀 더 연장시키는 형벌을 내리기를 바랄 필요가 어디 있겠는가?

〈바모스〉[56]라고 사제가 말했지만, 여자는 뾰족한 앞니로 설탕을 갉아 먹을 뿐 거들떠보지도 않았다. 그는 고개를 들어 하늘을 바라봤다. 먹장구름에 저녁 별이 사뤘다. 「바모스.」 거기 고원에는 비를 피할 곳이 없었다.

---

56 30면 각주 12 참조.

여자는 꼼짝도 하지 않았다. 검은색 갈래머리 사이로 보이는 실의에 빠진 들창코 얼굴은 완전히 힘을 잃었다. 꼭 자신이 해야 할 일을 모두 끝마치고 이제 영원히 안식하려는 사람 같아 보였다. 사제는 갑자기 몸을 떨었다. 하루 종일 계속되던, 딱딱한 모자 가장자리가 이마를 조여 오는 듯한 두통이 갑자기 심해진 것이었다. 그는 생각했다. 나라도 어딘가 비 피할 곳을 찾아야겠다. 일단 자신부터 사는 게 제일 먼저 할 일이 아니겠는가. 말은 다르겠지만, 교회에서도 그렇게 가르쳤다. 하늘은 온통 검었다. 십자가들은 마르고 추한 선인장처럼 박혀 있었다. 그는 고원 끝까지 달려갔다. 내리막길로 가기 전에 그는 뒤를 돌아봤다. 여자는 아직도 설탕 덩어리를 갉아 먹고 있었다. 그게 가진 음식의 전부라는 걸 그는 기억했다.

내리막길은 무척 가팔랐다. 어찌나 가파른지 뒤로 돌아 엉금엉금 내려가야만 했다. 양옆으로는 회색 바위틈에서 삐져나온 나무들이 수직으로 자라고 있었다. 5백 피트쯤 내려가자 길은 다시 오르막이 됐다. 땀이 흐르기 시작했고 엄청난 갈증도 느껴졌다. 그래서 비가 내렸을 때 제일 먼저 그는 안심했다. 그는 둥근 돌 위에 몸을 웅크리고 가만히 앉아 있었다. 협곡으로 완전히 내려가지 않는 한 비를 피할 곳은 없었는데, 그만큼 수고를 해야 할 필요성은 느껴지지 않았다. 어쨌거나 오한은 계속 이어졌고 통증도 머리 안에만 머무는 것 같지 않았다. 통증은 바깥에 있었다. 소리나 생각이나 냄새처럼. 감각들이 서로 뒤엉켰다. 그러다가 통증이 그에게 길을 잘못 들었다고 말해 주는 지친 목소리로 들렸다. 그는 인접한 두 주의 모습이 담긴 지도를 보았던 기억을 떠올렸다.

그가 막 도망치려는 그 주 쪽에는 마을들이 후추를 뿌린 듯 흩어져 있었다. 뜨거운 습지대라 모기만큼이나 사람들도 번성했다. 하지만 북서쪽 모퉁이에 있는 그 옆 주의 지도는 텅 비어 하얗게 되어 있을 뿐 아무것도 없었다. 지금 너는 지도의 그 빈 부분에 온 거야, 하고 통증이 그에게 말했다. 그렇다고 길이 없겠는가? 그가 힘없이 반박했다. 아, 길이라고, 통증이 말했다. 아마 50마일은 족히 걸어가야지 어딘가에라도 닿게 되는 그 길 말인가. 그렇게까지 못 걷는다는 걸 잘 알면서도 그런 소리를 하다니. 사방팔방이 모두 하얀 종이 부분이라고.

다음 순간 통증은 어떤 얼굴이 됐다. 그는 그 미국인이 자기를 보고 있다고 믿게 되었다. 신문에 인쇄된 사진처럼 망점이 크게 찍힌 얼굴이었다. 아이를 죽인 것처럼 그 어미도 죽이려고 그들을 뒤따라온 게 틀림없었다. 그렇게 생각하니 감상적인 마음이 들었다. 뭔가 해야만 할 것 같았다. 비는 장막과도 같아서 그 뒤에서는 어떤 일이라도 벌어질 것 같았다. 그는 생각했다. 그 여자를 그렇게 혼자 내버려 두는 게 아니었어. 하느님, 용서해 주세요. 저란 놈은 원래 책임감이 하나도 없습니다. 위스키 사제에게 뭘 더 바라겠습니까? 그리고 그는 안간힘을 쓰면서 일어나 고원을 향해 다시 기어 올라가기 시작했다. 온갖 생각들로 괴로웠다. 그가 책임감을 느끼는 건 여자뿐이 아니었다. 그 미국인에게도 마찬가지로 그는 책임감을 느끼고 있다. 그와 그 총잡이, 두 사람의 얼굴은 마치 벽에 걸린 가족 초상화 속 형제처럼 경찰서 벽에 나란히 걸려 있었다. 형제의 가는 길에 죄의 유혹을 남겨 둘 수는 없었다.

땀과 비에 흠뻑 젖은 꼴로 덜덜 떨면서 그는 고원의 맨 끝에 섰다. 그곳에는 아무도 없었다. 이제는 십자가 발치에 버려진 무용한 물질일 뿐인 죽은 아이는 사람이라고 할 수 없으니까. 어미는 집으로 돌아갔다. 여자는 원하던 일을 해냈다. 그것만으로 충분히 놀라워서 그는 잠시 열 따위는 잊었다. 작은 설탕 덩어리가 아이의 입에 놓여 있었다. 설탕은 그게 남은 전부였다. 아마도 기적이 일어날 경우를 대비한 것이거나 영혼더러 먹으라고 그렇게 둔 것이리라. 사제는 일말의 희미한 수치심을 느끼며 몸을 수그려 설탕을 집었다. 죽은 아이는 다친 개처럼 그를 향해 짖지도 못했다. 기적도 믿지 않는다니, 그는 도대체 어떤 인간이란 말인가. 비가 퍼붓는 동안, 그는 주저하다가 설탕을 자기 입에 넣었다. 신이 아이의 생명을 돌려주신다면, 먹을 것도 함께 딸려서 보내지 않겠는가?

먹기 시작하자마자 열이 다시 돌아왔다. 설탕이 목구멍에 들러붙었다. 그는 타는 듯한 목마름을 느꼈다. 울퉁불퉁한 땅바닥에 몸을 수그리고 빗물을 핥았다. 물먹은 바지를 입으로 빨아 댈 정도였다. 줄줄 내리는 빗속에, 아이는 검은 소똥 무더기처럼 누워 있었다. 사제는 다시 움직여 고원의 끝까지 간 뒤, 협곡 쪽으로 내려갔다. 이제 그는 고독을 느꼈다. 그 얼굴마저 사라졌고, 그는 지도에서 하얗게 빈 곳을 홀로 가로지르고 있었다. 아무도 살지 않는 땅으로 한 발 한 발 더 깊숙하게.

어디로 가든, 어느 정도 가면 물론 마을이 나올 것이다. 계속 가면 해안에, 태평양에, 과테말라로 가는 철도 선로에 닿을 것이다. 거기에는 길도 있고 자동차들도 있을 것이었다.

기차를 마지막으로 본 건 10년 전의 일이었다. 해안을 따라 검은 선이 쭉 이어지는 지도를 그는 상상할 수 있었다. 50마일, 1백 마일 너머로 펼쳐진 미지의 땅도 그는 볼 수 있었다. 거기가 바로 그가 지금 있는 곳이었다. 인간들로부터는 완전히 벗어난 셈이다. 이제 그를 죽일 수 있는 건 자연뿐이었다.

가던 대로 그는 계속 걸었다. 버려진 마을, 죽어 가는 잡종개와 구둣주걱이 있는 바나나 농원으로 다시 돌아갈 하등의 이유가 없었으니까. 기어 내려가고 또 기어 올라가면서 한 걸음 한 걸음 발을 내딛는 수밖에 없었다. 비가 지나간 뒤 협곡의 맨 위에 서서 바라보니 젖은 회색 장막이 출렁이는 아래로 일그러진 땅과 숲과 산들뿐이었다. 그는 그 풍경을 한 번 보고는 다시 보지 않았다. 그건 꼭 절망을 바라보는 일 같았다.

몇 시간쯤 지난 뒤 그는 그만 올라가기로 했다. 저녁이고 숲 속이었다. 보이지는 않지만 나무에서 원숭이들이 대책 없이 꼴사납게 소리를 내며 떨어졌고, 뱀 같은 게 성냥불 타는 소리를 내면서 풀숲으로 지나갔다. 그는 동물들이 무섭지 않았다. 그것들도 생명의 한 형태였다. 지금까지 그는 생명의 기운이 자신에게서 점점 멀어지고 있다고 생각했다. 사람들만 떠나 버린 게 아니라 동물과 파충류들도 그에게서 멀어졌다. 머지않아 그에게는 자신의 숨결만 남을 것 같았다. 그는 혼자 중얼거렸다. 「오, 하느님, 당신이 지으신 집의 아름다움을 제가 사랑했나이다.」 축축하게 썩이 가는 나뭇잎과 후덥지근한 밤과 어둠의 냄새 탓에 그는 자신이 탄광 갱도를 따라 땅속으로, 자기 자신을 파묻기 위해 들어가는 것이라고 믿게 되었다. 오래 지나지 않아 그는 자신의 무덤을 발견할 것만 같았다.

그래서 한 남자가 총을 들고 다가올 때도 할 수 있는 게 하나도 없었던 것이다. 남자는 조심스레 접근했다. 땅속에서 다른 사람을 만나리라고 누가 상상이나 할 수 있었겠는가? 그는 총을 겨누면서 〈넌 누구냐?〉 하고 물었다.

사제는 10여 년 만에 처음으로, 처음 보는 사람에게 자기 본명을 말했다. 너무나 지쳐서 이젠 목숨을 부지한다는 게 무의미했던 것이다.

「사제이신가요?」 깜짝 놀라면서 남자가 물었다. 「어디서 오시는 길입니까?」

열이 다시 살짝 걷혔다. 그 틈새로 현실감이 조금 스며들었다. 그가 말했다. 「괜찮아요. 곤란하게 만들지는 않을 겁니다. 그냥 지나가는 길이에요.」 그는 남은 체력을 쥐어짜 계속 걸었다. 어리둥절해하는 얼굴이 열 속으로 들어왔다가 다시 멀어졌다. 이제 더 이상 인질이 생겨서는 안 돼, 하고 그는 자신에게 큰 소리로 다짐했다. 따라오는 발소리가 들렸다. 마치 이 위험인물이 아무 일 없이 사라졌다는 사실을 확인하고 난 뒤에야 겨우 집으로 돌아갈 수 있다는 듯이. 그가 큰 소리로 되풀이해서 말했다. 「괜찮아요. 난 떠날 겁니다. 아무것도 바라는 게 없어요.」

「신부님……」 걱정스러운 듯 낮은 목소리가 들렸다.

「그냥 쭉 갈 겁니다.」 뛰어가려고 하는데, 갑자기 숲이 끝나고 풀들이 자란 긴 비탈이 나왔다. 아래로는 불빛과 오두막이 보였고, 숲이 끝나는 곳에는 큰 회반죽 건물이 서 있었다. 군대인가? 그럼 군인들도 있겠군. 그가 말했다. 「이미 들킨 거라면 자수하겠습니다. 나 때문에 다른 사람이 곤란한 지경에 빠지는 일은 없을 겁니다.」

「신부님……」 쥐어짜는 것처럼 머리가 아파 그는 비틀거리다가 한 손으로 벽을 잡고 섰다. 말할 수 없을 정도로 피곤했다. 그가 물었다.「저건 군대인가요?」

「신부님.」 그 목소리가 말했다. 혼란스럽고, 또 걱정이 된다는 듯이.「이건 우리 교회입니다.」

「교회라고요?」 장님이 어떤 집인지 알아보려고 하는 것처럼 그는 믿기지 않는다는 듯 손으로 벽을 더듬었다. 하지만 너무 지쳐서인지 느껴지는 게 아무것도 없었다. 총을 가진 그 남자가 시야에서 멀어지며 떠드는 소리가 들렸다.「이런 영광이라뇨, 신부님. 종을 울려야겠습니다……」 그는 비에 젖은 풀숲에 털썩 주저앉았다. 그러고는 어깨뼈 뒤로 고향을 남겨 둔 채 하얀 벽에 머리를 기대고 잠에 빠졌다.

그의 꿈속으로 뎅뎅 흥겹게 종이 울리는 소리가 들려왔다.

제3부

제1장

 중년 여인이 베란다에 앉아서 양말을 깁고 있었다. 코안경을 쓰고, 더 편하겠다며 신발은 벗어 던졌다. 오빠인 레어 씨는 뉴욕에서 나온 잡지를 읽고 있었다. 3주 전의 것이지만 그건 중요하지 않았다. 평화로운 풍경이었다.
 「물은 손수 드세요.」 레어 양이 말했다. 「목마르실 땐 언제라도요.」
 한쪽 서늘한 구석에 국자와 손잡이 없는 잔과 함께 커다란 질그릇이 놓여 있었다. 「물을 끓여서 드시지 않습니까?」 사제가 물었다.
 「안 그래요. 여기만은 물이 신선하고 깨끗해요.」 레어 양이 새침하게 말했다. 다른 곳의 물에 대해서는 책임 못 지겠다는 듯.
 「주 전체를 통틀어 제일 좋은 물입니다.」 오빠가 말했다. 넘길 때마다 반짝이는 잡지 갈피에서 버석대는 소리가 들렸다. 잡지는 마스티프의 턱을 깨끗하게 면도한 듯한 얼굴을 지닌 상·하원 의원들의 사진으로 가득했다. 정원 울타리 너머로는 산이 있는 곳까지 너울 치듯 목초지가 이어져 있었고, 출입구에는 튤립나무의 꽃들이 매일 피고 또 졌다.

「확실히 좋아 보이세요, 신부님.」 레어 양이 말했다. 두 사람은 어딘가 미국식 악센트가 묻은, 다소 목구멍소리가 많이 들어간 영어를 구사했다. 레어 씨는 징집을 피해 소년 시절에 독일을 떠났다. 민첩하고 선이 가는, 이상주의적인 얼굴이었다. 그게 어떤 것이든 이 나라에서 이상적으로 살아가려면 민첩해야만 했는데, 그는 능수능란하게 좋은 삶을 지켜가고 있었다.

「아……」 레어 씨가 말했다. 「이삼일만 더 쉬시면 충분할 것 같아.」 그는 사흘 전 우두머리 일꾼이 노새에 싣고 온, 쇠약해진 상태의 그 남자에게 아무런 관심이 없었다. 사제가 무슨 얘기를 하면 그제야 들을 뿐이었다. 그가 이 나라에서 배운 또 다른 교훈 덕분이다. 절대로 물어보지 말고, 앞질러 내다보지도 말 것.

「곧 떠날 수 있을 것 같습니다.」 사제가 말했다.

「서두르실 필요 없어요.」 오빠의 양말을 뒤집어 구멍을 찾으며 레어 양이 말했다.

「여긴 참 조용한 곳이군요.」

「아……」 레어 씨가 말했다. 「우리끼리는 힘든 일이 많았습니다.」 그는 한 페이지를 넘기고 말했다. 「이 하이럼 롱 상원 의원 말입니다. 누가 어떻게 좀 해야 합니다. 다른 나라들에 모욕을 줘봐야 득이 될 게 하나도 없습니다.」

「용케 토지를 몰수당하지 않으셨군요?」

이상주의적인 얼굴이 고개를 돌렸다. 그 얼굴에는 정교하게 만든 악의 없는 표정이 씌워져 있었다. 「아……. 그 사람들이 원하는 만큼 줬지요. 메마른 땅이나마 5백 에이커 정도를 말입니다. 대신에 세금을 많이 감면받았습니다. 어차피 그 땅에서는 뭐 제대로 자라지도 않았으니까.」 그는 턱으로 베란다 기둥 쪽을 가리켰다. 「최근에 가장 힘들었던 건 저겁니다. 총알 자국들 좀 보세요. 비야의 부하들 짓이죠.」

사제는 다시 일어나 물을 마셨다. 그렇게 목이 마른 건 아니었다. 그저 양껏 마실 수 있다는 걸 즐기고 있을 뿐이다. 그가 물었다. 「라스카사스까지는 얼마나 걸립니까?」

「나흘이면 아마 도착하지 않을까요.」 레어 씨가 말했다.

「저 몸으로는 안 되죠.」 레어 양이 말했다. 「엿새.」

「꽤 이상한 기분일 것 같습니다.」 사제가 말했다. 「교회도 있고, 대학도 있는 도시라니……」

「그러시겠죠.」 레어 씨가 말했다. 「여동생과 저는 루터교 신자입니다. 우린 당신들 교회를 지지하지 않습니다, 신부님. 제가 보기에는 너무 사치스러워요. 사람들은 굶주리는데.」

레어 양이 말했다. 「그만해요, 오빠. 그게 신부님 잘못은 아니잖아요.」

「사치라고요?」 사제가 물었다. 그는 잔을 손에 들고 질그릇 옆에 서서 길고 평화롭게 펼쳐져 있는 비탈진 풀밭을 바라보며 생각을 모아 보려 했다. 「그 말은 그러니까……」 아마 레어 씨가 옳을 것이다. 그는 한때 매우 안일하게 살았으며, 이곳에서도 이미 다시 나태해지고 있는 중이었으니까.

「성당에 있는 금박들을 보세요.」

「그건 그냥 칠해 놓은 것일 뿐입니다.」 기분 나쁘게 들리지 않도록 애쓰며 사제가 말했다. 그는 생각했다. 그래, 사흘 동안, 나는 아무 일도 하지 않았지. 아무 일도. 그는 레어 씨의 신발이 우아하게 신긴 자신의 발과 레어 씨의 여벌 바지가 입힌 자기 다리를 내려다봤다. 레어 씨가 말했다. 「솔직하게 말한다고 해서 기분 나빠 하시진 않겠지. 여기 있는 우린 모두 크리스천이니까.」

「물론 기분 나쁘게 들리진—」

「제가 보기에 당신들은 본질에서 벗어난 것들을 가지고 너무 요란을 떠는 것 같습니다.」

「예? 그러니까—」

「단식이라든가……. 금요일에는 생선을 먹는다든가…….」

맞았다. 그는 어린 시절의 추억처럼 그런 규율들을 지키던 시절을 떠올렸다. 그는 말했다. 「아무래도 레어 씨, 당신은 독일인이니까요. 위대한 군국주의 국가잖아요.」

「난 군대 근처도 안 가본 사람입니다. 동의할 수 없는—」

「네, 그건 그렇겠습니다만, 이해하고는 있지 않으십니까. 훈육의 필요성을 말입니다. 반복 훈련이 실전에서 정말로 유용한지는 다른 얘기로 치더라도, 성격은 만들어지죠. 그렇지 않았으면 당신 나라의 국민들도, 그러니까, 나 같은 사람들이 됐겠죠.」 그는 갑작스러운 적의를 느끼며 고개를 떨어뜨리고 신발을 바라보았다. 신발이 탈영병의 배지 같았다. 「나 같은 사람들 말입니다.」 그는 화를 곱씹으며 다시 말했다.

분위기가 꽤 어색해졌다. 레어 양이 말을 꺼내기 시작했다. 「저, 신부님…….」 하지만 레어 씨가 먼저 깨끗하게 면도한 정치인들로 묵직한 잡지를 내려놓으며 동생을 앞질렀다. 그는 신중한 목구멍소리로 녹일식 영어를 사용했다. 「그러니까, 이제 목욕 가야 할 시간인 것 같습니다. 같이 가시지 않겠습니까, 신부님?」 사제는 그를 따라 그들이 함께 쓰는 침실로 들어갔다. 그는 레어 씨의 옷을 벗고 레어 씨의 방수복을 입은 뒤 레어 씨를 따라 맨발로 베란다와 그 너머 마당을 지났다. 전날 그가 걱정스럽다는 듯이 〈뱀은 없습니까?〉라고 물었더니 레어 씨는 뱀이 나오면 얼른 피하기밖에 더 하겠느냐는 식의, 좀 사람을 깔보는 식으로 퉁명스럽게 대꾸했었다. 레어 씨와 여동생은 서로 힘을 합쳐, 전형적인 독일 출신 미국인 농가의 생활 방식과 충돌하는 것이라면 무엇이든 간단하게 무시해 버리는 것으로 야만을 몰아냈다. 그건, 나름대로는, 꽤 감탄할 만한 생활 방식이었다.

마당 안쪽에는 갈색 조약돌 위로 흐르는 얕은 시내가 있었다. 레어 씨는 가운을 벗더니 등을 대고 반듯하게 누웠다. 근육이 앙상한 늙고 마른 다리에는 강직하고 이상주의적인 무언가가 있었다. 송사리들이 그의 가슴 위에서 아무런 거리낌 없이 젖꼭지를 콕콕 찌르며 장난을 쳤다. 이것이 바로 군국주의에 반대해서 결국 도망까지 치게 된 청년 시절의 남은 골격이었다. 이내 그는 몸을 일으켜 앉더니 마른 허벅지에 정성 들여 비누칠을 하기 시작했다. 사제는 그 비누를 넘겨받아 그가 한 그대로 따라했다. 그렇게 하기를 바란다는 걸 눈치로 알았기 때문에 그런 것이었지만, 이게 뭐하는 짓인가 하는 생각이 들지 않을 수 없었다. 땀도 그 기능에 있어서는 물만큼이나 몸을 깨끗하게 해준다. 하지만 이들 민족은 경건 다음은 정결이 아니라 청결이라는 금언을 개발한 자들이다.

태양이 저무는 동안 거기 차가운 개울에 누워 있자니 엄청나게 사치스러운 짓을 하는 듯한 기분이었다……. 그는 감방의 그 노인과, 독실한 여인과, 오두막 문간에 누워 있던 혼혈인과, 죽은 아이와, 버려진 농원을 생각했다. 또 쓰레기 더미 옆에 서 있던, 지식도 혼자 쌓아야만 하고 무지에도 혼자 대처해야만 하는 딸을 떠올리니 부끄럽기까지 했다. 그런 사치를 누릴 권리가 그에겐 없었다.

레어 씨가 말했다. 「거, 비누 좀 이제 주시겠습니까?」

그는 얼굴을 모두 끝마치고 이제 등 쪽을 시작했다.

사제가 말했다. 「미리 말씀드려야 할 것 같아서 그러는데, 내일 마을에서 미사를 볼 생각입니다. 제가 이 집에 있으면 불편하시겠죠? 저 때문에 문제가 생기는 건 저도 싫습니다.」

레어 씨는 심각하게 물을 튀기며 몸을 헹궜다. 그는 말했다. 「아, 그런 건 불편하지 않습니다. 하지만 조심하는 게 좋겠죠. 아시다시피 그건 법으로 금지되어 있으니까.」

「예.」 사제가 대답했다. 「그건 저도 알고 있습니다.」

「제가 아는 어떤 사제는 5백 페소 벌금형을 받았습니다. 벌금을 낼 방법이 없어서 일주일 동안 감옥에 들어갔었죠. 왜, 제 말이 우습게 들립니까?」

「아니, 우습다는 게 아니라……. 여긴 참 평화로운 곳이라는 생각이 드네요. 일주일 감옥살이면 된다니!」

「하긴 그사이에 헌금이 모이면 당신네 사제들은 늘 자기 몫을 뗀다고 들었으니까. 비누 더 쓰시겠습니까?」

「아뇨, 괜찮습니다. 전 다 썼었습니다.」

「그럼 이제 몸을 말리는 게 좋겠습니다. 해가 지기 전에 동생도 목욕을 해야 할 테니.」

앞뒤로 서서 방갈로로 돌아가다가 그들은 가운을 걸친 레이 양을 만났는데, 육덕이 아주 좋았다. 조용하게 종을 올리는 시계처럼 그녀는 기계적으로 〈오늘은 물이 괜찮나요?〉라고 물었고, 오빠는 수천 번도 더 넘게 대답했을 말, 그러니까 〈상쾌할 정도로 시원하지〉라는 말로 답했다. 그녀는 근시 때문에 몸을 조금 수그린 채, 침실 슬리퍼를 신고 철벅철벅거리며 풀밭을 가로질러 갔다.

「괜찮으시다면……」 레어 씨가 침실 문을 닫으면서 말했다. 「동생이 올 때까지 여기 좀 계십시오. 아시다시피 집 앞으로 나가면 냇가가 훤히 다 보이니까.」 그는 옷을 입기 시작했다. 키가 크고 마르고 뻣뻣했다. 철제 침대 두 개, 의자 하나, 옷장 하나. 십자가가 없는 것만 빼면 수도원 같았다. 레어 씨라면 〈본질에서 벗어난〉 건 없는 방이라고 할 것 같았다. 하지만 성경은 있었다. 검은 방수포 표지로 장정한 성경은 침대 옆 바닥에 놓여 있었다. 사제는 옷을 다 입고 성경을 펼쳤다.

면지에는 기드온이 비치한 성경이라는 딱지가 붙어 있었다. 〈모든 호텔 객실에 성경을. 상공인들을 기독교도로. 복음을.〉 그다음에는 본문 목록이 나왔다. 그걸 읽는데, 사제로서는 좀 놀라웠다.

    곤란에 처했을 때는 「시편」 34장.
    사업이 부진할 때는 「시편」 37장.
    장사가 잘될 때는 「고린토인들에게 보낸 첫째 편지」 10장 2절.
    지치고 구태의연해질 때는 「야고보의 편지」 1장과 「호세아」 14장 4~9절.
    죄에 시달릴 때는 「시편」 51장과 「루가의 복음서」 18장 9~14절.
    평화와 힘과 풍족을 갈망할 때는 「요한의 복음서」 14장.
    외롭고 용기를 잃었을 때는 「시편」 23장과 27장.

사람에 대한 믿음이 사라졌을 때는 「고린토인들에게 보낸 첫째 편지」 13장.

평화롭게 잠들고 싶을 때는 「시편」 121장.

보기 흉한 활자하며, 극단적으로 간략한 설명하며, 그로서는 그런 책이 어떻게 멕시코 남부 지방의 하시엔다[57]까지 오게 됐는지 궁금했다. 레어 씨가 크고 성긴 빗을 들고 돌아서서 설명했다. 「여동생은 호텔을 경영한 적이 있습니다. 외판원들이 잘 만한 곳이었죠. 제 아내가 죽은 뒤에 그 애는 호텔을 팔고 제 집으로 들어왔어요. 그때 호텔에서 한 권 들고 온 것입니다. 신부님은 이해할 수 없을 겁니다. 신부님들은 사람들이 성경을 읽는 걸 싫어한다지요?」 그는 신앙 문제에 있어서는 줄곧 방어적이었다. 발에 안 맞는 신처럼 어딘가 잘 맞지 않는다는 걸 항상 의식하고 있는 사람 같았다.

사제가 말했다. 「부인의 무덤도 여기 있습니까?」

「목장에 있습니다.」 레어 씨가 퉁명스럽게 말했다. 그는 손에 빗을 들고 바깥에서 들리는 발소리에 귀를 기울였다. 「동생이군요.」 그가 말했다. 「목욕을 끝내고 돌아온 모양입니다. 이제 나가시죠.」

교회에 도착한 사제는 레어 씨의 늙은 말에서 내린 다음 고삐를 덤불로 던졌다. 벽에 기댄 채 정신을 잃은 그 밤 이후 처음으로 그는 마을을 방문했다. 그의 아래로 어스름 속에 마을이 펼쳐졌다. 풀들이 무성한 외길을 중심으로 방갈로며 흙집

---

[57] 멕시코의 대농장.

들이 서로 마주 보고 서 있었다. 이미 램프가 밝혀진 곳이 몇몇, 못사는 오두막에서는 불씨가 옮겨지고 있었다. 그는 평화와 안전을 의식하며 천천히 걸었다. 처음으로 만난 사람이 모자를 벗더니 무릎을 꿇고 사제의 손에 입을 맞췄다.

「이름이 뭐지?」사제가 물었다.

「페드로입니다, 신부님.」

「안녕하신가, 페드로.」

「내일 아침에 미사가 있을 거라던데, 맞습니까?」

「그래, 미사가 있을 거요.」

그는 시골 학교 앞을 지나갔다. 학교 교사가 계단에 앉아 있었다. 짙은 갈색 눈동자에 뿔테 안경을 쓴 뚱뚱한 젊은이였다. 사제가 다가가자 보란 듯이 고개를 돌렸다. 준법 분자인 셈이다. 범죄자는 사람으로 쳐주지도 않는. 그는 뒤에 있는 누군가를 향해서 아는 게 많은 듯 건방을 떨기 시작했다. 유아 학급에 대한 얘기였다. 한 여자가 사제의 손에 입을 맞췄다. 다시 누군가가 원하는 존재[58]가 됐다는 것이, 자신이 죽음을 몰고 다닌다는 느낌이 들지 않는 것이 정말 이상했다. 그녀가 물었다.「신부님, 제 고해 성사를 봐주실 수 있으세요?」

그가 말했다.「물론이지, 세뇨르 레아의 헛간으로 오시오. 미사 전에. 5시에 거기로 가겠소. 날이 밝자마자.」

「성사를 볼 사람이 좀 많아요, 신부님······.」

「그럼 오늘 밤이라도······. 8시에.」

「신부님, 그리고 영세를 받아야 할 아이들도 많은데요. 3년 동안이나 신부님이 안 계셔서.」

---

58 동시에 〈수배된 존재〉라는 의미도 있다.

「여기에서 이틀 더 지내다가 갈 작정이오.」

「비용은 얼마나 들까요, 신부님?」

「글쎄, 보통 2페소씩이지.」 그는 생각했다. 노새 두 마리에 길잡이도 사야 한다. 라스카사스까지 가려면 50페소는 족히 들 것이다. 미사에서 5페소, 그러면 45페소가 더 필요하다.

「여기 사는 사람들은 정말 가난합니다, 신부님.」 그녀는 은근히 값을 깎으려고 했다. 「저만 해도 아이가 넷이에요. 8페소라면 너무 많네요.」

「너무 많은 건 당신 아이들이 아니오? 3년 전까지는 사제가 있었다면서.」

그는 자신의 목소리에 권위가 실린 걸 느낄 수 있었다. 예전 교구에서 말하던 톤이 고스란히 다시 돌아왔다. 마치 지난날의 일들은 한낱 꿈에 불과하며 여전히 자신은 성체회나 성모자녀회 회원들과 함께 매일 미사를 보는 것처럼. 그가 목청을 높였다. 「영세받지 못한 애들이 다 합쳐서 얼마나 되지?」

「1백 명은 될 거예요, 신부님.」

그는 속으로 계산했다. 그렇다면 거지꼴로 라스카사스에 도착하는 일만은 면하겠구나. 번듯한 옷을 사 입고, 괜찮은 숙소를 구해서 정착할 수 있겠구나……. 그가 말했다. 「한 명당 1페소 50.」

「1페소로 해주세요, 신부님. 정말 돈이 없어요.」

「1페소 50.」 10여 년 전의 단호한 목소리가 그의 귀에 들렸다. 충분히 대가를 치르지 않으면 그만한 값어치도 없는 거지. 콘셉시온에서 교구를 물려준 늙은 사제는 이렇게 설명하기도 했다. 〈그 사람들, 가난하다고, 굶어 죽을 지경이라고 항상 떠들어 대지만, 항아리 같은 곳에다 몰래 묻어 두는 돈은 있단 말이지.〉 사제가 말했다. 「돈을 가져와요. 애들도 데려오고. 내일 오후 2시에 세뇨르 레아의 헛간으로.」

그녀가 〈예, 신부님〉이라고 말했다. 그녀는 꽤 만족한 듯 보였다. 한 명 당 50센타보씩 깎을 수 있었으니까. 사제는 계속 걸었다. 1백 명의 아이들이 있다고 치자, 그는 생각했다. 그러면 내일 미사에서 160페소는 걷을 수 있다는 뜻이구나. 40페소면 노새들과 길잡이를 구할 수 있으렷다. 세뇨르 레아는 사흘 치 음식을 줄 테고. 그럼 120페소가 남겠네. 몇 년을 고생하다 보니 그건 엄청난 재산 같았다. 길을 따라 걷는 동안, 다들 자신에게 경의를 표하는 걸 그는 느낄 수 있었다. 남자들은 그가 지나가자 모자를 벗었다. 박해 이전의 나날들로 돌아간 듯한 기분이었다. 그는 지난날의 삶이 그의 주위에서 제의처럼, 석고처럼 딱딱하게 굳어 가는 걸 느낄 수 있었다. 그러면서 머리는 곧추서고 걸음걸이도 달라지고 심지어 쓰는 말까지 달라졌다. 술집에서 누군가 그를 불렀다. 「신부님.」

장사치들이 그렇듯이 턱이 세 개나 되는 엄청나게 살찐 남자였다. 무더위에도 불구하고 조끼에 회중시계까지 차고 있었다. 「아……」 사제가 입을 열었다. 남자의 머리 뒤로 광천수, 맥주, 독주 병들이 보였다…… 사제는 먼짓길에서 램프의 열기 속으로 들어갔다. 그가 물었다. 「무슨 일이오?」 새롭고도 익숙한 권위와 조급함이 밴 목소리로.

「성찬 때 쓰려면 포도주가 있어야죠, 신부님?」

「그렇겠지……. 하지만 뭘 믿고 나하고 외상 거래를 하겠다는 거요?」

「신부님들이라면 제겐 더 믿고 말고 할 것도 없지요, 신부님. 저 자신이 신앙인입니다. 여기는 신앙이 깃든 곳이고요.

물론 내일 세례식을 하시는 건 맞겠죠?」 그가 정중한 것인지, 무례한 것인지 애매하게 몸을 앞으로 기댔다. 배운 사람들끼리 같은 생각을 하는 것 아니겠냐는 듯.

「그렇겠지……」

남자는 그럼 됐다는 듯이 미소를 지었다. 우리 같은 사람들 사이에 설명하고 자시고 할 게 있겠냐는 듯, 우리는 서로 무슨 생각을 하는지 잘 알고 있지 않냐는 듯. 그가 말했다. 「예전에, 교회가 폐쇄되지 않았을 때, 제가 성체회의 총무였죠. 아, 전 신실한 신자입니다, 신부님. 여기 사람들은 정말 무지렁이들이죠.」 그는 물었다. 「브랜디 한잔 대접하는 영광을 누려도 되겠습니까?」 그는 나름대로 꽤 성의가 있었다.

사제가 망설이며 말했다. 「참 고맙긴 한데……」 두 잔이 벌써 채워졌다. 그는 마지막으로 술을 마시던 일을 떠올렸다. 어둠 속 침대 위에 앉아서, 경찰서장의 말에 귀를 기울이며, 또 그를 보며, 다시 불은 꺼지고, 마지막 포도주 한 방울까지 마시던……. 기억은 마치 석고를 걷어 내고 그의 원래 얼굴을 보여 주는 손과 같았다. 브랜디 냄새에 입이 탔다. 그는 생각했다. 나는 얼마나 연기를 잘하는 배우인가. 여기 이 선량한 사람들 사이에서 내가 무슨 볼일이 있으랴. 그는 손 안에서 잔을 돌렸다. 그랬더니 다른 모든 잔들도 돌았다. 그는 치과 의사가 자기 아이들에 대해서 말하던 일과 마리아가 그, 위스키 사제가 오면 주려고 땅속에 묻어 둔 술병을 꺼내던 일을 기억했다.

그는 내키지 않는다는 듯 한 잔 마셨다. 「신부님, 이거 좋은 브랜디입니다.」 남자가 말했다.

「그렇군, 좋은 브랜디네.」

「60페소 주시면 12병들이 한 상자를 드릴게요.」

「60페소를 내가 어디서 구한단 말이오?」 어쩌면 주 경계선을 넘어오지 않은 편이 좋았을 수도 있었겠다고 그는 생각했다. 공포와 죽음이 최악의 것은 아니다. 때로는 삶을 계속 이어 가는 것이 큰 실수일 때도 있다.

「신부님한테 제가 무슨 이익을 보겠습니까. 그럼 50페소면 어떠세요?」

「50이나 60이나, 돈이 없기는 마찬가지요.」

「자, 자, 한 잔 더 드세요, 신부님. 좋은 브랜디라니까요.」 남자는 카운터 너머로 붙임성 있게 몸을 내밀며 말했다. 「여섯 병짜리 반 상자를 24페소에 드릴게요. 그건 어때요, 신부님?」 그가 비열한 웃음을 지으며 덧붙였다. 「왜 이러세요, 신부님. 내일 세례식도 하실 분이.」

사람이 얼마나 빨리 모든 걸 잊고 과거로 돌아가는지 섬뜩할 지경이었다. 그는 아까 거리에서 콘셉시온 시절의 말투로 말하던 자신의 목소리가 아직도 들리는 듯했다. 용서받지 못할 죄를 저지르고 회개하지도 못한 채 도망다녔음에도 불구하고 아무 변화가 없다니. 그 자신이 부패해서인지 혀끝에 닿는 브랜디에서 썩은 내가 났다. 비겁과 열정이라면 신에게 용서를 구할 수 있겠지만, 신성함을 가장한 것은 과연 용서받을 수 있는 일일까? 그는 감옥에서 만난 여인을 떠올렸다. 그녀의 자기만족을 뒤흔든다는 건 불가능해 보였다. 그건 자신도 마찬가지인 것 같았다. 그는 지옥에 떨어지는 기분으로 브랜디를 마셨다. 혼혈인 같은 자들은 구원받을 수 있으리라. 구원은 번개처럼 그런 사악한 심장에 가서 꽂히는 것이니. 하지만 신성함을 가장했을 때 허용되는 건 저녁 기도와 신자 모임과 장갑 낀 손에 공손히 와 닿는 입술의 느낌 정도일까, 다른 모든 것들은 배제된다.

「라스카사스는 참 좋은 곳입니다, 신부님. 듣기로는 매일 미사를 볼 수 있다던데요.」

그 역시 또 다른 독실한 신자였다. 세상에는 그런 사람들이 많이 있었다. 그는 정성 들여 브랜디를 더 따랐다. 그가 말했다.「신부님, 거기 가시면 과달루페 거리에 있는 제 친구를 찾아가세요. 교회 근처에서 술집을 하거든요. 좋은 친구에요. 성체회 총무죠. 옛날 여기도 좋았을 때의 저처럼 말이에요. 필요한 게 있으면 그 친구가 싸게 구해 줄 겁니다. 그럼, 가시는 동안에는 몇 병이나 필요할까요?」

사제는 술을 마셨다. 마시지 않을 이유가 없었다. 그에게는 습관이 남아 있으니까. 고귀한 체하는 습관과 교구 신부의 목소리로 말하는 습관이 남아 있는 것처럼. 그는 말했다.「세 병만. 11페소에. 여기 맡겨 놓겠소.」그는 남은 술을 마저 마시고 거리로 나갔다. 창문으로 램프 불빛이 반짝이고, 건물들 사이 널찍한 거리는 대초원처럼 펼쳐졌다. 그가 구멍에 발을 헛디뎌 비틀거리자 누군가 그의 소매를 잡았다.「아, 페드로. 이름이 그게 맞지? 고맙소, 페드로.」

「분부만 내리세요, 신부님.」

교회는 열기에 녹아내리는 얼음 덩어리처럼 어둠 속에 서 있었다. 지붕 한쪽이 내려앉았고, 문간 위 돌출 부분은 부서져 내렸다. 혹시 숨결에서 브랜디 냄새가 날까 싶어서 사제는 곁눈질로 페드로를 바라봤지만, 얼굴의 윤곽만 간신히 보일 뿐이었다. 그는 자기 안에서 연기를 지시하는 누군가를 속여야만 한다는 듯 은밀하게 말했다.「이봐, 페드로. 마을 사람들에게 가서, 영세 비용으로 1페소만 받을 거라고 말해 주시오…….」 라스카사스에 도착하면 거지꼴을 못 면하겠지만, 그래도 브랜디를 사기에는 충분했다. 3초 정도 침묵이 이어지다가 머리를 잔뜩 굴린 그 촌사람의 대답이 들렸다. 「우린 가난합니다, 신부님. 1페소라면 얼마나 큰 돈인지 몰라요. 저만 해도 아이가 셋이나 되거든요. 75센타보는 어떠세요, 신부님.」

레어 양은 편안한 슬리퍼를 신은 발을 쭉 폈고, 바깥 어둠 속에서 벌레들이 베란다로 날아들었다. 그녀가 입을 열었다. 「언젠가 피츠버그에서…….」 오빠는 무릎에 날짜 지난 신문을 올려 둔 채 잠들어 있었다. 우편물이 배달된 것이다. 사제는 옛날처럼 맞장구를 치면서 조금 껄껄댔다. 시험 삼아 해 본 것이었는데 제대로 되지는 않았다. 레어 양은 말을 멈추더니 코를 킁킁댔다. 「이상하네, 무슨 냄새가 나는데. 술 냄새데.」

사제는 흔들의자에 몸을 파묻으며 숨을 참았다. 그는 생각했다. 얼마나 고요하고, 또 얼마나 평온한가. 도시 사람들이 시골에 오면 고요 때문에 잠을 못 잔다는 이야기가 떠올랐다. 고요도 시끄러운 소리와 같아서 고막을 울린다.

「제가 어디까지 얘기했죠, 신부님?」

「언젠가 피츠버그에서…….」

「아, 피츠버그에서……. 기차를 기다리고 있었어요. 그런데 읽을 게 하나도 없지 뭐예요. 책값이 여간 비싸지 않았거든요. 그래서 신문을, 뉴스야 다 똑같을 테니까 아무 신문이나 사야겠구나 생각했어요. 그런데 펼쳐 보니까 〈경찰 신문〉

이라나 뭐라나. 세상에 그렇게 끔찍한 일들이 인쇄된 것도 처음 봤어요. 물론 몇 줄 읽다가 말았지요. 지금까지 제가 본 것 중에서 제일 무시무시한 것이라고나 할까. 그게…… 말하자면, 제 눈을 뜨게 한 거예요.」

「그렇군요.」

「오빠에게는 한 번도 얘기해 본 일이 없어요. 아마 그 사실을 알게 된다면 오빠는 절 예전과 다르게 볼 거예요.」

「하지만 뭘 잘못하신 일도 없는걸요…….」

「알아요. 그렇지만…….」

멀리 어디에선가 이름을 알 수 없는 새가 울었다. 테이블 위의 램프에서 연기가 올라오기 시작했다. 레어 양은 몸을 수그리고 심지를 낮췄다. 주변 몇 마일 안에 하나뿐일 불빛을 낮춘 것이다. 최근 수술을 받은 뒤 회복기에 접어든 사람이 느끼는 에테르 냄새처럼, 브랜디 맛이 그의 혀끝으로 돌아왔다. 그건 또 다른 생활 방식과 연결되어 있는 것이다. 그는 아직 그 깊은 평정의 상태로 들어가지 못했다. 그는 다짐했다. 시간이 지나면 모든 게 괜찮아질 거야. 자제할 거야. 이번에는 세 병밖에 주문하지 않았잖아. 그것만 마시고 이제는 금주하겠어. 거기 가면 마실 필요도 못 느끼겠지. 그게 거짓말이라는 걸 그는 잘 알고 있었다. 레어 씨가 갑자기 일어나더니 말했다.「내가 방금 말했잖아…….」

「무슨 말을 했다는 건가요, 오빠. 주무셨어요.」

「아, 아니야. 우린 악당 후버에 대해서 얘기하고 있었잖아.」

「아닐 텐데요, 오빠. 옛날에 그런 얘기를 했는지는 몰라도요.」

「그런가?」 레어 씨가 말했다.「오늘 아침이야말로 정말 옛날 같네. 신부님도 꽤 지쳤을 것 같은데……. 그 고해 성사를 다 들었으니.」 못마땅하다는 듯한 어조였다.

8시부터 10시까지 죄를 고백하러 오는 사람들의 물결이 끊이지 않았다. 3년 동안 그 작은 마을에서 저지를 수 있는 최악의 죄들이 담긴 2시간. 그렇게 많다고는 볼 수 없었다. 도시라면 아주 가관일 정도였겠지만. 앞으로는 그렇게 되려나? 인간이 할 수 있는 것은 그리 많지 않다. 술주정, 간통, 부정행위 같은 것들. 그는 마구간 옆 흔들의자에 앉아서 옆에 무릎을 꿇고 앉은 사람 쪽은 쳐다보지도 않은 채, 내내 브랜디를 맛보았다. 다른 사람들은 텅 빈 마구간에 무릎을 꿇고 앉아 기다렸다. 지난 몇 년 동안 레어 씨의 축사에서는 말들이 점점 줄어들었다. 이제 남은 건 늙은 말 한 마리뿐이었는데, 녀석은 사람들이 울먹울먹 죄를 말할 때마다 어둠 속에서 콧김을 날렸다.

「얼마나 했죠?」

「열두 번입니다, 신부님. 어쩌면 그 이상일 겁니다.」 그러면 말이 콧김을 뿜었다.

청정이라는 것이 죄의 일부라는 건 놀라운 일이다. 오직 심지 곧고 주의 깊은 사람과 성자들이나 거기서 자유롭다. 사람들은 깨끗해져 마구간을 빠져나갔다. 죄를 뉘우치지도, 고백하지도, 면죄받지도 못한 유일한 사람은 그 혼자였다. 어떤 사람에게 그는 이렇게 말하고 싶었다. 〈사랑은 죄가 아닙니다. 다만 사랑은 드러나야만 하고, 행복해야만 합니다. 감추고 싶고 불행하다면 그 사랑은 잘못된 것입니다……. 하느님을 잃는 것만큼이나 불행한 일이 될 수도 있습니다. 아니, 그것이야말로 하느님을 잃는 일입니다. 당신은 회개할 필요가 없습니다. 지금까지 받은 고통으로도 충분합니다.〉 다른 사람에게는 이렇게 말하고 싶었다. 〈욕정보다 더 나쁜 게 있습니다. 시간이 흐르면 욕정은 사랑으로 바뀌는데, 우린 그걸 막아야만 합니다. 우리 죄를 우리가 사랑할 때, 그때 비로소 우리는 지옥에 떨어지게 될 것입니다.〉 하지만 고해소의 관습이 다시 힘을 발휘했다. 사람들은 사제와 함께 자신들의 악행들을 묻어 버리는, 그 답답하고 좁은 나무관으로 돌아간 것 같았다. 그는 무슨 대단한 말이라도 하듯이 〈용서받지 못할 죄…… 위험…… 자제〉 따위를 중얼거렸다. 그는 말했다. 「주기도문과 성모송을 각각 세 번씩 외우세요.」

그는 자신 없이 중얼댔다. 「음주는 시작에 불과한 것입니다…….」 마구간에 앉은 그 자신이 브랜디 냄새를 풍기고 있는 마당에, 아무리 평범한 죄일지라도 그가 뭐라고 교훈적인 말을 할 방법은 없었다. 그는 빠르게, 냉혹하게, 기계적으로 보속 방법을 말했다. 상대방은 용기도 얻지 못하고 관심도 받지 못한 채 나가며, 〈고약한 사제 놈〉이라고 중얼거렸을지도 모른다.

그는 이렇게 말하기도 했다. 「그런 계율들은 사람들이 지키라고 만든 것이죠. 교회 때문에 지켜야만 하는 게 아닙니다……. 단식할 수 없다면 먹으면 되는 일입니다.」 옆 마구간에서는 죄를 말하기 위해서 온 사람들이 술렁댔고, 한 노파는 말이 콧김을 내뿜는데도 되지도 않는 이야기를 중얼중얼 계속했다. 남복해야 하는데 못 했다는 둥, 저녁 기도를 빼먹었다는 둥. 갑자기, 예고도 없이, 무슨 향수병이라도 되는 듯, 감옥 안마당의 수도꼭지 앞에 줄지어 선 채 그를 쳐다보지도 않던 인질들의 모습이 그의 머리에 떠올랐다. 산맥의 저편에는 어디서나 고통과 인내가 이어지고 있다. 그는 무례하게 노파의 말을 끊었다.「제대로 죄를 털어놓지 못하겠습니까? 먹어 치워야 할 생선이 몇 마리인지, 밤에 얼마나 졸린지 제가 알게 뭡니까? 진짜 죄를 생각해 보세요.」

「하지만 전 착한 사람입니다, 신부님.」 노파는 놀라서 목소리를 높였다.

「그럼 왜 나쁜 사람들을 멀리하면서 여기 이러고 있는 겁니까?」 그가 말했다.「자기 말고 다른 사람을 사랑해 본 일이 있기는 합니까?」

「하느님을 사랑하지요, 신부님.」 노파가 오만하게 말했다. 그는 바닥으로 타들어 가는 촛불의 불빛에 비친 그녀를 재빨리 훑었다. 검정 숄 아래 어찌할 수 없는 늙은 쭈그렁 할망구의 눈, 그러니까 또 다른 독실한 인간이었다. 그와 마찬가지로.

「정말 그렇다고 말할 수 있습니까? 하느님을 사랑하는 건 한 사람, 혹은 한 아이를 사랑하는 일과 다르지 않습니다. 그건 그분과 함께 있고 싶고, 그분 가까이 있고 싶은 마음입니다.」 그는 두 손으로 다른 방법이 없다는 듯한 동작을 취했다.「그분을 지키기 위해서라면 자신마저도 버릴 수 있는 그런 마음이지요.」

마지막 고해자가 떠난 뒤 그는 마당을 가로질러 방갈로로 돌아갔다. 램프 불빛 아래 레어 양이 뜨개질을 하는 모습이 보였고, 첫비에 젖은 목초지의 풀 냄새가 풍겼다. 이곳에서 살아가는 사람이라면 행복할 수 있어야만 한다. 그러자면 공포와 두려움에 묶여 있지 않아야 한다. 신성함과 마찬가지로 불행 역시 습관이 될 수 있다. 그것을 깨는 것이, 평화를 발견하는 것이 그의 할 일임이 틀림없었다. 그는 자신에게 와서 죄를 말하고 면죄받은 그 사람들이 무척 부러웠다. 엿새가 지나면, 그는 중얼거렸다. 라스카사스에 있을 테고, 그때는 나 역시……. 하지만 그게 어디든, 또 그게 누구든, 자신의 그 무거운 심정을 없애 줄 사람이 있을지 의심스러웠다. 술에 취해 있을 때조차 그는 자신의 사랑을 따라가면 죄가 나온다는 걸 느낄 수 있었다. 증오였다면 떨쳐 버리기도 쉬웠을 것이다.

레어 양이 말했다. 「앉으세요, 신부님. 힘드시죠? 물론 저는 한 번도 고해를 해본 적이 없지만. 그건 오빠도 마찬가지죠.」

「그렇습니까?」

「그 끔찍한 이야기들을 들으면서 어떻게 거기 앉아 계실 수 있는지 저로서는 상상이 가질 않아요……. 그러고 보니 언젠가 피츠버그에서…….」

밤에 노새 두 마리를 갖다 놓은 덕에 아침 일찍 미사가 끝나면 곧장 출발할 수 있게 되었다. 레어 씨의 헛간에서 연 두 번째 미사였다. 길잡이는 노새들과 함께 어딘가에서 잠자고 있을 것이다. 신경질적으로 마른 사람으로, 라스카사스에는 한 번도 가본 일이 없었다. 그냥 가는 길을 풍월로 주워들었을 뿐이었다. 혼자서도 동트기 전에 일어날 수 있는데도 전날 밤 레어 양은 자기가 깨워 주겠다고 우겼다. 그는 다른 방의 자명종 소리, 쏙 전화벨 같은 그 시끄러운 소리를 들으며 침대에 누워 있었다. 이윽고 레어 양의 침실용 슬리퍼가 바깥 복도를 걷는 소리와 똑똑 문을 두드리는 소리가 이어서 들렸다. 레어 씨는 그 소리에도 아랑곳하지 않고 무덤에 누운 주교처럼 가늘고 올곧은 자세로 등을 대고 누워 자고 있었다.

옷을 입은 채 누워 있던 사제는 레어 양이 돌아설 새도 없이 문을 열었다. 헤어네트를 쓴 토실토실한 뭔가가, 그러니까 그녀가 당황한 듯 낮은 비명을 질렀다.

「죄송합니다.」

「아니, 괜찮아요. 미사는 얼마나 걸리나요, 신부님?」

「영성체를 할 사람이 많을 겁니다. 아마 45분쯤 걸리겠죠.」

「커피를 준비해 놓을게요. 샌드위치도요.」

「그러실 필요 없습니다.」

「아니, 빈속으로 보내 드릴 수는 없잖아요.」

그녀는 문간까지 그를 따라왔다. 새벽녘 광활하게 펼쳐진 세계의 무언가가, 혹은 누군가가 볼세라 그의 조금 뒤에서. 목초지에 희부연 빛이 번졌다. 입구에는 새로운 날을 맞아 튤립나무가 꽃을 피웠다. 그가 레어 씨와 목욕했던 개울 너머 멀리서 레어 씨의 헛간을 향해 사람들이 마을에서부터 걸어오고 있었다. 그는 영화나 로데오를 보러 간 아이들처럼, 이제 막 자신의 앞에 펼쳐질 행복 속으로 들어가기를 기대하고 있었다. 산맥 저편에 남겨 놓고 온 몇 개의 나쁜 기억만 없으면 얼마나 더 행복할까 하는 생각이 들었다. 사람은 늘 폭력보다는 평화를 따라야만 한다. 이제 그는 평화를 향해 나아가고 있었다.

「참 여러 가지로 도움을 많이 받았습니다, 레어 양.」

범죄자나 타락한 사제가 아니라 손님으로 대접받는 게 처음에는 얼마나 낯설었는지 몰랐다. 그 사람들은 가톨릭을 잘 몰랐다. 그래서 그가 좋은 사람이 아닐 수도 있다는 생각은 한 번도 해보지 못한 것이다. 가톨릭 신자들처럼 혹시 뭔가 있는 게 아닐까 하고 살피는 짓도 그들은 하지 않았다.

「함께 있어서 우리가 즐거웠는걸요, 신부님. 그래도 신부님이야 가시는 편이 더 좋겠죠. 라스카사스는 훌륭한 도시예요. 오빠 말로는 아주 도덕적인 곳이래요. 거기서 퀸타나 신부님을 만나시거든 우리 안부를 전해 주세요. 3년 전에 여기 오셨던 분이에요.」

종이 울리기 시작했다. 사람들이 종탑에서 떼어 레어 씨의 헛간 밖에 매단 종이었다. 어디서든 일요일이면 들을 수 있는 종소리와 같았다.

「때로는 나도 가봤으면……」 레어 양이 말했다. 「교회에 가봤으면 할 때가 있어요.」

「그럼 가셔야죠.」

「오빠가 안 좋아해요. 무척 엄하거든요. 요즘에는 이런 일도 좀체 일어나지 않는데 말이죠. 또 3년은 더 있어야 미사를 볼 수 있겠죠.」

「그 전에 제가 다시 오겠습니다.」

「아니에요.」 레어 양이 말했다. 「그렇게 못 하실 거예요. 오는 고생이 이만저만이 아니거든요. 라스카사스가 얼마나 좋은데요. 거리에 전등도 있고, 호텔도 두 개나 있고요. 퀸타나 신부님도 다시 오겠다고 하셨었지요. 하지만 신자들이야 어디에든 있지 않겠어요? 굳이 여기까지 돌아올 필요가 없는 거죠. 우리가 진짜 힘들게 되지 않는 한 말이에요.」

인디언들 몇 명이 떼를 지어 문으로 들어왔다. 근육이 울룩불룩 솟은 석기 시대의 작은 인간들 같았다. 작업복 반바지를 입은 남자들은 긴 작대기를 짚으며 걸어왔고, 머리를 땋은 고생한 얼굴의 여자들은 등에 아기를 업었다. 「저 인디언들도 신부님이 오셨다는 소식을 들은 모양이네요.」 레어 양이 말했다. 「50마일을 걸어온 거예요. 놀랄 일도 아니지만.」 그들은 입구에 서서 그를 바라봤다. 그와 눈이 마주치자, 그들은 무릎을 꿇고 앉아서 성호를 그었다. 코와 귀와 턱에 손가락을 갖다 대는 이상하고 복잡하고 이것저것 혼합된 듯한 성호였다. 「오빠 같았으면 무척 화를 냈을 거예요.」 레어 양이 말했다. 「사람들이 사제 앞에서 무릎을 꿇을 때마다 그러거든요. 하지만 전 그게 뭐가 문제인지 모르겠어요.」

집 모퉁이를 돌아 노새들이 뚜벅뚜벅 걸어왔다. 길잡이가 노새들에게 옥수수를 먹이려는 게 틀림없었다. 노새들은 먹는 속도가 느려서 출발하려면 오랜 시간이 필요하다. 이제 미사를 올리고 떠나야 할 시간이었다. 그는 새벽 공기 냄새를 맡을 수 있었다. 여전히 세상은 신선한 초록빛이었다. 목초지 너머 아랫마을에서 개들이 짖는 소리가 들렸다. 레어 양의 손안에서 자명종이 똑딱똑딱 소리를 냈다. 그는 〈이제 가야겠습니다〉라고 말했다. 이상하게도 그는 레어 양과 그 집과 안쪽 방에서 자고 있는 오빠를 떠나는 게 싫었다. 거기 있으니 따뜻하기도 하고 보호받는 것 같기도 했다. 위험한 수술이 끝난 뒤 마취에서 깨어날 때 눈을 뜨면서 본 얼굴에 특별한 애착을 느끼게 되는 것처럼.

그에게는 제의도 없었지만, 이 마을에서 올리는 미사는 지난 8년 동안 봤던 그 어떤 미사보다 예전 교구에서 올리던 미사와 비슷했다. 언제라도 중단될지 모른다는 두려움도 없었고, 경찰이 오니 얼른 성물들을 치워야만 하는 일도 없었다. 거기에는 심지어 잠긴 교회에서 가져온 제대석까지 있었다.

하지만 너무나 평화롭다는 바로 그 이유 때문에, 성찬용 빵과 포도주를 들어 보이려는 순간 그는 자신의 죄를 또렷하게 느낄 수 있었다. 「내 안에 주를 모시기에 합당치 않사오나, 한 말씀만 하소서. 제가 곧 나으리이다.」 덕이 있는 자는 지옥을 믿지 않을 수 있겠지만, 그는 자기 안에 지옥을 지니고 다녔다. 때로 밤이면 그는 그런 꿈을 꿨다. 도미네, 논 숨 디뉴스……[59] 도미네, 논 숨 디뉴스……. 악은 말라리아처럼 그의 혈관을 타고 다녔다. 그는 성인들의 동상이 죽 늘어선 가운데 풀이 무성하게 돋아난 커다란 경기장이 나오는 꿈을 떠올렸다. 살아 있는 성인들이 눈알을 이리저리 굴리면서 뭔가를 기다리고 있었다. 그 역시 경외심과 기대심으로 기다렸다. 수염이 난 베드로와 바울로가 가슴에 성경을 꽉 붙이고 뒤쪽 보이지 않는 곳에 있는 입구를 바라봤다. 어떤 짐승의 위험한 기운이 느껴지는 곳이었다. 그때 마림바가 땡땡 울리는가 싶더니 불꽃이 터지면서 그리스도가 춤을 추며 경기장으로 들어섰다. 화장한 얼굴에 피를 흘리며, 이리저리로, 이리저리로, 웃는 듯, 생각에 잠긴 듯, 창녀처럼 표정을 만들며 춤을 추며 동작을 취했다. 가진 유일한 돈이 가짜라는 걸 알게 된 사람처럼 절망감을 느끼며 그는 잠에서 깨어났다.

「……우리는 그분의 영광을 보았다. 그것은 외아들이 아버지에게서 받은 영광이었다. 그분에게는 은총과 진리가 충만하였다.」[60] 미사는 끝났다.

사흘이 지나면, 그는 생각했다. 라스가사스에 도착힐 깃이

---

[59] *Domine, non sum dignus.* 〈주여, 저는 고귀한 자가 아닙니다〉라는 뜻의 라틴어. 미사 때 영성체 전에 바치는 기도문이다.
[60] 「요한의 복음서」 1장 14절.

다. 거기서 고해하고 면죄받으리라. 그러자 쓰레기 더미 위에 있던 그 아이가 사랑의 고통과 함께 자동적으로 떠올랐다. 죄의 결과를 사랑하는데 고해가 다 무슨 소용일까?

그가 헛간을 걷자 사람들이 무릎을 꿇었다. 그는 인디언 무리를 봤다. 영세를 준 아이의 어머니들을 봤다. 페드로를 봤다. 술집에 있던 그 남자도 살찐 두 손에 얼굴을 묻은 채 거기 무릎을 꿇고 있었다. 손가락 사이에는 묵주가 걸려 있었다. 그는 선한 사람처럼 보였다. 아마도 선한 사람이 맞을 것이다. 아마도, 하고 사제는 생각했다. 내가 판단력을 잃은 모양이구나. 감방 안의 그 여자도 거기 있었던 사람들 중에서 가장 선량한 사람이었을 것이다. 나무에 묶어 둔 말 한 마리가 울었고, 열어 둔 문으로 아침의 신선한 공기가 양껏 밀려 들었다.

노새 옆에서 두 남자가 기다리고 있었다. 길잡이는 등자를 조절하는 중이었다. 그 옆에서 겨드랑이를 긁으며, 미심쩍고 변명하는 듯한 웃음을 지으며 그가 다가오기만을 기다리는 다른 남자는 바로 그 혼혈인이었다. 그는 중병에 걸렸음을 알려 주는 작은 고통, 혹은 사랑이 아직 죽지 않았다는 사실을 증명하는 기대 않던 기억 같았다. 「어라.」 사제가 말했다. 「당신을 여기서 볼 줄이야.」

「모르셨겠죠, 신부님. 생각지도 못하는 게 당연합죠.」 그가 몸을 긁으며 웃었다.

「군인들을 데려온 거요?」

「무슨 말씀을 하시는 건가요, 신부님.」 그는 철없이 낄낄대며 부정했다. 그의 뒤 마당 저편으로 열어 놓은 문 안쪽에서 레어 양이 그가 먹을 샌드위치를 만드는 광경을 사제는 볼 수 있었다. 옷을 차려입었지만 여전히 헤어네트를 쓴 모습이었다. 그녀는 기름을 안 먹는 종이에다 조심스레 샌드위치를 싸고 있었다. 그녀의 침착한 동작에는 어딘지 비현실적인 느낌이 있었다. 현실적인 건 혼혈인이었다. 그는 말했다. 「이제 또 무슨 꿍꿍이요?」 길잡이를 매수해서 다시 주 경계를 넘게 하려는 것일까? 그자라면 하지 못할 일이 없으리라고 그는 생각했다.

「그렇게 말씀하시면 안 되는 겁니다, 신부님.」

레어 양이 꿈처럼 고요하게 시야에서 사라졌다.

「안 되다니?」

「제가 여기 온 건, 신부님⋯⋯.」 얼마나 놀라운 말인지 잘 들어 보라고 하려는 것처럼 그는 길게 숨을 마셨다. 「자비의 심부름 때문입죠.」

노새 한 마리의 등자 작업을 끝낸 길잡이는 다른 노새에 다가가서 안 그래도 짧은 멕시코식 등자를 더 짧게 줄였다. 사제가 비웃듯이 낄낄댔다. 「자비의 심부름?」

「뭐랄까⋯⋯. 신부님, 라스카사스 이쪽으로 사제라고는 신부님밖에 없는데, 그 사람이 죽어 가고 있단 말입니다⋯⋯.」

「누구?」

「그 양키 말입니다.」

「지금 누굴 말하는 거요?」

「경찰이 수배했던 그 사람 말입니다. 은행을 털었던 사람. 제가 누굴 말하는지 아시잖습니까.」

「난 가봐야 필요도 없을 텐데.」 페인트가 벗겨진 벽에 붙어 있던, 첫 영성체 파티를 바라보던 사진을 떠올리며 사제가 잘라 말했다.

「아, 그 사람도 독실한 가톨릭 신자입니다, 신부님.」 겨드랑이 밑을 긁으며 그는 사제를 바라보지도 않고 말했다. 「지금 다 죽어 갑니다. 신부님이나 저나 양심에 꺼림칙한 일을 할 수는 없으니, 그 사람이 그대로—」

「당신이나 나나 양심은 무슨 양심, 더 나빠지지나 않으면 다행이지.」

「무슨 말씀을 하시는 겁니까, 신부님?」

사제가 말했다. 「그 사람이야 사람을 죽이고 강도짓을 했다고 칩시다. 그렇지만 친구를 배신하지는 않았지.」

「세상에 맙소사, 저는 한 번도—」

「우린 둘 다 그랬소.」 사제가 말했다. 그는 길잡이 쪽을 향해 물었다. 「노새는 다 준비됐소?」

「예, 신부님.」

「그럼 출발하지.」 그는 레어 양을 완전히 잊고 있었다. 다른 세계가 경계를 넘어 손을 뻗었으므로, 그는 다시 도망자의 기분이 들었다.

「어디로 가십니까?」 혼혈인이 물었다.

「라스카사스로.」 그는 자기 노새에 뻣뻣하게 올라탔다. 혼혈인이 그의 등자 가죽끈을 잡자, 그는 두 사람이 처음 만났던 때를 떠올렸다. 그때와 마찬가지로 불평과 애원과 비난이 서로 뒤섞여 있었다. 「훌륭하신 신부님이시잖습니까.」 그는 울부짖었다. 「주교님도 이 사실을 아셔야겠습니다. 사람이 죽어 가면서 고해하고자 하는데, 지금 그 도시로 가시겠다는 겁니까…….」

「날 완전 바보 멍청이로 아는 거요?」 사제가 말했다. 「당신이 여기 온 목적을 나는 알아. 그놈들에게는 내 얼굴을 알아볼 수 있는 사람이 당신 하나뿐이니까. 또 그놈들은 이쪽 주로는 넘어올 수 없으니까. 자, 그럼 내가 그 미국인이 어디 있는지 물으면 당신은 뭐라고 말할 거요? 아니, 말할 필요도 없군. 물어보지 않아도 알겠소. 저쪽 주에 있다고 하겠지.」

「아닙니다, 신부님, 틀렸습니다. 이쪽 주에 있습니다.」

「경계에서 1~2마일 정도야 큰 문제가 안 되겠지.」

「참 불쾌한 일이군요, 신부님.」 혼혈인이 말했다.「한 번 잘못했다고 믿어 주시지 않는다니 말입니다. 물론 제가 그랬던 건 사실이지만.」

사제는 움직이라며 노새를 발로 찼다. 그들은 레어 씨의 마당을 나와 남쪽으로 방향을 잡았다. 혼혈인은 그의 등자를 잡고 걸었다.

「나는 똑똑히 기억하고 있소.」 사제가 말했다.「내 얼굴을 절대로 잊지 않겠다고 말했었지.」

「물론 잊지 않았죠.」 의기양양하게 그가 말했다.「그렇지 않으면 여기까지 왔겠습니까? 제 말 좀 들어 보세요, 신부님. 저 같은 가난뱅이한테 현상금이 얼마나 큰 유혹인지 신부님은 모르실 겁니다. 신부님이 저를 믿어 주지 않으셨을 때, 저는 이렇게 생각했습니다. 그래, 좋다. 그렇게 생각하신다면 배신해 주지. 하지만 전 독실한 가톨릭 신자입니다. 죽어 가는 사람이 신부님을 찾는데……..」

그들은 레어 씨의 목장을 따라 언덕으로 길게 이어진 오르막길을 올랐다. 아침 6시, 해발 3천 피트의 공기는 신선했다. 그들은 6천 피트를 더 올라가야만 했는데, 그 위에서 보낼 그 날 밤은 무척 추울 것이었다. 사제는 불쾌하게 말했다.「당신 같은 사람이 쳐놓은 올무에 내가 머리통을 들이밀 이유가 어디 있단 말이오?」 그건 정말 터무니없는 일이었다.

「이걸 보세요, 신부님.」 혼혈인이 종이 쪼가리를 들어보였다. 낯익은 글씨체가 사제의 주의를 끌었다. 어린애처럼 또박또박 크게 쓴 글씨체였다. 음식을 쌌던 종이인지 기름이 묻어 미끌미끌했다. 그가 읽었다. 「덴마크 왕자는 자살해야 할지 그러지 말아야 할지 궁금했다. 부왕에 대한 그 모든 의심을 안고 고통 속에서 살아가는 게 옳은 것인지, 아니면 일거에——」

「그거 말고요, 신부님. 반대쪽에. 그건 아니에요.」

사제는 종이를 뒤집고 끝이 무딘 연필로 쓴 듯한 영어 문장 하나를 읽었다. 「그리스도에게 비오니, 제발 신부님…….」 매질을 당하지 않자 노새는 발걸음이 점점 무거워지며 속도를 늦췄다. 사제는 노새를 채근하려 들지 않았다. 그 종이 쪼가리에 의심을 품을 만한 건 없었다.

그가 물었다. 「이게 어떻게 당신 손에 들어갔지?」

「그건 이렇습니다, 신부님. 경찰들이 그 사람을 총으로 쏠 때 저도 같이 있었습니다. 저쪽 어떤 마을에서 있었던 일이죠. 그자는 총알을 막아 보려고 아이 하나를 앞세웠지만, 군인들이 뭐 신경을 쓰나요. 인디언 아이일 뿐인데요. 둘 다 총에 맞았는데, 그 사람은 도망쳤죠.」

「그런데 어떻게……?」

「그건 또 이렇습니다, 신부님.」 그는 신이 나서 떠들어 댔다. 그는 사제가 도망쳤다는 사실에 격노하는 경위가 무서웠던지 경계를 넘어서 손길이 미치지 않는 곳으로 도망갈 마음을 먹었다. 그래서 밤에 기회를 잡아 도망을 쳤는데, 가는 도중에 그 미국인을 만나게 됐다는 것이다. 만난 곳은 주 경계의 이쪽이었는데 어디서부터 한 주가 끝나고 다른 주가 시작되는지 확실하게 말할 수 있는 사람은 아무도 없을 것이다. 미국인은 복부에 총상을 입었다고…….

「그런 몸으로 어떻게 탈출할 수 있었지?」

「아, 신부님. 그자는 초인적인 힘을 가졌어요. 지금 죽어 가고 있는데, 신부님을 찾아요…….」

「그걸 그 사람이 자네한테 무슨 수로 말했소?」

「두 마디만 있으면 되잖습니까, 신부님.」 그러더니 그게 사실이라는 걸 증명하기 위해 그 남자가 남은 힘을 모아서 그 글을 썼다는 것이다……. 체에 비유하자면, 그 이야기에는 엉성한 구멍이 너무 많았다. 하지만 그렇다고 묵과할 수 없는 기념비와 같은 이 편지가 사라지는 건 아니었다.

혼혈인은 다시 화가 난 듯 새치름해졌다. 「신부님은 저를 믿지 않으시는군요.」

「그래.」 사제가 말했다. 「난 당신을 믿지 않소.」

「제가 거짓말을 하고 있다고 생각하시죠.」

「거의 대부분 거짓말이지.」

그는 노새를 멈춰 세우고 남쪽을 바라보며 생각에 잠긴 채 앉아 있었다. 그는 그것이 함정이라는 걸 확신했다. 혼혈인 자신도 그렇게 암시했다. 하지만 그 미국인이 거기서 죽어 가고 있다는 것 역시 사실이었다. 그는 무슨 일인가 벌어진 것이 틀림없는 바나나 농원 옥수수 더미 위에 누워 있던 인디언 아이를 생각했다. 더 따져 볼 필요도 없이 그가 필요한 상황이었다. 영혼에 그 많은 것들을 짊어지고 사는 그가……. 그럼에도 신기하기만 한 것은 마음이 꽤나 즐겁다는 점이었다. 이런 평화를 진짜로 믿어 본 일은 한 번도 없었다. 경계 저쪽에 있을 때 이런 평화를 얼마나 자주 꿈꿨는지, 막상 그런 평화가 찾아온 순간도 꿈처럼 느껴질 뿐이다. 그는 휘파람으로 어떤 멜로디를 불었다. 어디선가 한 번 들어 본 노래였다. 〈꽃밭에서 장미 한 송이를 봤다네.〉 이제 깨어날 시간이었다. 실제로 좋은 꿈이 될 것 같지는 않았다. 라스카사스에 가서 고해를 하면서, 다른 모든 죄들과 함께 죽어 가는 사람의 고해 성사를 거부했다는 사실을 고백해야 한다는 것은…….

그가 물었다. 「그 사람, 아직 살아 있소?」

「그럴 겁니다, 신부님.」 혼혈인은 신이 나서 그를 따라잡았다.

「얼마나 가야 하지?」

「4~5시간 정도입니다, 신부님.」

「당신은 다른 노새를 번갈아 가며 타면 되겠군.」

사제는 노새를 뒤로 돌리고 길잡이를 불렀다. 노새에서 내려선 길잡이는 그의 설명을 들으며 풀이 죽은 채 서 있었다. 그가 한 유일한 말은 혼혈인에게 안장 위로 올라가라고 손짓하면서 〈그쪽 안장 주머니를 조심하세요, 신부님 브랜디가 있으니까〉였다.

그들은 노새를 타고 천천히 돌아왔다. 레어 양이 대문 앞에 서 있었다. 「샌드위치를 잊으셨어요, 신부님.」

「아, 그렇군요. 감사합니다.」 그는 얼른 주위를 살폈다. 그에게는 무의미한 일이었다. 그가 말했다. 「레어 씨는 아직도 주무시나요?」

「제가 가서 깨울까요?」

「아닙니다. 그냥 잘 대접해 주셔서 고맙다고 전해 주십시오.」

「예, 그리고 몇 년 안에 우리 다시 볼 수 있겠죠, 신부님?

그렇게 말씀하셨으니까.」 그녀는 뭔가 이상하다는 듯 혼혈인을 바라봤다. 그는 그 누런 눈동자로 무례하게 그녀를 노려보고 있었다.

사제가 말했다.「그렇게 되겠지요.」 시선을 돌리고 가만히 은밀한 미소를 지으며.

「그럼, 안녕히 가세요, 신부님. 빨리 가시는 게 좋겠지요? 해가 점점 올라오는데.」

「안녕히 계십시오, 레어 양.」 메스티조가 더 이상 참지 못하겠다는 듯 채찍질을 하면서 노새를 움직였다.

「그쪽이 아니에요.」 레어 양이 외쳤다.

「먼저 들를 곳이 있습니다.」 사제가 설명했다. 그는 메스티조 뒤에서 몸을 까딱거리며 마을을 향해 말을 몰았다. 그들은 회반죽을 바른 교회를 지나쳤다. 그 교회도 꿈의 일부였다. 진짜 삶에 교회 따위는 없다. 너저분한 마을 길이 그들 앞에 길게 펼쳐졌다. 학교 교사가 문간에 앉아서 빈정거리듯 인사를 건넸다. 뽕테를 낀 꼴이 심술궂어 보였다.「아이고, 신부님, 전리품은 챙겨 가시는 겁니까?」

사제는 노새를 멈춰 세웠다. 그는 혼혈인에게 말했다.「사실은……. 내가 깜빡했는데…….」

「영세 주고 많이 버신 모양인데…….」 교사가 말했다.「2~3년은 놀고먹어도 되겠죠?」

「가시죠, 신부님.」 혼혈인이 채근했다.「저 사람 말 듣지 마세요.」 그는 침을 뱉었다.「나쁜 사람입니다.」

사제가 말했다.「이 마을 사람들이 누구보다 착하다는 건 당신도 잘 아시겠지요. 선물을 좀 드리려고 하는데, 당신이 좋은 곳에다가 써줬으면 좋겠습니다. 말하자면 음식이나 이

불 같은 걸 사서. 책 같은 건 안 되겠죠?」

「책보다는 먹을 게 필요한 사람들이죠.」

「여기 45페소가 있소만…….」

메스티조가 울부짖었다. 「신부님, 지금 무슨 짓을 하시는 겁니까……?」

「양심에 찔려서 내놓는 돈입니까?」 교사가 말했다.

「그렇소.」

「사정이야 어쨌든, 감사히 받겠습니다. 양심이 있는 사제를 보니 기쁩니다. 한 단계 진화했군요.」 안경알로 햇살을 반짝이며 함석지붕 판잣집 입구에 서서 그가 말했다. 적의를 띤 뚱뚱한 몸이 망명객을 연상시켰다.

그들은 마지막 집과 묘지를 지나친 뒤, 산길을 올라가기 시작했다. 「왜, 신부님, 도대체 왜?」 혼혈인이 따졌다.

「그 사람, 나쁜 사람이 아니오. 나름대로 최선을 다하는 것뿐이지. 그리고 내게 이제 돈 같은 건 필요 없소. 그렇지 않소?」 사제가 되물었다. 얼마간 두 사람은 아무런 말 없이 노새를 타고 갔다. 그러는 동안 태양은 눈부시게 떠올랐고, 가파른 자갈길을 걷는 노새들의 근육은 혹사당했다. 사제는 그가 아는 유일한 노래, 「한 송이 장미를」을 휘파람으로 불기 시작했다. 혼혈인이 그걸 가지고 투덜대기도 했다. 「신부님 때문에 얼마나 골치가 아프냐면 말입니다…….」 하지만 뭐가 그렇게 골치가 아픈 것인지 나오기도 전에 그 말은 쏙 들어갔다. 왜냐하면 경계를 향해 북쪽으로 착실하게 노새를 타고 가는 한, 그가 불평할 건 하나도 없었으니까.

「배고프오?」 마침내 사제가 물었다.

혼혈인은 화가 난 건지, 비웃는 건지, 뭐 그런 식으로 들리는 말을 중얼거렸다.
 「샌드위치 하나 드시게.」 레어 양이 싸준 꾸러미를 펼치며 사제가 말했다.

제2장

「저깁니다.」 혼혈인이 의기양양한 목소리로 말했다. 마치 거짓말을 한다는 억울한 혐의를 받으며 지금까지 7시간을 보내 온 사람처럼. 그는 협곡 건너편 인디언 오두막 마을을 가리켰다. 그 오두막들은 깊게 갈라진 틈새 위로 반도처럼 툭 튀어나온 너른 바위 위에 있었다. 대략 2백 야드 정도 떨어져 있을까. 하지만 꼬불꼬불 1천 피트는 내려갔다가 다시 그만큼 올라가야 하니, 가는 데 2시간은 족히 걸릴 것이었다.

사제는 노새 위에 앉아서 주위 깊게 관찰했다. 어디에서도 사람의 움직임은 보이지 않았다. 심지어 마을 뒤쪽 작은 언덕에 나뭇가지로 만든 망루도 비어 있었다. 그가 말했다. 「주위에 아무도 없는 것 같군.」 사람들이 떠나고 없는 풍경 속으로 다시 돌아온 것이다.

「글쎄요.」 혼혈인이 말했다. 「다른 사람이 있을 거라고 생각한 건 아니지 않나요? 그 사람뿐이죠. 저기 있어요. 곧 보시게 될 겁니다.」

「인디언들은 어디 있고?」

「또 이러신다.」 남자가 불평했다. 「의심만, 항상 의심만 하시고. 인디언들이 어디로 갔는지 제가 어떻게 압니까? 그 사람 혼자라고 제가 말했잖아요. 아닌가요?」

사제는 노새에서 내렸다.「지금 왜 이러시는 겁니까?」혼혈인이 괴롭다는 듯 소리쳤다.

「이제는 노새가 필요 없을 것 같군. 그러니 돌려보내야지.」

「필요 없다니요? 여기서부터는 어떻게 가시려고요?」

「아, 그건……」사제가 말했다.「그건 나도 잘 모르겠소. 내가 알아야 하나?」그는 40페소를 헤아리더니 길잡이에게 말했다.「내가 라스카사스까지 가려고 자네를 샀네만, 뭐, 이건 자네의 재수지. 엿새 치 품삯일세.」

「제가 없어도 되겠습니까, 신부님?」

「괜찮아. 내 생각에 자네는 속히 여기서 떠나는 게 좋을 것 같군. 혹시 알게 된 것들도 여기에 다 버려 두고 가게나.」

혼혈인이 흥분해서 말했다.「그 길을 내내 어떻게 걸어갑니까, 신부님. 사람이 죽어 가고 있다니까요.」

「우리 발에 달린 발굽으로도 그만큼 빨리 갈 수 있소. 자, 친구, 어서 가지.」혼혈인은 좁은 돌길을 따라 걸어가는 노새들을 탐욕스러운 눈빛으로 바라봤다. 노새들은 바위 한쪽을 돌아 사라졌다. 또각또각, 발굽 소리가 점점 작아지면서 고요로 스며들었다.

「가지, 그럼.」활기차게 사제가 말했다.「더 이상 지체해서는 안 되겠군.」그는 작은 자루를 어깨에 둘러메고 길을 따라 내려가기 시작했다. 그를 따라오느라 헐떡이는 혼혈인의 숨소리가 들려왔다. 소리가 별로 안 좋았다. 주도에서 달라는 대로 맥주를 너무 많이 준 게 틀림없었다. 경멸과 애정이 교차하는 희한한 심정으로 사제는 생각했다. 처음 두 사람이

지명을 알 수 없는 그 시골 마을에서 우연히 만났을 때, 혼혈인은 한쪽만 맨발로 해먹 위에 누워 있었다. 그때 그가 자고 있었다면 이 모든 일들은 일어나지 않았을 것이다. 이제 어마어마한 죄를 짊어지게 됐으니 그 불쌍한 악당 녀석으로서는 참으로 엄청나게 재수가 없는 셈이었다. 사제가 잠깐 돌아보니 더러운 운동화 밖으로 민달팽이 대가리처럼 툭 삐져나온 큰 발가락들이 보였다. 그자는 내내 투덜거리며 산길을 따라 내려왔다. 끝없이 투덜대니 숨쉬기는 더 안 좋아질 수밖에. 불쌍한 사람, 하고 사제는 생각했다. 그렇게 나쁜 사람은 아닌 것 같은데…….

그리고 그 정도 걸어갈 수 있는 체력을 가진 사람도 아닌 것 같았다. 사제가 협곡의 아래쪽에 도착했을 때 그는 50야드 이상 뒤처졌다. 사제는 둥근 돌 위에 앉아 이마의 땀을 훔쳤다. 혼혈인은 사제가 있는 곳까지 내려오기 훨씬 전부터 투덜대기 시작했다. 「줄곧 그딴 식으로 서둘 필요는 없단 말입니다.」 배신할 장소에 점점 가까워질수록 배신할 사람에 대한 불만이 점점 커진다는 듯이.

「그 사람, 다 죽어 간다고 하지 않았나?」 사제가 물었다.

「예, 그래요. 죽어 가요. 맞아요. 하지만 그래도 시간이 좀 걸리겠죠.」

「길면 길수록 우리 모두에게는 다행이지.」 사제가 말했다. 「당신 말이 옳소. 나는 여기서 좀 쉬어야겠어.」

하지만 청개구리처럼 이번에는 혼혈인이 빨리 가자고 성화였다. 그가 말했다. 「뭘 좀 적당히 하는 법이 없으시네. 달리지 않으면 주저앉겠다는 말씀이십니까?」

「내가 뭘 잘못한다고?」 사제가 그의 애를 태웠다. 그러고는 날카롭고도 빈틈없는 일격을 가했다.「그 남자를 아예 못 보게 막지는 않겠지, 그 사람들이?」

「물론이죠.」혼혈인은 대답했다가 금방 모르쇠를 잡았다. 「그 사람들, 그 사람들이라고요? 도대체 지금 무슨 소리를 하시는 겁니까? 처음에는 사람들이 아무도 없다고 뭐라 하시더니, 이제는 〈그 사람들〉이라니요?」목소리가 울먹거렸다. 「신부님은 훌륭한 분이시겠죠. 하지만 왜 솔직하게 말하지 않으십니까. 그래야 다른 사람들도 이해할 수 있을 것 아닙니까? 왜 사람을 못된 가톨릭 신자로 만드는 거죠?」

사제가 말했다.「여기 자루 보이시오? 이젠 더 이상 가져가고 싶지 않군. 너무 무거워서 말이오. 내 생각에는 우리가 조금씩 마시면 훨씬 나을 것 같은데. 우리 둘 다 기운을 좀 차리는 게 좋을 것 같지 않소?」

「마신다고요, 신부님?」혼혈인은 신이 나서 묻고는 사제가 병뚜껑을 따는 걸 바라봤다. 사제가 브랜디를 마시는 동안, 그는 뚫어져라 쳐다봤다. 탐욕스럽게 툭 튀어나온 엄니 두 개가 아랫입술에서 살살 떨렸다. 그러더니 그는 미동도 없이 사제의 입만 쳐다봤다.「아마 불법일 텐데……」낄낄대며 사제가 말했다.「경계선 이쪽이니까. 우리가 넘어온 게 맞는다면 말이오.」그는 또 한 모금 마신 뒤, 병을 건넸다. 병은 금방 동이 났다. 그가 다시 받아서 바위에다가 던지자 병은 유산탄처럼 소리를 내면서 깨졌다. 혼혈인이 깜짝 놀랐다. 그가 말했다.「조심하세요. 총을 가지고 있다고 생각할 수도 있어요.」

「남아 있는 걸 생각하면……」사제가 말했다.「이제 필요 없소.」

「그럼 더 있다는 말씀입니까?」

「두 병이 더 있지. 하지만 이렇게 더워서야 더 마실 방법이 있겠나. 여기 놔두고 가는 게 좋겠군.」

「무거우면 저한테 말씀하시지 그러셨어요, 신부님. 제가 대신 지고 가겠습니다. 그냥 분부만 내리세요. 시키는 대로 다 한다고요. 말씀을 안 하시니 문제지.」

그들은 다시 위로 올라가기 시작했고, 병들이 살살 부딪혔다. 태양이 수직으로 두 사람을 향해 내리쬐었다. 협곡의 꼭대기까지 올라가는 데 1시간은 족히 걸렸다. 그다음에는 망루가 위턱처럼 길을 삼켰고, 그들 위의 바위 너머로 오두막의 지붕들이 보였다. 인디언들은 노새가 다니는 길에 집을 짓지 않는다. 그들은 좀 떨어진 곳에 오두막을 짓고 오는 사람들을 감시하는 쪽을 더 선호한다. 사제는 경찰이 언제 나타날지 궁금했다. 그들은 아주 철저하게 숨어 있는 게 틀림없었다.

「이쪽입니다, 신부님.」 혼혈인이 앞장서며 길에서 벗어나 바위를 타고 올라가더니 평평한 곳에 이르렀다. 그 전에 무슨 일이 일어났을지도 모른다는 듯 그는 걱정스레 주위를 살폈다. 위에는 열두어 채 정도의 오두막이 있었다. 무거운 하늘을 배경으로 무덤처럼 오두막들은 고요하게 서 있었다. 폭풍이 다가오고 있었다.

사제는 견딜 수 없이 초조해졌다. 그는 제 발로 올무 속으로 걸어 들어갔다. 그들이 재빨리 입구만 틀어막아도 모든 게 끝나게 되는 셈이다. 오두막 중 한 곳에서 갑자기 총을 쏘는 건 아닐까 하는 생각이 들었다. 이제 시간의 가장 마지막 순간까지 온 셈이었다. 내일도 없고 어제도 없이, 그저 존재만이 영원하리라. 브랜디를 조금 더 마시고 올걸 그랬다는 생각이 들었다. 불확실함 때문에 그의 목소리에 기가 꺾였다.「이제, 여기까지 왔군. 그 양키는 어디 있소?」

「아, 예, 그 양키 말이죠.」흠칫거리며 혼혈인이 말했다. 잠깐이나마 돌려 말할 구실을 잊어버린 사람처럼, 그는 오두막들을 멍청히 바라보고 서서 마찬가지로 양키가 어디 있을까 생각하는 것 같았다. 그가 말했다.「제가 떠날 때는 저기 있었거든요.」

「도저히 움직일 수 없는 몸이었겠지. 안 그렇소?」

그 편지가 없었더라면, 그는 미국인의 존재 자체를 의심했을 것이다. 물론 죽은 아이를 보지 않았더라도 마찬가지다. 그는 고요한 작은 개간지를 지나 오두막으로 걸어가기 시작했다. 입구까지 가기 전에 쏠까? 그건 마치 눈을 가리고 널빤지 위를 걸어가는 것과 비슷했다. 언제 발을 헛디뎌 영원의 나락 속으로 떨어질지 아무도 몰랐다. 그는 딸꾹질을 한 번 하고는 손이 떨리지 않도록 뒷짐을 져 맞잡았다. 어떻게 보면 레어 양의 집 앞에서 발길을 돌린 게 참 다행스러운 일이었다. 자신이 다시 교구로 돌아가 매일 미사를 보고 공들여 신성함의 외피를 뒤집어쓸 수 있을 거라고는, 정말이지 한 번도 생각해 본 일이 없었다. 하지만 그러거나 말거나, 죽기 전에는 술에 좀 취할 필요가 있다. 그는 문까지 갔다. 아무런 소리도 들리지 않았다. 그때 목소리가 들렸다.「신부님.」

그는 돌아봤다. 메스티조가 일그러진 얼굴로 개간지에 서 있었다. 엄니가 덜덜 떨렸다. 겁에 질린 것 같았다.

「그래, 무슨 일이지?」

「아니에요, 신부님.」

「나를 불렀잖아.」

「전 아무 말도 안 했습니다.」 그가 거짓말을 했다.

사제는 몸을 돌리고 안으로 들어갔다.

미국인이 거기에 있는 건 분명했다. 생사 여부와는 별개로. 그는 두 눈을 감고 입을 벌린 채 밀짚 위에 누워 있었다. 배가 아픈 아이처럼 두 손을 배 위에 올려놓고 있었다. 고통은 얼굴을 바꾼다. 아니면 성공한 범죄자 역시 정치인이나 성직자의 경우처럼 거짓된 얼굴을 가질 수 있는 모양이었다. 경찰서 벽에 붙어 있던 신문 사진 속의 얼굴은 찾아볼 수 없었다. 사진 속의 얼굴은 더 거칠고, 더 건방지고, 더 멋지게 해낸 남자의 얼굴이었다. 하지만 지금 이 얼굴은 평범한 나그네의 것이었다. 고통은 소심함을 드러냈고, 그럴싸한 지성으로 꾸민 듯한 얼굴처럼 만들었다.

사제는 무릎을 꿇고 앉아 숨소리를 들으려고 사내의 입 가까이 얼굴을 갖다 댔다. 역겨운 냄새가 치올랐다. 토사물 냄새와 시가 냄새, 퀴퀴한 술 냄새가 뒤섞였다. 들릴락 말락 한 영어가 그의 귀에 닿았다. 「튀어요, 신부님.」 문밖 폭풍 앞의 햇살 속에서는 메스티조가 무릎에 조금 힘이 풀린 듯 오두막을 바라보며 서 있었다.

「살아 있는 거 맞소?」 사제가 활기차게 말했다. 「서둘러야겠군. 얼마 남지 않았으니.」

「튀라고요, 신부님.」

「나를 필요로 한 사람이 당신 맞소? 가톨릭 신자요?」

「튀어요.」 다시 목소리가 속삭였다. 얼마 전 수업 시간에 배운 것 중 기억할 수 있는 표현은 그것뿐이라는 듯.

「자, 어서.」 사제가 말했다. 「마지막으로 고해하고 나서 시간이 얼마나 지났소?」

눈꺼풀이 올라가더니 놀란 눈이 그를 바라봤다. 혼란에 빠진 목소리로 남자가 말했다.「아마, 한 10년쯤. 그런데 여기서 뭐하시는 겁니까?」

「사제를 찾지 않았소? 자, 어서. 10년이라면 꽤 지났군.」

「어서 튀어요, 신부님.」남자가 말했다. 배운 게 또 생각난 모양이었다. 곱게 접은 두 손을 아랫배에 올리고 밀짚에 똑바로 누운 그의 남은 생명력은 모두 뇌로 집중됐다. 몸 한쪽 끝이 으깨진 파충류 같았다. 그가 기묘한 목소리로 말했다.「그 개자식이……」사제가 화난 목소리로 말했다.「뭐 이 따위 고해가 다 있소? 나는 5시간이나 걸려서 여기까지 왔는데……. 고작 듣는 소리라는 게 욕설이라니.」위험을 무릅쓰고 와서 자신이 아무런 쓸모없는 존재라는 사실을 확인해야 한다는 것은 그에게 너무나 부당한 일이었다. 이런 자에게마저 자신은 아무것도 해줄 수 없다니.

「제 말을 들으세요, 신부님…….」남자가 말했다.

「듣고 있소.」

「여기서 빨리 튀어야만 해요. 저는 상황을 잘 모르고—」

「내 얘기나 하자고 이 먼 길을 온 게 아니오.」신부가 말했다.「빨리 고해를 하면 나도 속히 떠날 거요.」

「저 같은 건 신경 안 쓰셔도 됩니다. 저는 끝났어요.」

「그래서 지옥에 떨어지겠단 말이오?」사제가 화를 냈다.

「당연하죠. 지옥행.」남자가 입술로 흐르는 피를 핥으며 말했다.

「내 말을 잘 들어요.」사제가 역겨운 썩은 냄새 쪽으로 몸을 가까이 하고 말했다.「난 여기 당신의 고해를 들으려고 온 거야. 고해할 거요?」

「아뇨.」

「그럼 왜 그런 편지를 쓴 거지……?」

「글쎄요.」

「난 왜 그랬는지 알겠소. 알겠다고. 무슨 뜻인지 이해하겠소? 그건 관둡시다. 지금 당신이 죽어 간다는 걸 기억해요. 신의 자비를 더 바라지는 마시오. 그분은 지금 이렇게 기회를 주셨으니까. 아마 다른 기회를 더 주시진 않을 거야. 최근 몇 년간 살아온 삶은 어땠소? 이제 보니 꽤 근사해 보이려나? 당신은 사람을 너무 많이 죽였어. 그게 다였지. 시간만 있으면 누구라도 할 수 있는 일이오. 그다음에는 그 자신 역시 죽임을 당하겠지. 당신이 이렇게 죽는 것처럼. 고통만이 남을 뿐이오.」

「신부님.」

「왜?」 사제는 초조하게 한숨을 내쉬며 더 가까이 다가갔다. 순간 그는 드디어 그 남자가 약간이나마 일련의 슬픔을 느끼는 모양이라고 생각했다.

「제 총을 가져가세요, 신부님. 알아들으시겠어요? 팔 밑에 있어요.」

「나는 총 같은 건 쓰지 않소.」

「아니에요. 필요합니다.」 남자는 복부에서 한 손을 들어 천천히 몸통 쪽으로 움직이기 시작했다. 어마어마한 노력이었다. 차마 눈 뜨고 볼 수 없을 정도였다. 사제가 목청을 높였다. 「가만히 계시오. 아무것도 없으니.」 겨드랑이 아래의 권총집은 비어 있었다.

〈개자식들〉이라고 말하며 남자는 지친 듯 손을 그곳, 자신의 가슴에 떨어뜨렸다. 그는 한 손으로는 가슴을, 다른 손으로는 아랫배를 가려 몸을 감추려는 자세를 한 여자 동상의 모습을 흉내 내고 있었다. 오두막 안은 너무나 더웠다. 폭풍의 무거운 빛이 그들 위에 내려앉았다.

「들어 보세요, 신부님……」 사제는 무기력하게 그 남자의 옆에 앉았다. 무엇으로도 그 격렬한 마음에 평화를 가져올 수는 없었다. 몇 시간 전, 그 서신을 쓸 때였으면 모르겠다. 하지만 기회는 찾아왔다가 가버렸다. 이제 그는 칼이 있다고 중얼대고 있었다. 많은 범죄자들 사이에는 죽어 가는 눈 속에 마지막으로 본 영상이 남는다는 속설이 있다. 크리스천이라면 영혼도 그와 같다는 사실을, 가장 끔찍한 범죄를 저지른 일생이라고 해도 마지막 순간에 면죄받고 평화를 얻을 수 있음을 믿을 것이다. 반대로 매음굴에서 급사하느라 죄 사함을 받지 못한다면 평생 독실한 신자였다고 하더라도 그 선량했던 삶에 영원한 타락의 낙인이 찍힐 거라고. 그는 임종 자리에서의 회개가 공정하지 못하다는 말을 많이 들었다. 착하게 살았건 악하게 살았건, 일생의 습관을 쉽게 깰 수 있다면 말이다. 착하게 살았지만 결국 안 좋게 죽을 수도, 또 평생 사악하게 살았지만 좋게 죽을 수도 있는 게 아닌가 하는 의심. 그는 한 번 더 간곡하게 시도했다.「한때는 당신에게도 신앙이 있지 않았소? 잘 생각해 보시오. 이건 기회요. 이제 마지막이라고. 십자가의 강도처럼 말이오. 당신은 사람들을 죽였소. 아이들도 죽였겠지.」 그는 십자가 아래 놓였던 그 작고 검은 몸뚱어리를 떠올리며 말했다.「하지만 그런 것들도 이제는 더 이상 중요하지 않소. 그것들은 이 몇 년 간의 삶에서 일어난 일들이지. 이제 다 끝났소. 이제 여기에다, 이 오두막에다 다 놔두고 당신은 영원으로 들어가야만 하니……」 그는 한 번도 스스로 이끌어 보지 못했던 자신의 인생의 모호한 신념들에 대한 그리움과 슬픔을 느꼈다. 평화, 영광, 사랑 같은 단어들.

「신부님.」 목소리가 다급해졌다. 「전 내버려 두세요. 신부님 자신이나 신경 쓰시라고요. 제 칼을 가져가세요……」 그 손이 다시 힘없는 노정을 시작했다. 이번에는 엉덩이를 향해서. 그는 몸을 돌리기 위해 무릎을 구부렸는데, 그러다가 문득 온몸이 그 노력을 포기했다. 영혼도, 모든 것을 다.

사제는 아직 삶과 죽음의 경계를 건너가지 않았다면 그 영혼이 참회할 수 있도록 재빨리 조건부 면죄의 말들을 되뇌었지만, 죽어 가는 순간에도 그 영혼은 칼을 찾으며 자기 대신에 폭력을 행사해 줄 수 있는지에만 넋이 팔려 있었다고 하는 편이 진실에 더 가까울 것이다. 그는 기도했다. 「오, 자비로우신 하느님, 이자는 마지막까지 저를 생각하여, 저 때문에 이 남자는……」 그러나 기도에는 확신이 없었다. 그의 행동은 기껏해야 한 범죄자가 다른 범죄자의 탈출을 돕기 위해 한 일에 지나지 않았다. 그들 중 어느 쪽을 바라보든, 공덕을 바랄 만한 사람들은 아니었다.

제3장

 목소리가 들렸다.「이제 볼일은 다 끝났나?」
 사제는 일어나 겁에 질린 몸짓으로 불분명하게 대답했다. 문간에 서 있어 잘 보이지는 않았지만, 그는 폭풍우로 흐릿한 하늘빛이 되비치는 각반을 찬 그 작은 사내를 알아보았다. 감옥에서 나올 때 그에게 돈을 준 바로 그 경찰 간부였다. 그는 권총집에 한 손을 올려놓은 채 죽은 총잡이를 바라보며 낯을 찌푸렸다.「날 만나리라고는 상상도 못 했겠지?」그가 말했다.
 「그랬으면 좋았겠지만.」사제가 말했다.「고맙다는 말부터 드려야겠소.」
 「고맙다고? 뭐가?」
 「이 남자와 둘이 있게 해줘서.」
 「난 야만인이 아니니까.」경찰 간부가 말했다.「이제 밖으로 좀 나와 주실까? 헛수고가 될 테니 도망칠 생각은 말고. 나와 보면 알겠지만.」그가 덧붙였다. 사제가 나와서 둘러보니 열두 명의 무장 경관들이 오두막을 포위하고 있었다.
 「도망이야 물릴 만큼 해봤으니까.」그가 말했다. 혼혈인은 보이지 않았다. 하늘에는 먹구름이 켜켜이 쌓이고 있었다. 덕분에 바로 눈앞의 산들이 작고 생기 있는 장난감처럼 보였다. 그는 한숨을 내쉰 뒤 허허거리며 웃었다. 「저 산들을 넘어가느라 얼마나 고생을 했는데, 그런데 지금…… 내가 여기에 있다니…….」

「나도 당신이 다시 돌아올 줄은 정말 몰랐어.」

「왜 아니겠소. 이젠 사정을 알겠지. 겁쟁이에게도 책임감은 있는 법이오.」 폭우가 터지기 직전에 종종 불어오는 서늘하고 신선한 바람이 그의 피부에 와 닿았다. 대수롭지 않아 보이려는 티를 내며 그가 말했다. 「이제 나를 총살시킬 겁니까?」

경위가 다시 냉정하게 말했다. 「난 야만인이 아니라니까. 재판을 받을 거야…… 정식으로.」

「무슨 재판을?」

「반역죄지.」

「그럼 또 거기까지 가야 한다는 말이오?」

「물론. 도망치지만 않는다면.」 그는 사제를 조금도 못 믿겠다는 듯 총에서 손을 떼지 않았다. 그가 말했다. 「안면이 있는 게 분명한데…….」

「그럴 거요.」 사제가 말했다. 「날 두 번 본 적이 있소. 내 고향 마을에서 인질을 잡아갈 때……. 내 딸에게 〈저 사람은 누구냐?〉라고 물었고, 딸은 〈아빠예요〉라고 대답했지. 그 말을 듣고 날 풀어 줬소.」 갑자기 산들이 눈앞에서 사라졌다. 누군가 손안에 들고 있던 물을 얼굴에다가 홱 뿌리는 것 같았다.

「빨리빨리.」 경위가 말했다. 「오두막으로 들어가.」 그는 부하 한 명에게 소리쳤다. 「앉을 수 있게 상자 좀 가져오고.」

폭풍우가 주위로 몰려드는 동안, 두 사람은 죽은 남자가 있는 오두막으로 들어갔다. 빗물을 뚝뚝 흘리며 군인이 포장 상자 두 개를 들고 왔다. 「초 하나도.」 경위가 말했다. 그는 한 상자 위에 앉더니 권총을 꺼냈다. 「앉으시지, 거기. 문 쪽으로 가지 말고, 내가 잘 볼 수 있는 쪽으로.」 군인이 초에 불을 붙인 뒤 촛농을 떨어뜨려 딱딱한 바닥에 고정시켰다. 사제는 미국인 옆에 앉았다. 칼을 잡으려고 몸을 웅크린 자세가, 꼭 남몰래 한두 마디 들려주기 위해 친구 쪽으로 다가가려던 사람 같았다. 더러운 데다 수염도 못 깎은 두 사람은 같은 부류로 보이는 반면에, 경위는 완전히 다른 계급에 속해 있는 것 같았다. 그가 경멸적으로 말했다. 「그럼 딸이 있다는 소리인가?」

「그렇소.」 사제가 말했다.

「당신은 사제가 아닌가?」

「다른 사제들도 나 같을 것이라고 생각해서는 안 되오.」 그는 반짝이는 단추에 번쩍 스치는 양초의 불빛을 바라봤다. 그가 말했다. 「세상에는 좋은 사제와 나쁜 사제가 있소이다. 나는 그냥 나쁜 사제일 뿐이지.」

「그런 줄도 모르고 사람들은 당신의 교회를 위해 봉사하겠지…….」

「그렇소.」

경위는 조롱이라도 당한 사람처럼 매섭게 그를 바라봤다. 그가 말했다. 「두 번이라고 했지? 내가 당신을 두 번 봤다고.」

「그렇소. 감옥에 있었소. 당신이 내게 돈을 줬지.」

「기억나.」 그가 화를 냈다. 「그런 식으로 나를 우롱하다니. 다 잡아 놓고서는 그냥 보내 버렸군. 당신을 찾느라 부하가 둘이나 희생됐어. 그때 잡았더라면 지금까지 살아 있었을 텐데……」 천장 틈새로 떨어지는 빗방울이 튀자 촛불이 지글대는 소리를 냈다. 「이 미국인 때문이라면 두 명이나 죽을 필요도 없었지. 실질적인 위험은 아니었으니까.」

비는 쉬지 않고 퍼부었다. 그들은 말없이 앉아 있었다. 갑자기 경위가 말했다. 「주머니에서 손 빼.」

「트럼프 카드를 만지고 있던 것뿐이오. 시간 보내기 좋을 것 같다는 생각이 들어서……」

「난 카드놀이를 하지 않아.」 경위가 껄끄럽게 말했다.

「그런 뜻이 아니오. 게임을 하자는 게 아니라, 카드 마술을 몇 가지 보여 주려는 거요. 해도 되겠소?」

「마음대로 해. 그렇게 하고 싶다면.」

레어 씨가 그에게 준 낡은 카드 한 벌이었다. 사제가 말했다. 「여기에, 보다시피, 카드가 석 장 있소이다. 에이스, 킹, 잭. 이제……」 그는 카드를 뒤집어 바닥에 부채꼴로 펼쳤다. 「어떤 게 에이스인지 맞혀 보시오.」

「당연히, 이거겠지.」 경위가 성가시다는 듯 보는 둥 마는 둥 말했다.

「틀렸소.」 사제가 카드를 뒤집으며 말했다. 「이건 잭이지.」

경위는 경멸적으로 말했다. 「노름꾼 아니면 애들한테나 통할 장난이군.」

「다른 마술도 있소.」 사제가 말했다. 「〈날아가는 잭〉이라는 마술이오. 한 벌의 카드를 세 뭉치로 나눕니다. 이렇게. 그다음에는 이 하트 잭을 꺼내서 여기 가운데 뭉치에다가 놓는 거지. 이렇게. 이제 이 세 뭉치를 한 번씩 두드리겠소.」 말하는 동안 그의 얼굴이 환해졌다. 카드를 만져 본 지도 얼마나 오래됐는지 모른다. 그는 폭우를, 죽은 남자를, 자신의 맞은편에 있는 완강하고도 적대적인 그 얼굴을 잊었다.「〈날아가는 잭〉이라고 했잖소.」그는 왼쪽 카드 뭉치를 반으로 나누더니 잭을 꺼내 보이며 말했다.「그래서 여기에 있는 거요.」
「잭이 두 개인 모양이지.」
「직접 확인해 보시오!」경위는 마지못해 몸을 앞쪽으로 기울인 채 가운데 뭉치를 살펴봤다. 그가 말했다.「이러고서 인디언들한테는 이게 다 하느님의 기적이라고 말했겠군.」
「그럴 리가.」사제가 껄껄 웃었다.「어떤 인디언에게 배운 거라오. 마을에서 제일가는 부자였지. 못 믿겠소? 이런 손이라고? 아니오, 보통 이 카드 속임수는 교구에서 휴식할 때 많이 했었소. 조합들 모임이 많으니까.」
몸에 밴 염증의 표정이 경위의 얼굴에 스쳤다.「그런 조합들, 나도 기억하지.」
「소년 시절이었겠군?」
「나도 나이를 먹을 만큼 먹었으니까 그 정도는 알아…….」
「그래서?」
「다 사기야.」한 손을 권총에 올려 둔 채 그가 버럭 화를 냈다. 이런 개만도 못한 인간은 지금 당장, 영원히 없애 버리는 게 낫겠다는 생각이 막 스친 것처럼.「다 핑계일 뿐이고, 속임수일 뿐이지. 모든 재산을 팔아서 가난한 자들에게 줘라. 가르치는 게 그런 것들 아닌가? 하지만 과연 그럴까? 어떤 여편네가 있었지. 약사의 마누라였는데, 저 집 식구들은 자선을 받을 만한 자격이 없다고 말하곤 했지. 이 사람 저 사람들은 또 뭐라고 수군댔는지 아나?〈그 사람들 못산다고? 먹을 걸 바랄 자격이 있나? 사회주의자 놈들인데.〉그리고 당신네 사제들은 누가 부활절 의무를 지키고 헌금을 냈는지에만 눈에 불을 켜기 바빴지.」 그의 목소리가 커졌다. 경찰 한 명이 무슨 일인가 해서 오두막 안을 들여다본 뒤, 다시 몰아치는 빗줄기 속으로 물러났다. 「성당은 가난합니다. 사제는 가난합니다. 그러니까 모두 가진 것을 다 팔아서 성당에 바쳐야만 합니다.」

사제가 말했다. 「당신 말이 옳소.」 그러고는 곧장 덧붙였다. 「물론 틀리기도 하고요.」

「옳다고?」 경위가 사납게 되물었다. 「무슨 뜻이지? 변명조차 하지 않는 이유는……?」

「감옥에서 나한테 돈을 줄 때, 당신이 좋은 사람이라는 걸 한눈에 느꼈으니까.」

경위가 말했다. 「당신한테는 희망이 없기 때문에 당신 말을 들어 주는 거야. 희망이 하나도 없어. 당신이 무슨 말을 하든 간에 그건 바뀌지 않아.」

「맞소.」

경찰 간부의 비위를 건드릴 생각은 없었지만, 그의 말투에 경위를 화나게 만드는 뭔가가 있는 모양이었다. 지난 8년 동안 농부 몇 사람과 인디언들을 제외하면 누구하고도 대화를 나눠 본 적이 없었던 것이다. 그가 말했다. 「당신은 위험인물이야. 그래서 우리가 죽이려는 거야. 난 당신에게 아무런 유감이 없어. 남자라면, 그건 알아줘야 해.」

「물론 유감이 없겠지. 당신은 하느님과 맞서는 중이니까. 나 같은 사람이야 하루에 한 명씩이라도 죽일 수 있지 않겠소? 또 돈도 주고.」

「아니, 나는 허구의 존재에 맞서 싸우는 사람이 아니야.」

「하지만 나란 사람은 맞서 싸울 만한 값어치도 없는 사람이 아니오? 그렇게 말했잖소? 거짓말쟁이라고, 주정뱅이라고. 총알 한 발의 값어치라면 나보다는 차라리 저 사람한테 더 있을 것 같은데.」

「그건 당신 생각이고.」 경위는 무겁고 습한 공기 속에서 땀을 조금 흘리고 있었다. 그가 말했다. 「당신은, 당신들은 너무나 교활해. 그럼 이 질문에도 대답해 보시지. 당신들은 멕시코에 사는 사람들을 위해 무슨 일을 했지? 지주들에게 농노를 때리지 말라고 한 번이라도 말해 본 적이 있나? 아, 그래, 나도 잘 알지. 고해소에서야 그런 얘기를 했겠지. 그러고는 다 잊어버리고. 그런 게 당신들의 의무잖아. 고해소를 나와서는 그자와 함께 저녁을 먹고, 그 지주가 농노를 죽여도 모르는 체하는 게 당신들의 의무잖아. 그러면 만사 끝이니까. 지주는 고해소에다 죄를 남겨 놓고 떠나면 그만이니까.」

「계속 말해 보시오.」 사제가 말했다. 그는 두 손을 무릎 위에 올리고 머리를 수그린 채, 포장 상자 위에 앉아 있었다. 경위의 말소리에 집중하려 했지만 허사였다. 그는 주도까지 가는 48시간을 생각하고 있었다. 오늘은 일요일이다. 수요일이면 아마 나는 죽겠지. 죽고 난 뒤에 일어날 일보다 총알을 맞는 고통을 더 두려워하니, 그보다 더한 배반 행위는 없을 것 같았다.

「뭐랄까, 우리에게도 생각은 있어.」 경위가 말했다. 「기도를 위해서 돈을 쓰는 일은 더 이상 안 돼. 안에 들어가 기도할 건물을 짓기 위해서 돈을 쓰는 일도 더 이상 안 돼. 대신 우린 사람들에게 음식을 줄 거야. 글 읽는 법을 가르치고, 책을 줄 거야. 우리는 사람들이 번민하지 않도록 할 거야.」

「하지만 번민하는 게 그 사람들 자신이 원하는 거라면―」

「물론 여자를 범하고 싶어 하는 남자도 있겠지. 하지만 원한다고 그렇게 하도록 내버려 두지는 않지 않나? 번민은 나쁜 거야.」

「하지만 당신도 늘 번민하잖소.」 촛불 건너 불만에 찬 그 인디언의 얼굴을 바라보며 사제가 지적했다. 「당신 얘기는 참 훌륭하오. 그 헤페도 똑같이 생각하오?」

「우리라고 형편없는 자가 없을 순 없지.」

「그럼 그다음에는 어떻게 되는 거요? 그러니까 내 말은, 모든 사람들이 배불리 먹고 훌륭한 책, 당신이 읽어도 좋다고 생각하는 책만 읽은 뒤에는 말이오.」

「아무것도 없어. 그다음에 죽는다는 것만은 사실이야. 우리가 그 사실까지 바꿀 순 없지.」

「우린 여러 모로 생각이 비슷하군.」 별 생각 없이 카드를 나눠 놓으며 사제가 말했다. 「우리에겐 사실들이 있고, 우리는 그걸 바꾸려 하는 게 아니오. 부자든 가난하든 세상은 불행하다는 것. 성인이라면 몰라도 불행하지 않은 사람은 많지 않지. 이 삶에서 소소한 고통에 너무 많이 마음을 쓰는 건 무가치한 일이오. 하지만 한 가지 믿음만은 우리가 공유하고 있지. 1백 년 안에 우리 모두 죽는다는 사실 말이오.」 그는 카드를 섞으려다가 그만 서투르게 다뤄서 카드들을 꺾고 말았다. 손이 떨리고 있었다.

「말은 그렇게 하면서도 지금 그 소소한 고통이 걱정되는 모양이군.」 그의 손가락을 바라보며 경위가 심술궂게 말했다.

「난 성인이 아니니까.」 사제가 말했다. 「용감한 사람도 못 되지.」 걱정스러운 표정으로 그가 고개를 들었다. 다시 밝아지고 있었다. 더 이상 촛불도 필요 없었다. 이제 곧 긴 여행을 시작할 수 있을 정도로 날이 갤 것 같았다. 그는 계속 말하고픈 욕망을, 그래서 출발을 몇 분이나마 늦추고 싶은 욕망을 느꼈다. 그가 말했다.「그 점에서 우리는 또 차이가 나는 거라오. 당신 같은 경우엔 스스로 좋은 사람이 되지 못한다면 목표를 향해 노력해 봐야 아무런 소용이 없다오. 그리고 당신들 쪽이라고 모두가 좋은 사람일 수는 없지 않겠소. 그렇다면 결국에는 다시 굶주림과 매질과 물질주의가 생긴다는 얘기지. 하지만 내가 겁쟁이가 된다고 해서 크게 바뀌는 건 없다오. 다른 모든 사제들도 마찬가지지. 나는 이전과 마찬가지로 사람들의 입에다 하느님의 육신을 넣어 줄 수 있고, 하느님의 이름으로 그들의 죄를 사해 줄 수도 있소. 성당의 모든 사제들이 나와 같다고 해도 달라질 건 하나도 없소.」

「정말 이해되지 않는 일이 하나 있는데.」경위가 말했다. 「다른 놈들을 모두 도망쳤는데, 그중에서 왜 하필이면 당신이 남은 거지?」

「모두 도망친 건 아니오.」사제가 말했다.

「어쨌거나 왜 당신이 남은 거지?」

「언젠가 나도……」사제가 말했다. 「나 자신에게 물어본 일이 있지. 사실만 말하겠소. 사람한테는 느닷없이 두 개의 길, 선행의 길과 악행의 길이 제시되는 게 아니오. 서서히 휘말리게 되는 거지. 처음 1년은, 글쎄, 아무리 생각해도 도망쳐야만 할 이유를 찾을 수 없었소. 그즈음 성당은 불타고 있었지. 얼마나 자주 불이 났는지는 당신도 알 거요. 그건 중요한 게 아니지만. 어쨌든 난 다음 달만 버텨 보자, 혹시 상황이 나아질지 모르니까, 뭐 그 정도 생각이었지. 그랬던 것인데,

아, 시간이 얼마나 유수처럼 지나가던지.」다시 날이 활짝 개었다. 오후의 비는 모두 지나갔고, 삶은 다시 이어져야만 했다. 경찰 한 명이 오두막의 입구를 지나가면서 궁금하다는 듯 안을 들여다봤다.「그러다 갑자기 돌아보니 주변 몇 십 마일 안에 남은 사제라고는 나 혼자뿐이라는 걸 깨닫게 됐다는 거 아시겠소? 사제들을 결혼시키는 법 때문에 모두 끝장이 났지. 다들 떠났소. 그게 옳은 행동이었지. 특히 한 사제는 늘 나를 못마땅하게 여겼소. 하지만 보다시피 나한테도 혀가 있지 않겠소? 이 혀라고 그런 말을 듣고 가만히 있겠소? 그는 나더러 심지가 곧지 못하다고 말하더이다. 꽤 맞는 말이었지. 그 사람은 도망쳤소. 그건 뭐랄까, 웃긴 얘기지만, 학교에 날 달달 들볶던 인간이 있어서 몇 년 동안 학교 가는 게 무서웠는데, 그 선생이 이제 가르칠 수 없을 정도로 늙어 학교에서 쫓겨난 것과 비슷한 상황이라고나 할까. 그렇게 해서 더 이상 다른 사람의 말에 신경 쓰지 않게 됐소이다. 신자들이 나를 괴롭히거나 하는 일은 없었으니까. 그들은 날 좋아했지.」그는 웅크린 채 쓰러져 있는 양키를 곁눈질로 힐끔거리며 희미하게 웃었다.

「계속 말해 봐.」경위가 언짢은 듯이 말했다.

「이런 식이라면 나에 대해서 모르는 게 없겠소.」사제가 말했다.「감옥까지 가기도 전에 말이오.」

「좋은 거지. 적을 알아야 하니까.」

「그 사제가 옳았소. 그가 떠난 뒤로 나는 엉망이 됐소. 모두 처음이 어려운 거지. 나는 의무를 소홀히 하게 됐소. 술을 마시기 시작한 거요. 지금은 나도 같이 도망치는 게 좋았을 것 같다는 생각이 든다오. 그때는 자만심이 너무 컸던 게지.

하느님에 대한 사랑도 없었고.」레어 씨의 옷가지를 입은 그 자그마한 남자가 포장 상자에 앉아 머리를 숙였다.「자만심은 천사도 타락시킨다오. 제일 나쁜 게 자만심이지. 다른 사제들은 다 떠났는데도 나는 남아 있으니 홀로 청정하다고 생각했소. 그리고 그건 나는 당당한 사람이니 스스로 규율을 만들 수 있다는 생각으로 이어졌소. 나는 단식을 지키지 않았고, 매일 미사를 빼먹었으며, 여러 기도들을 하지 않았소. 그러다가 하루는 술에 취해, 너무 외로워서, 그다음은 설명하지 않아도 잘 알겠지만, 아이를 가지게 됐소. 바로 그런 것들이 모두 나의 자만심에서 나온 것이지. 여기 있었기 때문에 생긴 자만심. 나는 남았을 뿐, 쓸모없는 인간이라오. 어쨌거나 그다지 쓸모가 많지는 않았지. 그렇기 때문에 영성체를 받는 사람이 한 달에 1백 명도 안 됐던 거요. 떠났더라면 그 열두 배는 더 많은 사람들을 하느님께 인도했을 텐데. 사람이라는 게 원래 그런 실수를 잘 저지른다오. 그래 놓고서는 돌아가는 사정이 어렵거나 위험해서라고 생각하지…….」그가 양손을 흔들어 보였다.

경위가 화난 어조로 말했다.「어쨌든 이제 당신은 순교자가 될 테고, 그럼 만족을 얻게 되겠지.」

「아니, 순교자는 나 같은 사람이 아니오. 그분들은 이것저것 밤낮 재보는 사람들과는 다르니. 나도 브랜디를 더 마시면 그렇게 겁내지 않게 되겠지만.」

경위가 입구에 있는 남자에게 외쳤다.「무슨 일이야? 왜 여기서 얼쩡거리는 건가?」

「폭우가 지나갔습니다, 경위님. 언제 출발하는지 다들 궁금해하고 있습니다.」

「곧 출발한다.」

그는 일어나 권총을 권총집에 다시 넣었다. 그가 말했다. 「죄수가 탈 말을 하나 마련해. 몇 사람 시켜서 저 양키를 묻을 구멍도 파고.」

사제는 주머니에 카드를 넣고 일어났다. 그가 말했다. 「꾹 참고 잘 들어 주셔서—」

「못 들을 게 뭐가 있어.」 경위가 말했다. 「서로 생각이 다를 뿐인데.」

비가 그치자 땅에서 습기가 올라왔다. 무릎까지 안개가 피어올랐다. 말들이 출발 준비를 마치고 서 있었다. 사제가 말에 올라탔다. 그들이 떠나려는 순간, 어떤 목소리가 사제를 돌아보게 만들었다. 그가 그토록 많이 들었던 바로 그 징징대는 애원이었다. 「신부님.」 혼혈인이었다.

「그래그래.」 사제가 말했다. 「또 당신이군.」

「신부님이 무슨 생각을 하실지 다 압니다요.」 혼혈인이 말했다. 「신부님은 관용이 너무 없습니다. 줄곧 제가 배신할 거라고 생각했죠.」

「꺼져.」 경위가 소리쳤다. 「네놈이 할 일은 다 끝났다.」

「한마디만 해도 되겠소, 경위?」 사제가 물었다.

「신부님은 선량한 분이긴 합니다.」 메스티조가 말을 잘랐다. 「하지만 사람들을 정말 깔보시죠. 저는 그냥 축복을 원하는 것뿐입니다. 그게 전부입니다요.」

「선량하다니 그게 무슨 뜻이지? 그리고 축복은 팔 수 있는 것이 아니오.」 사제가 말했다.

「그냥, 이제 우리가 서로 만날 일은 없잖습니까. 신부님이 가시는 길에 나쁜 마음을 먹지 않으면 좋겠다는 뜻이죠······.」

「미신을 꽤 믿는 모양이군.」 사제가 말했다. 「당신은 내 축복을 가져다가 하느님의 눈가리개로 쓸 속셈이야. 그분이야 모르시는 일이 없을 텐데, 난들 그것까지 막을 수 있겠소? 차라리 집에 가서 기도나 하시오. 그래서 죄책감이라는 은총을 그분에게서 받을 수 있다면, 그 돈일랑은 죄다······.」

「무슨 돈 말씀입니까, 신부님?」 혼혈인이 화난 듯 말등자를 잡아챘다. 「무슨 돈이냐고요? 또 그런 식으로다가······.」

사제는 한숨을 내쉬었다. 시련이 하도 고되어 세상이 텅 빈 듯 느껴졌다. 지루할 정도로 오래 이어질 행로보다 두려움 때문에 더 지칠 것이 분명했다. 그가 말했다. 「당신을 위해 기도하겠소.」 그러고는 말을 채찍질해 경위의 뒤에 따라붙었다.

「저도 신부님을 위해서 기도하겠습니다요.」 이제야 흡족한지 혼혈인이 외쳤다. 바위 사이 가파른 내리막길을 앞두고 말이 자세를 가다듬을 때, 사제는 뒤를 돌아봤다. 혼혈인이 입을 약간 벌리고 두 엄니를 드러낸 채 오두막들 사이에 혼자 서 있었다. 고함을 지르며 뭔가를 불평하거나, 아마도 자신은 독실한 가톨릭 신자라고 주장하는 모습을 스냅 사진으로 찍어 놓은 것 같았다. 한 손으로는 겨드랑이 밑을 긁고 있었다. 사제는 손을 흔들었다. 그에게는 어떤 원한도 남아 있지 않았다. 애당초 인간적인 것은 조금도 기대하지 않았기에. 또 적어도 한 가지만은 다행스러웠기에. 〈죽는 그 자리〉에는 저 누렇고 신뢰할 수 없는 얼굴이 없을 테니.

「당신은 배운 사람이지.」 경위가 말했다. 그는 오두막 입구에 누워 있었다. 망토를 말아서 머리에 베고, 권총은 옆에 놓았다. 밤이었지만 두 사람 모두 잠들 수 없었다. 사제는 몸을 뒤척일 때마다 온몸이 쑤시고 아파서 끙끙댔다. 경위가 길을 재촉하는 바람에 밤늦도록 말을 타야만 했던 것이다. 그들은 산악 지대에서 내려와 습지대 평원에 있었다. 이제 주 내의 땅들이 여러 개의 늪으로 나누어질 것이다. 진짜 우기가 시작됐다.

「그렇지 않소. 나는 가겟집 아들이오.」

「내 말은, 유학을 했다는 뜻이야. 양키처럼 말할 수 있고, 정식 교육도 받았고.」

「그렇소.」

「나는 모든 걸 나 혼자 생각해서 해결해야만 했지. 하지만 세상에는 학교에서 배울 수 없는 것들이 있단 말이지. 세상에는 부자와 가난뱅이가 있다는 것.」 그는 목소리를 낮췄다. 「당신 때문에 인질을 세 명이나 총살시켰지. 불쌍한 사람들이었어. 그 때문에 당신을 증오하게 됐어.」

「그랬겠군요.」 사제는 인정했다. 오른쪽 허벅지에 생긴 경련을 좀 덜어 볼까 하는 마음에 그가 몸을 일으키려 했다. 경위가 총을 잡고 잽싸게 앉았다. 「뭘 하려는 거지?」

「아무것도. 아파서 그런 것뿐이오.」 그는 끙끙거리며 다시 누웠다.

경위가 말했다. 「내가 총살시킨 그 사람들, 모두 내가 사랑하는 사람들이었어. 나는 그 사람들에게 이 세상 전부를 주고 싶었지.」

「글쎄요, 누가 알겠냐마는, 그럴 수도 있겠지.」

뭔가 더러운 게 입안에 들어가기라도 한 듯, 경위가 갑자기 있는 힘껏 침을 뱉었다. 그가 말했다. 「당신은 항상 그럴 듯한 답을 내놓지만, 무의미한 것들뿐이야.」

「난 독서에는 언제나 젬병이었소.」 사제가 말했다. 「그래서 기억하는 것도 거의 없지. 하지만 당신 같은 사람을 생각하면서 늘 궁금했던 게 하나 있소. 당신은 부자를 증오하고, 가난한 사람들을 사랑하오. 내 말이 맞소?」

「그래.」

「글쎄, 나는 말이오, 만약 당신 같은 사람을 미워한다면, 내 자식을 당신 같은 사람으로는 만들려고 하지 않을 거요. 그건 말이 안 되는 일이지.」

「억지를 부리는군……」

「그럴지도 모르지. 나는 당신들 사상을 정색하고 생각해본 일이 한 번도 없으니까. 우리는 늘 가난한 사람에게 복이 있으며 부자들은 천국에 들어가기 어려울 것이라고 말하오. 그런데 왜 공연히 가난한 사람들까지 잘살게 해 천국에 들어가기 어렵게 만들어 놓아야 하오? 아, 물론 가난한 사람들에게 베풀라는 말, 그들이 굶주리지나 않는지 살피라는 말이 있다는 건 나도 잘 안다오. 돈 때문에 악행을 저지르는 것만큼이나, 사람들은 굶주림 때문에 악행을 저지르니까. 하지만 그렇다고 해서 가난한 사람들에게 권력까지 줄 필요가 어디 있소? 차라리 먼지 속에서 죽어 천국에서 깨어나게 하는 편이 훨씬 낫지. 먼지 속으로 일부러 그 머리를 밀어 넣을 필요는 없겠지만 말이오.」

「나는 당신들의 논리를 증오해.」 경위가 말했다. 「논리 따위는 내게 필요 없어. 고통에 빠진 사람을 보고도 당신 같은 사람들은 그저 논리적으로, 논리적으로 그런 말만 할 뿐이지. 고통은 좋은 것이다, 언젠가는 그 고통 덕분에 좋은 날이 올 것이다. 하지만 나는 오직 심장으로만 말할 거야.」

「총구의 끝에서.」

「그래, 총구의 끝에서.」

「글쎄, 아마도 내 나이 정도 되어 보면 심장이라는 게 얼마나 믿지 못할 짐승인지 알게 될 거요. 머리도 마찬가지지만. 그래도 머리는 사랑에 대해서는 얘기하지 않지. 사랑이라. 물속에 제 머리를 밀어 넣는 소녀도, 목이 졸려 죽는 아이도 있는데, 심장은 늘 사랑, 사랑만 이야기하지.」

그들은 한동안 아무 말 없이 오두막에 누워 있었다. 잠든 모양이라고 사제가 생각할 즈음 경위가 다시 말했다.「솔직하게 말하는 법이 없군. 나한테는 그렇게 말해 놓고 다른 남자나 여자한테 가서는 〈하느님은 사랑이시라〉 하고 말하겠지. 그딴 건 나한테 먹히지 않으니까 다른 소리를 늘어놓는 거야. 당신이 생각하기에 나한테 먹혀들 법한 소리를.」

「아……,」 사제가 말했다.「그건 완전히 다른 문제라오. 하느님이 사랑이신 건 맞소. 심장으로 그 사랑을 맛볼 수 없다는 말을 하는 게 아니라, 어떤 맛인지의 문제는 남는다는 거지. 한 파인트의 시궁창 물에다가 사랑을 아주 조금 섞는다고 칩시다. 그러면 우리는 그게 사랑인지도 못 알아챌 거요. 그건 어쩌면 증오와 더 닮았겠지. 하느님의 사랑은 우리를 두렵게 만드는 것이오. 사막의 덤불에 불을 붙이지 않았소? 또 어둠 속에서 무덤을 깨부수고 죽은 자를 걷게 했지. 아, 나 같은 놈이 그런 사랑을 느꼈다면 아마도 줄행랑을 쳤을 거요.」

「당신은 하느님을 완전히 믿지 못하는군. 고마워할 줄 모른다고 여겨질 테니까. 당신이 하느님을 모시듯이 누군가 나를 모셨다면, 글쎄, 나는 그 사람이 승진할 수 있도록 추천하고, 또 연금을 충분히 받을 수 있도록 뒤를 봐줬겠지……. 만약 그가 암에 걸려 고통받는다면, 머리에 총알 한 발을 박아 줄 수도 있고.」

「들어 보시오.」 사제가 진심을 담아 말했다. 경련이 이는 한쪽 발에 힘을 주며 그는 어둠 속에서 몸을 앞으로 기울였다. 「나는 당신이 생각하는 것만큼 부정직한 인간은 아니오. 당신은 내가 제단에 서서 사람들을 향해 죽음이 눈치채지도 못하게 그들을 낚아채면 모두 지옥에 떨어질 운명이라고 말한 이유가 뭐라고 생각하시오? 나 자신도 믿지 않는 동화 같은 이야기는 사람들에게도 한 일이 없소이다. 나는 하느님의 자비심 같은 것에 대해선 아는 바가 하나도 없소. 인간의 마음이 그분에게 얼마나 추악하게 보이는지도 나는 모르오. 하지만 이것만은 안다오. 만약 이 주에서 단 한 사람이라도 지옥으로 떨어진다면, 나 역시 같은 신세가 될 거요.」 그가 천천히 말했다. 「나는 무슨 다른 대접을 원하는 게 아니오. 내가 원하는 건 정의일 뿐이오. 그게 다라오.」

「어두워지기 전에 도착할 거야.」 경위가 말했다. 여섯 명은 앞에서, 여섯 명은 뒤에서 따르고 있었다. 때로 강의 지류들 사이 삼림 지대에서는 한 줄로 가야 했다. 경위는 그다지 말이 없었다. 부하 두 명이 뚱뚱한 가게 주인과 그의 여자에 대한 노래를 부르기 시작했을 때 한 번, 조용히 하라며 매섭게 소리쳤을 뿐이다. 그다지 개선 행렬 같지는 않았다. 말을 타고 가는 사제의 얼굴에는 희미하나마 미소 같은 게 있었다. 그건 마치 가면과도 같아 그는 아무도 몰래 고요히 생각에 잠길 수 있었다. 그 생각의 대부분은 고통이었다.

「내 보기에는……」 앞을 노려보며 경위가 말했다. 「기적을 바라는 모양인데.」

「실례지만, 방금 무슨 말을 하셨소?」

「당신이 기적을 바라는 것 같다고 했어.」

「아니오.」

「당신은 그딴 것들을 믿잖아?」

「그렇소. 하지만 나한테는 해당되지 않소. 나는 이제 누구에게도 도움이 안 되는 사람이니까. 그런 나를 하느님이 왜 살려 두시겠소?」

「당신 같은 사람이 그딴 것들을 믿는 이유를 모르겠군. 인디언들이야 그럴 수 있겠지. 왜, 전깃불을 처음 봤을 때 그 사람들은 그게 기적이라고 생각했으니까.」

「죽은 자들 가운데서 한 사람이 되살아나는 걸 봤다면, 당신도 그렇게 생각했을 거라고 감히 말하리다.」 가면처럼 미소 띤 얼굴 뒤에서 무슨 소리인지 알아듣기나 하냐는 듯 그가 껄껄댔다. 「아, 재미있지 않소? 그건 일어나지 않은 기적이 아니라오. 단지 사람들이 다른 이름으로 부를 뿐이지. 죽은 사람을 둘러싼 의사들이 안 보이시오? 그는 더 이상 숨 쉬지 않고, 그의 맥박은 멈췄으며, 심장은 뛰지 않소. 죽은 거지. 그때 누군가 그를 되살리오. 그러면 그들은 모두 자신들의 의견을, 뭐랄까, 보류하지. 기적이라고 말하지는 않을 거요. 왜냐하면 그 사람들, 그런 말을 안 좋아하거든. 그런 일이 일어나고 또 일어난다오. 하느님은 지상에 계시니까. 그런데도 사람들은 이렇게 말하지. 그건 기적이 아니야. 그건 단지 생명의 정의에 대한 우리의 개념이 확장됐다는 걸 뜻할 뿐이야. 이제 우리는 맥박, 호흡, 심장 박동 없이도 인간이 살아 있을 수 있다는 걸 알게 됐어. 그래서 그들은 그런 생명의 상태를 묘사할 수 있는 새로운 단어를 만들어 내고, 과학이 기적을 논박했다고 말한다오.」 그가 다시 껄껄거렸다. 「그런 사람들을 납득시킬 수 있을 리가 없지.」

그들은 숲길에서 나와 딱딱하게 굳은 길로 들어섰다. 경위가 박차를 가하자 전 기마대가 느린 구보로 달리기 시작했다. 이제 거의 고향에 가까워졌다. 경위가 마음에도 없는 소리를 했다. 「당신, 나쁜 사람은 아니군. 내가 뭐 해줄 수 있는 일이라도 있다면—」

「고해 성사를 볼 수 있도록 해준다면 좋겠소만……」

집들이 보이기 시작했다. 무너져 가는, 단단하게 구운 흙벽돌집들과 진흙 위에 회반죽을 발라 세운 에스러운 기둥이 있었고, 깨진 잡석들 틈에서는 더러운 몰골의 아이가 놀고 있었다.

경위가 말했다. 「하지만 사제가 하나도 없는데.」

「파드레 호세가 있소.」

「아, 파드레 호세.」 경멸스럽다는 듯이 경위가 말했다. 「당신한테는 도움이 안 될 텐데.」

「그만하면 충분히 도움이 된다오. 여기서 성인을 찾을 수는 없을 것 같소만.」

경위는 잠시 입을 다문 채 말을 타고 갔다. 그들은 박살 난 천사들로 가득한 묘지에 도착해 검은 글자로 〈정숙〉이라고 적어 놓은 거대한 포르티코를 지나갔다. 그가 말했다. 「좋아, 그를 불러 주지.」 그는 지나가는 동안 묘지는 쳐다보지도 않았다. 죄수들을 총살했던 벽도 있었다. 길은 강을 향해 가파르게 내려갔다. 길의 오른쪽, 한때 대성당이 있었던 곳에는 철제 그네만이 뜨거운 하오의 햇살 속에 서 있었다. 한때 사람들로 북적댔던 곳인지라 산악 지대에 있을 때보다 황량한 느낌이 훨씬 더했다. 경위는 생각했다. 맥박이 없고, 호흡이 없고, 심장 박동이 없는데도 생명은 여전히 남아 있을 때, 해야 할 일은 오직 그에 합당한 이름을 찾아내는 것이리라. 한 아이가 그들이 지나가는 광경을 지켜봤다. 아이가 경위에게 소리쳤다.「경위 아저씨, 나쁜 놈 잡았나요?」경위는 어렴풋하게나마 그 얼굴을 기억하고 있었다. 언젠가 광장에서 보았던 깨진 병. 그는 웃음으로 대답하려고 했다. 하지만 이상하기만 한 언짢은 찡그림만이 있었다. 승리도, 희망도 없는. 모든 건 거기서 다시 시작해야 했다.

제4장

경위는 어두워지기를 기다렸다가 직접 움직였다. 다른 사람을 보냈다가는 그 즉시 파드레 호세가 감옥에서 종교 행위를 할 수 있게 놔뒀다는 소문이 온 도시에 다 퍼질 것 같았다. 헤페에게 말하지 않은 건 더욱 현명한 처사였다. 상관보다 더 일을 잘할 때는 상관을 믿어서는 안 되는 법이다. 자신이 사제를 데려온 일을 헤페가 별로 좋아하지 않는다는 걸 그는 알고 있었다. 그의 입장에서는 도망치게 내버려 두는 편이 더 좋았으니까.

파티오에 들어서자 십여 개의 눈동자가 자신을 관찰하는 것을 그는 느낄 수 있었다. 파드레 호세가 나타나면 소리를 지를 준비를 하고 아이들이 모여 있었다. 그 사제에게 아무것도 약속하고 싶지 않았지만, 내뱉은 말은 지킬 생각이었다. 용기든 진정성이든 정의든, 그 어떤 점에서도 낡고 부패한 신의 세계보다 우월함을 보여 주는 것 자체로 그는 이미 승리하는 셈이 될 테니까.

문을 두드렸으나 대답이 없었다. 그는 청원하러 온 사람처럼 어두운 파티오에 서 있었다. 다시 문을 두드렸다. 목소리가 들렸다. 「잠깐만, 잠깐만요.」

파드레 호세가 철창에 얼굴을 들이밀었다. 「무슨 일이오?」 그는 땅바닥을 더듬거리며 뭔가 찾는 듯 보였다.

「서에서 나온 경위입니다.」

「아.」 파드레 호세가 소리쳤다. 「죄송합니다. 바지가 있는데, 어두워서.」 뭔가를 집어 드는가 싶더니 벨트나 멜빵이라도 떨어진 듯 쿵 하는 소리가 들렸다. 파티오 저쪽에서 아이들이 〈파드레 호세, 파드레 호세〉라고 떠들기 시작했다. 문간으로 나온 그는 아이들 쪽은 쳐다보지도 않은 채 〈망할 놈들〉이라며 온화하게 중얼거렸다.

경위가 말했다. 「서까지 좀 가주셔야겠습니다.」

「하지만 나는 아무 짓도 안 했는데요. 아무 짓도요. 조심조심 지냈어요.」

「파드레 호세.」 아이들이 떠들어 댔다.

애원조로 그가 말했다. 「묘지에서 발견된 죽은 애 때문이라면 뭔가 잘못 전달됐을 겁니다. 기도 한마디 하지 않았어요.」

「파드레 호세, 파드레 호세.」

경위가 몸을 돌리고 파티오를 가로질렀다. 그는 쇠창살에 매달린 얼굴들을 향해 화난 목소리로 말했다. 「조용히 해. 가서 잠이나 자, 지금 당장. 내 말 안 들려?」 얼굴들은 하나둘 사라지는가 싶더니 경위가 돌아서자마자 다시 나와서 지켜봤다.

파드레 호세가 말했다. 「저 아이들을 당해 낼 사람은 아무도 없습니다.」

어떤 여자의 목소리가 들렸다. 「어디 있어요, 호세?」

「여보, 여기라오. 경찰분이 오셨어.」

하얀 잠옷을 입은 뚱뚱한 여자가 그들을 향해 너울거리듯

다가왔다. 7시에서 얼마 지나지 않은 시각이었다. 아마도 늘 저 잠옷을 입고 사는 모양이군, 하고 경위는 생각했다. 어쩌면 침대에서만 사는지도. 〈댁네 남편……〉이라고 그가 말했다. 그 말이 마음에 들어 한참을 끌면서. 「댁네 남편을 찾는 사람이 있습니다.」

「누가 그래요?」

「제가 그럽니다.」

「이 양반은 아무 짓도 안 했는데.」

「여보, 나도 그 말을 하고 있었는데 말이야 ─」

「조용히 해요. 내가 말할 테니까.」

「둘 다 그만 떠드십시오.」 경위가 말했다. 「서로 가셔서 한 사람을 만나 주셔야겠습니다. 사제입니다. 고해 성사를 원합니다.」

「나한테?」

「예, 다른 사람이 없으니까.」

「불쌍한 인간이군.」 파드레 호세가 말했다. 그의 작은 연분홍 눈동자가 파티오를 훑어봤다. 「불쌍한 인간이야.」 그는 초조한 듯 몸을 움직이다가 별자리들이 돌아가는 밤하늘을 재빨리 힐끔거렸다.

「가면 안 돼요.」 여자가 말했다.

「그건 법에 어긋나는 일 아니오?」 파드레 호세가 물었다.

「골치 아프게 하지는 않을 겁니다.」

「뭐, 골치 아프게 안 한다고?」 여자가 말했다. 「당신 속을 내가 다 들여다보고 있어요. 이 양반을 그냥 내버려 두고 싶지 않은 거지. 속이려는 거야. 당신네 하는 일들은 내가 다 알아. 사람들한테도 이 양반한테 가서 기도 좀 해달라고 하라고 시켰겠지. 친절한 양반이라고. 하지만 이건 모르시나 본데, 이 양반은 정부의 연금을 받는 사람이라고.」

경위가 천천히 말했다. 「그 사제는 몇 년 동안 비밀리에 암약했습니다. 당신네 성당을 위해서. 우린 그자를 체포했으며, 물론 내일 총살할 것입니다. 나쁜 사람은 아니어서 제가 당신을 만날 수 있게 주선하겠다고 했습니다. 그렇게 하는 게 자신에게 도움이 될 거라고 생각하는 것 같습니다.」

「그 사람, 알아요.」 여자가 끼어들었다. 「술주정뱅일 뿐이지. 뭐가 더 있겠어?」

「불쌍한 인간이오.」 파드레 호세가 말했다. 「여기에 숨겨 달라고 찾아온 적도 있었지.」

「약속드립니다만······.」 경위가 말했다. 「아무도 모르게 할 생각입니다.」

「아무도 모르게?」 여자가 깔깔거렸다. 「그럴까? 온 동네방네 다 소문 나겠지. 저기 있는 애들 좀 보라고. 쟤네들이 이 양반을 가만히 내버려 두질 않아.」 그녀가 계속 말했다. 「끝이 없게 되겠지. 다들 고해를 하고 싶어 할 테고, 언젠가는 정부의 귀에 그 사실이 들어가겠지. 그러면 연금은 나오지 않을 테고.」

「여보, 아마도 그게······.」 호세가 말했다. 「내 의무인 것 같소······.」

「당신은 이제 사제가 아니야.」 그 여자가 말했다. 「내 서방이지.」 그녀는 추잡한 단어를 사용했다. 「이제 그게 당신의 의무야.」

경위는 씁쓸하나마 만족스럽게 둘의 대화를 들었다. 자신의 오래된 믿음을 재확인하는 것 같았다. 그가 말했다. 「당신들 토론이 끝날 때까지 여기 이러고 있을 수는 없습니다. 같이 가시겠습니까?」

「저 사람 말대로 하면 안 돼요.」 여자가 말했다.

「여보, 그건 말이지······. 그러니까, 나는 사제란 말이오.」

「사제라고?」 여자가 낄낄거렸다. 「당신이 사제라고?」 그녀는 와락 웃음을 터뜨리기 시작했다. 창가의 아이들이 그 웃음을 제일 먼저 받았다. 파드레 호세가 다치기라도 한 듯 손가락을 연분홍빛 눈동자 위로 치켜들었다. 「여보······.」 그가 말했다. 폭소는 계속됐다.

「가시겠습니까?」

파드레 호세는 절망스러운 몸짓을 보였다. 그 따위 삶에서 잘못을 하나 더 저지른다고 해서 문제될 게 뭐가 있겠냐고 말하는 것처럼. 「그렇게 해서는 안 된다고 생각합니다.」

「잘 알겠습니다.」 경위가 말했다. 그는 휙 돌아섰다. 자비에 더 이상 시간을 낭비할 수는 없었다. 파드레 호세의 애원하는 듯한 목소리가 들렸다. 「기도하겠노라고 전해 주시오.」 아이들은 대담해졌다. 한 아이가 큰 소리로 외쳤다. 「침대로 와요, 호세.」 경위도 한 번 웃었다. 파드레 호세를 둘러싸고 터져 나오는 웃음에 덧붙인, 볼품도 없고 확신도 없는 웃음이었다. 엄격하게 움직이는, 한때는 그가 그 이름을 알았던 별자리들이 있는 곳까지 웃음소리가 울려 퍼졌다.

경위는 감방 문을 열었다. 안은 아주 캄캄했다. 그는 총을 손에 든 채 조심스레 문을 닫은 뒤 잠갔다. 그가 말했다. 「그는 오지 않아.」

어둠 속에 웅크린 작은 몸이 바로 그 사제였다. 그는 노는 아이처럼 바닥에 쪼그리고 앉아 있었다. 그가 말했다.「그러니까, 오늘 밤에 그렇다는 말이오?」

「영영 오지 않는다는 뜻이지.」

얼마간 침묵이 흘렀다. 모기들이 앵앵거리고 벌레들이 벽에 가서 부딪히는 소리도 침묵이라 표현할 수 있다면. 이윽고 사제가 말했다.「겁이 나는 모양이군, 그 사람……」

「그 사람 마누라가 절대 보내 주지 않을 것 같더군.」

「불쌍한 인간.」 그는 껄껄 소리 내어 웃어 보려고 했지만, 내키지 않는 그 웃음소리보다 끔찍한 소리는 이 세상에 없을 것만 같았다. 그의 머리가 무릎 사이로 수그러졌다. 모두가 포기한, 그리고 그 자신 역시 모든 걸 포기한 사람처럼 보였다.

경위가 말했다.「알고 있는 편이 좋겠지. 당신은 재판에 회부됐고, 유죄 판결을 받았어.」

「내 재판인데 나가 보지도 못했군.」

「나가 봐야 달라질 건 없었으니까.」

「그랬겠지.」 그는 입을 다물었다. 뭔가 각오를 하는 모양이었다. 그러더니 아무 근심 없는 체하며 물었다.「그럼 언제쯤일지 알 수 있겠소……?」

「내일.」 어디 허세를 부리려면 부려 보라는 듯 간명하고도 즉각적인 대답이 돌아왔다. 그의 머리가 다시 아래로 수그러졌다. 어둠 속 희미한 모습으로만 봐서는 손톱을 물어뜯는 것 같았다.

경위가 말했다. 「오늘 같은 밤에 혼자 지내는 건 좋지 않아. 원한다면 죄수들이 많은 감방으로 옮겨 줄 수 —」

「아니, 아니오. 혼자 있는 게 더 좋소. 할 일이 많다오.」 독감에라도 걸린 것처럼 목소리에 힘이 없었다. 그가 숨을 헐

떨였다. 「생각할 게 너무 많소.」

「당신을 위해 뭔가 좀 해주고 싶어서······.」 경위가 말했다. 「브랜디를 조금 가져왔어.」

「법을 어기는 일이잖소?」

「그렇지.」

「참 고맙소이다.」 그는 작은 병을 받았다. 「당신이었다면 이런 게 필요 없었을 거라고 내 감히 말하겠소. 하지만 나는 언제나 고통을 두려워했다오.」

「우리는 언젠가 모두 죽어야만 하지.」 경위가 말했다. 「언제 죽느냐는 그다지 중요한 것 같지 않아.」

「참 훌륭한 분이오. 당신이 두려워하는 게 뭐가 있겠소?」

「머릿속에 이상한 생각들이 많군.」 경위가 혀를 찼다. 「어쩔 때는 나를 설복시키려고 든다는 느낌이 든다니까.」

「뭘 설복시킨단 말이오?」

「아, 아마도 도망치게 해달라거나. 아니면 신성한 가톨릭 교회나 성도들의 영적 교류 같은 걸 믿게 할 속셈이거나······. 그건 어떻게 이뤄지는 거지?」

「죄의 사함을 통해서요.」

「그런 것, 당신은 믿지 않잖아?」

「아니, 난 믿소.」 그 자그마한 사내가 버티며 말했다.

「그럼 걱정할 일이 없겠네.」

「알다시피 난 무지하지 않으니까. 난 항상 내가 무슨 일을 하는지 알고 있었소. 나 자신의 죄를 스스로 사면할 수 없을 뿐이지.」

「파드레 호세가 여기 왔다면 모든 게 달라졌을까?」

그는 오랫동안 대답을 기다려야 했는데, 막상 대답이 나오자 무슨 말인지 이해할 수 없었다.「다른 사람이었더라면……더 쉬웠을 텐데…….」

「내가 들어줄 다른 부탁은 없나?」

「아니, 없소.」

경위는 다시 문을 열었다. 손이 자동적으로 권총으로 향했다. 이제 마지막 사제가 감방 자물쇠와 열쇠의 통제 아래 들었기 때문에 생각할 건 더 이상 남아 있지 않다는 듯, 기분이 가라앉는 것을 느꼈다. 행동을 이끄는 태엽 장치가 부서진 것 같았다. 그는 사제를 추격하던 몇 주간의 일을 행복했던 시간으로 회상했는데, 그런 일은 이제 다시는 없을 것이었다. 목적을 상실한 느낌이 들었다. 마치 생명이 고갈된 세상에 있는 것처럼. 그는 씁쓰레한 친절을 베풀듯 말했다(속이 텅 빈 듯 보이는 그 자그마한 사내를 그는 조금도 미워할 수 없었다).「잠을 좀 자두는 게 좋을 거야.」

그가 문을 닫으려는 순간, 겁에 질린 목소리가 들려왔다.「경위님.」

「뭐지?」

「총살하는 걸 본 적이 있을 거요. 나 같은 사람들을.」

「그런데?」

「고통이 얼마나 갑디까? 오래 갑디까?」

「아니, 그렇지 않아. 순간일 뿐이야.」그가 거칠게 말하고 문을 닫았다. 그러고는 조심조심 발을 내딛으며 회반죽벽으로 둘러싸인 안마당을 가로질렀다. 그는 사무실 안으로 들어갔다. 벽에는 아직도 사제와 총잡이의 사진이 붙어 있었다. 그는 그 사진들을 찢었다. 이제 다시는 수배할 일이 없을 것이다. 그다음 그는 책상에 앉아 두 손으로 머리를 받치고 지칠 대로 지쳐 잠에 빠져들었다. 나중에 잠에서 깼을 때는 그저 웃음소리, 내내 웃음소리만, 그리고 문을 찾을 수 없는 긴 복도만 기억할 수 있는, 그런 꿈을 그는 꿨다.

사제는 브랜디 병을 붙잡고 바닥에 앉아 있었다. 이내 그는 마개를 돌리고 거기 입을 갖다 댔다. 술기운은 전혀 돌지 않았다. 물인지도 몰랐다. 그는 다시 병을 내려놓은 뒤, 중얼중얼 평범한 고해를 시작했다. 「저는 간음을 저질렀습니다.」 너무 형식적인 말들이라 아무런 의미도 없었다. 신문 기사와 같은 그런 말들에서 회개하는 마음을 느낄 수는 없다. 그는 다시 말하기 시작했다. 「저는 한 여자와 잠자리를 했습니다.」 그러고는 다른 사제가 〈몇 번이나? 유부녀였습니까?〉라고 묻는 것을 상상했다. 「아닙니다.」 아무런 의식도 없이 그는 브랜디를 한 모금 더 마셨다.

술이 혀에 닿자, 자신의 아이가 눈부신 빛에서 나와 안으로 들어오던 장면이 떠올랐다. 그 불행하고도 심통에 가득 찬, 알 만한 건 다 안다는 듯한 얼굴. 그가 말했다. 「아, 하느님. 그 애를 보살피소서. 저를 벌하시면 마땅히 받아들이겠사오나 그 아이만은 행복하게 하소서.」 그는 마땅히 이 세상의 모든 영혼들에게 이런 사랑을 느꼈어야 했다. 그 모든 두려움이며 소망이 그 아이 하나에게만 집중되는 건 부당했다. 그는 흐느끼기 시작했다. 마치 수영하는 법을 잊은 탓에 물가에 서서 그저 바라보고만 있는 듯한 느낌이었다. 이것이 바로 내가 항상 모든 이들에게 느껴야 했던 감정이라고, 그는 생각했다. 그는 여러 사람들의 얼굴을 하나하나 떠올리며 혼혈인, 경위, 심지어는 몇 십 분 동안 함께 앉아 있었을 뿐인

치과 의사와 바나나 농원의 그 아이에게로 생각을 돌려 보려고 했다. 끄덕도 하지 않는 무거운 문을 밀듯 주의를 한곳으로 모으며. 모두 각자의 위험에 처해 있던 그 사람들에게로. 「그들 모두를 보살피소서.」 그는 기도했지만, 기도하는 순간 그의 신경은 쓰레기 더미 옆에 서 있던 자기 딸에게로 돌아갔다. 그제야 그는 자신이 기도할 수 있는 것이 그것뿐이라는 사실을 알게 되었다. 또 다른 실패였다.

잠시 후, 그는 다시 시작했다. 「저는 술주정뱅이였습니다. 얼마나 많이 마셨는지 모릅니다. 의무에 태만하지 않은 적이 없었습니다. 교만의 죄를 저질렀으며 자비를 알지 못했습니다…….」 말들은 다시 형식적으로 바뀌었고, 의미가 사라졌다. 판에 박힌 말들이 아니라 사실을 말할 수 있게 만드는 고해 신부가 그에게는 없었다.

브랜디를 한 모금 더 마신 뒤, 그는 경련으로 저린 다리를 일으켜 문간으로 가서 창살 사이 후텁지근하게 달빛이 드리워진 안마당을 내다봤다. 각자 해먹에 들어가 잠든 경찰들이 보였는데, 그중 하나는 잠들지 못한 채 해먹을 아래로 위로, 위로 아래로 느릿느릿 흔들고 있었다. 낯선 침묵이 도처에, 심지어 다른 감방에도 깃들었다. 꼭 온 세상이 그의 죽음을 보지 않기 위해 약삭빠르게 딴청을 피우는 것 같았다. 그는 벽을 따라 더듬더듬 가장 먼 쪽 구석까지 가서 무릎 사이에 브랜디 병을 끼우고 앉았다. 그는 생각했다. 내가 이다지도 쓸모없는 인간이 아니었더라면, 그러기라도 했더라면……. 그렇게 힘들고 절망스러웠던 8년의 세월이 그에게는 헌신의 시늉일 뿐이었던 것 같았다. 몇 번뿐인 영성체, 몇 번뿐인 고해 성사, 이루 말할 수 없이 많은 악행. 그는 생각했다. 내게도 나 자신을 바칠 영혼이 단 한 명이라도 있었더라면, 그래서 내가 이렇게 말할 수 있었더라면, 제가 한 일을 보십시오……. 그를 위해 죽은 사람들, 그 사람들이야말로 성인이라 할 수 있었다. 하느님이 그들에게 어울리는 사람을 보냈어야만 했는데 그러지 않았다는 사실을 생각하면, 그들에 대해 일말의 비통한 마음마저 들었다. 파드레 호세와 나라니, 그는 생각했다. 고작 파드레 호세와 나라니. 그는 브랜디를 다시 한 모금 들이켰다. 그리고 자신을 내치는 성인들의 차가운 얼굴을 생각했다.

혼자였으므로 지난번에 감방에 있을 때보다 밤은 더 느리게 흘렀다. 새벽 2시에 다 마시고 말았지만, 겨우 눈이라도 붙이게 된 건 전적으로 브랜디 덕분이었다. 어찌나 무서운지 몸이 아팠다. 복통이 있었고, 술기운으로 입이 탔다. 더 이상 정적을 견디지 못하고 그가 혼자 큰 소리로 중얼거리기 시작했다. 그는 비참한 꼴로 불평했다. 「아무 문제 없겠지……. 성인들이라면.」 그러고는 또 〈순간이면 끝난다는 걸 그 사람이 어떻게 아나? 그 순간이라는 게 또 얼마나 길지 누가 아나?〉라고 말하기도 했다. 그러다가 그는 벽에다 머리를 툭툭 부딪혀 가며 울기 시작했다. 파드레 호세에게는 기회라도 있었지. 그에게는 단 한 번의 기회도 주어지지 않았다. 아마도 그들은 상황을 악의적으로 해석한 모양이었다. 그렇게 오해받을 만한 시기에 그가 탈출했으니까. 파드레 호세가 받아들인 그런 조건들을 거부할 것이라고, 결혼하는 것도 거부할 것이라고, 끝까지 오만하게 버틸 것이라고 생각한 게 분명하다. 아마 그렇지 않다는 걸 몸소 넌지시 알려 줄 수만 있다면 아직 빠져나갈 구멍은 있으리라. 그런 희망 덕택에 잠시나마 마음이 누그러졌고, 그는 벽에 머리를 기댄 채 잠이 들었다.

그는 이상한 꿈을 꿨다. 꿈속에서 그는 대성당의 높은 제단 앞에 있는 카페 탁자에 앉아 있었다. 앞에는 여섯 접시의 음식이 놓여 있었고, 그는 게걸스럽게 그걸 먹고 있었다. 어디선가 향내가 풍겨오자, 동시에 기묘하게도 정신이 고양되는 듯한 느낌이 들었다. 꿈에 나오는 음식들이 그렇듯 요리의 맛은 그다지 기억에 남지 않았지만, 다 먹고 난 뒤 정말 맛있는 요리를 먹었다는 느낌만은 남았다. 한 사제가 미사를 보면서 제단 앞을 서성거렸는데, 그에게는 눈길도 주지 않았다. 종교 의식 자체가 그와는 아무런 관련이 없는 것 같았다. 마침내 접시 여섯 개가 모두 비었다. 보이지 않는 곳에서 누군가 성찬식 종을 울렸고 집전하던 사제가 무릎을 꿇고 성체를 치켜들었다. 하지만 그만은 계속 앉아서 뭔가를 기다렸다. 거기 제단 너머에 있는 하느님은 다른 사람들을 위한 하느님이지, 자기하고는 아무런 관련이 없는 하느님인 듯 조금도 신경 쓰지 않고. 그때 그의 접시 옆에 있던 유리잔에 포도주가 차오르기 시작해 고개를 들어 보니 바나나 농원에서 본 그 아이가 포도주를 따르고 있었다. 아이가 말했다.「아빠 방에서 가져왔어요.」

「훔친 건 아니겠지?」

「절대로 아니에요.」 신중하고도 정확한 음성으로 아이가 말했다.

그가 말했다.「정말 착하구나. 그 암호를 잊어버렸는데, 그걸 뭐라고 했더라?」

「모스 부호.」

「맞아, 모스 부호. 세 번은 길게, 한 번은 짧게.」 말이 끝나자마자 두드리는 소리가 들렸다. 제단 옆의 사제가 두드리자, 보이지 않는 성당 안 신도들이 모두 따라 두드렸다. 세 번은 길게, 한 번은 짧게. 그가 〈이게 뭐지?〉라고 물었다.

「뉴스.」그를 바라보며 아이가 대답했다. 책임을 지겠다는 듯 심각하고도 흥미진진한 눈빛이었다.

잠에서 깨어나 보니, 동이 터 있었다. 일어나 감방 앞마당을 보자마자 마음에 가득 찼던 희망은 느닷없이, 그리고 완전히 사라졌다. 그가 죽어야 할 아침이 찾아왔다. 그는 손에 빈 브랜디 병을 쥔 채 마루에 웅크리고 앉아 통회 기도를 되뇌려 애를 썼다.「하느님, 모든 잘못을 진심으로 뉘우치나이다....... 수난 공로를....... 하느님의 무서운 처벌을 받아 마땅하오니.」그는 혼란스러웠고, 마음은 다른 것들에 가 있었다. 사람들은 잘 죽게 해달라고 기도하지 않는다. 문득 감방 벽에 비친 자신의 그림자가 눈에 들어왔다. 놀란 모습, 동시에 어리석고 하찮은 사람의 모습이기도 했다. 다른 사람들은 모두 도망친 마당에 자기만은 떠나지 않아도 될 만큼 강하다고 생각했다니, 그 얼마나 멍청한 일이었는가. 나란 인간은 얼마나 구제불능인가, 그는 생각했다. 얼마나 쓸모없는가. 그 누구에게도 도움이 될 만한 일을 하나도 하지 못했구나. 나란 인간은 이 세상에 살았던 적이 없었던 것이나 마찬가지구나. 그의 부모는 모두 죽었다. 곧 그는 누군가의 기억 속에도 남지 않게 될 것이었다. 아마 그 순간 그가 겁낸 것은 지옥에 떨어지는 일이 아니었을 것이다. 고통에 대한 공포마저 뒤로 물러섰다. 아무런 일도 한 것 없이 빈손으로 하느님에게 가야 한다는 사실이 엄청난 좌절로 다가올 뿐이었다. 그 순간, 성인으로 사는 건 꽤 쉬운 일이라는 생각이 그에게 들었다. 그건 약간의 자기 절제와 약간의 용기만 갖추면 되는 일이었다. 그는 약속 장소에 몇 초 늦게 가서 행복을 놓친 사람이 된 듯한 기분이었다. 이제 그는 확실히 알게 됐다. 마지막 순간에 중요한 건 단 하나뿐이라는 것. 그건 바로 성인이 되는 일이었다.

제4부

펠로우스 부인은 무더운 호텔 방 침대에 누워 강을 떠가는 배의 기적 소리를 듣고 있었다. 눈과 이마 위에 오드콜로뉴로 흠뻑 적신 손수건을 올려놓았기 때문에 그녀는 아무것도 볼 수 없었다. 그녀가 큰 소리로 외쳤다.「여보, 여보.」하지만 대답은 없었다. 침대 휘장 아래 두 개의 베개 위에서, 그녀는 큰 놋쇠로 만든 가족 무덤 속에 홀로 너무 일찍 매장된 듯한 느낌을 받았다.

「트릭시, 불렀소?」펠로우스 대위였다.「깜빡 잠이 들었어. 꿈을 꾸고 있었는데—」

「여보, 여기 손수건에다 콜로뉴를 더 뿌려 주세요. 머리가 빠개지는 것 같아요.」

「알겠소, 트릭시.」

그는 손수건을 채갔다. 늙고 지치고 지겨운 표정이었다. 취미 하나 없는 사내가 화장대 쪽으로 걸어갔다.

「너무 많이는 말고요, 여보. 더 구하려면 며칠이 걸릴 테니까.」

그는 대답하지 않았다. 그녀가 큰 소리로 외쳤다.「내 말

듣고 있어요, 여보? 안 들려요?」

「들려.」

「요즘 말이 없어도 너무 없어요. 병에 걸려서 혼자 있는 게 어떤 건지 당신은 상상도 못 할 거야.」

「글쎄.」 펠로우스 대위가 말했다. 「당신이야 잘 알 테지.」

「우리 약속했잖아요. 그 일에 대해서는 영원히 말하지 않는 게 좋겠다고요. 마음까지 병들어선 안 되는 거잖아요.」

「안 되지.」

「우리는 남은 삶을 개척해야 해요.」

「그래야지.」

그는 침대로 와 아내의 눈 위에 손수건을 얹었다. 그러고는 의자에 앉아 모기장 아래로 손을 넣어 아내의 손을 찾아 더듬거렸다. 두 사람은 꼭 어른의 보호 없이 낯선 마을에 버려진 아이들이라도 된 듯 기괴한 분위기를 풍겼다.

「표는 끊었어요?」 그녀가 물었다.

「그래, 여보.」

「조금 이따 일어나서 짐을 꾸려야 하는데, 머리가 너무 아프네요. 상자들을 모으라고 말했나요?」

「잊어버렸소.」

「정말이지 당신은 생각 좀 하고 살아야 해요.」 그녀는 힘없이, 성난 목소리로 말했다. 「이젠 아무도 없잖아요.」 피해야만 하는 말이 나오자 두 사람 모두 입을 다물고 가만히 앉아 있었다. 갑자기 그가 말했다. 「동네가 아주 들썩들썩하더군.」

「혁명은 아니고요?」

「그건 아니고 사제를 하나 잡았는데, 오늘 아침에 그 불쌍한 놈을 총살한다더군. 아무리 생각해도 그때 코랄이, 그러니까 우리가 숨겨 주었던 그 남자가 아닌지 모르겠소.」

「아닐 거예요.」

「그렇겠지.」

「세상에 사제는 많잖아요.」

그녀의 손을 놓고 그는 창가로 가서 밖을 내다봤다. 배들이 떠가는 강, 돌들이 깔리고 흉상 하나가 서 있는 작은 공원, 도처에 있는 독수리들.

펠로우스 부인이 말했다. 「고향으로 돌아가면 얼마나 좋을까요. 가끔은 여기서 죽어야 하는 게 아닌가 하는 생각도 들어요.」

「그럴 리야 물론 없겠지.」

「하지만 그런 사람들도 있잖아요.」

「하긴 그런 사람들도 있지만.」 그가 침울하게 말했다.

「여보.」 펠로우스 부인이 소리쳤다. 「당신, 약속.」 그녀는 길게 한숨을 내쉬었다. 「아, 머리 아파.」

「아스피린 좀 갖다 줄까?」

「어디다 뒀는지 모르겠어요. 어떻게 된 게, 제자리에 있는 게 하나도 없어.」

「나가서 좀 구해 오겠소.」

「괜찮아요. 혼자 남아 있는 게 더 힘들 것 같아요.」 그녀는 갑자기 명랑한 표정으로 바뀌더니 계속 말했다. 「고향에 가면 난 다 괜찮아질 것 같아요. 거기선 괜찮은 의사도 만나겠죠. 가끔은 단순한 두통이 아니라는 생각이 들어요. 노라에게 들은 거 내가 얘기했던가요?」

「아니.」

「안경 좀 갖다 줘요, 여보. 읽어 볼 테니. 우리한테 중요한 얘기예요.」

「거기 침대 위에 있소.」

「아, 여기 있군요.」 범선 하나가 닻을 올리고 바다를 향해 천천히 흘러가는 하구의 강물 위를 미끄러지기 시작했다. 그녀는 흡족하다는 듯 읽었다. 「트릭스에게. 얼마나 힘드니? 그 악당 같은 놈이—」 그녀는 읽는 걸 뚝 그쳤다. 「아, 그다음에는 이렇게 써놓았네요. 당연히 너랑 찰스는 우리와 함께 지내면서 살 만한 집을 알아봐야 하지 않겠니. 벽을 같이 쓰는 공동 주택이라도 개의치 않는다면—」

펠로우스 대위가 느닷없이, 거칠게 말했다. 「난 돌아가지 않을 거요.」

「집세는 1년에 56파운드밖에 안 하는데, 너희들만 쓸 수 있고, 식모 방도 있어.」

「난 여기 있을 거요.」

「조리 오븐도 있어……. 도대체 왜 그런 말을 하는 거예요, 여보?」

「나는 돌아가지 않을 거야.」

「그동안 수없이 얘기했잖아요, 여보. 여기 있다가는 난 죽고 말 거예요.」

「당신은 있을 필요 없소.」

「하지만 나 혼자서는 갈 수 없어요.」 펠로우스 부인이 말했다. 「노라가 도대체 어떻게 생각하겠어요? 게다가……. 아, 말도 안 돼.」

「여기 있으면 일이라도 할 수 있지.」

「바나나 따는 일?」 펠로우스 부인이 말했다. 그녀는 약간 냉소적으로 웃었다. 「게다가 당신은 잘하지도 못하잖아.」

그는 화가 나서 침대 쪽을 바라보았다. 「당신은 신경 쓰지도 않잖소.」 그는 말했다. 「안 그래? 그애를 버려 두고 도망쳤으면서—」

「내 잘못이 아니었잖아요. 당신이 집에만 있었어도······.」 그녀는 모기장 안에서 몸을 웅크리고 울기 시작했다. 그녀가 말했다. 「살아생전 다시는 고향에 못 돌아갈 거야.」

그가 힘없이 침대 쪽으로 다가와 다시 그녀의 손을 잡았다. 아무런 소용이 없었다. 버려지긴 둘 다 마찬가지였다. 둘은 서로 힘을 합쳐야만 했다. 「나 혼자 내버려 두지 않을 거죠? 그럴 거죠, 여보?」 그녀가 물었다. 방은 오드콜로뉴 냄새로 숨이 막혔다.

「안 그럴게, 여보.」

「그건 말도 안 된다는 거, 진짜 아는 거죠?」

「알아.」

잠시 말없이 그들은 앉아 있었다. 아침 햇살이 외벽을 타고 올라오면서 방 안은 숨도 쉬지 못할 정도로 뜨거워졌다. 펠로우스 부인이 마침내 입을 열었다. 「한 푼짜리예요, 여보.」

「뭐가?」

「지금 당신이 생각하는 것들.」

「그 사제를 생각하고 있었소. 희한한 작자였지. 술도 마셨고. 그 사람인 것 같아.」

「그 사람이라면, 죗값을 치르는 셈이네요.」

「하지만 이상한 일은, 그 뒤에 그 애가 보여 준 태도였소. 꼭 그자가 그렇게 하라고 애한테 시킨 것 같았지.」

「여보.」 펠로우스 부인이 한 번 더 지적했다. 침대에 누워 힘은 없지만, 날카로운 목소리였다. 「당신, 약속.」

「알아, 미안해. 안 그러려고 하는데 자꾸만 불쑥불쑥 튀어나오네.」
「우린 똘똘 뭉쳐야 해요, 여보.」 펠로우스 부인이 말했다. 바깥의 무정한 햇살을 피해서 손수건에 얼굴을 묻느라 그녀가 고개를 움직이자, 노라가 보낸 편지가 바스락거렸다.

 텐치 씨는 에나멜 세면기를 향해 몸을 수그리고 분홍색 비누로 손을 씻었다. 그는 그다지 능숙하지 못한 스페인어로 말했다.「겁낼 필요 없습니다. 아프면 나한테 바로 얘기할 수 있습니다.」
 헤페의 방은, 말하자면 임시 치과 진료실처럼 바뀌어 있었다. 상당한 비용이 들었다. 텐치 씨뿐 아니라 텐치 씨의 캐비닛과 의자, 그리고 지푸라기라도 들었을까 싶을 정도로 거의 텅 빈 듯한, 하지만 그렇게 빈 채로 돌아갈 것 같지는 않아 보이는 수상한 상자들까지 가져와야 했으니까.
「벌써 몇 달짼지 몰라.」 헤페가 말했다.「아무도 내가 얼마나 아픈지 모른다니까……」
「더 빨리 나를 부르지 않은 건 어리석은 짓이었습니다. 입 안이 아주 안 좋은 상태입니다. 운이 좋아서 그렇지, 안 그랬다면 치조 농루까지 왔을 겁니다.」
 손을 다 씻은 뒤, 그는 수건을 손에 든 채 갑자기 생각에 잠겨 서 있었다.「무슨 일이지?」 헤페가 물었다. 텐치 씨는 깜짝 놀라 정신을 차리고는 자신의 캐비닛으로 가서 치과용 드릴 바늘을 일렬로 늘어놓기 시작했다. 헤페는 걱정스러운 표정으로 바라봤다. 그가 말했다.「손이 꽤 흔들리는구먼. 오늘 아침에는 상태가 좀 안 좋아 보이는데?」

「소화 불량 때문입니다.」 텐치 씨가 말했다. 「가끔씩은 베일이라도 뒤집어쓴 것처럼 눈앞에 점들이 마구 떠다닙니다.」 그는 드릴에 바늘을 하나 끼워 넣고는 드릴 손잡이를 밀었다. 「입을 아주 크게 벌리십시오.」 그는 헤페의 입을 솜으로 틀어막기 시작했다. 「이렇게 엉망인 입은 처음입니다. 아, 한 명이 더 있긴 했습니다만.」

헤페는 뭐라고 말하려고 했다. 치과 의사만이 그 웅얼대는 거북한 물음을 해석할 수 있었다.

「제 환자는 아니었습니다. 다른 사람이 치료했기를 바랄 뿐입니다. 서장님은 이 나라 사람들을 많이 치료했습니다. 그러니까 총알로. 맞습니까?」

이를 파내고 또 파내면서 그는 대화의 불길을 이어 가려 애썼다. 사우스엔드에서 일하는 방식이었다. 그는 말했다. 「강에 나오기 전에 이상한 일이 저한테 일어났습니다. 아내에게서 온 편지를 받았습니다. 소식을 들은 건 그리 많지 않았습니다. 그러니까 장장 20년 동안이나 말입니다. 그런데 갑자기 그 여자가……」 그는 몸을 더 수그리고는 더 맹렬하게 이를 파냈다. 헤페는 두 손을 퍼덕이면서 끙끙댔다. 「입을 헹구십시오.」 그렇게 말하고 텐치 씨는 무섭게 드릴을 조정하기 시작했다. 「제가 무슨 말을 하고 있었습니까? 아, 마누라, 맞지요? 그 여자한테 무슨 종교 같은 게 생겼나 봅니다. 어떤 단체인 모양인데. 옥스퍼드라나. 도대체 그 여자가 옥스퍼드에서 뭘 하는 것일까요? 편지에다가 저를 용서했으니 법적 절차를 밟고 싶다고 썼더군요. 이혼 말입니다. 저를 뭘 용서했다는 말인지.」 텐치 씨가 손에 드릴을 들고 생각에 잠긴 채 불쾌한 느낌을 주는 그 작은 방을 둘러봤다. 그는 트림을 하다니 한 손으로 아랫배를 살살 눌렀다. 마치 거기 어딘가에 아픔이 존재하기라도 한다는 듯 이러저리 눌러 댔다. 헤페는 입을 크게 벌린 채 완전히 나가떨어져 있었다.

「아팠다 말았다 합니다.」생각의 맥락을 완전히 놓친 채 텐치 씨가 말했다.「물론 큰 병은 아닙니다. 소화 불량일 뿐입니다. 하지만 꼼짝도 못 합니다.」그는 충치 사이에 수정이라도 숨어 있는 양 심각한 표정으로 입안을 들여다봤다. 그러더니 무서운 의지력이라도 발휘하려는 듯 몸을 앞으로 기대서는 드릴 손잡이를 당기고 페달을 밟기 시작했다. 부웅, 스윽 스윽. 부웅, 스윽 스윽. 온몸이 뻣뻣해진 헤페는 의자 팔걸이를 꽉 움켜잡았고, 텐치 씨의 발은 아래로 위로, 위로 아래로 움직였다. 헤페는 괴상한 소리를 내면서 손을 흔들었다.「꽉 잡으십시오.」텐치 씨가 말했다.「꽉 잡아요. 구석에 조금 남았으니까. 다 끝났습니다. 됐습니다, 거의 다 됐어요.」그는 갑자기 하던 일을 멈추고 말했다.「세상에, 저게 뭐지?」

그는 헤페를 내버려 두고 창가로 걸어갔다. 아래 마당에서 경찰 1개 분대가 총을 막 바닥에 내려놓은 참이었다. 아랫배에 한 손을 올려놓은 채 그가 외쳤다.「또 혁명이 일어난 건가?」

헤페가 몸을 일으키고 입안에 든 입벌리개를 뱉었다.「그럴 리가 있나.」그가 말했다.「총살 집행이지.」

「무슨 죄목입니까?」

「반역죄.」

「원래 여기가 아니라……..」텐치 씨가 말했다.「저기 묘지에서 하지 않았습니까?」무시무시하면서도 끌리는 뭔가가 있어 텐치 씨는 창가를 떠나지 못했다. 지금까지 그런 건 한 번도 보지 못했으니까. 그와 독수리는 회반죽벽으로 둘러싸인 좁은 마당을 내려다봤다.

「이번에는 거기서 안 하는 게 좋아. 데모가 일어날지도 모르거든. 인간들은 무지하니까.」

자그마한 남자가 옆문에서 나왔다. 경찰 두 명이 부축하고 있었지만, 그가 최선을 다하고 있다는 사실은 누구나 알 수 있었다. 두 다리가 제대로 말을 듣지 않을 뿐이었다. 그들은 맞은편 벽까지 종종걸음으로 그를 데려갔다. 간부가 그의 눈에 손수건을 둘렀다. 텐치 씨는 생각했다. 아는 사람이잖아. 하느님 맙소사, 이렇게 내버려 둬도 되는 거야? 이건 이웃 사람이 총살당하는 걸 보는 거나 마찬가지잖아.

헤페가 말했다. 「뭘 더 기다리는 거야? 뚫린 구멍으로 공기가 숭숭 들어가잖아.」

물론 그가 할 수 있는 일은 없었다. 정해진 절차인 양 모든 것이 일사천리로 진행됐다. 간부가 한쪽으로 물러서자 소총이 올라갔고, 자그마한 남자는 갑자기 두 팔을 버둥거렸다. 뭔가 말하고 싶은 모양이었다. 그럴 때 하고 싶은 말들은 과연 어떤 것일까? 어차피 정해진 듯 판에 박힌 말이겠지만, 입이 바짝 타들어 간 모양인지 〈용서해 주십쇼〉처럼 들리는 말을 빼고는 알아들을 수 있는 게 없었다. 소총이 부딪혀 나는 소리가 텐치 씨를 흔들었다. 꼭 창자 속을 뒤흔드는 것 같았다. 속이 메슥거려 그는 두 눈을 감았다. 그리고, 한 발의 총성이 울렸다. 눈을 뜨고 봤더니 간부가 권총을 권총집에 넣고 있었고, 자그마한 남자는 정해진 것처럼 벽 옆에 쌓여 있었다. 아무짝에도 소용없는, 치워야 할 물건인 것처럼. 안짱다리 남자 둘이 재빨리 다가갔다. 거긴 투우장이었고, 죽은 건 수소였으며, 이제 더 이상 나올 건 없었다.

「아이고.」 의자에 앉은 헤페가 끙끙댔다. 「아파, 아프다고.」 그는 텐치 씨에게 애원했다. 「빨리 좀.」 하지만 텐치 씨는 무의식중에 한 손으로 어디에 있는지도 모를 속 쓰림을 찾아 아랫배를 문지르며 멍하니 창가에 서 있었다. 그는 자그마한 사내가 의자에 앉아 있다가 쓸쓸하게, 또 절망적으로 몸을 일으키고는 아이를 따라 마을 바깥으로 걸어가던, 눈이 멀 정도로 부셨던 오후를 떠올렸다. 그는 초록색 물뿌리개와, 아이들 사진과, 갈라진 입천장을 메우기 위해 모래로 만들던 치형을 떠올렸다.

「메워.」 헤페가 애원했다. 텐치 씨의 시선이 유리 접시 위의 금으로 옮겨 갔다. 화폐. 그는 외국 화폐로 달라고 우길 생각이었다. 이번만은 청산할 작정이었다. 영원히 청산할 작정이었다. 안마당은 말끔하게 치워졌다. 한 남자가 무덤에 흙을 채워 넣기라도 하듯 삽으로 모래를 뿌리고 있었다. 하지만 무덤은 없었다. 아무도 없었다. 소화 불량과 더불어 외로움이 섬뜩하게 텐치 씨의 온몸에 내려앉았다. 작달만한 남자는 영어를 할 줄 알았고, 그의 아들에 대해서도 알고 있었다. 버림받은 듯한 느낌이 들었다.

「그리고 이제……」 여인의 목소리가 힘차게 솟구쳤고, 구슬처럼 반짝이는 눈동자를 가진 여자애 둘이 숨을 참았다. 「위대한 시련의 날이 오고야 말았던 것입니다.」 창가에 서서 통행금지 시간이 지난 어두운 거리를 내다보던 소년도 흥미를 보였다. 이제 마지막 장까지 온 것이다. 마지막 장에서는 으레 모든 일이 격해지기 마련이다. 모두의 삶 역시 그렇다.

지루하다가 결말 부분에 이르면 영웅적으로 몰아친다.

「경찰서장이 후안의 감방으로 가보니 그는 무릎을 꿇고 기도하는 중이었습니다. 한숨도 자지 않은 채, 순교할 준비를 하면서 마지막 밤을 보내고 있었던 것입니다. 무척 평온하고 행복해, 경찰서장을 보고서도 미소를 지으며 만찬에 데려가려고 온 것이냐고 물을 정도였죠. 선량한 사람들을 수없이 박해한 그 악마 같은 자마저도 감동받는 게 눈에 보일 정도였습니다.」

총살하는 장면까지만 가면, 하고 소년은 생각했다. 총살 장면에선 늘 긴장됐다. 그래서 소년은 쿠 드 그라스[61]를 손꼽아 기다렸다.

「그들은 후안을 감옥 마당으로 끌어냈습니다. 묵주를 돌리느라 바쁜 그의 두 손을 결박할 필요도 없었죠. 처형될 벽까지 걸어가는 그 짧은 시간 동안, 젊은 후안은 씩씩하게 보냈던 그 짧고 행복했던 나날들을 돌아봤을까요? 신학교 시절을 회상했을까요? 선배들의 친절한 꾸지람, 인격을 도야시키는 훈련, 노주교 앞에서 네로를 연기하던 그 철없던 시절들을 말입니다. 네로는 바로 그의 곁에 있었고, 거기가 바로 로마의 원형 경기장이었습니다.」

엄마의 목소리가 약간 쉬기 시작했다. 그녀는 재빨리 손가락으로 남은 면수를 가늠해 보았다. 읽는 김에 다 읽는 게 나을 것 같았다. 그녀는 점점 더 빨리 읽어 갔다.

「벽에 이른 후안은 몸을 돌리고 기도하기 시작했습니다. 자신을 위해서가 아니라 자신의 적들을 위해. 또 그를 마주

---

61 *coup de grâce*. 전쟁터에서 심하게 다친 사람을 향한 최후의 일격. 혹은 비유적으로 뭔가를 끝내는 일.

하고 선 가엾고도 순진한 그 인디언 병사들을 위해. 나아가 경찰서장을 위해. 그는 묵주 끝의 십자가를 높이 치켜들고 그들의 죄를 사해 주기를 하느님께 기도했습니다. 그들의 무지를 일깨워 주기를. 그리고 마지막 날에 이르러, 박해자 사울이 그랬듯이, 그들이 하느님의 영원한 왕국으로 들어갈 수 있게 되기를.」

「장전을 안 했나요?」 소년이 물었다.

「지금 무슨 소리냐? 장전을 안 했냐니?」

「지금 총을 쏘아서 기도를 못 하게 해야죠.」

「하느님께서 다른 식으로 결정하셨기 때문이다.」 그녀는 기침을 하고선 계속 읽었다. 「간부가 총을 겨누라는 명령을 내렸습니다. 그 순간 후안의 얼굴로 완전한 숭모와 지복의 미소가 지나갔습니다. 마치 그를 받아들이기 위해 펼치신 하느님의 두 팔을 본 듯한 얼굴이었습니다. 그는 어머니와 누이들에게 그들보다 자신이 먼저 천국에 들어가게 되리라는 예감이 든다고 늘 말한 바 있었습니다. 착하지만 걱정이 너무 많은 주부였던 어머니에게 특이한 그 웃음을 지으며 말하곤 했지요. 〈제가 모든 걸 다 정리해 놓을 겁니다.〉 이제 그 순간이 찾아왔습니다. 간부는 사격을 명령했고—」 딸애들이 잘 시간이 지났기 때문에 그녀는 너무 빨리 읽었는데, 그러다가 그만 딸꾹질에 막히고 말았다. 〈사격〉이라고 그녀는 한 번 더 읽었다. 「그리고……」

두 여자애는 참을성 있게 나란히 앉아 있었다. 거의 졸고 있는 것 같았다. 책의 이 부분을 둘은 별로 좋아하지 않았다. 자기들끼리 한 연극, 첫 영성체, 세 번째 장에서 수녀가 되어 가족들에게 애처롭게 작별을 고하는 여동생 등의 장면들을 읽은 터라 그 부분도 묵묵히 듣고 있는 것이었다.

〈사격〉이라고 엄마가 한 번 더 말했다. 「그리고 후안은 두 팔을 머리 위로 치켜든 채 병사들과 자신을 겨눈 소총을 향해 강하고 용맹한 목소리로 외쳤습니다. 〈왕이신 그리스도 만세.〉 다음 순간 그는 수십 발의 총알을 맞아 벌집처럼 되어 쓰러졌습니다. 간부는 그의 시신 위로 몸을 수그리고 후안의 귀에 권총을 겨눈 뒤 방아쇠를 당겼습니다.」

창가 쪽에서 긴 한숨 소리가 들렸다.

「이제 더 이상 총을 쏠 필요는 없었습니다. 젊은 영웅의 넋은 이미 지상의 집을 떠났고, 죽은 얼굴에 남은 행복한 미소는 그 무지한 자들에게도 이제 어디로 가야 후안을 찾을 수 있는지 말해 주고 있었습니다. 그날 그곳에 있었던 사람들 가운데 한 명은 후안의 태도에 깊은 감명을 받은 나머지 남몰래 손수건에 순교자의 피를 적셨는데, 그 손수건은 수백 개의 성물로 나뉘어져 독실한 가정들을 찾아가게 되었답니다. 그리고 이제…….」 엄마가 손뼉을 치면서 잽싸게 말했다. 「침대로.」

「그럼 그 사람은요?」 소년이 말했다. 「오늘 총살한 사람 말이에요. 그 사람도 영웅인가요?」

「그래.」

「그때 우리 집에 왔던 그 사람이죠?」

「그래, 성당의 순교자들 중 한 분이야.」

「좀 웃긴 냄새가 났어.」 여자애들 중 하나가 말했다.

「앞으로 그런 말은 절대로 하면 안 돼.」 엄마가 말했다. 「그분은 이제 성인이시다.」

「그럼 그 사람한테 기도해야 하는 건가요?」

엄마는 주저했다. 「나쁠 거야 없겠지. 물론 그분이 성인이라는 걸 확신하자면, 기적이 좀 있어야겠지만.」

「그 사람도 〈비바 엘 크리스토 레이〉라고 외쳤나요?」 소년이 물었다.

「그래, 그분도 신앙의 영웅이니까.」

「피에 적신 손수건은요?」 소년이 계속 물었다. 「그렇게 한 사람도 있었나요?」

엄마가 장황하게 말했다. 「왜 그걸 믿어야 하냐면……. 지미네즈 부인이 해준 얘기가 있는데……. 네 아버지가 돈을 좀 주시면, 성물을 살 수도 있을 거야.」

「돈을 주고 사는 건가요?」

「안 그러면 그걸 어떻게 구하겠니? 얻겠다는 사람이 한둘이 아닐 텐데.」

「그렇겠죠.」

소년은 창가에 쪼그리고 앉아서 밖을 바라봤다. 소년의 등 뒤로는 잠자리에 든 계집애들이 숨죽여 조잘대는 소리가 들렸다. 24시간에 불과했지만 이 집에 영웅이 머물렀던 적이 있었다는 사실이 절실하게 느껴졌다. 그리고 그가 마지막이다. 이제 더 이상 사제도 없고, 더 이상 영웅도 없다. 소년은 분에 겨워 포장길을 걸어오는 군홧발 소리에 귀를 기울였다. 일상의 삶이 소년을 둘러싸며 압박했다. 소년은 창가에서 일어나 촛불을 들었다. 자파타, 비야, 마데로, 기타 등등, 그들은 모두 죽었다. 그들을 죽인 것도 거기 바깥에 있는, 그런 사람들이었다. 소년은 기만당한 기분이었다.

경위는 포장길을 따라 걸었다. 내디디는 한 걸음 한 걸음이 〈나는 마땅히 해야 할 일을 했을 뿐〉이라고 말하는 것처럼 활달하고 단호했다. 그는 초를 들고 선 소년을 긴가민가한 표정으로 바라봤다. 그는 중얼거렸다. 「저 애와 아이들을 위해서라면 나는 더한 짓도 할 수 있어. 그보다 더한 일도. 아이들에게는 내가 겪었던 것과는 완전히 다른 인생이 기다리고 있을 거야.」 하지만 손가락으로 방아쇠를 당기게 만든 그 역동적인 사랑은 맥없이 풀 죽어 있었다. 잠시 이런 거겠지, 하고 그는 중얼거렸다. 여자를 사랑하는 일처럼, 그런 일엔 사이클이 있다. 그날 아침에는 너무나 흡족한 마음, 그것뿐이었다. 물릴 정도로. 그는 창문 너머 그 아이를 향해 애써 웃음을 지으며 말했다. 「부에나스 노체스.」[62] 소년은 권총집을 바라봤고, 그는 광장에서 한 아이에게 총을 만져 보라고 했던 일을 떠올렸다. 아마 그 소년일지도 모른다. 그는 다시 미소를 지으며 권총을 툭툭 쳤다. 기억하고 있다는 걸 보여 주기 위해서였다. 그러자 얼굴이 짜부라지는가 싶더니 소년이 창살 사이로 침을 뱉었다. 정확하게, 권총의 손잡이 부분에 침 한 방울이 튀었다.

소년은 파티오를 가로질러 잠을 자러 갔다. 아이는 철제 침대 하나가 놓인 작고 어두운 방을 아버지와 함께 쓰고 있었다. 아버지가 자러 올 때 깨지 않도록 아이는 벽에 붙어서, 아버지는 바깥쪽에서 잠을 잤다. 아이는 촛불이 비치는 가운데 뚱한 표정으로 신발과 옷을 차례대로 벗었다. 건넛방에서 나지막하게 기도하는 소리가 들렸다. 아이는 속은 듯한 느낌도 들었고 실망스러운 느낌도 들었다. 뭔가 잃어버렸기 때문이

---

62 스페인어권에서 사용하는 밤 인사.

다. 열기 속에서 등을 대고 누워 천장을 바라보고 있자니, 자기가 사는 세상에는 상점과 엄마가 읽어 주는 이야기와 광장에서 하는 한심한 놀이들만 있는 것 같다는 생각이 들었다.

하지만 곧바로 아이는 잠들었다. 꿈에 그날 아침에 총살당한 그 사제가 나왔다. 그는 아이의 아버지가 빌려 준 옷을 차려입은 채였고, 뻣뻣한 몸으로 입관 준비를 모두 마친 뒤였다. 소년은 침대 옆에 앉아 있었고, 엄마는 그 사제가 율리우스 카이사르 역을 맡은 주교 앞에서 한 행동들을 모두 기록한 기나긴 책을 읽고 있었다. 그녀의 발치에는 물고기를 담은 바구니가 있었다. 그녀가 손수건으로 감싼 그 물고기는 피를 흘리고 있었다. 아이가 너무 지루하고 너무 재미없다고 생각하는 순간, 누군가 통로에 있던 관에 못을 박았다. 그러자 갑자기 죽은 사제가 아이를 향해 윙크를 했다. 틀림없이 눈꺼풀이 깜박거렸다. 꼭 윙크하는 것처럼.

아이가 잠에서 깨어났을 때, 바깥문에서 노크 소리가 똑똑 들렸다. 아버지는 침대에 없었고 건넛방은 쥐 죽은 듯 조용했다. 시간이 얼마나 됐는지 알 수 없었다. 아이는 가만히 누워 귀를 기울였다. 덜컥 겁이 났는데, 잠시 안 들리는가 싶더니 다시 문을 두드리는 소리가 들렸고, 집 안에는 누구 하나 움직이는 사람이 없었다. 마지못해 아이가 바닥을 밟고 내려섰다. 아버지가 문을 열어 달라고 두드리는 것이 틀림없었다. 아이는 촛불을 밝히고 담요로 몸을 감싼 뒤 다시 가만히 서서 귀를 기울였다. 엄마가 소리를 듣고 나가면 좋겠지만 자기가 해야 할 일이라는 걸 잘 알고 있었다. 집에 남자라고는 자기뿐이었으니까.

아이는 천천히 파티오를 가로질러 바깥문을 향해 걸었다.

침 뱉은 일로 자기를 혼내려고 그 경위가 온 건 아닐까……. 아이는 육중한 철문을 따고 활짝 열었다. 처음 보는 사람이 골목에 서 있었다. 입 냄새가 좀 심한, 큰 키에 마르고 창백한 남자가 작은 여행 가방을 들고 있었다. 그는 소년의 엄마 이름을 말하더니 그 세뇨라께서는 집에 있느냐고 물었다. 있습니다, 하고 소년은 말했다. 하지만 지금은 주무세요. 아이는 다시 문을 닫으려고 했지만, 끝이 뾰족한 구두가 막아섰다.

낯선 사람이 말했다. 「나는 지금 막 여기 도착했단다. 오늘 밤에 강을 따라온 거야. 내 생각에는 아마도……. 난 세뇨라와 무척 친한 친구분의 소개장도 가지고 있단다.」

「지금은 주무세요.」 소년이 다시 말했다.

「좀 들어갔으면 좋겠는데.」 겁에 질린 것인지 다른 일 때문인지 알 수 없는 얼굴로 미소를 지으며 그 남자가 말했다. 그러더니 그는 목소리를 낮추고 소년에게 말했다. 「나는 사제란다.」

「정말요?」 소년이 외쳤다.

「그래.」 그가 다정하게 말했다. 「신부인데, 이름은—」 하지만 이미 문을 활짝 열어젖힌 소년은 그가 이름을 말하기도 전에 그 입술을 손으로 틀어막았다.

역자 해설
인간이라는 심연, 그 유혹을 견디지 못한 사제의 기이한 순교담

1

1938년 4월 그레이엄 그린Graham Greene이 멕시코를 방문한 이유에 대해서는 그간 〈엘리자베스 1세 치하 이후 가장 혹독한 종교 박해를 취재하기 위해서〉라는 견해가 지배적이었다. 멕시코의 가톨릭 박해는 1924년 플루타르코 카예스 Plutarco Elías Calles가 대통령으로 선출되면서 시작되었다. 그중에서도 무신론자인 가리도 카나발Garrido Canabal이 주지사로 있던 타바스코 주가 악명 높았다. 이 가리도 카나발은 『권력과 영광The Power and the Glory』에 나오는 경위의 모델로 알려져 있다.

하지만 2007년 11월 18일, 영국의 일간지 「인디펜던트The Independent」는 그레이엄 그린의 친구이자 영화감독 알베르토 카발칸티Alberto Cavalcanti의 유실됐던 자서전을 발견했는데, 거기에 그린이 멕시코로 가게 된 진짜 동기가 〈셜리 템플Shirley Jane Temple 소송〉 때문이라고 기록되어 있다고 보도했다. 셜리 템플 소송의 전말은 이러하다. 1937년 그린은 영화 잡지 『밤과 낮*Night and Day*』에 존 포드John Ford가 감독한 영화 「위 윌리 윈키Wee Willie Winkie」에 대해 다음과 같이 썼다.

 사랑과 슬픔이라는 어른의 감정이 어린아이의 얼굴로 미끄러진다. 이 어린아이라는 건 단지 표피에 불과하다. 영리하지만, 그게 영원할 수는 없다. 그녀의 숭배자들 — 중년 남자들과 성직자들 — 은 자신들의 지성과 욕망 사이에 이야기와 대화라는 안전한 커튼이 드리운다는 이유로 그녀의 수상쩍은 교태에, 그리고 어마어마한 활기로 가득 찬 잘빠지고 육감적인 작은 몸에 반응을 보인다.

영화를 제작한 20세기 폭스사는 당시 여덟 살이던 셜리 템플을 대신하여 그린을 고소했다. 셜리가 〈음탕한 남자 성인들〉에게 영합했음을 암시하는 글을 썼다는 이유였다. 20세기 폭스사는 승소해 3천5백 파운드의 손해 배상을 받아 냈고, 『밤과 낮』은 폐간되었다. 카발칸티의 자서전에 따르면 이 소송으로 글을 쓴 그린은 구속될 위기에 처했는데, 유일한 해결책은 범죄인 인도 조약이 체결되지 않은 나라로 도피하는 것이었고, 그래서 선택한 국가가 바로 멕시코였다는 것이다.
 이 흥미진진한 기사를 끝맺으면서 「인디펜던트」의 기자는, 이 이야기는 몇 줄 되지 않는 문장에 불과하지만 〈역사책을 새로 쓰게 될 수도 있다〉고 썼다. 왜 그럴까? 카발칸티의 말이 사실이라면, 그레이엄 그린이 두 권의 훌륭한 책을 쓰게 된 동기를 제공한 건 바로 아역 배우 셜리 템플의 성적 매력이라는 뜻이기 때문이다. 물론 셜리 템플은 그런 사실을 전혀 몰랐겠지만. 그 두 권의 책은 바로 멕시코 여행기인 『무법의 길 *The Lawless Roads*』과 멕시코를 배경으로 한 소설 『권력과 영광』이다.

그레이엄 그린의 대표작이자 20세기 영문학의 걸작으로 손꼽히는 『권력과 영광』을 소개하면서 그 탄생에 얽힌 논란으로 시작하는 건 단순히 흥밋거리를 제공하려는 심사 때문만은 아니다. 유례없는 가톨릭 박해를 취재하기 위해 롱맨 출판사의 지원으로 가톨릭 세례를 받은 그린이 멕시코로 가게 됐다는 설명보다는 셜리 템플을 성적으로 비하했다는 혐의를 피해 멕시코로 도망쳤다가 두 권의 책을 쓰게 됐다는 설명이 이 책의 내용과는 더 어울리기 때문이다.

멕시코로 들어간 그린은 5주에 걸쳐, 상대적으로 가톨릭에 관대했던 멕시코시티에서 여전히 박해가 진행되던 타바스코와 치아파스의 오지 깊숙이까지 들어갔다. 때로는 『권력과 영광』에 나오는 〈위스키 사제〉처럼 노새를 타거나 걸어서 이동해야만 하는 고난의 여행이었다. 그러나 여행기 『무법의 길』에는 이런 물리적 고난보다 멕시코의 잔혹한 환경에 대한 묘사가 우선한다. 여행기에서 그린은 이렇게 썼다.

> 어디에도 희망은 없음. 언제라도 적대의 감정을 더 빨리 알아차릴 수밖에 없는, 이런 나라는 처음이다.

멕시코에 대한 이런 시각은 『권력과 영광』의 도입부에 잘 드러나 있다. 모든 것을 표백하려는 듯 작열하는 멕시코의 태양과 숨이 막힐 듯한 더위는 바로 삶을 위협하는 사회적, 정치적 환경에 대한 은유인 셈이다. 그린이 말한 〈희망 없음〉

은 그가 높이 평가했던 콘래드Joseph Conrad적 의미의 〈어둠〉과 공명한다. 이 어둠에 대해서 〈마치 그게 어둠과 유기의 중심인 양, 뭔가의 중심부로 자꾸 끌려 들어가는 듯한 느낌을 누구라도 받을 수밖에 없다〉라고 썼을 때, 그린은 분명 콘래드의 『어둠의 핵심』을 떠올리고 있었을 것이다. 『권력과 영광』에서 이 어둠에 해당하는 공간은 바로 제2부 제3장의 캄캄한 감옥 장면이다.

그건 종말과 같았다. 이제 더 이상 희망할 필요가 없었다. 마침내 10년에 걸친 추격이 끝났다. 그의 주위로 침묵이 찾아왔다. 그곳은 세상의 축소판 같았다. 욕정과 범죄와 불행한 사랑들이 꽉 들어차 그 악취가 하늘까지 이르는. (202면)

여행을 통해 그린이 둘러보게 된 멕시코의 상황 역시 바로 이 어둠 속의 감옥 풍경과 다르지 않다. 이 감옥 장면은 연극처럼 서술되어 있어 다소 과장되게 느껴지기도 한다. 『권력과 영광』에 나오는 주요 등장인물들, 예컨대 위스키 사제와 메스티조와 경위에게는 이름이 없다. 그가 알랭Marie François Alain에게 한 말 속에서 그 이유를 짐작할 수 있다. 〈『권력과 영광』은 배우들이 미덕, 악덕, 교만, 연민 등을 상징하는 17세기 연극과 같다.〉 그래서 이들에게는 굳이 이름이 필요하지 않으며, 이들의 캐릭터는 변화 없이 결말에 이른다. 이 점은 『권력과 영광』을 가리켜 〈논지에 맞춰 쓴 유일한 소설*the only novel I have written to a thesis*〉이라고 표현한 그의 유명한 언급을 떠올리게 한다.

그렇지만 이 소설이 단순한 교훈극에 불과하고 등장인물들이 작가의 의도를 충실히 반영하는 활기 없는 캐릭터에 지나지 않았다면 평단의 지지와 대중의 환호를 동시에 거머쥐는, 말 그대로 〈현대의 고전〉이 되지는 못했을 것이다. 스스로 논지에 맞춰서 썼다고 말한 이 소설이 얼마나 사실적인지는 펭귄판에 서문을 쓴 존 업다이크John Updike의 글을 통해서도 알 수 있다. 업다이크는 서문에서 1960년 캘리포니아에 거주하는 한 가톨릭 신자인 교사가 그린에 대해 쓴 글을 인용한다. 요는 박해가 가장 심했던 곳에 살던 멕시코 여자에게 『권력과 영광』을 읽어 보라고 권했더니, 당시 상황에 대한 묘사가 너무나 생생하고 사제의 모습도 너무나 사실적이라 자신도 모르게 미사에서 소설 속 사제를 위해 기도했다는 내용이었다. 이는 단순히 이국적 취향을 끌어들인 것처럼 보일 수 있는 도입부의 배경 묘사가 사실은 정교한 관찰의 기록이라는 점을 말해 준다.

이러한 사실들은 만약 그린이 멕시코를 여행하지 않았다면 아무리 논지에 맞춰서 쓴다고 해도 지금과 같은 형태의 소설은 쓸 수 없었다는 것을 반증한다. 그러니 「인디펜던트」의 설명이 옳다면, 전적인 우연의 소산으로(범죄인 인도 조약이 체결되지 않은 나라가 멕시코라는 단순한 이유로) 『권력과 영광』은 지금과 같은 정교하고 공들인 묘사를 얻은 셈이다. 하지만 그린이 이 여행에서 얻은 소득은 이처럼 논지를 뒷받침하는 사실적 묘사뿐만이 아니다. 1983년 4월 3일, 「뉴욕 타임스The New York Times」와 가진 인터뷰에서 그린은 멕시코 여행의 의미를 다음과 같이 설명했다.

Q: 당신은 언제 자신의 믿음을 〈느끼기〉 시작했습니까?

A: 1938년 멕시코를 방문했을 때, 처음으로 뭔가가 틈입한다는 걸 인식했습니다. 그건 전적으로 희생자들을 향한 제 충성심과 관계가 있습니다. 줄곧 그랬습니다. 멕시코에서는 가톨릭 신자들이 희생자들이었습니다. 가족 중 하나가 숨지자 장례 절차를 밟을 수 있도록 타바스코까지 모시고 올 사제를 찾아 비밀리에 수도 — 관광객들에게 〈보호받고〉 있던 멕시코시티의 주민들에게는 박해가 일어나지 않았습니다 — 까지 어떻게 사람을 보낼까 고민하던 여인의 말을 들었을 때도 그랬고, (사제들은 없었지만) 여전히 문이 열린 치아파스 성당들의 딱딱한 판석 위를 무릎 꿇고 움직이던, 또 십자가에 못 박힌 것처럼 두 팔을 펼치고 얼마든지 무릎을 꿇을 수 있었던 농민들의 열정을 목격했을 때도 그랬죠. 저도 그런 자세로 기도해 봤는데, 정말 몇 분도 못 하겠더군요. 그런데 그들은 미사 내내 그렇게 못 박힌 듯한 자세를 유지했습니다. 또 자신의 믿음으로 고통받는 신자들과 함께 있을 때, 이젠 성당도 사제도 없는 치아파스와 타바스코에서 비밀리에 미사가 치러질 때, 이런 것들은 성당에 엄청난 광채를 드리웠고 신자들의 신심이 너무나 대단해 저로서는 마음깊이 감동받지 않을 수가 없었습니다.

『무법의 길』에서도 그린은 자신이 먹을 게 하나도 없음에도 불구하고 외국인을 환영하며 커피를 대접하고 잠자리를 내준 멕시코 노인을 언급한다. 그날 밤, 자려고 누우니 〈천국의 주민들과 함께 누운 것 같았다〉고 그린은 썼다. 인간에 대한 새로운 발견이야말로 그린이 멕시코 여행에서 얻은 가장 소중한 체험이었다. 그의 여행기 『무법의 길』의 서평을 쓴 에블린 워Evelyn Waugh는 멕시코에 대한 그린의 혐오감을 인정하면서도 다음과 같이 훈계했는데, 이는 그레이엄 그린 자신이 가장 잘 알고 있는 것이었다. 〈순교자를 죽인 사람들도 멕시코 사람들이고, 순교자가 구하고자 했던 사람들도 멕시코 사람들이다.〉 에블린 워의 이 말은 성인과 죄인의 경계가 사실은 무의미할지도 모른다는 걸 암시하는 『권력과 영광』의 논지를 떠올리게 한다. 즉, 이 소설의 주인공은 사실상 성인인 동시에 죄인인 인간인 셈이다.

2

「인디펜던트」의 기사가 흥미로운 또 다른 이유는 그레이엄 그린의 소설에는 이국을 배경으로 도망치는 자가 주인공으로 나오는 경우가 많기 때문이다. 그 기사가 사실이라면 이번에는 그린 자신이 소설 속 주인공과 비슷한 신세가 된 셈이니까 말이다! 『권력과 영광』 역시 이러한 패턴에서 벗어나지 않았다. 멕시코의 어느 주가 배경이고 사제는 쫓기고 있다. 사제가 목숨을 걸고 도망치고 있으므로 이 소설은 가장 강력한 동기, 즉 살아야겠다는 의지로 충만한 채 이야기를 시작했다고 볼 수 있겠다. 하지만 소설 속에서 살아야겠다는 사제의 의지는 어딘지 모호하다. 어쩌면 바로 이런 이유로, 그린은 소설을 쓰기 전부터 『권력과 영광』이 진지한 작품이 되리라는 걸 알고 있었다.

자신이 쓸 소설이 진지한 작품인지, 아니면 한 번 읽고 버리는 이야기에 불과한지는 그린에게 꽤 중요한 기준점이었다. 나중에 전집으로 작품을 묶을 때는 이 양자의 구분을 없애 버렸으나, 초기에 그린은 진지한 작품과 즐기는 이야기를 엄격하게 구분해서 썼다. 첫 번째 작품 『내부의 나 The Man Within』가 호평을 받자 신문사를 그만두고 전업 작가로 나선 그린은 이어 두 번째와 세 번째 책을 펴내면서 큰 좌절을 맛보았다. 이 좌절이 얼마나 컸던지 그린은 그 두 작품, 『행동의 이름 The Name of Action』과 『황혼의 소문 Rumour at Nightfall』을 자신의 저서 목록에서 영구히 삭제하고 다시는 출판하지 않도록 했다. 따라서 저작권이 소멸되는 2061년까지는 이 작품들을 사서 읽을 방법이 없는 셈이다. 3년 동안의 생활비를 계약금으로 받은 뒤 시작한 전업 작가 생활이었기 때문에 그 3년째가 되던 1932년 그린은 최초의 대중 소설인 『스탬불 특급 열차 Stamboul Train』를 출판했고, 이 소설은 성공을 거뒀다. 〈오리엔트 특급 Orient Express〉이라는 미국판의 제목이 우리에게는 더 익숙할 것이다.

이런 이유로 그린은 『권력과 영광』을 발표해도 팔리지 않을 것이라고 예상하여 동시에 흥미 위주의 소설인 『밀사 The Confidential Agent』도 함께 집필했다. 아침마다 각성제인 암페타민에 취해 『밀사』를 써서 6주 만에 완성했고, 오후에는 좀 느슨한 태도로 『권력과 영광』을 썼다. 그때 그의 나이가 35세였는데, 그 어마어마한 작업량에도 불구하고 두 작품이 오늘날까지 읽히는 명작이 된 건 정말 놀라운 일이 아닐 수 없다. 그런 이유에서인지 이 두 작품에는 공히 쫓기는 남자가 등장한다. 차이가 있다면 『권력과 영광』의 위스키 사제는 계속 쫓기다가 어느 순간에 이르러 돌아서서 자신을 쫓는 그 뭔가를 향해, 그린의 여행기를 참고하자면, 어둠을 향해, 그 어둠의 중심부를 향해 걸어간다는 사실이다. 뻔히 죽을 줄 알면서도 사제가 왜 그 길을 걸어갔는가는 이 소설이 우리에게 던지는 가장 무거운 질문일 것이다.

앞서 언급한 「뉴욕 타임스」와의 인터뷰에서 신앙이 자신의 문학에 새로운 차원을 부여했느냐는 질문에 그린은 포스터 Edward Morgan Forster, 울프Adeline Virginia Woolf, 사르트르Jean Paul Sartre의 작품에 등장하는 인물들의 평면성을 조이스James Joyce의 레오폴드 블룸이나 발자크Honoré de Balzac의 고리오, 디킨스Charles Dickens의 데이비드 코퍼필드의 생기와 비교하며, 종교적 차원의 유무가 이런 차이를 만든다고 지적했다. 『권력과 영광』이 진지한 소설이 된 데에는 다음과 같은 이유가 가장 크다. 이름을 밝히지 않았으므로 그냥 〈위스키 사제〉라고 불러야만 할 텐데, 이 모순적인 작명 자체가 이미 깊이를 예고한다. 이야기가 진행되면서 우리는 이 주정뱅이 사제에게 딸까지 있다는 걸 알게 된다. 사실상 그는 도덕적으로 파탄이 난 사람인데도 자기 스스로를 구하고자 하는 최소한의 욕망도 없이 그저 목숨만 부지하기 위해 도망 다니는 겁쟁이에 불과하다.

이런 설정은 표면적으로 가톨릭 사제를 폄하하는 것처럼 보였으므로 1953년 웨스트민스터의 버나드 그리핀Bernard Griffin 추기경은 「목회자 서신Pastoral Letter」에서 이 작품이 〈자기모순적paradoxical〉이라며 내용을 수정할 것을 요구하기까지 했다. 이 비판에 대한 문학계의 반응은 그린과 마찬가지로 가톨릭 세례를 받은 소설가인 에블린 워의 격렬한 어조로 나타났다. 그는 이 비판이 〈어리석을 뿐만 아니라 불공정한 것〉이며 〈고귀한 책에 대한 비열한 오독〉이라고 말했다. 몇 년 뒤 사적으로 그린과 만난 교황 바오로 6세가 〈당신이 쓴 소설 중에 어떤 부분을 읽고 불쾌하게 여기는 가톨릭 신자들이 있는 건 분명하지만, 거기에 개의치 않았으면 좋겠다〉고 말함으로써 논란은 일단락됐으나, 이 일화는 〈위스키 사제〉라는 설정이 지닌 엄청난 문학적 힘을 실감할 수 있는 사례라고 하겠다.

하지만 일반 독자들에게는 이 위스키 사제가 순교자로 죽는다는 결말이 더 큰 문제로 여겨질 것이다. 어떻게 보면 이는 〈순교〉라는 종교적 행위 자체에 대한 조롱처럼 여겨지기도 한다. 바로 이 지점에서 좀 더 깊이 있는 신학적 논쟁, 즉 〈엑스 오페레 오페라토 $ex\ opere\ operato$〉가 개입한다. 우리말로는 〈사효론(事效論)〉이라고 번역되는 이 이론은, 3세기경 이단자로부터 세례를 받은 추종자들이 다시 본래의 교회로 돌아왔을 때 이들에게 다시 세례를 주어야 하는가에 대한 논란의 과정에서 탄생했다. 이에 교황 스테파노 1세는 어디서든 삼위일체의 이름으로 성사가 베풀어지면 그 세례는 유효하다고 선언했고, 이는 지금까지도 교황청의 공식적인 입장이다.

성사들이 사효적으로, 즉 행위가 이뤄진다는 사실 그 자체로 효력을 가진다는 말은 성사가 하느님의 능력에 의해 이뤄지는 한, 그것을 주는 사람이나 받는 사람의 개인적인 의로움과는 무관하다는 뜻이다. 다시 말해서 성사를 집전하는 사제는 그리스도의 도구이므로 그의 개인적 성덕은 세례의 유효성과 아무런 관련이 없다. 메스티조를 따라가면 죽는다는 사실을 알면서도 미국인 총잡이의 고해를 듣기 위해 죽음의 땅으로 되돌아가는 사제의 모습은 그간 그의 부도덕한 행실에 비춰 볼 때 의아한 것일 수도 있겠지만, 그의 행동은 가장 적절한 것이었다. 위스키 사제가 얼마나 부도덕한지는 그가 베푸는 성사의 효력에 영향을 미치지 않는다. 그것이 바로 사제직의 본성이다. 그러므로 그가 사제직을 수행하다가 죽었다면 이는 순교라고 볼 수 있는 것이다.

물론 개인의 차원에서는 매우 부조리한 일이 아닐 수 없다. 스스로 대죄를 지었으므로 자격이 없다고 여기는 사제에게는 이보다 더 기막힌 일이 있을 수 없다. 그에게는 스스로 타락해서 지옥에 떨어지는 일조차 불가능한 셈이니까. 죽는 그 순간까지도 사제는 자신이 처한 이 아이러니한 상황을 잘 알고 있다. 바로 이 점이 그를 그 어떤 등장인물보다 다채롭게 만든다.

> 그 점에서 우리는 또 차이가 나는 거라오. 당신 같은 경우엔 스스로 좋은 사람이 되지 못한다면 목표를 향해 노력해 봐야 아무런 소용이 없다오. 그리고 당신들 쪽이라고 모두가 좋은 사람일 수는 없지 않겠소. 그렇다면 결국에는 다시 굶주림과 매질과 물질주의가 생긴다는 얘기지. 하지만 내가 겁쟁이가 된다고 해서 크게 바뀌는 건 없다오. 다른 모든 사제들도 마찬가지지. 나는 이전과 마찬가지로 사람들의 입에다 하느님의 육신을 넣어 줄 수 있고, 하느님의 이름으로 그들의 죄를 사해 줄 수도 있소. 성당의 모든 사제들이 나와 같다고 해도 달라질 건 하나도 없소. (310면)

위스키 사제는 자신의 신학적 위치를 정확하게 인식하고 있는 셈이다. 이런 사제의 딜레마를 보통 사람들이 이해하기란 여간 힘든 게 아니다. 왜 하느님은 하필이면 세속적인 의미에서는 아무런 쓸모도 없을 정도로 타락한 사제를 통해서 구원을 행하려는 것일까? 경위가 그를 경멸하고, 더 나아가 가톨릭 전체를 경멸하는 이유는 바로 이런 모순 때문이다. 하지만 이러한 경위의 태도 때문에 사제의 특수한 위치는 더욱 빛을 발한다. 하느님의 논리는 세속의 논리를 완전히 초월한다. 마지막 순간에 사제가 총살되면서 순교자의 반열에 오를 때, 세속적 독법에 따르면 실로 어마어마한 아이러니가 발생한다. 성스러움과 대죄의 구분을, 성인과 죄인의 구분을 일거에 사라지게 만드는 아이러니가 아닐 수 없다.

하지만 신학적 독법에 따르면 그렇지 않다. 신학적 차원에서 성스러움과 대죄는 여전히 명확하게 구분되며, 성인과 죄인 역시 하늘과 땅만큼 다르다. 사제는 단지 도구일 뿐이다. 그 도구의 성질이 타락하고 안 하고는 도구의 기능과 무관하다. 도구가 여전히 기능을 제대로 발휘하는 한, 그의 죽음은 성스러운 죽음이 된다. 그러므로 그는 이렇게 순교했다. 여기서 그 사제가 정의에 대해 말하는 다음과 같은 장면은 주목할 만하다.

「나는 당신이 생각하는 것만큼 부정직한 인간은 아니오. 당신은 내가 제단에 서서 사람들을 향해 죽음이 눈치채지도 못하게 그들을 낚아채면 모두 지옥에 떨어질 운명이라고 말한 이유가 뭐라고 생각하시오? 나 자신도 믿지 않는 동화 같은 이야기는 사람들에게도 한 일이 없소이다. 나는 하느님의 자비심 같은 것에 대해선 아는 바가 하나도 없소. 인간의 마음이 그분에게 얼마나 추악하게 보이는지도 나는 모르오. 하지만 이것만은 안다오. 만약 이 주에서 단 한 사람이라도 지옥으로 떨어진다면, 나 역시 같은 신세가 될 거요.」 그가 천천히 말했다. 「나는 무슨 다른 대접을 원하는 게 아니오. 내가 원하는 건 정의일 뿐이오. 그게 다라오.」(318면)

사제가 말하는 정의는 하느님이 말하는 정의와 분명히 다르다. 세속적인, 혹은 세속을 향한 정의다. 그는 마치 불교의 어떤 보살처럼 세상의 인간들과 운명을 같이하겠다고 선언하는 셈이다. 높은 사제의 자리에서 내려와 가장 낮은 곳까지 이르겠다는 선언과 같다. 사제로 남아 있는 한 그에게는 그런 타락이 불가능하다는 사실에서 알 수 있다시피, 이는 분명 자기모순적인 선언이다. 그럼에도 이 선언은 더없이 중요하다. 이는 차라투스트라의 타락과 같은, 20세기에 더없이 어울리는 행위이기 때문이다.

그리하여 결론은 다음과 같다.

문득 감방 벽에 비친 자신의 그림자가 눈에 들어왔다. 놀란 모습, 동시에 어리석고 하찮은 사람의 모습이기도 했다. 다른 사람들은 모두 도망친 마당에 자기만은 떠나지 않아도 될 만큼 강하다고 생각했다니, 그 얼마나 멍청한 일이었는가. 나란 인간은 얼마나 구제불능인가, 그는 생각했다. 얼마나 쓸모없는가. 그 누구에게도 도움이 될 만한 일을 하나도 하지 못했구나. 나란 인간은 이 세상에 살았던 적이 없었던 것이나 마찬가지구나. 그의 부모는 모두 죽었다. 곧 그는 누군가의 기억 속에도 남지 않게 될 것이었다. 아마 그 순간 그가 겁낸 것은 지옥에 떨어지는 일이 아니었을 것이다. 고통에 대한 공포마저 뒤로 물러섰다. 아무런 일도 한 것 없이 빈손으로 하느님에게 가야 한다는 사실이 엄청난 좌절로 다가올 뿐이었다. 그 순간, 성인으로 사는 건 꽤 쉬운 일이라는 생각이 그에게 들었다. 그건 약간의 자기 절제와 약간의 용기만 갖추면 되는 일이었다. 그는 약속 장소에 몇 초 늦게 가서 행복을 놓친 사람이 된 듯한 기분이었다. 이제 그는 확실히 알게 됐다. 마지막 순간에 중요한 건 단 하나뿐이라는 것. 그건 바로 성인이 되는 일이었다. (334~335면)

3

번역과 관련해서는 이 소설의 배경이 멕시코이고, 대부분의 대화가 스페인어로 진행된다는 사실(물론 원서에는 몇 개의 단어를 제외하고는 영어로 쓰여 있지만)에 유의해야겠다. 그린 자신이 영어로 글을 쓴 사람이고 1차 독자들도 영어 사용자들이었으므로 이런 특수한 상황을 우회하기 위해 그린은 영어를 사용하는 등장인물들을 곳곳에 배치했고, 사제 역시 미국에서 유학하며 영어를 배운 사람으로 설정했다. 그러나 사제의 영어는 그다지 유창하지 않다. 영어 사용자들과 대화할 때, 사제의 말은 한국어를 구사하는 외국인과 비슷한 느낌이라고 보면 될 것이다. 반면에 스페인어를 사용할 때,

그리고 특히 사제로서 말할 때는 근엄한 노인의 어투다. 이 두 개의 어투가 원서에는 모두 영어로 표현됐다. 알다시피 영어에는 경어 체계가 없으므로 느낌만으로 이 어투를 구분하지만 한국어에는 경어체가 있으므로 이를 구분해서 번역해야만 했다. 이를 구분하는 건 전적으로 개인적인 판단이다. 때로는 같은 사람에게 말하면서도 높임말과 낮춤말을 번갈아 가며 사용하는 것으로 번역하기도 했다.

공교롭게도 최근 몇 년 동안 내가 쓰고 있는 소설 역시 박해당하는 예수회 사제들에 대한 것이다. 내 소설의 배경은 16세기의 일본이라 그레이엄 그린보다도 더 많은 시간이 필요할 것 같다. 이런 인연의 의미에 대해서는 내가 해석할 수 없을 것 같고, 다만 그 때문에 시종일관 흥미진진하게 읽을 수 있었다는 점을 밝히고 싶다. 책을 받은 지는 꽤 오래됐는데, 이제야 번역을 마치게 됐다. 무척 힘들게 보였던 첫인상과 달리 꽤 즐겁게 번역했고 보람도 많았다. 이 소설의 주인공은 가톨릭 사제이므로 당연히 가톨릭 전례와 관련해서 많은 전문 용어들이 나온다. 이 용어들을 우리말로 옮기는 데는 잡지 『야곱의 우물』을 만드시는 유 글라라 수녀님에게 큰 도움을 받았다. 늘 밝게 웃으시는 모습이 떠오르는 그분께 특히 각별한 감사의 말을 전하고 싶다.

김연수

그레이엄 그린 연보

1904년 출생 10월 2일 영국 런던 서북쪽 근방에 있는 하트퍼드셔 Hertfordshire 버크햄스테드Berkhamsted에서 출생. 아버지 찰스 헨리 그린Charles Henry Greene은 버크햄스테드 스쿨의 교감이었으며, 어머니 매리언 그린Marion Raymond Greene은 소설가 로버트 루이스 스티븐슨Robert Louis Balfour Stevenson의 사촌임.

1910년 6세 아버지가 버크햄스테드 스쿨의 교장이 됨. 그레이엄 그린은 이 학교에 입학함. 수줍음이 많고 예민한 아이로 운동을 싫어하고 헨리 라이더 해거드Henry Rider Haggard의 『솔로몬 왕의 금광*King Solomon's Mines*』, 스탠리 와이먼Stanley J. Weyman의 『프랜시스 클러드의 이야기*The Story of Francis Cludde*』 등 모험 소설을 읽느라 무단결석하는 일도 잦았음.

1920년 16세 버크햄스테드 스쿨의 기숙사에 들어감. 교장의 아들이라는 이유로 급우들에게 괴롭힘을 당함. 아스피린을 삼키고 학교 수영장에 뛰어드는 등 몇 번의 자살 시도가 실패로 돌아간 후, 런던으로 가 6개월간 정신 치료를 받음. 그를 치료했던 케네스 리치먼드Kenneth Richmond는 그에게 글쓰기를 권하며 시인 데라메어Walter John de la Mare를 비롯한 문인들을 소개함. 에즈라 파운드Ezra Loomis Pound와 거트루드 스타인Gertrude Stein 역시 그의 정신적 지주가 됨. 시를 쓰기 시작하고 다시 학교로 돌아감.

1922년 18세 버크햄스테드 스쿨을 졸업하고 옥스퍼드 대학 밸리올 칼리지Balliol College에 입학해 근세 유럽사를 전공. 여행을 즐김. 공산당 가입 후 6주 만에 탈퇴하지만 나중에 피델 카스트로Fidel Alejandro Castro와 호찌민(胡志明)에 대한 글을 쓰기도 함. 비비언 데이럴 브라우닝Vivien Dayrell Browning과 교제를 시작. 엘리엇T. S. Eliot의「황무지」를 읽고 깊은 감명을 받음.

1925년 21세 옥스퍼드 대학 졸업. 시집『조잘대는 4월*Babbling April*』발표. 이 무렵부터 수년에 걸쳐 두 편의 장편을 탈고했으나 출판사에서 거절함. 세 번째 작품인 추리 소설은 완성하지 못함.

1926년 22세 「노팅엄 저널Nottingham Journal」에서 무보수 수습기자로 일하면서 직장 생활을 시작. 곧 런던의「타임스The Times」로 옮겨 문화부 편집 기자로 일함. 노팅엄에 있는 동안 비비언과 서신 교환. 가톨릭 신자였던 그녀는 주로 가톨릭의 교의에 대해 씀. 그린은 가톨릭으로 개종하고 세례를 받음.

1927년 23세 비비언 브라우닝과 결혼.

1929년 25세 장편『내부의 나*The Man Within*』를 출판, 호평을 받음. 출판사 하이네만Heinemann으로부터 3년간의 생활을 보장하는 계약금을 받음.「타임스」를 사직하고 창작에 전념.

1930년 26세 장편『행동의 이름*The Name of Action*』발표. 좋은 평을 받지는 못함.

1931년 27세 장편『황혼의 소문*Rumour at Nightfall*』을 발표하지만, 전작과 마찬가지로 평론가들에게 좋은 반응을 얻지 못함.

1932년 28세 첫 대중 소설인 장편『스탬불 특급 열차*Stamboul Train*』를 발표하며 다시 명성을 얻음. 미국에서는〈오리엔트 특급*Orient Express*〉이라는 제목으로 출판됨.

1933년 29세 딸 루시 캐롤라인Lucy Caroline 출생.

1934년 30세 장편『여기는 전쟁터다*It's a Battlefield*』발표.『스탬불

특급 열차』가 〈오리엔트 특급〉이라는 제목의 영화로 제작됨. 이후 많은 작품들이 영화로 각색됨.

1935년 31세 이해부터 1940년까지 주간지 『스펙테이터The Spectator』의 영화 비평을 담당함. 1월, 서아프리카의 라이베리아로 떠남. 마딜라, 다카알, 프리타운을 경유하여 시에라리온 벤덴푸에서 라이베리아 서북부를 도보 또는 차로 여행. 도중 프랑스령 기니를 통과하여 다시 라이베리아령 삼림 지대를 같은 방법으로 답사. 3월 대서양 연안인 그랜드 바자르에 도달함. 그곳에서 몬로비아까지 배로 여행. 4월 런던으로 돌아옴. 장편 『영국이 나를 낳았다England Made Me』 발표.

1936년 32세 장편 『권총을 팝니다A Gun for Sale』와 라이베리아 여행기 『지도 없는 여행Journey without Maps』을 발표. 아들 프랜시스 Francis 출생.

1938년 34세 가톨릭으로 개종한 지 12년 만에 가톨릭을 주제로 한 첫 번째 장편 『브라이턴 록Brighton Rock』을 발표. 멕시코를 여행하며 가톨릭 신부들이 박해받는 모습을 목격함.

1939년 35세 장편 『밀사The Confidential Agent』와 멕시코 여행기 『무법의 길The Lawless Roads』 발표. 여행기에서 술주정뱅이 사제의 공개 처형 장면을 묘사함.

1940년 36세 대표작으로 꼽히는 장편 『권력과 영광The Power and the Glory』 발표. 호손덴상Hawthornden Prize을 수상하며 문단에서의 위치를 확고히 구축함.

1942년 38세 에세이 『영국의 극작가들British Dramatists』 발표.

1943년 39세 장편 『공포의 성The Ministry of Fear』 발표.

1948년 44세 제2차 세계 대전 기간 동안 영국 정보부를 위해 아프리카에서 활동한 경험이 반영된 장편 『사건의 핵심The Heart of the Matter』 발표. 제임스 테이트 블랙 기념 문학상James Tait Black Memorial Prize 수상. 아내 비비언과 별거 시작. 이후 이혼도, 재혼도 하지 않음.

1950년 ⁴⁶세　장편 『제3의 사나이 *The Third Man*』 발표.

1951년 ⁴⁷세　『애정의 종말 *The End of the Affair*』 발표. 에세이집 『잃어버린 어린 시절 외 *The Lost Childhood and Other Essays*』 발표.

1953년 ⁴⁹세　교황청이 『권력과 영광』이 사제의 평판에 상처를 입혔다고 발표함.

1955년 ⁵¹세　장편 『조용한 미국인 *The Quiet American*』과 단편집 『21편의 이야기 *Twenty-One Stories*』, 장편 『패자가 모든 것을 가진다 *Loser Takes All*』 발표.

1958년 ⁵⁴세　그 스스로 마지막 대중 소설이라고 밝힌 장편 『하바나의 사나이 *Our Man in Havana*』 발표.

1959년 ⁵⁵세　『고분고분한 애인 *The Complaisant Lover*』 발표.

1960년 ⁵⁶세　장편 『다 타버린 인간 *A Burnt-out Case*』 발표.

1961년 ⁵⁷세　여행기 『특성을 찾아서 *In Search of a Character*』 발표.

1963년 ⁵⁹세　단편집 『현실감 *A Sense of Reality*』 발표.

1966년 ⁶²세　장편 『코미디언 *The Comedians*』 발표. 영국을 떠나 죽을 때까지 관계를 유지했던 이본느 클로에타 Yvonne Cloetta가 있는 앙티브 Antibes로 이주. 엘리자베스 여왕에게 컴패니언 명예 훈장 Companion of Honor을 받음.

1967년 ⁶³세　단편집 『남편 좀 빌릴 수 있을까요? *May We Borrow Your Husband?*』 발표.

1969년 ⁶⁵세　장편 『숙모와 떠난 여행 *Travels with My Aunt*』과 『에세이 선집 *Collected Essays*』 발표.

1970년 ⁶⁶세　이해부터 1982년까지 총 22권 분량의 『그레이엄 그린 전집 *Collected Edition*』이 출판되면서 본격 소설과 대중 소설 사이의 구분이 무의미해짐.

1971년 67세 자서전 『일종의 인생 A Sort of Life』 발표.

1972년 68세 『단편 선집 Collected Stories』과 영화 비평서 『환락의 궁 The Pleasure Dome』 발표.

1973년 69세 장편 『명예 영사 The Honorary Consul』 발표.

1978년 74세 장편 『인간의 요인 The Human Factor』 발표.

1980년 75세 장편 『제네바의 피셔 박사, 혹은 폭탄당 Doctor Fischer of Geneva or the Bomb Party』과 자서전 『도피의 길 Ways of Escape』 발표.

1981년 77세 예루살렘상 Jerusalem Prize 수상.

1982년 78세 장편 『키호테 신부 Monsignor Quixote』 발표.

1984년 80세 여행기 『장군을 알아 가며 Getting to Know the General』 발표.

1985년 81세 장편 『제10의 사나이 The Tenth Man』와 희곡집 『희곡 선집 Collected Plays』 발표.

1986년 82세 메리트 훈장 Order of Merit을 받음.

1988년 84세 장편 『대장과 적군 The Captain and the Enemy』 발표.

1990년 86세 에세이집 『반영 Reflections』과 단편집 『마지막 진술 외 The Last Word and Other Stories』 발표. 혈관 질환으로 몸이 약해지자 딸이 살던 스위스 브베Vevey로 이주.

1991년 87세 4월 3일 사망.

1992년 자서전 『나만의 세계 A World of My Own』 발표.

1993년 영화 비평서 『어둠 속의 아침 Mornings in the Dark』 발표.

2005년 사후에 발견된 장편 『노 맨스 랜드 No Man's Land』 발표.

열린책들 세계문학 146 권력과 영광

옮긴이 김연수 1970년 경북 김천에서 태어났다. 성균관대학교 영어영문학과를 졸업했다. 저서로 장편소설 『네가 누구든 얼마나 외롭든』, 『밤은 노래한다』, 『꾿빠이 이상』, 『7번 국도』 등과 단편집 『세계의 끝 여자친구』, 『나는 유령작가입니다』, 『내가 아직 아이였을 때』 등이 있으며, 역서 『대성당』(레이몬드 카버), 『기다림』(하 진), 『젠틀 매드니스』(니콜라스 바스베인스), 『달리기와 존재하기』(조지 쉬언) 등이 있다.

지은이 그레이엄 그린 **옮긴이** 김연수 **발행인** 홍예빈 · 홍유진
발행처 주식회사 열린책들 **주소** 경기도 파주시 문발로 253 파주출판도시
전화 031-955-4000 **팩스** 031-955-4004 **홈페이지** www.openbooks.co.kr
Copyright (C) 주식회사 열린책들, 2010, *Printed in Korea.*
ISBN 978-89-329-1146-5 04840 **ISBN** 978-89-329-1499-2 (세트)
발행일 2010년 11월 10일 세계문학판 1쇄 2021년 12월 5일 세계문학판 5쇄

이 도서의 국립중앙도서관 출판예정도서목록(CIP)은 서지정보유통지원시스템 홈페이지(http://seoji.nl.go.kr)와 국가자료공동목록시스템(http://www.nl.go.kr/kolisnet)에서 이용하실 수 있습니다.(CIP제어번호 : CIP2010003794)

열린책들 세계문학
Open Books World Literature

001 **죄와 벌** 표도르 도스또예프스끼 장편소설 | 홍대화 옮김 | 전2권 | 각 408, 512면

003 **최초의 인간** 알베르 카뮈 장편소설 | 김화영 옮김 | 392면

004 **소설** 제임스 미치너 장편소설 | 윤희기 옮김 | 전2권 | 각 280, 368면

006 **개를 데리고 다니는 부인** 안똔 체호프 소설선집 | 오종우 옮김 | 368면

007 **우주 만화** 이탈로 칼비노 단편집 | 김운찬 옮김 | 416면

008 **댈러웨이 부인** 버지니아 울프 장편소설 | 최애리 옮김 | 296면

009 **어머니** 막심 고리끼 장편소설 | 최윤락 옮김 | 544면

010 **변신** 프란츠 카프카 중단편집 | 홍성광 옮김 | 464면

011 **전도서에 바치는 장미** 로저 젤라즈니 중단편집 | 김상훈 옮김 | 432면

012 **대위의 딸** 알렉산드르 뿌쉬낀 장편소설 | 석영중 옮김 | 240면

013 **바다의 침묵** 베르코르 소설선집 | 이상해 옮김 | 256면

014 **원수들, 사랑 이야기** 아이작 싱어 장편소설 | 김진준 옮김 | 320면

015 **백치** 표도르 도스또예프스끼 장편소설 | 김근식 옮김 | 전2권 | 각 504, 528면

017 **1984년** 조지 오웰 장편소설 | 박경서 옮김 | 392면

019 **이상한 나라의 앨리스** 루이스 캐럴 환상동화 | 머빈 피크 그림 | 최용준 옮김 | 336면

020 **베네치아에서의 죽음** 토마스 만 중단편집 | 홍성광 옮김 | 432면

021 **그리스인 조르바** 니코스 카잔차키스 장편소설 | 이윤기 옮김 | 488면

022 **벚꽃 동산** 안똔 체호프 희곡선집 | 오종우 옮김 | 336면

023 **연애 소설 읽는 노인** 루이스 세풀베다 장편소설 | 정창 옮김 | 192면

024 **젊은 사자들** 어윈 쇼 장편소설 | 정영문 옮김 | 전2권 | 각 416, 408면

026 **젊은 베르테르의 슬픔** 요한 볼프강 폰 괴테 장편소설 | 김인순 옮김 | 240면

027 **시라노** 에드몽 로스탕 희곡 | 이상해 옮김 | 256면

028 **전망 좋은 방** E. M. 포스터 장편소설 | 고정아 옮김 | 352면

029 **까라마조프 씨네 형제들** 표도르 도스또예프스끼 장편소설 | 이대우 옮김 | 전3권 | 각 496, 496, 460면

032 **프랑스 중위의 여자** 존 파울즈 장편소설 | 김석희 옮김 | 전2권 | 각 344면

034 **소립자** 미셸 우엘벡 장편소설 | 이세욱 옮김 | 448면

035 **영혼의 자서전** 니코스 카잔차키스 자서전 | 안정효 옮김 | 전2권 | 각 352, 408면

037 **우리들** 예브게니 자먀찐 장편소설 | 석영중 옮김 | 320면

038 **뉴욕 3부작** 폴 오스터 장편소설 | 황보석 옮김 | 480면

039 **닥터 지바고** 보리스 빠스쩨르나끄 장편소설 | 박형규 옮김 | 전2권 | 각 400, 512면

041 **고리오 영감** 오노레 드 발자크 장편소설 | 임희근 옮김 | 456면

042 **뿌리** 알렉스 헤일리 장편소설 | 안정효 옮김 | 전2권 | 각 400, 448면

044 **백년보다 긴 하루** 친기즈 아이뜨마또프 장편소설 | 황보석 옮김 | 560면

045 **최후의 세계** 크리스토프 란스마이어 장편소설 | 장희권 옮김 | 264면

046 **추운 나라에서 돌아온 스파이** 존 르카레 장편소설 | 김석희 옮김 | 368면

047 **산도칸 – 몸프라쳄의 호랑이** 에밀리오 살가리 장편소설 | 유향란 옮김 | 428면

048 **기적의 시대** 보리슬라프 페키치 장편소설 | 이윤기 옮김 | 560면

049 **그리고 죽음** 짐 크레이스 장편소설 | 김석희 옮김 | 224면

050 **세설** 다니자키 준이치로 장편소설 | 송태욱 옮김 | 전2권 | 각 480면

052 **세상이 끝날 때까지 아직 10억 년** 스뜨루가츠끼 형제 장편소설 | 석영중 옮김 | 224면

053 **동물 농장** 조지 오웰 장편소설 | 박경서 옮김 | 208면

054 **캉디드 혹은 낙관주의** 볼테르 장편소설 | 이봉지 옮김 | 232면

055 **도적 떼** 프리드리히 폰 실러 희곡 | 김인순 옮김 | 264면

056 **플로베르의 앵무새** 줄리언 반스 장편소설 | 신재실 옮김 | 320면

057 **악령** 표도르 도스또예프스끼 장편소설 | 박혜경 옮김 | 전3권 | 각 328, 408, 528면

060 **의심스러운 싸움** 존 스타인벡 장편소설 | 윤희기 옮김 | 340면

061 **몽유병자들** 헤르만 브로흐 장편소설 | 김경연 옮김 | 전2권 | 각 568, 544면

063 **몰타의 매** 대실 해밋 장편소설 | 고정아 옮김 | 304면

064 **마야꼬프스끼 선집** 블라지미르 마야꼬프스끼 선집 | 석영중 옮김 | 384면

065 **드라큘라** 브램 스토커 장편소설 | 이세욱 옮김 | 전2권 | 각 340, 344면

067 **서부 전선 이상 없다** 에리히 마리아 레마르크 장편소설 | 홍성광 옮김 | 336면

068 **적과 흑** 스탕달 장편소설 | 임미경 옮김 | 전2권 | 각 432, 368면

070 **지상에서 영원으로** 제임스 존스 장편소설 | 이종인 옮김 | 전3권 | 각 396, 380, 496면

073 **파우스트** 요한 볼프강 폰 괴테 희곡 | 김인순 옮김 | 568면

074 **쾌걸 조로** 존스턴 매컬리 장편소설 | 김훈 옮김 | 316면

075 **거장과 마르가리따** 미하일 불가꼬프 장편소설 | 홍대화 옮김 | 전2권 | 각 364, 328면

077 **순수의 시대** 이디스 워튼 장편소설 | 고정아 옮김 | 448면

078 **검의 대가** 아르투로 페레스 레베르테 장편소설 | 김수진 옮김 | 384면

079 **예브게니 오네긴** 알렉산드르 뿌쉬낀 운문소설 | 석영중 옮김 | 328면

080 **장미의 이름** 움베르토 에코 장편소설 | 이윤기 옮김 | 전2권 | 각 440, 448면

082 **향수** 파트리크 쥐스킨트 장편소설 | 강명순 옮김 | 384면

083 **여자를 안다는 것** 아모스 오즈 장편소설 | 최창모 옮김 | 280면

084 **나는 고양이로소이다** 나쓰메 소세키 장편소설 | 김난주 옮김 | 544면

085 **웃는 남자** 빅토르 위고 장편소설 | 이형식 옮김 | 전2권 | 각 472, 496면

087 **아웃 오브 아프리카** 카렌 블릭센 장편소설 | 민승남 옮김 | 480면

088 **무엇을 할 것인가** 니꼴라이 체르니셰프스끼 장편소설 | 서정록 옮김 | 전2권 | 각 360, 404면

090 **도나 플로르와 그녀의 두 남편** 조르지 아마두 장편소설 | 오숙은 옮김 | 전2권 | 각 408, 308면

092 **미사고의 숲** 로버트 홀드스톡 장편소설 | 김상훈 옮김 | 424면

093 **신곡** 단테 알리기에리 장편서사시 | 김운찬 옮김 | 전3권 | 각 292, 296, 328면

096 **교수** 샬럿 브론테 장편소설 | 배미영 옮김 | 368면

097 **노름꾼** 표도르 도스또예프스끼 장편소설 | 이재필 옮김 | 320면

098 **하워즈 엔드** E. M. 포스터 장편소설 | 고정아 옮김 | 512면

099 **최후의 유혹** 니코스 카잔차키스 장편소설 | 안정효 옮김 | 전2권 | 각 408면

101 **키리냐가** 마이크 레스닉 장편소설 | 최용준 옮김 | 464면

102 **바스커빌가의 개** 아서 코넌 도일 장편소설 | 조영학 옮김 | 264면

103 **버마 시절** 조지 오웰 장편소설 | 박경서 옮김 | 408면

104 **10 1/2장으로 쓴 세계 역사** 줄리언 반스 장편소설 | 신재실 옮김 | 464면

105 **죽음의 집의 기록** 표도르 도스또예프스끼 장편소설 | 이덕형 옮김 | 528면

106 **소유** 앤토니어 수전 바이어트 장편소설 | 윤희기 옮김 | 전2권 | 각 440, 488면

108 **미성년** 표도르 도스또예프스끼 장편소설 | 이상룡 옮김 | 전2권 | 각 512, 544면

110 **성 앙뚜안느의 유혹** 귀스타브 플로베르 희곡소설 | 김용은 옮김 | 584면

111 **밤으로의 긴 여로** 유진 오닐 희곡 | 강유나 옮김 | 240면

112 **마법사** 존 파울즈 장편소설 | 정영문 옮김 | 전2권 | 각 512, 552면

114 **스쩨빤치꼬보 마을 사람들** 표도르 도스또예프스끼 장편소설 | 변현태 옮김 | 416면

115 **플랑드르 거장의 그림** 아르투로 페레스 레베르테 장편소설 | 정창 옮김 | 512면

116 **분신** 표도르 도스또예프스끼 장편소설 | 석영중 옮김 | 288면

117 **가난한 사람들** 표도르 도스또예프스끼 장편소설 | 석영중 옮김 | 256면

118 **인형의 집** 헨리크 입센 희곡 | 김창화 옮김 | 272면

119 **영원한 남편** 표도르 도스또예프스끼 장편소설 | 정명자 외 옮김 | 448면

120 **알코올** 기욤 아폴리네르 시집 | 황현산 옮김 | 352면

121 **지하로부터의 수기** 표도르 도스또예프스끼 장편소설 | 계동준 옮김 | 256면

122 **어느 작가의 오후** 페터 한트케 중편소설 | 홍성광 옮김 | 160면

123 **아저씨의 꿈** 표도르 도스또예프스끼 장편소설 | 박종소 옮김 | 312면

124 **네또츠까 네즈바노바** 표도르 도스또예프스끼 장편소설 | 박재만 옮김 | 316면

125 **곤두박질** 마이클 프레인 장편소설 | 최용준 옮김 | 528면

126 **백야 외** 표도르 도스또예프스끼 소설선집 | 석영중 외 옮김 | 408면

127 **살라미나의 병사들** 하비에르 세르카스 장편소설 | 김창민 옮김 | 304면

128 **뻬쩨르부르그 연대기 외** 표도르 도스또예프스끼 소설선집 | 이항재 옮김 | 296면

129 **상처받은 사람들** 표도르 도스또예프스끼 장편소설 | 윤우섭 옮김 | 전2권 | 각 296, 392면

131 **악어 외** 표도르 도스또예프스끼 소설선집 | 박혜경 외 옮김 | 312면

132 **허클베리 핀의 모험** 마크 트웨인 장편소설 | 윤교찬 옮김 | 416면

133 **부활** 레프 똘스토이 장편소설 | 이대우 옮김 | 전2권 | 각 308, 416면

135 **보물섬** 로버트 루이스 스티븐슨 장편소설 | 머빈 피크 그림 | 최용준 옮김 | 360면

136 **천일야화** 앙투안 갈랑 엮음 | 임호경 옮김 | 전6권 | 각 336, 328, 372, 392, 344, 320면

142 **아버지와 아들** 이반 뚜르게네프 장편소설 | 이상원 옮김 | 328면

143 **오만과 편견** 제인 오스틴 장편소설 | 원유경 옮김 | 480면

144 **천로 역정** 존 버니언 우화소설 | 이동일 옮김 | 432면

145 **대주교에게 죽음이 오다** 윌라 캐더 장편소설 | 윤명옥 옮김 | 352면

146 **권력과 영광** 그레이엄 그린 장편소설 | 김연수 옮김 | 384면

147 **80일간의 세계 일주** 쥘 베른 장편소설 | 고정아 옮김 | 352면

148 **바람과 함께 사라지다** 마거릿 미첼 장편소설 | 안정효 옮김 | 전3권 | 각 616, 640, 640면

151 **기탄잘리** 라빈드라나트 타고르 시집 | 장경렬 옮김 | 224면

152 **도리언 그레이의 초상** 오스카 와일드 장편소설 | 윤희기 옮김 | 384면

153 **레우코와의 대화** 체사레 파베세 희곡소설 | 김운찬 옮김 | 280면

154 **햄릿** 윌리엄 셰익스피어 희곡 | 박우수 옮김 | 256면

155 **맥베스** 윌리엄 셰익스피어 희곡 | 권오숙 옮김 | 176면

156 **아들과 연인** 데이비드 허버트 로런스 장편소설 | 최희섭 옮김 | 전2권 | 464, 432면

158 **그리고 아무 말도 하지 않았다** 하인리히 뵐 장편소설 | 홍성광 옮김 | 272면

159 **미덕의 불운** 싸드 장편소설 | 이형식 옮김 | 248면

160 **프랑켄슈타인** 메리 W. 셸리 장편소설 | 오숙은 옮김 | 320면

161 **위대한 개츠비** 프랜시스 스콧 피츠제럴드 장편소설 | 한애경 옮김 | 280면

162 **아Q정전** 루쉰 중단편집 | 김태성 옮김 | 320면

163 **로빈슨 크루소** 대니얼 디포 장편소설 | 류경희 옮김 | 456면

164 **타임머신** 허버트 조지 웰스 소설선집 | 김석희 옮김 | 304면
165 **제인 에어** 샬럿 브론테 장편소설 | 이미선 옮김 | 전2권 | 각 392, 384면
167 **풀잎** 월트 휘트먼 시집 | 허현숙 옮김 | 280면
168 **표류자들의 집** 기예르모 로살레스 장편소설 | 최유정 옮김 | 216면
169 **배빗** 싱클레어 루이스 장편소설 | 이종인 옮김 | 520면
170 **이토록 긴 편지** 마리아마 바 장편소설 | 백선희 옮김 | 192면
171 **느릅나무 아래 욕망** 유진 오닐 희곡 | 손동호 옮김 | 168면
172 **이방인** 알베르 카뮈 장편소설 | 김예령 옮김 | 208면
173 **미라마르** 나기브 마푸즈 장편소설 | 허진 옮김 | 288면
174 **지킬 박사와 하이드 씨** 로버트 루이스 스티븐슨 소설선집 | 조영학 옮김 | 320면
175 **루진** 이반 뚜르게네프 장편소설 | 이항재 옮김 | 264면
176 **피그말리온** 조지 버나드 쇼 희곡 | 김소임 옮김 | 256면
177 **목로주점** 에밀 졸라 장편소설 | 유기환 옮김 | 전2권 | 각 336면
179 **엠마** 제인 오스틴 장편소설 | 이미애 옮김 | 전2권 | 각 336, 360면
181 **비숍 살인 사건** S. S. 밴 다인 장편소설 | 최인자 옮김 | 464면
182 **우신예찬** 에라스무스 풍자문 | 김남우 옮김 | 296면
183 **하자르 사전** 밀로라드 파비치 장편소설 | 신현철 옮김 | 488면
184 **테스** 토머스 하디 장편소설 | 김문숙 옮김 | 전2권 | 각 392, 336면
186 **투명 인간** 허버트 조지 웰스 장편소설 | 김석희 옮김 | 288면
187 **93년** 빅토르 위고 장편소설 | 이형식 옮김 | 전2권 | 각 288, 360면
189 **젊은 예술가의 초상** 제임스 조이스 장편소설 | 성은애 옮김 | 384면
190 **소네트집** 윌리엄 셰익스피어 연작시집 | 박우수 옮김 | 200면
191 **메뚜기의 날** 너새니얼 웨스트 장편소설 | 김진준 옮김 | 280면
192 **나사의 회전** 헨리 제임스 중편소설 | 이승은 옮김 | 256면
193 **오셀로** 윌리엄 셰익스피어 희곡 | 권오숙 옮김 | 216면
194 **소송** 프란츠 카프카 장편소설 | 김재혁 옮김 | 376면
195 **나의 안토니아** 윌라 캐더 장편소설 | 전경자 옮김 | 368면
196 **자성록** 마르쿠스 아우렐리우스 명상록 | 박민수 옮김 | 240면
197 **오레스테이아** 아이스킬로스 비극 | 두행숙 옮김 | 336면
198 **노인과 바다** 어니스트 헤밍웨이 소설선집 | 이종인 옮김 | 320면
199 **무기여 잘 있거라** 어니스트 헤밍웨이 장편소설 | 이종인 옮김 | 464면
200 **서푼짜리 오페라** 베르톨트 브레히트 희곡선집 | 이은희 옮김 | 320면

201 **리어 왕** 윌리엄 셰익스피어 희곡 | 박우수 옮김 | 224면

202 **주홍 글자** 너대니얼 호손 장편소설 | 곽영미 옮김 | 360면

203 **모히칸족의 최후** 제임스 페니모어 쿠퍼 장편소설 | 이나경 옮김 | 512면

204 **곤충 극장** 카렐 차페크 희곡선집 | 김선형 옮김 | 360면

205 **누구를 위하여 종은 울리나** 어니스트 헤밍웨이 장편소설 | 이종인 옮김 | 전2권 | 각 416, 400면

207 **타르튀프** 몰리에르 희곡선집 | 신은영 옮김 | 416면

208 **유토피아** 토머스 모어 소설 | 전경자 옮김 | 288면

209 **인간과 초인** 조지 버나드 쇼 희곡 | 이후지 옮김 | 320면

210 **페드르와 이폴리트** 장 라신 희곡 | 신정아 옮김 | 200면

211 **말테의 수기** 라이너 마리아 릴케 장편소설 | 안문영 옮김 | 320면

212 **등대로** 버지니아 울프 장편소설 | 최애리 옮김 | 328면

213 **개의 심장** 미하일 불가꼬프 중편소설집 | 정연호 옮김 | 352면

214 **모비 딕** 허먼 멜빌 장편소설 | 강수정 옮김 | 전2권 | 각 464, 488면

216 **더블린 사람들** 제임스 조이스 단편소설집 | 이강훈 옮김 | 336면

217 **마의 산** 토마스 만 장편소설 | 윤순식 옮김 | 전3권 | 각 496, 488, 512면

220 **비극의 탄생** 프리드리히 니체 | 김남우 옮김 | 320면

221 **위대한 유산** 찰스 디킨스 장편소설 | 류경희 옮김 | 전2권 | 각 432, 448면

223 **사람은 무엇으로 사는가** 레프 똘스또이 소설선집 | 윤새라 옮김 | 464면

224 **자살 클럽** 로버트 루이스 스티븐슨 소설선집 | 임종기 옮김 | 272면

225 **채털리 부인의 연인** 데이비드 허버트 로런스 장편소설 | 이미선 옮김 | 전2권 | 각 336, 328면

227 **데미안** 헤르만 헤세 장편소설 | 김인순 옮김 | 264면

228 **두이노의 비가** 라이너 마리아 릴케 시 선집 | 손재준 옮김 | 504면

229 **페스트** 알베르 카뮈 장편소설 | 최윤주 옮김 | 432면

230 **여인의 초상** 헨리 제임스 장편소설 | 정상준 옮김 | 전2권 | 각 520, 544면

232 **성** 프란츠 카프카 장편소설 | 이재황 옮김 | 560면

233 **차라투스트라는 이렇게 말했다** 프리드리히 니체 산문시 | 김인순 옮김 | 464면

234 **노래의 책** 하인리히 하이네 시집 | 이재영 옮김 | 384면

235 **변신 이야기** 오비디우스 서사시 | 이종인 옮김 | 632면

236 **안나 까레니나** 레프 똘스또이 장편소설 | 이명현 옮김 | 전2권 | 각 800, 736면

238 **이반 일리치의 죽음 · 광인의 수기** 레프 똘스또이 중단편집 | 석영중 · 정지원 옮김 | 232면

239 **수레바퀴 아래서** 헤르만 헤세 장편소설 | 강명순 옮김 | 272면

240 **피터 팬** J. M. 배리 장편소설 | 최용준 옮김 | 272면

241 **정글 북** 러디어드 키플링 중단편집 | 오숙은 옮김 | 272면
242 **한여름 밤의 꿈** 윌리엄 셰익스피어 희곡 | 박우수 옮김 | 160면
243 **좁은 문** 앙드레 지드 장편소설 | 김화영 옮김 | 264면
244 **모리스** E. M. 포스터 장편소설 | 고정아 옮김 | 408면
245 **브라운 신부의 순진** 길버트 키스 체스터턴 단편집 | 이상원 옮김 | 336면
246 **각성** 케이트 쇼팽 장편소설 | 한애경 옮김 | 272면
247 **뷔히너 전집** 게오르크 뷔히너 지음 | 박종대 옮김 | 400면
248 **디미트리오스의 가면** 에릭 앰블러 장편소설 | 최용준 옮김 | 424면
249 **베르가모의 페스트 외** 옌스 페테르 야콥센 중단편 전집 | 박종대 옮김 | 208면
250 **폭풍우** 윌리엄 셰익스피어 희곡 | 박우수 옮김 | 176면
251 **어센든, 영국 정보부 요원** 서머싯 몸 연작 소설집 | 이민아 옮김 | 416면
252 **기나긴 이별** 레이먼드 챈들러 장편소설 | 김진준 옮김 | 600면
253 **인도로 가는 길** E. M. 포스터 장편소설 | 민승남 옮김 | 552면
254 **올랜도** 버지니아 울프 장편소설 | 이미애 옮김 | 376면
255 **시지프 신화** 알베르 카뮈 지음 | 박언주 옮김 | 264면
256 **조지 오웰 산문선** 조지 오웰 지음 | 허진 옮김 | 424면
257 **로미오와 줄리엣** 윌리엄 셰익스피어 희곡 | 도해자 옮김 | 200면
258 **수용소군도** 알렉산드르 솔제니찐 기록문학 | 김학수 옮김 | 전6권 | 각 460면 내외
264 **스웨덴 기사** 레오 페루츠 장편소설 | 강명순 옮김 | 336면
265 **유리 열쇠** 대실 해밋 장편소설 | 홍성영 옮김 | 328면
266 **로드 짐** 조지프 콘래드 장편소설 | 최용준 옮김 | 608면
267 **푸코의 진자** 움베르토 에코 장편소설 | 이윤기 옮김 | 전3권 | 각 392, 384, 416면
270 **공포로의 여행** 에릭 앰블러 장편소설 | 최용준 옮김 | 376면
271 **심판의 날의 거장** 레오 페루츠 장편소설 | 신동화 옮김 | 264면
272 **에드거 앨런 포 단편선** 에드거 앨런 포 지음 | 김석희 옮김 | 392면
273 **수전노 외** 몰리에르 희곡선집 | 신정아 옮김 | 424면
274 **모파상 단편선** 기 드 모파상 지음 | 임미경 옮김 | 400면
275 **평범한 인생** 카렐 차페크 장편소설 | 송순섭 옮김 | 280면

각 권 8,800~15,800원